János Kertész
Vier Millionen Schritte bis zum Ende der Welt

János Kertész

# VIER MILLIONEN SCHRITTE BIS ZUM ENDE DER WELT

### Tagebuch einer Pilgerreise nach Santiago de Compostela

Das vorliegende Buch ist eine überarbeitete Ausgabe von „Viermillionen Schritte bis zum Ende der Welt"
vom selben Autor
im G&G Verlag, München, 1999

Gesamtgestaltung: János Kertész
Fotoaufnahmen: Suzanne Gibson und János Kertész
© 2007 János Kertész
www.janoskertesz.de

ISBN 978-3-8370-0912-5

Herstellung und Verlag: Books on Demand GmbH, Norderstedt

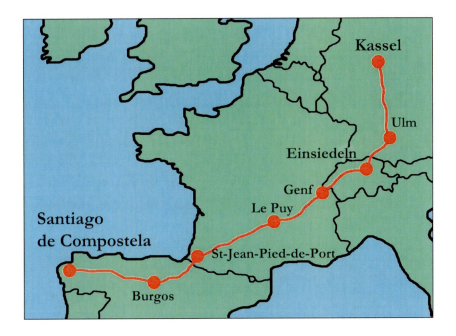

Die Länge meines Pilgerweges beträgt etwa dreitausend Kilometer.

## Vorbemerkung

Jedes Jahr im Frühjahr besuchte meine Frau die Schweiz, um dort ihr Lungenleiden behandeln zu lassen. Die Klinikaufenthalte sind im Laufe der Jahre zur Routine geworden, ebenso der Brauch, die Kurtage durch einen gemeinsamen kurzen Urlaub zu verlängern.

Auch in Jahr 1993 bin ich nach Davos gefahren. Ich fand meine Frau aber nicht, wie ich erwartete, erholt und gekräftigt, sondern krank und im Fieber vor. Der Klinikaufenthalt wurde in der Hoffnung verlängert, dass sich ihr Gesundheitszustand bessern würde.

Der aber verschlechterte sich zusehends. Ich saß von morgens bis abends an ihrem Bett und musste ängstlich und ohnmächtig zusehen, wie sie von Stunde zu Stunde weniger Luft bekam. Meine zahlreichen Interventionen, ihr doch mehr Hilfe zukommen zu lassen, wurden von den zuständigen Ärzten und dem Pflegepersonal mit beschwichtigenden Erklärungen abgetan. Dann kamen die Osterfeiertage, in denen alle zuständigen Entscheidungsträger auf Urlaub waren. Das Notpersonal hat es nicht gewagt, von außerhalb der Klinik rechtzeitig Hilfe zu holen. Dass ich in diesen Tagen meine Frau nicht in ein Taxi gepackt und in ein ordentliches Krankenhaus gebracht habe, werde ich mir in meinem ganzen Leben nicht verzeihen.

Als sie an dem grauen, regnerischen Ostersonntag aus dieser Klinik in das städtische Spital überstellt wurde, war sie ohnmächtig und kurz vor dem Ersticken. Nach einer ersten Untersuchung wurde mir dort mitgeteilt, dass die Lunge meiner Frau so hochgradig entzündet ist, dass sie kaum eine Chance hat, die nächsten zwei Tage zu überleben.

Nun, sie hat die nächsten zwei Tage, auch die nächsten zwei Wochen und Monate überlebt. Allerdings lag sie im Koma. Sie wurde künstlich beatmet, und in mir schwand jede Hoffnung auf Besserung und ein späteres Leben, das man gemeinhin als lebenswert zu bezeichnen pflegt.

Für mich, der ich in der ganzen Zeit bei ihr blieb, war es die Zeit der Ohnmacht. Ich musste lernen, dass der Mensch nicht nach Art der Physik, ja nicht mal nach den Regeln der so genannten Realität funktioniert. Ein stabiler Blutdruck oder ein etwas besseres Röntgenbild bedeuten nicht, dass die Krise überstanden ist, genauso wenig, wie eine sinkende Sauerstoffaufnahme dem nahen Sterben gleichkommt. In diesem Auf und Ab haben solche messbaren Größen immer geringere Bedeutung für mich gehabt. Später fast überhaupt keine mehr.

In meiner Hilflosigkeit suchte ich sogar Zuflucht im Aberglauben. Da, die schwarze Katze! Kreuzt sie den Weg von links nach rechts oder umgekehrt? Ich schämte mich, wenn ich mich dabei ertappte, die Frage von Leben und Tod mit solchen unwürdigen Spielchen zu verknüpfen.
Ich würde mich keinesfalls als religiös bezeichnen. Zwar habe ich eine katholische Erziehung genossen, aber der Glaube ist mir im Laufe der Jahre verlorengegangen.
Als ich trotzdem versuchte, in dem kleinen Gotteshaus von Frauenkirch zu beten, war das am Anfang nicht mehr als das Spiel mit der schwarzen Katze. Doch ich habe keine Scham dabei empfunden. Im Gegenteil: Das Gebet hat mir Halt gegeben, den ersten, den ich nach Wochen der Orientierungslosigkeit und Ohnmacht gefunden habe. In den nächsten Tagen versuchte ich immer wieder zu beten. Und bald gab es in Davos und Umgebung kein Feldkreuz und keine Kapelle, vor denen ich nicht Gott um das Leben meiner Frau angefleht hätte.
Und dann geschah das, was die Ärzte kopfschüttelnd als Wunder bezeichnen. Der Gesundheitszustand meiner Frau besserte sich von Tag zu Tag, und die Besserung geschah in einer unerwarteten Geschwindigkeit! Es hat zwar noch ein weiteres halbes Jahr gedauert, bis sie wieder ganz auf die Beine kam, aber sie lebte, lachte und brachte weitere Freude in unser Leben.
Ob es ein Wunder war oder nicht, kann nur der Glaube beantworten. Ich finde diese Antwort gar nicht so wichtig. Für mich bleibt die Tatsache wichtig, dass ich gebetet habe und danach die nicht mehr erhoffte Genesung erfolgt ist. Ich fühlte mich deshalb mit einer Bringschuld belastet.
Gerade zu dieser Zeit sah ich im Fernseher einen Bericht über den mittelalterlichen Brauch, nach Santiago de Compostela zu pilgern. Diese Dokumentation hat in mir die ersten Gedanken geweckt, wie ich meine Bringschuld abtragen könnte. Es hat nicht mehr lange gedauert, und dann stand mein Entschluss fest: Ich werde zum Grab des heiligen Jakobus pilgern!
Dieser lange Pilgerweg hat mich weit getragen, weiter als irgendein anderer Weg davor oder danach in meinem Leben. Davon soll in diesem Buch berichtet werden.

**Sonntag, 16. Februar 1997**
**Von Kassel nach Melsungen**
Die Nacht habe ich unruhig verbracht. Die bevorstehende Reise macht mir so kurz vor dem Start mehr Sorgen, als ich erwartet hatte. Die Planung und die Vorbereitungen haben mir viel Spaß gemacht, aber als ich heute nacht aufgewacht bin, sind die Bedenken stärker gewesen als die Freude darüber, dass die Zeit endlich da ist loszugehen.
Ich bin nicht mehr der Jüngste, habe Übergewicht, Arthrose in beiden Knien, werde vom Senkfuß geplagt, mein Blutdruck ist gefährlich hoch, und seit Jahren habe ich chronische Kopfschmerzen. Nicht gerade die besten Voraussetzungen, um mit einer schweren Last auf dem Rücken fast dreitausend Kilometer zu laufen. Vielleicht schaffe ich es gar nicht, so weit zu kommen, und es wird mir ähnlich ergehen wie den Ameisen in dem Gedicht von Ringelnatz:

*In Hamburg lebten zwei Ameisen,*
*Die wollten nach Australien reisen.*
*Bei Altona auf der Chaussee,*
*Da taten ihnen die Beine weh,*
*Und da verzichteten sie weise*
*Dann auf den letzten Teil der Reise.*

Meinen Rucksack habe ich schon gestern gepackt. Es hat Tage gedauert, bis ich die Ausrüstung zusammen hatte, die ich jetzt mitnehme. Bei der ersten Auswahl kam eine solche Menge von Gegenständen zusammen, dass ich das Gepäck kaum heben, geschweige denn tragen konnte. Dabei waren es ausschließlich Dinge, von denen ich meinte, nicht ein einziges entbehren zu können. Nach mehrmaligem Umpacken und Wiegen ist von allem etwa die Hälfte übrig geblieben. Trotzdem wiegt der volle Rucksack mit Proviant noch immer siebzehn Kilo. In der einschlägigen Literatur werden zwölf Kilo als Maximum empfohlen. Es ist mir ein Rätsel, wie man mit zwölf Kilo auskommen kann. Nach allen Vorbereitungen bin ich jetzt startbereit. Jetzt heißt es noch frühstücken, und dann geht es los! Aber das Frühstück will mir nicht so gut schmecken wie sonst. Die Aufregung lässt den Magen schrumpfen.
An diesem ersten Tag begleiten mich zwei gute Freunde, Manfred und Wer-

ner. Da sie unter der Woche arbeiten müssen, habe ich für den Start einen Sonntag gewählt.
Das Wetter meint es gut mit uns. Blauer Himmel, nur am diesigen Horizont ahnen wir einige Wolkenfelder. Es ist kalt. Vorgestern hat es wieder etwas geschneit, nicht viel, wie etwa eine dünne Schicht Puderzucker auf einem Kuchen. An diesem ersten Tag laufen wir durch Wälder, die ich von Wochenendwanderungen kenne. Es ist ein leichtes Heimspiel.
Die letzten zwei Stunden des langen Tages sind ziemlich zäh. Ich bin müde, meine Füße fangen an zu schmerzen. Ich sehne mich nach Dusche und Bett. Die Jugendherberge in Melsungen liegt auf einem Berghang. Obwohl auch Manfred und Werner müde sind, laufen sie nicht gleich zum Bahnhof, sondern begleiten mich bis zu der Herberge. Ich bin gerührt, aber vor Müdigkeit kann ich es kaum zeigen.
In einer Jugendherberge bin ich meiner Lebtag noch nicht gewesen. Zwar bekomme ich ein eigenes Zimmer mit WC und Waschbecken, aber ein Handtuch habe ich nicht mitgebracht. So trockne ich mich nach dem Duschen mit Klopapier ab. Ich will mich kurz hinlegen, aber die Müdigkeit lässt mich sofort in den Schlaf hinübergleiten.
Mein Handy weckt mich. Hintereinander vier Anrufer, meine Freundinnen und Freunde wollen wissen, wie der erste Tag gewesen ist, und ob ich etwas brauche, was sie mir schnell bringen könnten. Einer bietet sogar an, mich wieder nach Hause zu fahren, falls ich genug vom Laufen hätte.
Wir haben heute immerhin zweiundzwanzig Kilometer geschafft.

**Montag, 17. Februar 1997**
**Von Melsungen nach Rotenburg an der Fulda**
Der tiefe und traumlose Schlaf entlässt mich in eine graue, sorgenvolle Stimmung. Draußen ist es feuchtkalt, es soll heute regnen. Ich könnte mich jetzt zu Hause in meinem Bett von der linken auf die rechte Seite drehen, in aller Ruhe friedlich weiterschlafen und das Wetter vor der Tür Wetter bleiben lassen. Was mache ich hier überhaupt? Was soll das alles?
Plötzlich überfällt mich die erschreckende Erkenntnis, dass ich diese Reise zwar technisch genau geplant, die Route, die Ausrüstung lange durchdacht, aber die Kostenfrage fast vollständig verdrängt habe. Ich bin gestern mit dem Geld wahrhaftig nicht verschwenderisch umgegangen, trotzdem habe ich über achtzig Mark ausgegeben. Die tausend Mark, die ich mithabe, rei-

chen gerade mal für zwölf Tage. Mein Einkommen ist nicht besonders üppig. Wie soll das alles funktionieren? Wieso habe ich mich mit dieser Frage nicht früher befasst?

Nachdem ich mich gewaschen und rasiert habe, sieht die Welt etwas rosiger aus. Die Schmerzen, die ich am Abend hatte, sind weg. Ich begebe mich in den Frühstücksraum, wo ich heute der einzige Gast bin. Der junge Herbergsvater, der weiß, dass ich nach Spanien laufen möchte, hat alles auf den Tisch gestellt, was zu einem guten Frühstück gehört: mehrere Sorten Brot, Käse, Wurst, Marmelade, Säfte, Kaffee mit warmer Milch, und als Krönung zwei lange, blaue Kerzen, eine links und eine rechts. Als ich vor dem reich gedeckten Tisch stehe, ist auch der letzte Rest meiner schlechten Stimmung verflogen.

Der weitere Weg schlängelt sich auf den Fuldawiesen zwischen dem Fluss und der Eisenbahnlinie nach Süden. Die Wiesen wurden frisch gedüngt. Von Morschen bis Baumbach stinkt es nach Schweinegülle, von Baumbach bis Rotenburg nach Kuhmist.

In Rotenburg an der Fulda angekommen setze ich mich in ein Café auf dem Marktplatz. Eine schöne, heimelige Stimmung lässt mich in müde Zufriedenheit sinken. Die relativ lange Strecke hat mir keine Probleme bereitet. Darüber bin ich richtig froh.

Wie geht es mir sonst? Wie sind meine ersten Eindrücke? Es ist noch zu früh, sich eine Meinung zu bilden, aber Enthusiasmus verspüre ich in keiner Weise. Ich bin müde, nassgeschwitzt, und wenn ich Pause mache, friere ich in den feuchten Sachen.

Das Alleinsein verkrampft mich. Ich mache mir Gedanken darüber, was wohl die Menschen, die mich sehen, über mich denken. Auch wenn niemand von mir Notiz nimmt, fühle ich mich beobachtet. Wenn ich mit Freunden am Wochenende wandere, habe ich keinen solchen Gedanken.

Auch meine Frau Rita fehlt mir sehr. Sie wird mich erst in vier Wochen besuchen und vielleicht einige Tage mit mir laufen. Aber weiß ich denn, ob ich in vier Wochen noch unterwegs bin?

**Dienstag, 18. Februar 1997**
**Von Rotenburg an der Fulda nach Bad Hersfeld**
Welch Unterschied zu dem gestrigen Frühstück: Ein junger Kerl schaut mir hämisch zu und gibt mir knappe Anweisungen, wo ich mein Geschirr und

Besteck aus den verschiedenen Schränken und Schubladen zusammensuchen soll, ohne mir dabei zu helfen. Es ist halt kein Hotel, sondern eine „ordentliche" Jugendherberge.

Draußen gießt es aus allen Himmelsrohren. Ich habe ein Regencape dabei, das ich bis jetzt allerdings nur bei kurzen Wochenendwanderungen benutzt habe. Jetzt entdecke ich, dass es sich nicht über meinen großen Rucksack ziehen lässt. Es bleibt mir nichts anderes übrig, als es unter dem Rucksack anzuziehen und zu hoffen, dass der Rucksack wasserdicht ist.

Hinter den letzten Häusern folgt ein schöner Forstweg, stets ansteigend bis zur Wegkreuzung Hohe Buche, wo fünf Wege zusammenlaufen. In der Platzmitte steht zwar ein hoher Baum, aber es ist keine Buche, sondern eine Eiche. An diesem Beispiel sieht man wieder: Die Flurnamen sind in der Regel älter als der älteste Baum im Wald.

Oben angekommen befinde ich mich mitten in windgejagten Wolken, die von Südwesten her aus dem Tal hochziehen. Sie werden hier am Bergrücken vom Geäst der Buchen in Strähnen gekämmt. Das Heulen des Windes und das Ächzen der sich biegenden Baumwipfel vereinen sich zu einem bedrohlichen Gesang, von dem mir angst und bange wird. Mir fällt dabei ein, dass ein ehemaliger Landsmann von mir, nämlich der Dramatiker Ödön von Horváth, in der Fremde von einem stürzenden Baum erschlagen wurde. Das war allerdings nicht hier, sondern in Paris, obwohl dieser Unterschied für den Erschlagenen von geringer Bedeutung gewesen sein dürfte.

Am Ortseingang von Bad Hersfeld bekomme ich an einer Bratwurstbude heißen Kaffee. Wie ich so begossen vor dem Verkäufer stehe, schaut er mich an, als er hätte eine Erscheinung. „Schauen Sie mich nicht so an!" sage ich zu ihm. „Ich komme mir auch komisch vor!"

In der Jugendherberge bin ich wieder der einzige Gast. Das Vierbettzimmer hat zwei große Heizkörper, an denen ich jetzt alles, was ich mit habe, zu trocknen versuche. Das Zimmer sieht hernach aus wie eine Rumpelkammer, überall hängen Kleidungsstücke, Schuhe, Bücher, Fotoapparat, Kosmetiksachen, alles triefend nass. Mein Geld, das ich in einem ledernen Geldgurt mit mir trage, ist auch völlig durchgeweicht. Die schönen blauen Hundertmarkscheine sind von der Lederimprägnierung alle hässlich braun geworden. Nur einige Kilometer weit von hier habe ich eine liebe Frau, ein wunderschönes Zuhause, trocken und warm, Badewanne, seidene Bettwäsche, Weinkeller...

**Mittwoch, 19. Februar 1997**
**Von Bad Hersfeld nach Michelsrombach**
Nachts hat es geschneit. Es ist bitterkalt.
Nicht weit von der Herberge ist ein Postamt, eine Rarität heutzutage. Wie ich höre, soll auch dieses bald wegrationalisiert werden. Vor der Post spricht mich eine alte Dame an: „Wollen Sie vielleicht nach Spanien?" Das gibt es doch nicht! Wieso vermutet die gute Frau, dass ich nach Spanien will? Aber als ich sie danach frage, merke ich bald, dass sie verwirrt ist. Es folgt eine unendliche Geschichte über ihre geplante Spanienreise mit ihrem Sohn, die durch eine Krankheit ins Wasser gefallen ist. Ihre Frage war also nur ein Zufall, keine Hexerei.
Bevor ich Bad Hersfeld verlasse, kaufe ich mir einige Müllbeutel, um meine Sachen das nächste Mal besser gegen Regen schützen zu können.
Etwa zwei Kilometer südlich von Wildacker unterquere ich die Autobahn Kassel–Würzburg bei der Talbrücke Großenmoor. Dieses Bauwerk wird von meinen Freunden als „Jánosbrücke" bezeichnet, weil ich vor etwa dreißig Jahren als Angestellter in einem Ingenieurbüro für dieses Objekt die statische Berechnung angefertigt habe. Seitdem bin ich über diese Brücke unzählige Male gefahren, aber hier unter der Brücke bin ich letztmals gewesen, als hier noch gebaut wurde. Nun immerhin, sie steht noch, was man nicht von allem sagen kann, was in den sechziger Jahren gebaut wurde.
An einen Pfeiler hat jemand einen kleinen Handzettel mit Nazipropaganda geklebt. Ein Glück, dass ich mit Sicherheit der einzige bin, der seit Tagen und Wochen hier vorbeigekommen ist. Trotzdem schaue ich etwas ängstlich um mich. In einer so verlassenen Gegend möchte ich bestimmten Menschen nicht gern begegnen.
Es wird noch kälter. Aus Südwesten bläst ein eisiger Wind; die tagsüber aufgetauten Pfützen bekommen wieder eine dünne Eishaut. Ich bin heute mehr als genug gelaufen, die letzten vier Kilometer lassen sich nur mühsam bewältigen. Als ich dann das Gasthaus in Michelsrombach erreiche, könnte ich vor Erleichterung dem Wirt die Stirn küssen.

**Donnerstag, 20. Februar**
**Von Michelsrombach nach Fulda**
Nachts hat es so gestürmt, dass mir von der Vorstellung, bei einem solchen Wetter irgendwo draußen sein zu müssen, angst und bange wurde. Der Wind heulte und rüttelte an den Rollläden, ich befürchtete, dass sie bald samt

Fensterscheiben eingedrückt würden und ich den Rest der Nacht in der Badewanne verbringen müsste. Die Regengüsse schossen mit Urgewalt gegen die Hausfassade, als ob die Freiwillige Feuerwehr mit einem dicken Rohr dagegengehalten hätte. Im Halbschlaf fragte ich mich, wie ich von hier überhaupt wegkomme.

Am Morgen ist der Spuk vorbei. Es ist zwar bewölkt und kalt, aber der Wind ist schwächer geworden.

Ich verlasse das Dorf auf einem Feldweg, der hoch zum Waldrand führt. Hier oben sehe ich das erste Zeichen der Volksfrömmigkeit auf meinem Pilgerweg. Bis jetzt bin ich weder einem Wegkreuz noch einer Feldkapelle begegnet, und so freue mich, hier eine Votivgrotte aus Sandstein zu finden. Etwas weiter, vor der Ortschaft Kämmerzell, steht am Waldrand eine Wallfahrtskapelle, dem heiligen Rochus gewidmet. Für mich als Pilger ist dieser Heilige von besonderer Bedeutung. Der heiligen Rochus, ein Franzose, der im 14. Jahrhundert lebte, nahm sich während seiner Pilgerreise nach Rom der Pflege der Kranken an, als in Oberitalien eine verheerende Pestepidemie wütete und andere Pilger ihre Reise unterbrachen und flüchteten. Dabei bekam er selbst die Pest und fand niemanden, der ihn gepflegt hätte. So zog er sich in einen Wald zurück, in dem er von einem Engel gesund gepflegt und von einem Hund, der ihm täglich Brot brachte, ernährt wurde. Später ereilte ihn das Schicksal fast aller Heiligen. Als er nach Jahren in seine Heimatstadt Montpellier zurückkehrte, wurde er als Spion ins Gefängnis geworfen, wo er starb. Da aber sein Leichnam in himmlischem Licht erstrahlte, wurde er heilig gesprochen. Er wird in der kirchlichen Ikonologie als Pilger dargestellt, der mit dem Zeigefinger auf die Pestwunde an seinem linken Bein deutet. Neben ihm steht ein Hund mit einem Brot in der Schnauze. Früher wurden viele Krankenhäuser, besonders Seuchenspitäler, nach St. Rochus benannt.

Bald erreiche ich die Vororte von Fulda. Doch bevor ich mich darüber freuen könnte, merke ich, dass ich meine Kopfbedeckung, eine sehr gute und teure Sportmütze, verloren habe. Glücklicherweise fällt mir sofort ein, wo ich sie liegengelassen habe: auf einer Sitzbank heute früh neben der Mariengrotte. Die liegt jetzt allerdings vierzehn Kilometer hinter mir.

Es ist erst vierzehn Uhr, noch früh am Tag. Ich will mit Zug oder Bus nach Michelsrombach zurückfahren und die Mütze holen.

Am Hauptbahnhof bekomme ich die Auskunft, dass es zwar ohne Schwie-

rigkeiten möglich sei, am Morgen nach Hamburg oder nach München zu fahren und am gleichen Tag abends wieder hier zu sein, nicht aber nach dem vierzehn Kilometer entfernten Michelsrombach. Wenn ich heute am Nachmittag hinfahre, kann ich erst morgen mittag wieder hier sein. Mir bleibt also nichts anderes übrig, als meiner Lieblingsmütze „Lebewohl" zu sagen.
Auch in Fulda bin ich in der großen Jugendherberge der einzige Gast. Das Haus gleicht einer Baustelle: In diesen ruhigen Zeiten werden nötige Renovierungsarbeiten durchgeführt.

**Freitag, 21. Februar 1997**
**In Fulda**
Die Renovierungsarbeiten sind auch nötig: Als ich morgens das Fenster öffne, fällt mir das schwere Doppelscheiben-Kippfenster auf den Kopf. Über meinem rechten Auge wächst eine Beule, und an meinen beiden Händen ist die Haut abgeschürft. Auch mein Brillengestell ist völlig verbogen.
Ich laufe in die Stadt, lasse meine Brille reparieren, besorge mir eine neue Mütze, eine Wanderkarte, ein Handtuch und Ansichtskarten. Meine Freunde sollen gleich erfahren, dass ich schon hundertzwanzig Kilometer weit gelaufen bin!
Ein architektonisches Schmuckstück ist die nördlich des Domes stehende Michaeliskapelle. Den Kern des Kirchleins bildet eine karolingische Rotunde aus dem 8. Jahrhundert. Auch die übrigen, später angebauten Neben- und Überbauten sind kaum zweihundert Jahre jünger. Es ist ein Glücksfall, dass dieses wunderschöne sakrale Menschenwerk die Zeiten von etwa vierzig Generationen unverändert und unbeschädigt überdauert hat. Hier fühle ich mich geborgen, geschützt, Gott nah. Ich verweile in einem meditativen wortlosen Gebet.
Um all die schönen barocken Bauwerke in Fulda zu besichtigen, bräuchte ich mehrere Tage. Ich bin aber nicht als Kulturtourist, sondern als Jakobspilger gekommen, der sich hier nur kurz ausruhen möchte. So verbringe ich den Nachmittag in einem Café mit Lesen und Schreiben und gehe früh schlafen.

**Samstag, 22. Februar 1997**
**Von Fulda nach Neuhof**
Obwohl nach der Wettervorhersage der Frühling heute ausbrechen sollte, ist der Morgen tiefgrau. Still regnet es vor sich hin. Auch meine Stimmung ist

verregnet. Diese nasskalte Witterung macht mich auf die Dauer mürbe. Ich muss aber weiter.
Nun regnet es nicht mehr, aber die graue Kälte lässt mich frösteln.
Zirkenbach, Nonnerod, dazwischen baumlose Ackerflächen, über die der eisige Wind fegt. Ich bin erleichtert, als nach Nonnerod der Weg windgeschützt im Wald weiterführt. Das Wasser eines Baches ist an mehreren Stellen zu Forellenteichen gestaut. Die Teiche sind mit dickem Eis bedeckt.
Nach Durchquerung dieses schönen Laubwaldes trifft der Forstweg auf eine uralte Heerstraße, der ich bis Neuhof folge. Das Hotel hat ein gutes Zimmer für mich. Ich wasche meine Unterwäsche, esse schnell etwas aus dem Rucksack, und weil ich sehr müde bin, gehe ich früh schlafen.

**Sonntag, 23. Februar 1997**
**Von Neuhof nach Schlüchtern**
Offensichtlich habe ich es nötig gehabt: Ich habe elf Stunden an einem Stück geschlafen.
„Wohin geht es heute?" fragt meine Wirtin, die, nach ihrer Figur zu urteilen, noch nie mehr als drei Kilometer gelaufen ist.
„Nach Schlüchtern", sage ich.
„Ach so, das ist ja ganz nah, nur fünfzehn Kilometer!"
Tatsächlich steht an der Kreuzung vor dem Haus ein entsprechendes Verkehrsschild. Wo früher die kürzesten, logisch angelegten Wege zwischen zwei Ortschaften waren, ist heute in der Regel eine stark befahrene Landstraße. Die durch die Felder und Wälder führenden Wanderwege sind meistens dreißig bis fünfzig Prozent länger. So muss ich auch heute bis Schlüchtern anstelle von fünfzehn etwa zwanzig Kilometer laufen.
Endlich ist das Wetter gnädig zu mir, die gütige Sonne scheint zwar etwas fahl hinter den Schleierwolken, aber immerhin scheint sie.
In Flieden ist die Messe gerade aus, festlich gekleidete Menschen verlassen die Kirche. Ich will eine kurze besinnliche Pause machen und gehe in das von den Messebesuchern eben verlassene, vermeintlich leere Gotteshaus. Es ist aber nicht leer, ich höre beim Eintreten eine Litanei. Etwa zwei Dutzend ältere Frauen leiern ein Gebet herunter, in dem es fast ausschließlich darum geht, dass wir nichtsnutzige, sündige Menschen der Gnade Gottes gar nicht würdig sind.
Nach einer Weile verlasse ich diese Veranstaltung. Wenn der Mensch tatsäch-

lich so wäre, wie er in diesen Gebeten beschrieben wird, dann hätte der Schöpfer gepfuscht. Wozu hätte Gott die Welt so herrlich gestaltet, wenn wir durch unsere Unwürdigkeit sie gar nicht genießen dürfen? Ich bin der Meinung, dass wir Menschen – bei aller Unvollkommenheit – ein Teil dieser ganz gut gelungenen und sicher auch gottgefälligen Schöpfung sind.

Obwohl ich auch heute keine Schwierigkeiten beim Gehen habe, ist meine Stimmung nicht die beste. Das einsame Laufen finde ich anstrengend, zeitraubend, langweilig. Den ganzen Tag diese Strapazen, und wenn ich am Abend in irgendeinem Nest ankomme, bin ich meistens so müde, dass ich es kaum schaffe, etwas zu schreiben.

Vor Röhrigs, nur einige Schritte von einem Parkplatz entfernt, treffe ich auf ein älteres Ehepaar.

„Wohin des Weges?" fragt der Mann.

„Heute nur nach Schlüchtern."

„Aber mit diesem Gepäck wollen Sie sicher weiter."

„Ja", sage ich, und weil ich mir nicht so sicher bin, ob ich je nach Santiago de Compostela komme, füge ich hinzu: „Ich will bis zum Bodensee!"

„Und woher kommen Sie?"

„Aus Kassel."

„Ach so! Dann sind Sie ja erst am Anfang!"

Seit acht Tagen bin ich zu Fuß unterwegs, und diese acht Tage kommen mir ungeheuer viel vor.

Ich bin heute fast ausschließlich auf Asphaltwegen gelaufen, und das merke ich an meinen Füßen und Knien. Die schmerzen. Immer die gleichen harten Schritte auf dem Asphalt beanspruchen die Gelenke viel mehr als das Laufen auf weichen Feldwegen. Auf unebenen Pfaden, auf denen die Füße mal mit der linken, mal mit der rechten Fußseite auftreten, werden die Gelenke vielseitiger belastet.

Auch heute werde ich von einigen Freundinnen und Freunden angerufen. Alle, mit denen ich spreche, finden meine Unternehmung gut, manche beneiden mich sogar. Sie äußern die Hoffnung, dass es mir gut geht und dass ich viel Freude am Wandern habe. Diese Hoffnung habe auch ich noch nicht verloren.

**Montag, 24. Februar 1997**
**Von Schlüchtern nach Jossa**
Grau in Grau. Es regnet. Vor meinem Fenster ist ein Schulhof. Die Kinder

rennen und schreien, vom Regen merken sie offensichtlich nichts. Ja, vielleicht wäre das auch für mich die richtige Methode: losrennen und schreien. Allerdings, in meinem Alter und mit dem schweren Rucksack ... ?
Ab Herolz folge ich dem Lauf des Ahlersbaches aufwärts in einem besonders schönen Tal. Im unteren, breiteren Talabschnitt liegende Wiesen werden, je weiter man nach oben kommt, von einem herrlichen Buchenwald mit altem Baumbestand abgelöst.
Nach etwa einer Stunde Steigung öffnet sich die Landschaft, und ich befinde mich auf einer Hochebene. Nach dem tiefen Wald ist es überraschend, hier oben Ackerfelder vorzufinden. Nach Osten bietet sich eine wunderbare Aussicht bis zur Hohen Rhön. Tief im Tal liegen mehrere Dörfer harmonisch eingeschmiegt in ihre Umgebung. Ich nehme dieses Bild auf, und trotz des heulenden steifen Windes fühle ich mich vielleicht das erste Mal, seit ich in Kassel losgelaufen bin, restlos wohl. Endlich bin ich fähig, es zu genießen, hier in diesem friedlichen, leisen, schönen Land zu sein.
Von Neuengronau folge ich dem Bachlauf. Entlang der linken Talseite laufen mehrere Feldwege parallel, davon einer nach Altgronau, wo meine heutige Unterkunft sein soll. Ich erwische den falschen Weg. Der führt mich hinunter zu den Bachwiesen, bis zu einer Stelle, wo die Wiese überflutet ist. Links ein Weidezaun, rechts der Bach, ich muss zurück und bin darüber etwas verärgert. Mir fällt auf, dass hier viele Bäume, die gefällt auf dem Boden herumliegen, nicht mit der Säge, sondern wie mit einem kleinen Beil gefällt worden sind. Überall liegen große Mengen Späne herum.
Plötzlich geht mir ein Licht auf! Biber! Es sind Biber, die Bäume so fällen! Jetzt sehe ich auch, warum die Wiese überflutet ist: Der Bach ist mit Ästen und Zweigen, in denen sich das Geschwämme gefangen hat, zu einem Teich gestaut. Jetzt entdecke ich am Rande dieses Teiches auch einen Hügel aus Zweigwerk: das Biberhaus. Ich verhalte mich ruhig und hoffe, einen der Baumeister zu sehen, aber sie zeigen sich nicht. Trotzdem bin ich über mein Verirren, das mich hierher geführt hat, hoch erfreut.
Jetzt regnet es wieder, und als ich in Altgronau ankomme, bin ich nass und müde, aber sonst guter Dinge. Ich frage einen Herrn, der eben in sein Auto steigt, wo ich mein Gasthaus finde? Die Antwort ist wenig erfreulich: Es ist nicht in Altgronau, sondern im nächsten Ortsteil, in Jossa.
Jetzt gießt es richtig. So ein schöner Tag darf aber nicht böse enden. Der Mann fragt mich, ob er mich schnell hinfahren soll? Ich sage ja und bedanke

mich für seine Hilfe. Der heilige Jakobus wird es mir schon verzeihen, dass ich dieses letzte Stück nicht zu Fuß bewältigt habe.

**Dienstag, 25. Februar 1997**
**Von Jossa nach Gemünden am Main**
Heute wird mir vom Wetterbericht angst und bange: stürmischer Südwestwind, Orkanböen, Dauerregen. Der Sprecher warnt davor, ohne Not das Haus zu verlassen. Ich will heute bis Gemünden am Main. Das sind achtundzwanzig lange Kilometer.
Als ich loslaufe, sehe ich die Prognose voll bestätigt. Es regnet wie aus Kübeln. Der starke Gegenwind lässt die dicken Tropfen mit Wucht gegen meine Brust schlagen. In Ungarn, in meiner früheren Heimat, würde man sagen, es ist ein Wetter, bei dem der Bauer seinen Köter im Arm nach draußen tragen muss, damit er den Fremden anbellt. Wenige Kilometer reichen, und ich bin klatschnass, nicht nur über der Regenkleidung, auch darunter.
Seit ich lebe, schwitze ich besonders stark. Aus diesem Grund sind die Unterhemden und Hemden, die ich jetzt trage, Hightech-Produkte, die die Feuchte nach außen transportieren, wo sie wegtrocknen kann. Da diese Kleidungsstücke dabei selbst ständig nass sind, brauche ich je nach Temperatur eine Schicht mehr oder weniger. Dies funktioniert aber so lange, wie es nicht regnet. Wenn es richtig losgeht, hilft nur ein Regencape. Das verhindert allerdings nicht nur, dass das Regenwasser von außen nach innen dringt, sondern lässt das Schwitzwasser auch nicht von innen nach außen. Es sammelt sich an der Innenseite des Plastikstoffes in so großen Mengen, dass ich mein Hemd hinterher auswringen kann.
Das Sinntal ist landschaftlich schön, allerdings ziemlich verbaut. Außer der mäßig befahrenen Landstraße und einem Fahrradweg gibt es hier noch zwei stark befahrene Bahnlinien: die alte Hauptstrecke Fulda–Würzburg und die neue ICE-Linie; dazu kommen noch mehrere Hochspannungsleitungen, so dass von der Naturschönheit nicht viel übrig bleibt.
Der Regen ist jetzt wolkenbruchartig. Gestern abends in meiner Unterkunft hätte ich mich gefreut, wenn das Wasser aus der Dusche nur halb so stark gelaufen wäre wie jetzt vom Himmel. Als es dann auch noch zu blitzen und zu donnern anfängt, während ich mich mit meinen metallenen Wanderstöcken auf einer offenen Wiese befinde, bekomme ich Angst. Die Sache wird langsam unheimlich.

Seit geraumer Zeit kreist ein Hubschrauber über mir, mal höher, mal tiefer. Dann ist er weg.
Plötzlich hupt jemand hinter mir. Was ist los? Das ist doch ein Fahrradweg, hier dürfen doch keine Automobile verkehren?! Doch, sie dürfen! Zwei VW-Busse vom Bundesgrenzschutz fahren im Schritttempo hinter mir her. Ich mache Platz. Sie überholen mich, bleiben aber nach wenigen Metern stehen. Die in den Fahrzeugen sitzenden Beamten, etwa zwölf an der Zahl, erwidern meinen Gruß und denken sich ihr Teil.
Es ist spät am Nachmittag, als ich Gemünden am Main erreiche. Der Gasthof ist schnell gefunden. Ich bin gerettet! Wieder ist alles, was ich mithabe, völlig durchnässt. Meine Sachen belegen bald jede freie Fläche im Zimmer.
Ich habe unter meinem linken Fußballen eine schmerzende Blase. Ich hoffe, dass sie mir morgen beim Weiterlaufen keine größeren Probleme macht.
Am Abend schalte ich den Fernseher ein. Die Nachrichten verkünden, dass am morgigen Tag Atommüll von Bayern nach Niedersachsen transportiert werden soll. So ist das also! Jetzt verstehe ich erst, was die heutige Hubschraubershow und der danach folgende Besuch der Grenzschützer auf sich hatte! Ich, ein einsamer Wanderer in roter Regenpelerine, bin ein Sicherheitsrisiko gewesen!

**Mittwoch, 26. Februar 1997**
**Von Gemünden am Main nach Sendelbach**
Heute nacht habe ich geträumt, dass ich auf einem Stadtfest gewesen bin, auf dem ein Freund von mir, in Dirndl gekleidet, Bier ausgetragen und die Männer abgeküsst hat.
Es hat die ganze Nacht weitergeregnet, aber als ich nach dem Frühstück Gemünden über die Mainbrücke verlasse, reißt die Wolkendecke auf, und sogar die seit Tagen vermisste Sonne lässt sich wieder blicken. Der Fluss ist angeschwollen, die trübe Brühe wird durch den gegen den Strom wehenden Wind aufgepeitscht. Allerlei Gerümpel schwimmt mit: halbe Bäume, viel Plastik, Bretter, Behälter. Der Wind ist so stark, dass ich mich kaum auf dem Brückengehweg halten kann. Das Aluminiumgeländer klappert und singt ganz eigenartig, wahrscheinlich durch Resonanz dazu gebracht.
Die Blase unter meinem Fuß macht mir doch mehr Ärger, als ich erwartet habe. Auf den ersten Kilometern merke ich kaum etwas davon, aber

später brennt sie. Die nähere Betrachtung verheißt nichts Gutes: Ich habe eine große rote nässende Wunde an meiner Sohle, genau dort, wo ich auftrete.
Bald ist Sendelbach, ein kleines Dorf gegenüber Lohr am Main, erreicht. Mein Fuß schmerzt immer mehr, ich fange schon an zu hinken. Durch diese Fehlhaltung, womit ich meinen Fuß schonen möchte, fängt auch mein linkes Knie an zu schmerzen. Obwohl ich erst drei Stunden gelaufen bin, mache ich für heute Schluss und suche mir ein Zimmer.
Nachmittags gehe ich über die Brücke nach Lohr am Main. Ein Apotheker zeigt mir die verschiedenen, Wunder versprechenden Pflaster für Fußblasen, aber er selbst hält nicht viel davon. Nach seiner eigenen Erfahrung sei es das Beste, wenn ich einfach Leukoplast über die Wunde klebte. „Etwas Besseres gibt es nicht! Und nicht abmachen! Wenn es verrutscht, kommt die nächste Schicht drauf, solange, bis alles abgeheilt ist." Das hört sich nach einer Rosskur an, aber der Mann macht einen Vertrauen erweckenden Eindruck auf mich, so möchte ich seinem Ratschlag folgen. Ich verspreche ihm, dass ich so oder so, aber jedenfalls an ihn denken werde.

### Donnerstag, 27. Februar 1997
### Von Sendelbach nach Marktheidenfeld

Nach wie vor regnet und stürmt es. Mein Fuß brennt, mein Knie schmerzt, sogar mein Hals fängt an zu kratzen. Was mache ich bloß, wenn es lange noch so weiterregnet? Der Regen bei der Sintflut hat vierzig Tage gedauert. Wir wissen aus der Bibel, dass dies sich nicht wiederholen wird. Neununddreißig Tage Regen wären danach aber noch möglich.
Morgens um acht Uhr möchte ich frühstücken und gehe in die Gaststube hinunter. Das Haus ist verlassen, kein Mensch weit und breit. Man hat mich, den Gast, einfach vergessen. Das auch noch!
Es ist nach wie vor kalt und nass, grau und stürmisch, aber der Regen hat nachgelassen. Der Wanderweg am Flussufer ist überflutet, ich weiche auf den Fahrradweg aus, aber auch der ist streckenweise unter Wasser. Dort bleibt nur die Landstraße.
Links ist der steile, hohe Berghang dicht bewaldet. Auf der Rechten der von Erlen gesäumter mächtiger Fluss. Große Scharen von schwarzweiß gefiederten Enten lassen sich von der schnellen Strömung tragen. Als ich näherkomme, erheben sie sich schwerfällig von der Wasserfläche. Ich bedaure,

sie in ihrer gewohnten Umgebung zu stören, und ich würde ihnen gern sagen, dass sie vor mir keine Angst zu haben brauchen.
Vorbei an dem hübschen Städtchen Rothenfels, das sich am anderen Flussufer wie eine Postkartenansicht präsentiert, erreiche ich bald Marktheidenfeld. Ein Zimmer ist schnell gefunden. Kurz geduscht, dann in der hauseigenen Konditorei Kaffee und Mohnkuchen... Es gibt noch Freude im Leben! Die historische Innenstadt ist schön renoviert und recht stimmungsvoll, ohne einzelne hervorragende Sehenswürdigkeiten zu bieten. Die Hauptkirche ist ein ehemals gotisches, später barockisiertes Gotteshaus. Mein Zimmerfenster ist nur durch eine schmale Gasse von der Nordwand dieser Kirche getrennt, und so höre ich, wie die Orgel zur Spätandacht spielt.

**Freitag, 28. Februar 1997**
**Von Marktheidenfeld nach Wertheim**
Zuhause gelte ich als Frühaufsteher. Jetzt würde ich am liebsten gar nicht aufstehen. Ich sehne mich nach einem Sessel, einem Schreibtisch, wo ich mich in Ruhe niederlassen kann, ohne daran denken zu müssen, wann ich das Zimmer räumen muss.
Dieser ständige Wechsel der Orte, Wege, Räume und Menschen verursacht bei mir schon jetzt, nach kaum zwei Wochen, eine innere Verwirrung. Wenn ich dieses Tagebuch nicht schreiben würde, bekäme ich viele Orte, Kirchen, Wälder und Landschaften nicht mehr in die richtige Reihenfolge. Allerdings sind die Unterschiede oft wenig gravierend. Ob Fuldatal oder Maintal, hier wachsen dieselben Bäume, die Landschaft ist auf weite Strecken ähnlich.
Auch manche eigenschaftslosen Feierabenddörfer mit ihren Glasbaustein- und Koniferenkulturen könnten genauso gut in Norddeutschland wie in Süddeutschland liegen. Nur die Kirchen, die hier in der Regel barock sind, sie sind bei uns anders, meistens gotisch.
Als ich Marktheidenfeld nach Süden hin verlasse, scheint endlich die Sonne. Die Uferwege sind überschwemmt, ich muss die stark befahrene Landstraße benutzen.
Die nächste Ortschaft, Lengfurt, liegt kaum eine Stunde Fußmarsch entfernt. Trotz dieser geringen Distanz ist jetzt der Unterschied zu den bisherigen Dörfern nicht zu übersehen: Es gibt es weniger Fachwerk, dafür aber viele massive Barockbauten. Die Häuser sind mit Heiligenfiguren geschmückt. Wegkreuze, eine Mariensäule und eine schöne barocke Jakobskirche machen

mir deutlich, dass ich mich auf dem richtigen Weg befinde. Ich nehme die Gelegenheit wahr, in der Kirche eine kleine Ruhe- und Besinnungspause einzulegen.

Das Gasthaus in Rettersheim ist geöffnet. Nach vielen geschlossenen Lokalen ist dies eine angenehme Überraschung. Die Gaststube ist gut besucht, Wald- und Bauarbeiter verbringen hier ihre Mittagspause. Die Atmosphäre ist familiär. Die Wirtin kocht, der Wirt bedient die Gäste, und am Ecktisch macht die kleine Tochter ihre Hausaufgaben. Das Essen ist deftig. Da ich noch weiterlaufen muss, nehme ich nur eine Leberknödelsuppe. Nicht aus der Dose, selbstgemacht! Der Geschmack erinnert mich an winterliche Schlachtfeste in meiner Kindheit.

So zu neuen Kräften gekommen, setze ich meinen Weg fort. Der Feldweg läuft einige hundert Meter lang neben der Autobahn. Die Autos, die im Ferienstau stecken, sind kaum schneller als ich zu Fuß. Einige Fahrer winken, hupen oder rufen, als sie mich sehen. Ich will dies als eine freundliche Geste verstehen.

Im Wald von Eichberg, wo jetzt mehr Fichten und Buchen als Eichen wachsen, treffe ich auf die ersten echten Frühlingsboten: Büsche mit kleinen, gelben Lämmerschwänzchen leuchten im hellen Sonnenlicht. Als kaum fünf Minuten später auch noch ein gelber Zitronenfalter vor mir herflattert, freue ich mich darüber, dass das Winterwetter überstanden ist.

Jenseits des Flusses zeigt sich schon die malerische Stadt Wertheim. Die wärmende Nachmittagssonne hat nicht nur meine Stimmung aufgehellt, sondern auch viele Menschen auf die Straße gelockt. Die Stadt mit den schmalen krummen Gassen, den vielen Fachwerkbauten, Brunnen, Kirchen und Geschäften macht einen sehr lebendigen Eindruck. Ich rufe in der Jugendherberge an und frage, ob ich ein Zimmer bekommen könnte. Als Antwort wird mir mitgeteilt, dass aus Kostengründen nur ein Zehnbettzimmer beheizt wird, wo ich zwar nach aller Wahrscheinlichkeit allein schlafen könne, weil sich bis jetzt noch kein anderer Gast gemeldet hat, aber eine Garantie dafür kann man mir nicht geben. Schade. Mit fremden Menschen in einem Zimmer habe ich letztmals vor vierzig Jahren als Jugendlicher geschlafen, und im Moment kann und will ich mich nicht darauf einlassen, einen so intimen Raum, wie es ein Schlafraum nun mal ist, mit anderen zu teilen. So nehme ich ein Hotelzimmer.

Da mein Anorak, den ich seit Kassel jeden Tag getragen habe, anfängt penetrant zu duften, wasche ich ihn in der Duschkabine. Die Methode ist einfach: Das gute Stück wird beim Duschen mit den Füßen geknetet. Dabei wird das Wasser so schwarz, als wenn ich einen Blumenkasten ausgespült hätte.

**Samstag, 1. März 1997**
**Von Wertheim nach Dittigheim**
Ab Wertheim geht es im Taubertal weiter. Der Fluss zieht noch ein paar Schleifen, bevor er sich bei Wertheim mit dem Main vereint. Das Tal ist eng, die Hänge sind bewaldet.
Hinter der Brücke von Gamburg steht der Fußballplatz unter Wasser. Am Ufer dieses Sees sitzen zwei Jungen mit einem Sechserpack Bier und lassen es aus einem tragbaren Musikkoffer krachen, was das Ding hergibt. Eine größere Auswahl an Samstagsvergnügungen scheint es hier nicht zu geben.
Eine kurze aber steile Steigung führt mich wieder aus dem engen Tal heraus. Vorbei am Schloss Gamburg über Ackerfelder erreiche ich bald einen schönen Hochwald. Kurz nach dem Waldrand steht eine Gedenksäule aus rotem Sandstein. Am Säulenschaft ist ein scheuendes Pferd abgebildet, und am Steinsockel darunter ist zu lesen:

GOTT BESCHÜTZT OFT IN GEFAHR,
DENN ER LIEBET, WUNDERBAR.
ZUR ERINNERUNG AN DEN TAG
AM 12 DN AUGUST 1823

Kaum zweihundert Meter weiter steht eine Kapelle, die eine Fürstin in selbiger Zeit erbauen ließ, weil ihre Tochter nach einer schweren Krankheit auf wunderbare Weise wieder gesund wurde. Wenn ich die Mittel und die Macht dazu hätte, würde auch ich eine Kapelle, was heißt Kapelle, eine Kathedrale würde ich bauen lassen aus Dankbarkeit für die Genesung meiner Frau.
Später begegne ich drei Kindern, die mit dem Fahrrad unterwegs sind. Wir grüßen uns kurz, wechseln einige Worte über das schöne Wetter, dann radeln sie weiter.
Ich komme in einen Kiefernwald, wo außergewöhnlich große starkstämmige Bäume stehen. Es ist schon erstaunlich, wie der Sonnenschein nicht nur den Wald, sondern vielmehr auch mein Gemüt erhellt. Sogar mein schwerer Rucksack kommt mir heute leichter vor.

Das letzte Stück des Weges geht steil hinunter nach Tauberbischofsheim, eine asphaltierte Wohnstraße, die meinen Knien zu schaffen macht. Unten an einer Kreuzung treffe ich wieder auf die drei Kinder, die ich unterwegs gesehen habe. Sie sind überrascht, dass auch ich den langen Weg, und dazu noch zu Fuß, so schnell geschafft habe, und jetzt wollen sie ganz genau wissen, woher ich komme und wohin ich will. Sie sind ganz begeistert, und darüber bin ich stolz und erfreut.
Eigentlich will ich Tauberbischofsheim angucken, aber ich bin zu müde. Außerdem muss ich noch bis Dittigheim weiterlaufen, wo ich mir ein Zimmer bestellt habe. So gehe ich am Stadtrand vorbei, ohne sagen zu können, dass ich von der Stadt etwas gesehen hätte. Dies ist ein grundsätzliches Problem einer solchen Reise.
Bevor ich losmarschiert bin, hegte ich die Vorstellung, dass, wenn ich diese langsame Art der Fortbewegung wählte, ich mehr Zeit und Muße für die Sehenswürdigkeiten am Wegrand haben würde. Dem ist nicht so. Ich brauche für so eine lange Strecke wie die heutige, mit den erforderlichen Pausen etwa zehn Stunden. Wenn ich dann am Abend an meinem Tagesziel ankomme, bin ich so müde, dass ich keinen Schritt mehr machen möchte.

**Sonntag, 2. März 1997**
**Von Dittigheim nach Bad Mergentheim**
Gegenüber dem Gasthaus „Zum Grünen Baum", in dem ich geschlafen habe, steht eine Kirche, die ich am Abend kaum beachtet habe. Dafür hat sie sich in der Nacht gerächt und mich mit einem aufwendigen Glockenschlagwerk jede Viertelstunde aufgeweckt. Die Viertelstunden wurden mit drei Glockenschlägen angeläutet: e, c, d. In den ganzen Stunden kamen, etwas tiefer, noch die Stundenschläge dazu, mit einem A. Also beispielsweise nachts um vier Uhr konnte ich folgendes musikalisches Kleinod genießen: ecd ecd ecd ecd AAAA.
Ich trete aus dem Gasthaus hinaus und schaue vorwurfsvoll die besagte Kirche an. Sie ist für dieses kleine Dorf überraschend aufwendig ausgefallen, das reinste Barock. Das Tor ist geöffnet, ich gucke mal, wie es innen aussieht.
Ich bin hingerissen! Das ist das Alleredelste, was Barock bieten kann! Die ausgewogenen Proportionen, die festlichen, aber nicht überhäuften dekorativen Stuckelemente, alles von Meisterhand geschaffen! Nur die unpassenden Leuchten aus den fünfziger Jahren müssten schleunigst entfernt werden.

Ich verlasse die Kirche, und jetzt erst sehe ich das Schild draußen neben dem Eingang: „St.-Vitus-Kirche, erbaut von Balthasar Neumann..." Und ich bin in meiner Ahnungslosigkeit fast vorbeigelaufen!
Bücher sind schwer, und ich muss alles auf dem Rücken schleppen. So habe ich keine Reiseliteratur dabei. Den Dom in Fulda oder die Basilika in Weingarten kann man nicht übersehen, aber so eine Kirche, wie diese in Dittigheim, musste ich mangels Literatur selbst entdecken.
Das Wetter ist, wie es am Sonntag immer sein sollte. Auch die heutige Etappe beginnt recht leicht: etwa fünf Stunden auf einem Fahrradweg ohne Steigung, immer an der Tauber entlang. An einigen Stellen sind die Wiesen noch immer überflutet, der zurückweichende Fluss hat große Pfützen hinterlassen, die hier und da auch den Fahrradweg bedecken. An diesen Stellen werde ich zu Umwegen gezwungen. Dies verdirbt aber keineswegs meine gute Laune. Im Gegenteil, ich freue mich über mein Glück, dass ich jetzt und nicht vor fünf Tagen hier gewesen bin. Da war die etwa zehn Meter breite Tauber dreihundert Meter breit und vier bis fünf Meter tief.
Das Städtchen Lauda hat einen hässlich wuchernden Außenbezirk und eine schöne alte Innenstadt. Vor der Stadtkirche treffe ich einen alten Pfarrer. Ich spreche ihn an, sage, dass ich ein Jakobspilger bin, und bitte um eine Bestätigung in meinem Pilgerpass, dass ich hier gewesen bin. Der alte Herr bittet mich, ihn zu seiner Wohnung zu begleiten. Dort begrüßt mich eine liebe alte Dame, seine Haushälterin. Sie sind beide schon über achtzig Jahre alt, und wie sie sagen, dankbar für jeden Tag, den Gott ihnen schenkt, beisammen sein zu dürfen. In der mit alten Möbeln eingerichteten Wohnung steht die Zeit schon seit langem still. Die zehn Meter, die ich zwischen Eingangstür und Wohnzimmer durchschreite, genügen, um das Heute in Gestern und die Hektik der Straße in beschaulichen Frieden zu verwandeln.
Ich bekomme meinen Stempel, und dabei erzählt der Pfarrer, dass zu seinen Familiendokumenten auch der Wanderpass seines Vaters gehört, der als Wandergeselle am Anfang des Jahrhunderts drei Jahre unterwegs gewesen ist. Man kann heute anhand der Stempel rekonstruieren, wo er sich damals überall aufhielt. Er findet es sehr lobenswert, dass auch ich mich auf einen so langen Weg aufgemacht habe. Ich bin stolz darüber, dass er mich indirekt mit seinem Vater vergleicht. Beim Abschied von den beiden lieben alte Menschen denke ich, wenn sich das Alter auf solche Weise zeigt, dann möchte auch ich alt werden.

Aprilwetter im Februar, hinter Melsungen

Vorige Seite: Der Anfang in hessischen Wäldern

Klebsmühle, Nordhessen

Waldweg bei Ahlersbach

Nächste Seite: Wanderweg vor Weinheim

Der Main vor Marktheidenfeld

An diesem Nachmittag sind viele Radfahrer und Spaziergänger unterwegs. Ich bin es nicht mehr gewohnt, nach so viel Einsamkeit wieder unter Menschen zu sein.
Im nächsten Dorf sprechen mich zwei alte Herren an und fragen nach Woher und Wohin. Als sie hören, dass ich zu Fuß aus Kassel komme, erzählen sie mir, dass auch sie am Ende des Krieges eine lange Strecke gelaufen sind. Um der Kriegsgefangenschaft zu entgehen, ist der eine aus Leipzig, der andere aus Eschwege hierher nach Hause gelaufen. Dabei trauten sie sich oft nur nachts auf den Weg, weil sie befürchten mussten, von den Alliierten geschnappt und eingesperrt zu werden. Zum Essen gab es nichts, so waren sie Haut und Knochen, aber sehr glücklich, als sie hier ankamen. Wir sind uns darüber einig, dass ich es heute wesentlich einfacher habe als sie damals.
Nur einige hundert Meter weiter, in Edelfingen, fragen mich zwei junge Frauen, die mit dem Fahrrad unterwegs sind, wohin ich laufe. Mein Vorhaben finden sie sehr beeindruckend. Wir verabschieden uns, ich laufe mit geschwellter Brust in Richtung Bad Mergentheim weiter.
Später überholen sie mich, und eine der Frauen ruft:
„Sie haben aber einen flotten Schritt!"
„Das mache ich nur, um Sie zu beeindrucken!" antworte ich.
Bad Mergentheim gefällt mir an diesem sonnigen, warmen Nachmittag außerordentlich gut. Die Straßen sind voller bunt gekleideter Spaziergänger. Vor den Eisdielen stehen lange Menschenschlangen. Abends ruft mich eine Freundin an und teilt mir ganz aufgeregt die ersten Ergebnisse der Kommunalwahlen in Kassel mit. Ich habe gänzlich vergessen, dass heute Wahltag ist. Das halte ich für ein gutes Zeichen.

**Montag, 3. März 1997**
**Von Bad Mergentheim nach Creglingen**
Wie kann es bloß nach einem so schönen sonnigen Tag wie gestern heute früh schon wieder regnen? Dieses Plätschern nimmt mir die letzte Lust!
Die ersten zwei Stunden laufe ich wie schon gestern auf dem Fahrradweg. Ich bin wieder allein. Das Tal wird nach Norden vom Tauberberg begrenzt, dessen Südhang zu den guten Weinlagen gehört. Auch der Wein, ein Merkelsheimer, den ich gestern abends getrunken habe, ist hier gewachsen. Die Hänge sind steil und sehr steinig, der Boden besteht aus grünlichem

Schiefertrümmer. Solche Weinberge sind schwer zu bearbeiten, dementsprechend muss der Wein sehr gut sein, damit die Arbeit sich überhaupt lohnt. Aus diesem Grund sind viele der weniger guten Weinlagen im Taubertal in diesem Jahrhundert aufgegeben bzw. nach der Mehltaukatastrophe um 1900 nicht wieder rekultiviert worden. Die Rebfläche von heute ist hier nur etwa halb so groß wie die vor hundertfünfzig Jahren.

Ein idyllischer Wiesenweg begleitet den Bachlauf von Neubronn nach Niederrimbach. Die Weidenbäume, die an der Uferböschung des kleinen Baches wachsen, sind von Korbflechtern, die die dünnen Ruten zur Korbherstellung benötigen, stark zurückgeschnitten worden. Die dicken knorrigen Stämme mit den dünnen geraden Zweigen erinnern mich an erschrockene Waldgeister, deren Haare gegen den Himmel stehen.

Das letzte Hindernis vor meinem Tagesziel ist der steile Berg Bockstall. Ich keuche und schwitze, aber oben werde ich belohnt mit dem Blick auf einen besonders schönen Mischwald mit Kiefern, Buchen, Birken, sogar einigen Ulmen, und als wahre Attraktion stehen hier viele bewundernswert große, turmhohe Lärchen, richtige Riesen, wie man sie selten sieht. Hier treffe ich auch den Revierförster, dem ich nicht verhehle, wie sehr mir der Wald hier gefällt. Ja, meint er, die kommenden Wochen sind die schönsten, in denen die Natur aufwacht und erblüht. Man sieht jeden Tag etwas Neues, worüber der Mensch sich freuen kann. Er findet es beachtenswert, dass ich mich auf diesen langen Weg gewagt habe, und freut sich wie ich über den kommenden Frühling.

In Creglingen finde ich schnell ein Gasthaus. Die Wirtsleute sind sehr alt, das Zimmer ist einfach. Das Treppenhaus riecht süßlich nach einem Kater.

Vor dem Schlafengehen trinke ich in der Gaststube einen Schlummerschoppen. Die Wirtin fragt, was mich hierher bringt, und ich erzähle ihr über meinen Pilgerweg.

„Das könnte ich nicht mehr", sagt sie. „Ich kann höchstens noch zum Friedhof. Und nur abwärts, weil ich es mit dem Rücken habe. Mein Mann kann besser aufwärts, wegen den Knien, er kann abwärts nicht. Ich kann abwärts besser als er. Aber nach… wohin wollen Sie? Nach Spanien? Nein, nein, das könnte ich nicht!"

Wie aufs Stichwort erscheint der alte Ehemann, etwa achtzig, und sagt: „Rhodos."

„Das ist aber in Griechenland, nicht in Spanien!" sagt die Frau. „Ja, Rhodos", beharrt er, „wir waren auf Rhodos. Urlaub. Auf Rhodos. Ja." Seine Frau zieht ihn in die Küche zurück. Auch ich gehe schlafen.

**Dienstag, 4. März 1997**
**Von Creglingen nach Rothenburg ob der Tauber**
Grau, unbeschreiblich eintönig grau. Es regnet. Etwa sechs Stunden in diesem Wetter auf Asphaltwegen zu laufen...? Schon die Vorstellung ist mir zuwider! Ich wusste ehrlich nicht, dass mich Regen so deprimieren könnte. Aber wann bin ich schon so viel im Regen gelaufen? Wann bin ich überhaupt so viel gelaufen?
Schon nach den ersten paar hundert Metern bin ich in der kalten und doch feuchten Luft nassgeschwitzt. Auch der Rucksack drückt mich heute besonders schwer.
Es reicht mir!!! Diese ganze Unternehmung ist etwa so ein Genuss, wie Steine zu schleppen! So bescheuert kann doch kein Mensch sein, dass er sich mit einer sauschweren Last auf dem Rücken einen ganzen Tag abquält, während er mit dem Bus dieselbe Strecke in zwanzig Minuten gefahren wäre!
Ich bleibe voller Wut stehen, lasse den Rucksack vom Rücken auf den Boden rutschen. Dann fasse ich den Trageriemen mit beiden Händen an, und nach einer Umdrehung werfe ich dieses verdammte Miststück nach bester Hammerwerfermanier in die Büsche!!!
Das beruhigt mich etwas. Ich hole den Rucksack aus dem Gestrüpp, trinke nachdenklich einige Züge aus der Wasserflasche, und siehe da: Es hört auf zu regnen! Nicht, dass ich jetzt Freudensprünge mache, aber ich kann den Regenponcho ausziehen.
In Rothenburg bin ich schon oft gewesen, allerdings noch nie zu Fuß. So habe ich noch nie gemerkt, dass die Stadt fürchterlich hoch liegt. Aber auch die letzte Steigung wird bewältigt, und ein Zimmer finde ich ebenso. Das Haus verströmt den Duft der Jahrhundertwende, es ist seit über hundert Jahren in Familienbesitz. Die Duschkabine steht frei neben meinem Bett wie eine Telefonzelle. Später ruft mich Manfred an und sagt, dass ich mich gut anhöre, sicher geht es mir gut. Hoffentlich hat er recht. Vielleicht merke ich nur nicht, dass es mir gut geht.

**Mittwoch, 5. März 1997**
**In Rothenburg ob der Tauber**
So gut und so fest habe ich geschlafen, dass ich fast mein Frühstück verpasst hätte. Es ist schon richtig gewesen, hier einen Ruhetag zu nehmen. Ich fühle mich heute müde und zerbrechlich: Hier ziept's, da drückt's. Schlimm, schlimm! Ich vermute jedoch, wenn heute wie in den vergangenen Tagen auch Laufen auf dem Programm stehen würde, wäre ich schon wieder unterwegs, ohne von all den Beschwerden Kenntnis genommen zu haben.
Aus aktuellem Anlass führt mich mein erster Weg in die St.-Jakobs-Kirche. Der Raum ist fast leer. Ich setze mich hin und versuche, eine besinnliche, spirituelle Stimmung aufkommen zu lassen, aber es will mir nicht gelingen. So schaue ich die Kunstwerke an. Da ist als erstes der gotische Hochaltar mit dem schönen Kreuz, von vier Engeln getragen. Unter dem Kreuz stehen Heiligenfiguren, auch der Schutzpatron Jakobus ist dabei. Die Altarflügel mit der gotischen Bemalung zeigen an der Vorderseite Szenen aus der Vita Mariä. Die Rückseite ist für Jakobspilger wesentlich interessanter: Dort ist in einer Bilderreihe das Jakob'sche Hühnerwunder dargestellt.
Berühmt sind auch die Glasfenster aus dem 14. Jahrhundert, das gotische Chorgestühl, aber die Hauptsehenswürdigkeit ist der Heilig-Blut-Altar von Tilman Riemenschneider, ein Meisterwerk. Riemenschneider ist neben Veit Stoß der größte Bildhauer der Gotik, mit eigener Handschrift. Die Feinheit der Gesichtszüge, der Kleiderfalten, der Hände und die Haltung seiner Figuren sind unnachahmlich. Großartig auch die spannungsgeladene szenische Komposition der dargestellten Situationen.
Nach dem Kirchenbesuch schlendere ich durch die schmalen Nebengassen, um mich schließlich im Spitalenviertel im Nieselregen auf eine einsame Bank zu setzen. Im Geäst der riesigen alten Bäume, die vor der Spitalscheune stehen, besingen die Vögel trotz Regen den Frühling. Ich fühle mich seltsam entspannt und ausgesprochen wohl.
In dieser Jahreszeit sind die Straßen von Rothenburg fast leer, nur einige japanische Touristen laufen mit ihren Fotoapparaten herum.
Den Nachmittag verbringe ich schlafend im Bett, und als ich am Abend erst spät wach werde, stehe ich nicht mehr auf, sondern schlafe weiter.

**Donnerstag, 6. März 1997**
**Von Rothenburg ob der Tauber nach Kirchberg an der Jagst**
Ich verlasse die Stadt durch das mittelalterliche Kobolzeller Tor. Der Weg senkt sich steil ins Tal hinunter zu der sehenswerten alten Steinbrücke, der Doppelbrücke. Der Name ist leicht zu erklären: Über vier großen Bögen wölben sich, eine Etage höher, sechs kleinere Bögen. Das Bauwerk zeugt von der Kunst der Handwerker des 14. Jahrhunderts.
Hinter der Brücke führt der Weg aus dem Tal wieder hinaus, und damit befinde ich mich schlagartig in einer anderen Landschaft. Es ist eine sehr weitläufige eintönige Hochebene. Die Schwermut des Bildes wird durch das diesige Grau des Himmels noch unterstrichen.
Erst ab Rot am See wird es abwechslungsreicher. Eine lange gerade Birkenallee führt nach Niederwinden. Die Sonne kommt heraus, und mir fällt das Lied über des Müllers Lust beim Wandern ein. Genau so habe ich mir diese Wanderung von Anfang an vorgestellt!
Auch die Fortsetzung des Weges an einem Bach entlang nach Gaggstatt versetzt mich in eine fröhliche, ausgelassene Stimmung. Manchmal finde ich, dass laufen zu können, diese langsame, kaum wahrnehmbare Veränderung der Landschaft erleben zu dürfen, eine der größten Gnaden ist, die dem Menschen gegeben.
In Gaggstatt steht etwas abseits vom Weg eine Kirche, die meine Neugier weckt. Eigentlich sieht sie, sehr gut proportioniert, wie eine doppeltürmige romanische Kirche aus, aber wie eine, die übereifrig restauriert worden ist. Ich mache den kurzen Umweg und will mir das Bauwerk näher anschauen. Neben der Kirche liegt ein großer Haufen Holz auf der Straße, und ein alter Herr ist dabei, die Scheite kleinzumachen. Zwei rote Katzen gucken ihm interessiert zu. Ich begrüße ihn, lobe seine schönen Katzen und auch das Wetter, das mir erlaubt zu wandern, und ihm, das Holz zu hacken. Er fragt nach Woher und Wohin, und ich brauche ihm nichts über den Jakobsweg zu erklären, er ist darüber überraschend gut informiert. Er stellt eine Menge sachlicher Fragen über meine Route, über Reisedauer und Ausrüstung. Er findet mein Vorhaben gut, obwohl er nicht katholisch und ihm die Pilgerei grundsätzlich suspekt sei.
„Wie alt schätzen Sie die Kirche?" fragt er mich.
„Ja, das ist gerade das Problem", antworte ich, „sie kann sehr alt und nicht besonders gut restauriert, aber auch recht jung sein."

"So ist es, sie wurde 1905 erbaut. Es ist eine berühmte Jugendstilkirche. Haben Sie noch nie etwas von dieser Kirche gehört?" Ich muss dieses eingestehen.
"Wenn Sie die Kirche sehen wollen, dann hole ich den Schlüssel ", sagt er. Wir gehen durch den Kirchhof zum Seiteneingang. Der Innenraum verblüfft mich. Sicher, es ist Jugendstil, und man kann die entsprechende Stilelemente suchen und auch finden. Für mich ist es aber ein wunderbar individuell sakraler, aber sehr fröhlicher Raum. Die runden Bögen und die Kassettendecke erinnern mich an eine frühromanische Basilika, aber deren Strenge wird hier spielerisch aufgelöst durch Farbe, gemalte Motive, kleine Unregelmäßigkeiten, Widersprüche und Ergänzungen.
"Soll ich es Ihnen erklären?" fragt der alte Herr, und als ich nicke, verwandelt er sich, wie von einem Zauberstab berührt, augenblicklich in einen Fremdenführer, der mir mit einstudiertem, wie gesungen vorgetragenem Text die Baugeschichte, das Gesamtkonzept, die Bedeutung der einzelnen Motive und Elemente genau erklärt. Ich bin begeistert und dankbar.
Wir verabschieden uns mit einem langen Händedruck und mit gegenseitigen guten Wünschen.
Die restlichen zwei Kilometer bis zur Jugendherberge in Kirchberg sind danach ein kurzer und freudvoller Spaziergang. Auch dort bin ich heute der einzige Gast.

**Freitag, 7. März 1997**
**Von Kirchberg an der Jagst nach Steinbach an der Jagst**
Kirchberg ist an diesem Morgen in dichten Nebel gehüllt, aber als ich von dem Berg, auf dem die Herberge steht, in das Tal hinabsteige, bricht der Nebel auf. Wie durch einen Zauber erscheint auf dem gegenüberliegenden Bergrücken mit ihrem spitzen Kirchturm im pastellfarbenen Morgenlicht die romantische Stadt.
In den nächsten zwei Stunden folge ich dem Wanderweg, der an der Jagst entlangläuft. Der Fluss hat sich in Jahrmillionen tief in die Ebene eingegraben. Bei der Suche nach dem Weg wurde er zu vielen Windungen gezwungen. Die steilen Hänge des an manchen Stellen schluchtähnlichen Tales sind dicht bewaldet. Bevor das Tal beim Baiertesstein in eine unpassierbare Schlucht übergeht, steigt der Wanderweg wieder aus der Tiefe. Innerhalb von fünf Minuten bin ich in einer anderen Landschaft: weitläufiges Acker-

land, eine stark befahrene, tosende Autobahn, die Naturschönheiten sind also für heute zu Ende. Über dem flachen Land pfeift ein kalter Ostwind. Nun könnte ich meine vor drei Tagen nach Hause geschickten Handschuhe gut gebrauchen.

**Samstag, 8. März 1997**
**Von Steinbach an der Jagst nach Schwabsberg**
Als ich um neun Uhr starte, ziehen von Osten graue Nebelschwaden auf. Kaum eine halbe Stunde später ist es dunkel, grau und eiskalt. Soll das etwa das Frühlingswetter sein?
Auch die Fortsetzung des Weges ist wenig begeisternd. Es ist hier kein Wandergebiet, es fehlen die geeigneten Wege. Ich laufe einen Bahndamm entlang, danach an der Landstraße, wo recht starker Verkehr herrscht.
Erst bei Schweighausen, wo die Autoroute das Tal verlässt, gibt es wieder einen Radweg, der den Fluss begleitet. Auch die Landschaft ist hier hübscher als zuvor, aber es ist kalt und neblig; von der Schönheit dieses Winkels ist nicht viel zu sehen.
Südlich von Rindelbach verlasse ich das Tal, um die auf einer Bergnase thronende, weit sichtbare Wallfahrtskirche Schönenberg zu besuchen. Eine steile Lindenallee, mit Rosenkranzkapellen gesäumt, führt zu der zweitürmigen, wuchtigen, gelbbemalten Barockkirche. Ich könnte wieder an Wunder glauben: Just als ich am unteren Ende dieser Allee ankomme, lösen sich die Wolken, und das helle Bauwerk erstrahlt triumphierend in der Nachmittagssonne.
Oben angekommen öffnet sich vor meinen Augen eine großartige Aussicht auf die Stadt und Burg Ellwangen. Die noch immer diesige Luft und das Gegenlicht lassen die Türme der Stadt wie einen Scherenschnitt erscheinen. Die am Anfang des 18. Jahrhunderts erbaute Wallfahrtskirche ist nicht barockisiert, sondern wurde barock geplant, barock gebaut und ist barock geblieben.
Der mit weißen Stuckarbeiten geschmückte helle Raum steht im positiven Kontrast zu dem in dunklen Farbtönen gehaltenen Hochaltar, der dadurch als der wichtigste Ort des sakralen Raumes betont und herausgehoben wird. Ich setze mich hin und verspüre dasselbe Gefühl der Dankbarkeit wie gestern früh in Kirchberg. Welch ein großes Privileg ist mir zuteil geworden, diese Reise machen zu dürfen!
Auch Ellwangen hat eine ganze Reihe von hübschen Barockbauten. Im

Zentrum der Stadt steht die Stiftskirche. Im Lauf der Jahrhunderte sind weitere Kirchen, Amts- und Stiftsherrenhäuser dazugekommen. Die Stiftskirche ist eine ehemals romanische, jetzt barocke Basilika, wobei die so unterschiedlichen Stilrichtungen glücklicherweise nicht vermischt worden sind. Die Außenansicht ist romanisch geblieben, der Innenraum dagegen wurde vollständig im Barockstil umgestaltet. An der Nordseite der Basilika ist ein gotischer Kreuzgang mit einer Kapelle angebaut. Später im 18. Jahrhundert wurde dieser Gebäudekomplex mit einer weiteren Barockkirche, die ehemalige Jesuitenkirche, ergänzt. Letztere wurde 1803 durch herzogliches Dekret den evangelischen Gläubigen überlassen. Mich beeindruckt diese frühe friedliche Koexistenz der beiden großen christlichen Religionen.

Von Ellwangen bis Schwabsberg, wo ich schlafen möchte, ist es nur noch ein angenehmer Spaziergang an der Jagst entlang. Im Gasthaus „Zum Goldenen Lamm" wurde das Lamm wahrscheinlich von dem gepfefferten Zimmerpreis vergoldet, aber das Zimmer ist mit Bad, so dass ich wieder mal große Wäsche machen kann. Jetzt ist mein Zimmer mit nassen Wäschestücken vollgehängt, und es duftet wie in einer Waschküche.

**Sonntag, 9. März 1997**
**Von Schwabsberg nach Aalen**
Endlich wieder ein sonniger Sonntag! Das Frühstück im Gasthaus ist außergewöhnlich gut, und als die Wirtsleute hören, dass ich ein Jakobspilger bin, bekomme ich fünf Mark Nachlass auf den Zimmerpreis, als „Pilgerrabatt".

Nach einer halben Stunde bin ich an der ehemaligen römischen Befestigungslinie, dem Limes. Am Waldrand sind einige Fundamente von einem steinernen Wachturm ausgegraben worden. Daneben hat man einen Wachturm aus Holz sowie Palisaden rekonstruiert. Ein ruhiger Ort ist das hier, weit und breit ist kein Mensch zu sehen. Ich setze mich auf eine Mauer und lasse die alten Römer vor meinem geistigen Auge tun, was damals auf einem solchen vorgeschobenen Posten so anstand. Viel war es wahrscheinlich nicht, was die Soldaten hier verrichten mussten, und das macht die Vorstellung für mich wesentlich sympathischer, als wenn sie ständig gekämpft hätten.

Ich laufe auf dem Limes weiter. Es ist merkwürdig und faszinierend, dass auch dort, wo von dieser alten Befestigung nichts mehr zu sehen ist, der Grenzcharakter bis heute erhalten geblieben ist. Wo vor fast zweitausend

Jahren diese Linie eine Grenze bildete, ist auch heute noch eine Flurgrenze, ein Waldrand, eine Hecke zwischen zwei Ackerfeldern.
Hinter Treppach steigt ein Feldweg in die Höhe, und als ich diesen Weg einschlage, höre ich schon aus einer Entfernung von einem halben Kilometer, dass oben Technomusik gespielt wird. Besonders die fetzigen Basstöne dröhnen mit Elementargewalt hinunter bis ins Tal. Was ist denn da los? Gibt es dort etwa ein Volksfest oder ein Freilichtkonzert?
Nichts davon! Zwei Jungs lassen einen laut knatternden Lenkdrachen steigen, und damit es ihnen nicht zu langweilig wird, kippen sie zusätzlich Techno aus dem Autoradio über die Landschaft. Der alte Audi wird von den mehrtausend Watt fast zerfetzt.
Drachen! Was war das für eine Freude, Drachen steigen zu lassen! Schon das Bauen – wir haben damals die Drachen selbstverständlich selbst gebaut – war ein Abenteuer und eine wahre Kunst. Und weil auch Künstler sich irren können, stand vor dem Start immer die spannende Frage, ob das Ding überhaupt fliegt. Wenn es dann flog, dann kamen erst die Experimente, um ihm ein ruhiges, majestätisches Fliegen beizubringen. Manchmal brauchten wir nur zwei, drei dünne Papierschleifen zusätzlich an das Schwanzende des Drachens zu binden, und die lahme Ente verwandelte sich augenblicklich in einen Albatros. Wie die lange durchhängende Schnur leise zu brummen und zu singen begann, wenn der Wind stärker wurde! Wenn der Wind aber ruhig und gleichmäßig war, konnten wir die Schnur irgendwo festbinden, uns ins Gras legen und stundenlang zuschauen, wie der Drachen ohne unser Zutun eigenständig flog, als ob er lebte. Wenn ich den Drachen und die über ihm auf ihren Himmelsbahnen ziehenden Wolken lange genug anstarrte, hatte ich das Gefühl, dass der bunte Papiervogel auf mystische Weise den Wolken entgegenfliegt.
Nach diesen Erinnerungen brauche ich nicht zu betonen, dass ich kein Fan von Lenkdrachen bin. Die sind für mich gar keine Drachen, sondern windgetriebene Kampfmaschinen. Schon das Geräusch finde ich furchtbar, nur störend. Die Hektik, die die herumrasenden Vögel verbreiten, finde ich abartig. Schließlich können sie auch nicht mehr, als einen Kreis, eine Welle oder eine Acht zu fliegen. Das ist nach zehn Minuten langweilig. Demgegenüber ist die beschauliche Ruhe der Papierdrachen von Dauer.
Weil ich schon bei Techno bin: Ich möchte nicht darüber rechten, welche Art von Musik wertvoller ist. Techno ist nun mal ein Teil unserer heutigen Kultur, wie zu seiner Zeit Schubert oder Armstrong. Ich möchte, was ich sage, auch

nicht speziell auf diesen Stil beschränken. Heute Techno, morgen kommt sicher etwas anderes. Aber wenn heute etwas in Mode kommt, dann wird es rund um die Uhr und rund um den Erdball gespielt. Was sage ich? Gespielt? Mir fällt dabei der alte einfältige Witz ein: „Darf ich fragen, welches Instrument Ihre sehr verehrte Gattin spielt?" „Sie spielt sehr schön Grammophon." Genau! Wer spielt noch Musik? Wer singt noch ein Lied? Marusha begleitet mich von Kassel nach Aalen, und wenn ich nach Wladiwostok laufen würde, sie würde mich auch dorthin verfolgen. Wir regen uns über geklonte Schafe und Rinder auf, und dabei werden wir, die Menschen, kulturell schon lange geklont.
So! Das Nörgeln hat mir Spaß gemacht. Jetzt kann ich weiterlaufen.
Die Jugendherberge in Aalen ist tatsächlich das Letzte, was man für viel Geld feilbieten kann. Ich, wieder der einzige Gast, bekomme ein Sechsbettzimmer. Der Raum ist dreimal fünfeinhalb Meter, möbliert mit drei Etagenbetten und mit einem offenen Regal, das sechs Fächer aufweist. Das ist alles. Kein Stuhl, kein Tisch, kein Waschbecken, kein Zimmerschlüssel, nichts. Dafür verlangt man 30,50 Mark pro Person. Wenn das Zimmer im Sommer voll belegt ist, dann bringen diese 16,5 Quadratmeter 183 Mark pro Nacht. Und das soll besonders preiswert sein? Unglaublich!

**Montag, 10. März 1997**
**Von Aalen nach Altheim**
Die Schäbigkeit der Unterkunft korrespondiert offenbar mit meinen körperlichen Befindlichkeiten: Ich habe schlecht geschlafen, schlecht geträumt, bestialische Kopfschmerzen quälen mich. Am liebsten würde ich mich irgendwo hinlegen, die Augen schließen und warten, bis die Zeit und damit die Schmerzen vergehen. Trotzdem muss ich weiter, weil ich in drei Tagen mit meiner Frau Rita in Ulm verabredet bin. Von dort möchte sie einige Tage mit mir laufen. Bis Ulm sind es fast siebzig Kilometer.
Als erstes lasse ich in der Stadt neue Absätze auf meine Schuhe machen, da sie vollständig abgelaufen sind. Dann schicke ich wieder einige Sachen, die ich nicht mehr benötige, nach Hause. Beim Hin- und Herpacken im Postamt lasse ich meinen Fotoapparat fallen. Es ist ein kompliziertes, computergesteuertes Hightech-Produkt, das durch diesen Schlag nicht mehr wie gewohnt funktioniert. Ich nehme den Film heraus. Nach einigem Rütteln und Schütteln funktioniert das Ding wieder, dann wieder nicht. Ich könnte heulen!

Das Heulen würde auch nicht helfen, ich muss weiter. Auf Straßen, die durch langweilige Neubaugebiete führen, verlasse ich die Stadt.
Im nahen Unterkochen steht eine schöne Barockkirche auf einem Hügel. Eigentlich müsste ich sie besichtigen, aber mir ist elend zumute, und so möchte ich keinen Schritt mehr machen als unbedingt nötig.
In Oberkochen verlassen mich auch meine letzten Kräfte. Der Kopf will zerspringen, mir ist schwindlig. Ich kann nicht mehr. So kaufe ich mir eine Fahrkarte und fahre die restlichen zehn Kilometer mit dem Zug nach Heidenheim, wohin ich heute laufen wollte.
In Heidenheim angekommen sind die Schmerzen wie weggeblasen. Das Wetter ist angenehm warm, die Sonne lacht vom Himmel. Ich mache mir Vorwürfe, so schnell aufgegeben und die Bahn benutzt zu haben. Um diesen Fehler wieder gutzumachen, will ich heute doch noch weiterlaufen, möglichst viel, möglichst weit. Vielleicht will ich mich für meine Schwäche bestrafen?
Die ersten Kilometer sind noch im Stadtgebiet: stark befahrene Ausfallstraße, ätzend. Dann geht es in den Wald hinein auf einen Berg hoch, der bezeichnenderweise Hochberg heißt. Oben wird das Gelände überraschend flach, eine Hochebene, die Südliche Schwäbische Alb. Der Wanderweg ist ein schmaler, einsamer Fußpfad, der sich durch Knüppelholzwälder nach Südwesten schlängelt. Am Wegrand stehen neue Frühlingsboten, nämlich viele kleine Leberblümchen.
Nun wechseln sich die Wälder mit ausgedehnten Ackerflächen ab. Das Land ist dünn besiedelt: nur zwei Gutshöfe in drei Stunden.
Ab Gerstetten benutze ich eine Landstraße mit viel Verkehr. Es ist ein Weg zum Weiterkommen, ein Genuss ist das nicht.
Altheim, mein Tagesziel, liegt hoch auf einer Erhebung, so muss ich zum Schluss etwa eine halbe Stunde in einem Wald auf einem steilen Pfad nach oben steigen. Es ist schon dunkel. Nach dem bösen Vormittag geht es mir jetzt am Abend ausgezeichnet, so ist dann auch diese letzte Hürde bewältigt.
Zum Abendessen probiere ich die schwäbische Spezialität „Linsen und Spätzle mit Würstchen". Mein Lieblingsgericht wird es nicht.

**Dienstag, 11. März 1997**
**Von Altheim nach Ulm**
Die Landschaft ist flach und eintönig. Riesige Ackerfelder dehnen sich bis zum Horizont. Die Bauern nutzen das sonnige Wetter und sind fleißig bei

der Arbeit: Sie eggen oder bringen Gülle auf die Felder aus. Ich bin kein Fachmann, aber ich kann mir nicht vorstellen, dass der Boden so viel von dieser stinkenden Brühe braucht, wie hier ausgebracht wird. An manchen Stellen wird, wenn der Güllewagen vorbeigerollt ist, aus dem nach den Regenfällen getrockneten Ackerboden wieder ein morastiger Sumpf.
Durch die gestrige Bahnfahrt und die darauf folgenden zwei langen Tagesmärsche bin ich früher in Ulm als geplant. Rita kommt erst übermorgen am Nachmittag. Ich werde also in Ulm zwei Tage verbringen können. Oder müssen? Eigentlich bin ich jetzt ganz gut in Schwung, von mir aus würde ich hier keine Pause machen.

**Mittwoch, 12. März 1997**
**In Ulm**
Die langen Strecken, die ich in den letzten zwei Tagen gelaufen bin, haben mein linkes Knie etwas überfordert. Ich bin nachts mehrmals vom Schmerz wach geworden.
Nachdem ich mich umgezogen habe, besuche ich die Altstadt und dort als erstes das Münster. Ich bin noch nie in Ulm gewesen, und von dem Münster habe ich wohl die falsche Vorstellung, dass es im Wesentlichen erst im vorigen Jahrhundert erbaut wurde. Solche spät „vollendeten" Bauwerke interessieren mich nicht besonders. Aber wenn ich schon hier bin, will ich mir mal die fünf Minuten nehmen und kurz reinschauen.
Schon im ersten Augenblick bin ich von dem großartigen Raumerlebnis überwältigt. Über solche Höhen und Weiten verfügen nur die allergrößten Kirchen gotischen Stils, den Blick magnetisch nach oben ziehend. Die enorme Breite ist in fünf Schiffe geteilt, wobei das Mittelschiff etwa dreimal so hoch wie breit ist. Der anschließende Chor, der älteste Teil der Kirche, ist niedriger als das Hauptschiff und wirkt mit seinen bunten alten Glasfenstern wie ein Schmuckkästchen. Durch die enge Jochstellung sind die niedrigeren Seitenschiffe vom Mittelschiff optisch relativ stark getrennt. Sie haben mit ihren schlanken Mittelsäulen ihre eigene leichte Räumlichkeit.
Ich setze mich hin und staune. Plötzlich fängt die Orgel an zu spielen. Ein wahrer Könner trägt Variationen von Chorälen vor. Ich merke, wie mir vor Glück Tränen über die Wangen rollen. Gott, ich danke dir, dass ich hier sein und das erleben darf! Du hast mir Augen zum Sehen, Ohren zum Hören und ein Herz zum Lieben geschenkt. Ich danke dir dafür!

Beim Hinausgehen kaufe ich mir ein Heftchen, in dem ich nachlesen kann, dass das Münster um 1500 weitgehend fertig gebaut und eingerichtet war. In den späteren Zeiten wurde relativ wenig um- und angebaut, so z. B. die obere Hälfte des Turmes, aber der Bau selbst, sowie die Chorfenster und Chorgestühle, Kanzel und Tabernakel, alles ist wunderbare alte Gotik! Ich gelobe, in Zukunft mit meinen Vorurteilen vorsichtiger umzugehen, besonders wenn sie in falschen Informationen gründen.

Später gehe ich durch die alten Gassen des Fischerviertels, einem Stadtteil zwischen Münster und Donau, durch den ein kleiner Fluss, die Blau, fließt. Die engen Straßen, die alten Häuser und die historischen Stege, die über das Flüsschen führen, haben ihren mittelalterlichen Charakter behalten. Sie geben mir die Illusion, in die Zeit vor vierhundert Jahren zurückversetzt zu sein.

**Donnerstag, 13. März 1997**
**In Ulm**
Kurz und schlecht geschlafen, und ich weiß nicht einmal, warum. Ist es die Aufregung über die Ankunft von Rita, auf die ich so sehr warte? Andererseits merke ich, dass diese zwei Tage in Ulm und auch ihr Besuch eine Zäsur, eine Störung auf meinem einsamen Weg bedeuten.

Den Tag lasse ich wie Sand zwischen den Fingern zerrinnen. In einem Café lese ich die Zeitungen durch, damit ich in großen Zügen mitkriege, was so in der Welt passiert. Nun, viel habe ich anscheinend nicht verpasst, die Nachrichten sind weiterhin schlecht, unabhängig davon, ob ich sie täglich konsumiere oder nicht.

Am Nachmittag schlafe ich ein bisschen, dann hole ich Rita am Bahnhof ab. Ich bin glücklich, sie wieder zu sehen.

Am Abend besuchen wir das alte Gasthaus „Herrenkeller", wo schon im 14. Jahrhundert Bier gebraut wurde. In einem solchen Haus muss man etwas Bodenständiges essen, so wie wir es tun: Tellersülze mit Bratkartoffeln, und dazu ein gutes Bier. Rita und ich haben uns lange nicht gesehen, und auch wenn wir fast täglich telefonisch miteinander gesprochen haben, kann dies die persönliche Anwesenheit nicht ersetzen. All das, was wir uns gegenseitig erzählen müssen, hat sich in den vergangenen Wochen bis zum Überquellen angestaut, und jetzt ist der Damm gebrochen: Wir erzählen und erzählen und können damit kaum aufhören. Es ist ein schöner Abend.

**Freitag, 14. März 1997**
**Von Ulm nach Laupheim**
In den frühen Morgenstunden verlassen wir die Stadt Ulm. Nach den zwei Ruhetagen verspüre ich große Lust weiterzulaufen. Die Luft ist kühl, aber der Himmel lacht. Der Wanderweg, den wir benutzen, folgt dem Flusslauf der Donau. Wir kommen auf der Deichkrone gut voran; links der Fluss, rechts die feuchten Auwiesen.
Nach etwa drei Stunden verlassen wir das Ufer und streben auf schmalen asphaltierten Wirtschaftswegen nach Süden. Der am Morgen noch klare Himmel wird am Vormittag immer sahniger, die Sonne immer größer und blasser. Man könnte frei nach Villon sagen, sie hängt wie ein fetter Hintern am Himmel. Es wird merklich kälter. Am Nachmittag ist dann alles grau, eine graue Landschaft unter grauem Firmament. Trotzdem lässt sich der Frühling nicht aufhalten. Südlich von Ulm ist die Natur wesentlich weiter als in der hohen Schwäbischen Alb. Die Bäume und Sträucher zeigen das erste Grün, wir sehen die ersten Veilchen, und bei Achstetten stolziert schon ein einsamer Storch auf der feuchten Wiese.
Wir erreichen Laupheim, unser Tagesziel. Das Gasthaus, in dem wir schlafen, steht unter Denkmalschutz, weil der Bau früher als Rabbinat diente. Auf dem Grundstück daneben, wo jetzt ein Einfamilienhaus steht, stand früher die Synagoge. Ist es verwunderlich, wenn mich in diesem Haus die Geister der Vergangenheit auf Schritt und Tritt begleiten und ich mich dabei nicht ganz frei und unbeschwert fühle?

**Samstag, 15. März 1997**
**Von Laupheim nach Biberach an der Riß**
In der Nacht hat es kräftig geregnet, wie aus dem Kübel gegossen. Jetzt in der Frühe ist es stark bewölkt, nasskalt, und ein kräftiger Südwestwind bläst uns entgegen.
In dem kleinen Dorf Sulmingen steht eine einfache, etwas unbeholfen wirkende Statue, ein Denkmal für einen gewissen Ulrich Schmid. Er soll während des Bauernaufstandes im 16. Jahrhundert das Volk aus der Umgebung gegen die Obrigkeit in den Kampf geführt haben. Aber Herrschaften, wo sind wir denn eigentlich? Doch nicht etwa in der alten DDR? Der Mann war doch ein Kommunist!
In Mettenberg machen wir im Dorfgasthaus Mittagspause. Außer uns sitzen

sechs, sieben einheimische Männer in der Gaststube, die in dieser relativ frühen Nachmittagsstunde schon ziemlich betrunken sind. Wie es aussieht, wird der heutige Frühschoppen in einen Dämmerschoppen münden. Was sie miteinander reden, verstehe ich nicht. Das kann sowohl mit dem Alkohol als auch mit dem hiesigen Dialekt zusammenhängen.
Unser Hotel in Biberach an der Riß, der „Grüne Baum", ist ein Traditionsgasthaus mit Brauerei. Das Essen ist schmackhaft. Wir essen einen Schlachtteller, serviert mit einer Spezialgarnierung: Sauerkraut und Spätzle vermischt und in Bratfett geschwenkt. Dazu ein guter Württemberger. Ein schöner Abschluss des Tages.

**Sonntag, 16. März 1997**
**In Biberach an der Riß**
Nachts bin ich mit starken Kopfschmerzen aufgewacht, es ist erst gegen Morgen besser geworden. So bin ich in der Frühe alles andere als munter, und nach dem Frühstück könnte ich wieder schlafen gehen. Gut, dass wir heute nicht laufen müssen, da Rita nachmittags nach Hause fährt. Wir verbringen den Vormittag in einem Café. Der über mir schwebende Abschiedsschmerz lässt sich kaum ignorieren. Es wird fast zwei Monate dauern, bis wir uns in Cahors, wie geplant, wieder sehen.
Die letzten Sekunden am Bahnhof sind von der Hektik des Einsteigens und der Suche nach einem Platz erfüllt. Ein letzter trauriger Blickkontakt durch die nicht zu öffnende Fensterscheibe, und schon fährt der Zug los. Ich verlasse den Bahnhof schnell und geschäftig, als hätte ich es eilig.
In der Jugendherberge bekomme ich ein schönes Zimmer. Es hat einen Tisch mit Stühlen, an den Wänden hängen Bilder, und an den Kopfenden der Betten stehen Leselampen: Ein Komfort, den ich sonst noch in keiner der Jugendherbergen angetroffen habe.

**Montag, 17. März 1997**
**Von Biberach an der Riß nach Bad Waldsee**
Es geht an einem Bahndamm entlang, links die Bahntrasse, rechts das Ried, eine breite Feuchtwiesenfläche. Hier sehe ich die ersten Schlüsselblumen in diesem Jahr. Auch die Holunderbüsche entlang der Bahn zeigen schon ihr zartes Grün. Die zweite Hälfte der heutigen Strecke ist ebenso schön. Es ist nicht die atemberaubend kalenderblattgemäße Schönheit, sondern die stille, friedlich

bäuerliche Augenweide, die ich so liebe. Die Wege, die zwischen Wiesen und Feldern und vorbei an kleineren Waldstücken in die Weite streben, sind über den niedrigen Hügeln und seichten Senkungen wie mit einer Feder hingezeichnet. Die kleinen Siedlungen, eher größere Einzelhöfe, wie sie hier in dem weiten, grünen Grasmeer stehen, erinnern mich an die Halligen. Die Häuser sind von vielen Apfelbäumen umringt. Wir sind im Mostland angekommen.

In Michelberg, auch so eine Fünfhäusersiedlung, ist ein alter Mann dabei, die Bäume zu schneiden. Wir grüßen uns, und er sagt noch etwas, was ich wegen seines ausgeprägten Dialekts erst nicht verstehe. Ich muss nachfragen. „Wohl schwer beladen?" soll es, auf meinen Rucksack bezogen, geheißen haben. Woher, wohin? Ich sage, dass ich ein Jakobspilger bin, aus Kassel komme und bis nach Spanien laufe, wenn Gott es so will. Ich lobe die Schönheit des hiesigen Landes, worin er mir nach sichtlich zufriedenem Rundblick beipflichtet. Ja, es ist wahrlich sehr schön hier!

Ich erkundige mich nach der Sorte und Art der Äpfel, die auf den gutgeformten Apfelbäumen wachsen. Ja, sagt er, das sind schöne Bäume mit guten Mostäpfeln. Er hat sie nur so nebenbei zum Vergnügen. Ob ich mal den Most probieren möchte? Aber freilich will ich ihn probieren!

Wir gehen zum Haus. Ein sauber aufgeräumter Hof, Kuhstall, Schweinestall, vor der Eingangstür an der Sonnenwand eine Holzbank, wo ich mich erst meiner Last entledige, bevor wir uns hinsetzen. Mein Gastgeber erzählt, dass er den Hof nur noch aus Freude bewirtschaftet. Leben könnte er davon jedenfalls schon lange nicht mehr. Er ist neugierig, will wissen, ob ich Frau und Kinder habe, welchen Beruf ich gelernt und welcher Religion ich zugehörig bin. Offensichtlich bestehe ich den Test, und so können wir zum nächsten Punkt kommen. Er zeigt mir sein Vieh, erst das etwa eine Dutzend schönen, sauberen, munteren Milchkühe. Sie stehen im Stroh, nicht auf Beton, wie heute üblich. Dann kommen die Schweine. Eine riesige Sau mit etwa zehn Ferkeln und genau so viele schlachtreife Jungschweine, auch sie auf Stroh gehalten, sauber und freundlich neugierig.

Der Bauer geht in den Keller hinunter und holt einen Maßkrug voll Apfelwein. Erst probiere ich pur, dann trinke ich gegen den Durst mit Mineralwasser. Es ist lange her, dass mir ein Getränk so gut geschmeckt hat!

Wir sitzen in der Sonne und sind uns schnell einig, dass das Wichtigste im Leben ist, damit zufrieden zu sein, was man tut und was man hat.

Die Häuser der Altstadt von Bad Waldsee liegen dicht gedrängt zwischen zwei Seen. Viele edle Fachwerkbauten, das Rathaus, der alte Kornspeicher und die Türme der St.-Petrus-Kirche bestimmen das malerische Stadtbild. Diese Barockkirche hat eine Besonderheit, die ich noch bei keiner anderen Kirche gesehen habe: Die zwei Türme stehen nicht in der Fassadenflucht, sondern sind um fünfundvierzig Grad verdreht über Eck gestellt. Die dynamische Wirkung, die barocke Linien mit sich bringen, wird mit dieser Maßnahme positiv verstärkt. Mich wundert, warum dieser Kunstgriff nicht öfters angewendet wurde.

Das Zimmer, das ich vorbestellt habe, erweist sich als Flop. Die Kammer, die eine alte, wunderliche Dame vermietet, ist ein kleines, mit alten halbzerschlissenen Möbelstücken vollgestopftes Loch in ihrer eigenen Wohnung. Kein Waschbecken, ich darf nur die Toilette benutzen, nicht aber die Dusche. Sie steht im Telefonbuch unter „Zimmervermietung". Aber was soll's? Ich bin müde und bleibe.

**Dienstag, 18. März 1997**
**Von Bad Waldsee nach Ravensburg**
Das Frühstück ist wie das Zimmer: Der dünne Kaffee ist lauwarm, der Rest auch zum Vergessen.

Die alte Dame erinnert mich an meine Mutter in ihren späten Jahren. Auch sie lebte allein in ihrer Budapester Wohnung, in der sie gern für ein paar Mark zahlende Gäste bewirtete. Sie war schon achtzig und aufgrund ihres hohen Alters nicht mehr in der Lage, diese Tätigkeit richtig auszuüben. Dort wurde wie hier Service und Sauberkeit durch „Familienanschluss" ersetzt. Jetzt wird mir das Frühstück im Wohnzimmer auf einem niedrigen Couchtisch serviert. Ich sitze auf einem Plüschsofa und höre zu, wie die alte Dame von ihren Kindern und Enkeln erzählt. Über ihr hängt das Bild des im Zweiten Weltkrieg gefallenen Ehemannes an der Wand; das Foto von einem jungen Mann in fescher Fliegeruniform mit Silberkordel. Diese auf dem Bild sichtbare Schnur ist auch real zu besichtigen, sie ist, etwas verstaubt, neben dem Bild an der Wand angenagelt. Ziemlich wenig, was von einem Menschen manchmal übrig bleibt, und dieses bisschen muss oft, wie in diesem Fall für die alte Dame, für ein ganzes langes Leben reichen.

Das Laufen macht mir wieder richtig Spaß. Gestern noch schmerzte meine Sehne, heute hat sie sich erholt. Auch das Wetter ist zum Jubeln.

Zwischen Bad Waldsee und Weingarten breitet sich ein weites Waldgebiet, der Altdorfer Wald, aus. Anscheinend regnet es hier ziemlich viel, und weil das Wasser auf diesem flachen Terrain nur langsam den Weg zu den benachbarten Wasserläufen findet, sind große Gebiete versumpft, was dem Wald ein merkwürdiges, märchenhaftes Aussehen verleiht. Die Bäume stehen an vielen Stellen direkt im Wasser. Die unzähligen kleinen Tümpel und die zahlreichen Waldseen sind durch Bäche und kleine Rinnsale miteinander verbunden, überall plätschert und glitzert es, als ob diese Wasserkünste der Natur künstlich angelegt wären, um den Wanderer zu entzücken.

Weiter im Wald erreiche ich bald das Dorf Baindt. Vor dem modernen Rathaus setze ich mich auf eine Bank, um mich ein wenig auszuruhen. Schulkinder, eben mit dem Schulbus angekommen und auf dem Weg nach Hause, beäugen mich. Ein Junge bleibt vor mir stehen, dann ein zweiter, und bald bin ich umringt von einem Dutzend etwa acht- bis zwölfjährigen Kindern.

„Bist du ein Bergsteiger?" fragt einer, auf meinen Teleskopstöcke deutend.
„Nein, ich bin ein Wandersmann."
„Wo kommst du her?"
„Aus Kassel."
„Ich war schon in Kassel", sagt ein Mädchen, „das ist aber sehr weit! Bist du alles gelaufen?"
„Ja."
„Ohne zu schlafen?" fragt ein anderes Kind.
„Nein, das geht doch nicht! Ich schlafe in Gasthäusern."
„Das ist aber sehr teuer! Bist du reich? Brauchst du nicht zu arbeiten?"
„Nein, reich bin ich nicht, aber ich habe in meinem ganzen Leben gearbeitet und jetzt bekomme ich Rente, wie euer Opa. Der arbeitet auch nicht mehr, trotzdem hat er immer Geld, stimmt's?"
„Ja, stimmt. Und wie weit willst du noch laufen?"
„Bis nach Spanien."
„Nach Spanien?? Wie lange soll das denn dauern?"
„Das wird schon Sommer werden, bis ich ankomme", sage ich nachdenklich.
„Und wozu machst du das alles?" fragt ein Junge, und ich denke, genau das ist die Frage der Fragen. Was soll ich darauf antworten? Aber bevor ich dazu komme, antwortet ein anderer kleiner Junge für mich:
„Wandern macht Spaß!"
Eine sehr vereinfachende Antwort, aber ich will sie gelten lassen.

Die Basilika von Weingarten steht weithin sichtbar über der Stadt auf einem Hügel. Die Türme, die sich bogenförmig herauswölbende Fassade und die große Kuppel verkünden schon von weitem die Herrlichkeit der Barockzeit. In Wahrheit war diese Zeit der Blüte aber von kurzer Dauer. Die im Jahr 1724 geweihte Kirche und die sie umgebende riesige Klosteranlage waren bereits achtundsiebzig Jahre später säkularisiert worden, das Kloster benutzte man als Kaserne. Heute dienen die Bauten als Schuleinrichtungen. Die Basilika ist herrlich restauriert. Trotz seiner Monumentalität ist mir dieses Gotteshaus in der südlich leichteren, fröhlichen Spielart des Barocks viel näher als beispielsweise der Dom zu Fulda.
Keine Stunde brauche ich, um nach Ravensburg zu kommen. Im Mittelalter war die ganze Stadt mit einer wehrhaften Mauer umgeben. Heute sind nur noch die ehemaligen Stadttore übrig geblieben. Es sind allerdings nicht nur die Tore, sondern auch die vielen alten öffentlichen Bauten, die vom ehemaligen Reichtum künden.
Hoch über der Stadt auf einem Bergsporn stand im Mittelalter die die Gegend beherrschende Ravensburg. Von der alten Burg ist heute nichts mehr zu sehen. Am Ende des 19. Jahrhunderts wurden die damals noch vorhandenen Reste nach dem Geschmack der Zeit romantisch renoviert. Hier ist die Jugendherberge untergebracht, in der ich heute schlafen möchte. Da ich zu früh da bin, setze ich mich auf eine Bank und warte, bis die Herberge geöffnet wird. Ein Mann in meinem Alter kommt vorbei. Als er mein Gepäck sieht, bleibt er stehen und fragt, wie weit ich laufen möchte?
„Ziemlich weit", sage ich.
„Vielleicht nach Spanien?" fragt er, und als ich verblüfft nicke, geht er zwei Schritte nach vorn und streckt mir seine Hände entgegen. Ein Mitbruder! Er hat schon mehrere Teilstrecken des Jakobsweges erwandert, so auch die von hier nach Einsiedeln. Und so erzählt er mit voller Begeisterung über seine Erlebnisse, die er unterwegs gehabt hat. Er wurde im letzten Jahr am Herzen operiert, und so kann er leider keine langen Touren mehr machen, was er sehr bedauert. Wir verabschieden uns herzlich.
Die Herberge ist ziemlich belegt. Zum ersten Mal auf meiner Reise bekomme ich kein eigenes Zimmer, ich soll mir mit zwei anderen Herrschaften einen Raum teilen. Weil ich zu müde bin, mir etwas anderes zu suchen, bleibe ich. Mal sehen, ob ich mit anderen in einem Raum schlafen kann?

**Mittwoch, 19. März 1997**
**Von Ravensburg nach Markdorf**
Ich habe ausgezeichnet geschlafen. Es geht also auch mit anderen Mitschläfern in demselben Zimmer!
Meine zwei Mitbewohner sind recht wortkarg. Ich versuche ein Gespräch anzufangen, aber ohne Ergebnis. Der eine ist ein junger Mann, der andere um Mitte fünfzig, Typ verschrobener Professor. Da er kein Wort sagt, denke ich, er spricht kein Deutsch. Daher bin ich überrascht, als er mich beim Frühstück fragt, wo ich mit meinem großen Rucksack hinmöchte. Ich sage, dass ich ein Jakobspilger bin.
„Ein richtiger? Laufen Sie den ganzen Weg nach Santiago zu Fuß?"
Er erweist sich mit dieser Frage als Fachmann und stellt sich vor als Kunsthistoriker mit dem Spezialgebiet romanische Baukunst und Ornamente. Auch im mittelalterlichen Pilgerwesen kennt er sich gut aus. Unvermittelt befinden wir uns in einem tiefen Gespräch über unser Lieblingsthema, und wir merken nicht, dass die anderen ihr Frühstück schon längst beendet haben. Schließlich werden wir als die letzten Gäste aus dem Haus gebeten. Soviel über Wortkargheit.
Als ich von der Burg in die Stadt hinabsteige, fängt es an zu regnen. Es ist kalt, und ich bin zu leicht und falsch angezogen. Um mich umzuziehen, stelle ich mich unter einen Torbogen. Ein Mann kommt von der anderen Straßenseite auf mich zu und fragt, woher ich komme und wohin ich will. Ich erzähle, dass ich ein Pilger bin und dass ich nach Spanien laufe. Er sagt, auch er sei unterwegs, aber nicht als Pilger, sondern als Berber, ohne besonderes Ziel, wie es halt so komme. Ich bin überrascht. Er ist normal gekleidet, hat eine gewählte, intellektuelle Ausdrucksweise, nur seine Zahnreihen sind lückenhaft. Er erzählt, dass er in die Stadt gekommen sei, um ein Zelt zu kaufen. Es muss ein Igluzelt sein, in dem man auch sitzen kann. Frühjahr und Sommer will er heuer in den Wäldern verbringen, und zwar aus einem ganz bestimmten Grund. Er hat einen sehr alten Hund, der bald sterben wird, und er hat den Wunsch, dieses Tier, wenn es so weit ist, ordentlich zu begraben. Hier in der Stadt ist es nicht erlaubt und auch nicht möglich, seinen armen Freund, wie es sich gehört, unter die Erde zu bringen. Im Wald ist es zwar auch nicht erlaubt, aber dort braucht er keinen Menschen nach Erlaubnis zu fragen. Seine Tränen rollen, als er dies erzählt; er verabschiedet sich abrupt, wünscht mir gute Reise und entfernt sich rasch in Richtung Innenstadt.

Die ersten Kilometer aus der Stadt hinaus führen durch hässliche Industrieanlagen, und so bin ich angenehm überrascht, als unerwartet eine schöne Barockkirche vor mir steht. Es ist die einstige Abteikirche Weißenau. Ich muss zur meiner Schande gestehen, dass ich von diesem Bauwerk bis jetzt rein gar nichts gewusst habe. Umso größer ist meine Freude, wieder etwas Neues dazuzulernen. Die Räume der ehemaligen Klosteranlage werden heute von einem psychiatrischen Krankenhaus genutzt, und ich mache mir Gedanken darüber, warum viele einstige Klöster ausgerechnet als Schule oder als psychiatrische Einrichtungen Verwendung finden.

Obwohl es aufgehört hat zu regnen, habe ich weiterhin mit dem Wetter zu kämpfen. Der kalte, stürmische Südwestwind hat sich verstärkt, ich komme nur mit großer Anstrengung dagegen an.

Bis Oberzell verläuft mein Weg zwischen Landstraße und Bahndamm, nicht gerade malerisch, aber dann geht es in einen Wald hinein, in dem der Wind mir nichts mehr anhaben kann.

Aus dem Wald heraus komme ich auf ein hügeliges liebliches Hochland mit vielen kleinen Ansiedlungen. Die weiten Apfelbaumfelder, die hier das Bild der Landschaft bestimmen, stehen kurz vor der Blüte. Auch die Häuser sind von Apfelbäumen umgeben. Noch zwei oder drei solche warmen Tage wie gestern, dann wird hier alles in weißer Blütenpracht erstrahlen.

Auf dem Weg nach Adelsreute, auf einer Anhöhe angekommen, sehe ich zum ersten Mal die Alpen. Nur für kurze Zeit zeigen sich in der Ferne unter dahinrasenden, pechschwarzen Regenwolken einige majestätische, schneebedeckte Berge. Es fängt wieder zu regnen an, erst nur ein bisschen, dann immer stärker. Aber ich habe mittlerweile Übung, im Regen zu laufen, und so komme ich am Abend in Markdorf an: nass, müde, aber sonst gesund.

**Donnerstag, 20. März 1997**
**Von Markdorf nach Konstanz**
Ist das wieder ein Sündenbüßerwetter! Während ich frühstücke, kommt eine Frau in die Gaststube und erzählt, dass sie eben durch einen Schneesturm gefahren ist. Als ich aber auf die Straße hinaustrete, hört es auf zu regnen, der Wind wird schwächer, der Himmel freundlicher. Ich könnte in die Sünde der Hoffart fallen und glauben, dass meine Pilgerei Gott gefällt und er für mich den Himmelshahn zugedreht hat.

Der kleine Wald Gehau ist ein Schmuckstück mit vielen heimischen Baumarten wie Esche, Erle, Fichte, Kiefer; sogar Steineichen und andere seltene Bäume sind hier zu sehen. Entlang eines Waldlehrpfades sind die Bäume beschriftet. An einer Ecke dieses Waldes, wo ein Parkplatz angelegt ist, kann man etwas weniger Erfreuliches betrachten. Lehrreich ist es dennoch. Damit der Müll der Besucher nicht im Wald landet, hat man hier Müllbehälter installiert, aber nicht einen oder zwei, sondern gleich vier davon: blau für Papier, grün für Flaschen, gelb für Blech und Kunststoff, schwarz für den Rest. Schade nur, dass diese Tonnen offensichtlich nie geleert werden. So quellen sie über und die Umgebung ist von verstreutem Unrat bedeckt.

Diese unbedeutende Müllsammelstelle symbolisiert recht augenfällig unsere gesamte, ach so fortschrittliche Müllpolitik. Die Bürger werden nicht etwa angehalten, keinen Müll zu produzieren, sondern sie sollen den Unrat sortieren. Das genügt, sie sind beschäftigt und kommen nicht auf den Gedanken, Fragen zu stellen, zum Beispiel nach dem Verbleib des so schön gesammelten Mülls. Gib den Kindern etwas zu spielen, dann hast du Ruhe vor ihnen!

Über Wiesen, Wälder und Apfelbaumplantagen nähere ich mich dem Bodensee, den ich aber noch immer nicht zu sehen bekomme. Ein tiefer Hohlweg mit dem Namen Alte Landstraße bringt mich nach Meersburg. Erst hier erblicke ich die weite graue Wasserfläche.

Mir ist ganz eigenartig zumute. Der Bodensee ist für mich auf diesem Weg so etwas wie ein heimliches Zwischenziel gewesen. Ich habe oft gedacht, wenn ich Santiago de Compostela, aus welchen Gründen auch immer, nicht erreichen kann, dann wäre es bis zum Bodensee auch eine schöne Leistung, womit ich mich schon ein wenig zufrieden geben könnte. Manchmal ist mir auch diese Entfernung von sechshundertdreißig Kilometern so aberwitzig vorgekommen, dass ich große Zweifel hatte, es jemals zu Fuß bewältigen zu können. Jetzt bin ich da! Es ist verrückt! Ich bin tatsächlich von Kassel bis zum Bodensee gelaufen! Unfassbar!

Gleichzeitig wird mir aber schlagartig klar, dass ich in den viereinhalb Wochen kaum mehr als ein Fünftel der Strecke hinter mich gebracht habe. Das sind Perspektiven, die meine Freude stark mindern, ja fast erschlagen.

Meersburg ist ein schönes altes Städtchen, dem man den jahrhundertealten Reichtum ansieht. Ich gönne mir nur einen kurzen Rundgang, und dann fahre ich mit dem Schiff hinüber nach Konstanz.

Die Fähre legt im Vorort Staad an, wo sich auch die Jugendherberge – in einem hohen Betonturm – befindet. Dieser kuriose Bau wurde angeblich schon als solche erbaut. Die oberen Stockwerke sind baufällig und – da nicht mehr benutzbar – geschlossen. Meine kleine Kammer, in der ich schlafe, ist im Keller. In einem hohen Turm im Keller!

**Freitag, 21. März 1997**
**Von Konstanz nach Märstetten**
Als ich morgens aufwache, höre ich den Regen vor meinem Kellerfenster plätschern. Noch im Halbschlaf überlege ich, welche guten Gründe könnten herhalten, um heute nicht laufen zu müssen. „Stadtbesichtigung" wäre nicht schlecht! Aber im Regen?
Es dauert etwa eine Stunde, von Staad in die Altstadt von Konstanz zu laufen. Dabei stelle ich mir vor, wie die Pilger im Mittelalter den Einzug in die Stadt erlebt haben.
Heute ist Konstanz nur eine von vielen schönen süddeutschen Städten. Am Anfang des 15. Jahrhunderts war das anders. Damals wurde hier das größte Kirchenkonzil aller Zeiten abgehalten, in dem nach vierjährigen zähen Verhandlungen die fünfzig Jahre währende Kirchenspaltung aufgehoben wurde. Man kann, ohne zu übertreiben, behaupten, dass ohne diese Einigung die Weltgeschichte einen anderen Verlauf genommen hätte. Die Stadt soll in diesen vier Jahren neben ihren zehntausend Bewohnern etwa siebzigtausend Fremde beherbergt haben! Viele der Bauten von damals stehen heute noch und unterstützen meine Phantasie bei der Betrachtung des Geschehens von vor fast sechshundert Jahren.
Das Münster, obwohl allseits hoch gelobt, ist vom puristischen Standpunkt her gesehen wenig attraktiv. Die Anfänge liegen im 11. Jahrhundert, wovon das Hauptschiff Zeugnis gibt. In der Gotik wurden einige Teile umgebaut, die Seitenschiffe und das Äußere der Kirche tragen Zeichen dieser Epoche. Im Barock schließlich wurde die Holzdecke herausgenommen und das romanische Schiff mit einer barocken Stuckdecke versehen. Über dieses Stilpotpourri lese ich in einem Prospekt: „ *... wodurch die gute Gelegenheit sich ergibt, verschiedene Baustile miteinander vergleichen zu können".* Das ist richtig.
Vielleicht ist meine kritische Stimmung mit dem kalten Regen zu erklären. Konstanz ist schon eine schöne Stadt, und gewiss würde es sich auch für mich lohnen, hier mehr Zeit zu verbringen. Jetzt aber verlasse ich die Altstadt durch das südliche Schnetztor.

Nur einige Meter weiter, noch mitten in der Stadt, verläuft die deutschschweizerische Grenze. Danach heißt dieselbe Stadt nicht mehr Konstanz, sondern Kreuzlingen. Der Unterschied ist nicht sichtbar, aber hörbar: Hundert Meter reichen aus, und die Menschen sprechen nicht mehr Schwäbisch, sondern Schwyzerdütsch.
Das Zollfräulein schaut mich etwas unsicher, aber betont streng an und fragt nach dem Inhalt meines Rucksackes. Ich erzähle über mein Pilgerdasein und bitte sie um einen Stempel in meinen Pilgerpass. Sie wird freundlich und ich bekomme ihn.
Der ehemalige Pilgerweg von Konstanz nach Einsiedeln heißt „Schwabenweg", weil er von Pilgern, die aus dem süddeutschen Raum kamen, benutzt wurde. Ziel dieser Pilgerfahrten war zuerst die Schwarze Madonna von Einsiedeln, aber viele Pilger setzten die Reise zu den Gräbern der Apostel Petrus und Paulus in Rom oder dem des Jakobus nach Santiago de Compostela fort.
Einige Kilometer weiter ist die Landschaft wieder so, wie sie in Oberschwaben gewesen ist: sanfte Hügel, weitläufige Wiesenflächen und Ackerfelder, kleine Ortschaften, Einzelhöfe mit vielen Apfelbäumen. Eigenartig finde ich, dass die wenigen Bäche, die hier fließen, sich tief in schluchtartigen Tälern eingegraben haben. Von weitem sieht man sie nicht, in diesem harmonischen flachen Landstrich kann man sie gar nicht vermuten. Wenn man, wie ich, südlich von Lippoldwilen ein solches Tal überquert, begibt man sich innerhalb von wenigen Metern in eine andere Welt. Von der flachen Wiese führt ein mit Geländern gesicherter Treppenpfad an dem bewaldeten, sehr steilen Abhang zu einem Wildbach hinunter. Unten ist es feucht und dunkel, anstelle von Gras wächst nur Moos und Schachtelhalm. Dann eine kleine Holzbrücke, ein steiler Pfad nach oben, und ich setze meinen Weg auf der flachen Wiese fort, als ob die Schlucht dazwischen gar nicht gewesen wäre.
In Märstetten angekommen, gehe ich zum Pfarrer und bekomme einen Stempel in meinen Pilgerbrief. In einem kurzen Gespräch werde ich gefragt, wie mir der lange Weg bekommt. Ich wundere mich, wie ich mich sagen höre, dass mir diese Reise sehr große Freude macht. Es muss etwas dran sein.

**Samstag, 22. März 1997**
**Von Märstetten nach Münchwilen**
In Kaltenbrunnen steht am Ortseingang eine kleine Jakobskapelle. Auf der Holzbank vor der verschlossenen Tür sitzt eine ältere Dame, neben ihr der

Rucksack. Sie bittet mich, neben ihr Platz zu nehmen und ein „Schwätzchen zu halten". Sie ist zwar keine Pilgerin, aber über den Jakobsweg bestens informiert.
Die lange Zeit der Einsamkeit zeigt ihre Wirkungen. Ich bin förmlich ausgehungert nach Gesprächen, Begegnungen, jeder Art von menschlichem Kontakt. Einerseits genieße ich die Freiheit, die mir das Alleinsein gibt. Wann und wohin ich gehe, wie lange und wie weit ich laufe, alles dies und noch viel mehr kann ich spontan entscheiden und meine Entscheidungen genauso spontan revidieren. Mit der Zeit bekomme ich einen immer klareren Kopf, frei von den Sorgen des gewohnten Alltags und frei für philosophische Gedanken über Sinn und Unsinn des Lebens. Ich kann meine Gedankengänge bis zu Ende verfolgen, und wenn ich mit dem Ergebnis nicht zufrieden bin, noch einmal von vorne anfangen. Ich kann endlose Selbstgespräche führen, keiner quatscht mir dazwischen, keiner sagt, dass ich spinne. Mein Blick für die Welt wird von Tag zu Tag schärfer. Ich sehe die Wolken, die Bäume, die Blumen mit neugierigen Kindesaugen, die ich lange verloren geglaubt habe.
Andererseits fehlt mir der Austausch mit anderen Menschen. In Stunden der Freude wäre ich noch glücklicher, diese wunderbare Welt nicht nur mit meinen eigenen Augen, sondern auch mit den Augen eines geliebten Menschen sehen zu dürfen.
In Zeiten des Zweifels verhallen meine Fragen, ohne eine Antwort zu bekommen. Und Fragen habe ich, Gott weiß es, genug! Die wichtigste, täglich wiederkehrende Frage ist die nach meiner augenblicklichen Identität. Was ich hier tue, liegt außerhalb jeglicher Normen, und damit habe ich auch mich selbst des normgegebenen Selbstverständnisses beraubt. Ich wandere nicht in der Schneewüste der Antarktis, wo die außergewöhnliche Umwelt und der außergewöhnliche Wanderer sich in einer gewissen Harmonie befinden, sondern in Gegenden, wo nichts darauf hindeutet, dass die Alltagsnormen keine Gültigkeit hätten. Ganz im Gegenteil! In dem ordentlichen Schwabenland und in der noch ordentlicheren Schweiz stellt sich mir, der die Ordentlichkeit auch verinnerlicht hat, die Frage, ob das überhaupt in Ordnung ist, was ich hier treibe. Hat es einen Sinn, einen Weg als Pilger zu wählen, wo ich mich schon darüber freuen muss, wenn jemand von der Jakobspilgerei überhaupt gehört hat? Bin ich schon ein Pilger, weil ich mich als solchen betrachte?
Nach Flügenegg erreiche ich einen Reiterhof mit einem großen Fachwerkbau. Vor diesem Haus sehe ich einen Wegweiser, auf dem ich lesen kann:

*1925 km nach Santiago de Compostela*

Na also! Ich komme ja näher! Dies ist der erste Hinweis auf mein Reiseziel! Dazu entdecke ich neue Frühlingsboten, die diesen Hinweis verstärken: die ersten gelben Löwenzahnblüten und die ersten Kühe, die auf die Wiese hinausgelassen wurden. Das einzige „Hotel" in Münchwilen ist nach der gestrigen schon schlechten Unterkunft eine weitere Negativsteigerung. Mein Zimmer hat weder einen Tisch noch Wasser, weder eine Leselampe noch einen Kleiderhaken, dafür aber zwei Kleiderschränke, einer allerdings, in Teile zerlegt, gegen die Wand gelehnt. Auch zwei übereinanderstehende kaputte Fernsehgeräte und drei Nachtschränkchen erhöhen nur geringfügig den Komfort. Dieser Abstellraum wird als Gästezimmer für sechsundfünfzig Mark vermietet! Das erste Mal, seit ich unterwegs bin, wasche ich heute abends meine Unterwäsche nicht, weil das Waschbecken in dem so genannten Bad so schmutzig ist, dass ich mich davor ekele.

**Sonntag, 23. März**
**Von Münchwilen nach Gibswil**
Die barocke Klosteranlage der Benediktinermönche von Fischingen schließt das Tal der Murg, wo es enger wird, wie mit einem Riegel ab. Der mächtige Kirchbau mit dem hohen Turm und mit der kuppelgekrönten Kapelle thront, das kleine Straßendorf beherrschend, auf einer dammartigen Terrasse. In der Kapelle befindet sich das Grab der heiligen Idda.
Diese relativ unbekannte Lokalheilige soll im 15. Jahrhundert hier in der Nähe als Ehefrau des Grafen von Toggenburg gelebt haben. Eines Tages, als sie ihren Schmuck auf die Fensterbank gelegt hatte, stahl ein Rabe ihren Ehering und flog damit in den Wald. Dort wurde einige Zeit später das gute Stück von einem Jäger gefunden, der diesen Ring stolz herumzeigte. Als der Graf dies erfuhr, bezichtigte er seine Ehefrau der Untreue, und in seiner Wut warf er sie eine Schlucht hinunter. In ihrer Todesangst schwor sie, für den Fall, dass sie errettet würde, ein frommes Leben im Gebet und in Keuschheit zu führen. Sie überstand den Sturz unverletzt. Danach lebte sie zurückgezogen wie eine Nonne, und sie wurde schon zu Lebzeiten von der Bevölkerung der Umgebung hoch verehrt. Nach ihrem Tod galt sie als wundertätige Heilerin von Fußbeschwerden, und so wurde ihr Grab besonders von den hier

durchziehenden Pilgern gern besucht. In ihrem Grabmal, das auch heute noch in der prunkvollen Seitenkapelle zu sehen ist, befindet sich unten an der Vorderseite eine kleine Öffnung. Die Heilsuchenden können vor dieser Nische auf einem Hocker Platz nehmen und die kranken Füße in das Loch hineinstecken. Das Beten in dieser Position soll die Heilwirkung ungemein erhöhen.

In dem engen Tal hinter dem Kloster laufe ich weiter aufwärts bis zu dem kleinen Dorf Au, wo der Pilger von der zwiebeltürmigen, der heiligen Anna geweihten Kirche begrüßt wird. Ab hier ist dann Schluss mit lustig! Der schmale Feldweg wird steil und verwandelt sich bald in einen Fußpfad, auf dem stellenweise Treppenstufen angelegt sind, wenn nicht gar nur die Baumwurzeln als Tritthilfen dienen. Auch hier sind in Jahrhunderten mehrere parallel verlaufende Hohlwege ausgetreten und ausgefahren worden, die jetzt teilweise noch benutzt werden, teilweise wieder zugewachsen, aber noch sichtbar sind.

Welch eine Freude müssen die Pilger in den alten Zeiten empfunden haben, als sie nach dieser Steigung oben ankamen und das einladende Gasthaus mit Herberge „Zum Kreuz" erblickten? Nun, diese Frage kann ich ganz genau beantworten. Das Gasthaus steht heute noch da und ist sogar geöffnet! Eine gute Gelegenheit, mich ein bisschen auszuruhen und zu erfrischen.

In der Gaststube sitzen viele Gäste. Da man mit dem Auto bis hierher hochfahren kann, nutzen die frühlingshungrigen Menschen den heutigen Sonntag für einen kleinen Spaziergang. Richtige Wanderer wandern anderswo. So errege ich mit meinem großen Rucksack beim Betreten der Gaststube ein gewisses Aufsehen. Als meine Tischnachbarn erfahren, dass ich schon seit fünf Wochen unterwegs bin, werde ich bestaunt. Eine Dame erzählt über ihren Großvater, der als junger Mann nach Rom gepilgert war. Dort ist er in die Schweizergarde eingetreten, in der er über zwanzig Jahre Dienst getan hat, bis er als Hauptmann mit einem guten Ruhegehalt verabschiedet wurde. Nach seiner Rückkehr in die Heimat hat er mit sechsundvierzig Jahren geheiratet und noch vierzehn Kindern gezeugt, das letzte mit vierundsechzig Jahren!

Nein, denke ich, ich bin zwar auch ein Pilger, mein Weg ist viel weiter als der nach Rom, aber das mit den vierzehn Kindern, das schaffe ich nicht mehr!

Ich muss noch etwas höher steigen, entlang der bewaldeten Ostflanke der Bergkuppe Hörnli, bevor es wieder abwärts in das tiefe Tal der Jona hinuntergeht. Oben liegt Neuschnee, es ist auch merklich kälter.

Der steile Abstiegsweg an den Wiesenhängen, wo die gelben Schlüsselblumen blühen, führt mich, vorbei an einzelnen gepflegten Berghöfen, durch eine Bilderbuchlandschaft. Ich entdecke auf dieser Reise immer wieder neu, wie diese friedliche bäuerliche Szenerie mein Herz erfreut!
Am Rand einer Wiese steht ein schlichtes Denkmal, eine einfach geschnitzte Holzsäule, mit Dachziegeln gegen die Witterung geschützt. Unter einer Jakobsmuschel steht ganz lapidar:

*Erich Müller + 12.9.95*

Ein kleiner, vertrockneter Kranz zeigt, dass hier offensichtlich ein Pilger seinen Weg vorzeitig beenden musste. Ich bleibe eine Weile stehen, bete ein wortloses Gebet für den mir unbekannten Pilgerbruder. Dann schweift mein Blick über das friedvolle Land, und ich denke, zwar ist das Sterben immer etwas Trauriges, aber für einen Pilger gibt es sicher einen schlimmeren Tod, als hier von der Welt einen kurzen Abschied zu nehmen.
Die letzten steilen Kilometer hinunter bis Steg lassen meine Knie heftig gegen diese Strapaze protestieren. So bin ich erleichtert, den Talgrund erreicht zu haben, obwohl ich noch nicht an meinem Tagesziel angekommen bin. In Steg gibt es leider keine Übernachtungsmöglichkeit, ich muss bis Gibswil weiterlaufen. Das sind noch etwa anderthalb Stunden auf der Landstraße. Dementsprechend bin ich nach diesem langen Wandertag wohltuend müde und gehe früh schlafen.

**Montag, 24. März 1997**
**Von Gibswil nach Rapperswil**
Das enge Tal weitet sich. Ich laufe auf einer asphaltierten Nebenstraße über sanfthügelige Wiesenlandschaften, die aber immer wieder von diesen tief eingeschnittenen, schluchtartigen Tälern der quer zu meiner Laufrichtung verlaufenden Bäche unterbrochen werden.
In dem kleinen Dorf Blattenbach steht der stattliche Bau der ehemaligen Pilgerherberge „Zum roten Schwert", die im frühen 17. Jahrhundert für die Gläubigen, die nach Einsiedeln ziehen wollten, hier erbaut wurde. Neben dem Eingang links und rechts ist ein Spruch zu lesen, der in Versform den Zusammenhang zwischen Pilgerweg und Lebensweg der Menschen anspricht:

*Der gestrige Tag, der ist vergangen,*
*lasst uns den hütigen anfangen,*
*Der Mensch gar liechtlich fällt zu grund,*
*muss sterben, weiss nicht welche stund.*
*Mein Wandel soll in Himmel sein,*
*Obschon ich leb auf Erde*
*Ein Pilger bin ich hier, allein*
*Dort hoff ich Bürger werden.*

Ich erreiche die Stadt Jona. Die Jugendherberge liegt etwas außerhalb, in Russkirch, nur durch einen breiten Wiesenstreifen vom Obersee getrennt. Ich bekomme ein schönes Zimmer mit Balkon, von dem ich gute Sicht auf den hinter dem See quer liegenden, etwa tausend Meter hohen Bergrücken Etzel habe. Hinter diesem Berg liegt Einsiedeln, mein morgiges Tagesziel. Das obere Drittel des Berges ist weiß: Hier unten regnet, dort oben schneit es.

**Dienstag, 25. März 1997**
**Von Rapperswil nach Einsiedeln**
Die Stadt Rapperswil ist auf dem Pilgerweg nach Einsiedeln seit uralten Zeiten eine der wichtigsten Stationen gewesen. Hier fanden die Durchreisenden genügend Unterkunftsmöglichkeiten, hier konnten sie sich für die letzte Etappe mit Speis und Trank versorgen, bevor sie auf einer primitiven Holzbrücke den Zürichsee nach Süden überquerten. Hier, wo der Obersee und der Zürichsee zusammentreffen, ist die Wassertiefe so gering, dass es schon im 14. Jahrhundert möglich war, hier einen etwa tausendfünfhundert Meter langen Holzsteg zu errichten. Da die ersten Konstruktionen von den Herbststürmen immer wieder zerschlagen wurden, erdachte man eine Brücke mit Sollbruchstellen: Um Wind und Wellen keine Angriffsfläche zu bieten, wurden Pfähle in den Boden geschlagen und aus je zwei Pfählen mit einem Querbalken Rahmen geschaffen. Nur diese Rahmenjoche sind fest gewesen, die Bohlen, die man auf diese Rahmen auflegte, waren lose, damit sie beim Sturmwetter nachgeben. Das Passieren der langen, geländerlosen Brücke war also nicht ganz ungefährlich, zumal die wenigsten Menschen damals schwimmen konnten. Den Passanten wurde empfohlen, im Fall eines plötzlich aufkommenden Sturmes sich flach auf die Bretter zu legen und abzuwarten, bis die Naturgewalten nachlassen. Vor und hinter dieser

Brücke gaben zwei Kapellen den Brückenbenutzern die Gelegenheit, mit einem Gebet himmlischen Beistand für die gefährliche Unternehmung zu erbitten.
Nun, das ist alles nur noch Geschichte. Der See wird heute an derselben Stelle, wo früher diese Holzbrücke stand, von einem breiten Deich zerschnitten, auf dessen Krone eine Straße und eine Eisenbahnlinie über das breite Wasser führen. Auf den Boden zu legen braucht man sich auch nicht mehr, Gefahr besteht höchstens durch den tosenden Verkehr. Ich sehe zu, dass ich schnell zum anderen Ufer komme.
Hinter den letzten Häusern von Pfäffikon wird es schnell steil und steiler. Nach einigen Wiesen, die ich überquere, begibt sich der Fußpfad in einen Bergwald. Auch hier sind oft Treppenstufen angelegt, um das Steigen zu erleichtern. In früheren Zeiten hat sich hier der nach Einsiedeln strebende Pilgerstrom gebündelt: Zahlreiche Spuren von alten Hohlwegen, manche vier bis fünf Meter tief, begleiten mich nach oben.
Niedrige, dunkle Wolken verfinstern den Tag, und kaum dass ich in den Hang einsteige, fängt es an zu regnen. Der Pfad ist verschlammt und ist glitschig. Mit meinem schweren Rucksack rutsche ich nach drei Vorwärtsschritten einen Schritt zurück. Jetzt bieten mir die zwei Wanderstöcke, deretwegen ich auf dem ganzen langen Weg viel Spott ertragen musste, eine besonders große Hilfe, um die Balance zu halten. Ich kämpfe, keuche, schwitze und schlittere. Ein Genuss ist das nicht, und ich hadere mit meinem Schicksal. Warum regnet es schon wieder? Hier ist bei gutem Wetter sicher eine wunderschöne Sicht zurück auf den See zu genießen, der jetzt unter grauen klitschnassen Wolken verschwindet. Es ist ein Jammer!
Bevor ich mich so richtig bedauern kann, passiere ich am Rand einer Wiese eine kleine hölzerne Imkerhütte mit buntbemalten Einflugsöffnungen. An der Eingangstür ist der Spruch zu lesen:

*Macht nur die Augen auf: alles ist schön!*

Und wahrhaftig: Ich entdecke, wie die tief fliegenden Wolken zwischen den Ästen der alten Fichten wie Geister lautlos dahinschleichen und den Wald märchenhaft und geheimnisvoll verklären. Die Baumwurzeln sind doch nicht zufällig so gewachsen, dass sie mir auf dem Pfad als Stufen dienen?! Sie werden mir von meinen Brüdern, den Bäumen, mit voller Absicht als Steighilfe

dargeboten! Und die kleinen Schlüsselblumen? Haben sie mich nicht, als ich eben vorbeiging, mit Kopfnicken gegrüßt? Alle diese Geschöpfe freuen sich über den Regen. Wie könnte ich mich von diesem Gefühl ausschließen?
Ich erreiche die Passhöhe von St. Meinrad, wo ein Wirtshaus und eine Kapelle seit uralten Zeiten Körper und Geist der Pilger erfreuen. Das Wirtshaus ist zu, die Kapelle ist geöffnet. Umgekehrt wäre es auch nicht schlecht.
Hier oben treffe ich die ersten Pilger meiner Reise: Pia und Rudi. Der Mann hat einen langen Pilgerstab mit einer angebundenen Jakobsmuschel. Wir freuen uns über diese unerwartete Begegnung. Die beiden kommen aus Süddeutschland, sie laufen diesmal aber nur bis Einsiedeln, als „Urlaubspilger". Meine Freude darüber, in den nächsten Tagen Gesellschaft zu haben, ist zu früh gewesen. Die wenigen Kilometer bis Einsiedeln laufen wir aber zusammen. Bald sehen wir die Türme der Klosterkirche. Vorbei an der romanischen Kapelle St. Gangulf, einer der ältesten Kirchen der Umgebung, erreichen wir das Benediktinerkloster von Einsiedeln. Da es noch immer kräftig regnet, ist unser Abschied unangemessen rasch. Sie suchen erst ein Quartier, ich gehe erst in die Kirche.
Das Innere der Kirche gleicht einer Baustelle. Große Teile des Raumes sind eingerüstet, man kann die farbige Barockherrlichkeit nur erahnen. Auch die berühmte Schwarze Madonna ist wegen der Renovierungsarbeiten evakuiert. Sie befindet sich in der Unterkirche, in einem schmuck- und stillosen Kellerraum. Hier hat die Messe eben angefangen, und ich bleibe bis zum Schluss dabei. Es ist Jahre, wenn nicht Jahrzehnte her, dass ich eine Messe besucht habe. Ich kann es noch nicht sagen, wie es mir dabei jetzt geht. Verloren ist die Zeit jedenfalls nicht.
Vor dem Einschlafen denke ich noch, dass es ein Fehler war, mich von Pia und Rudi so schnell zu verabschieden. Ich würde ihnen gern mal bei Gelegenheit eine Karte schreiben, aber ich weiß nicht mal, wo sie wohnen.

## Mittwoch, 26. März 1997
## Von Einsiedeln nach Goldau

Nach dem guten Frühstück bin ich für große Taten bereit. Das muss ich auch sein: Nach der Stadt geht es gleich ziemlich steil aufwärts.
Erst muss ich also zu dem Bergpass Chatzenstrick hochsteigen. In dieser Gegend werden häufig die Eigennamen, die bei uns mit dem Buchstabe K anfangen, mit Ch geschrieben.

Eine schmale asphaltierte Straße windet sich an gepflegten Berghöfen, Wiesen und Waldstücken vorbei nach oben, wo ein Wirtshaus und eine kleine Kapelle mit einer Bank davor zu einer kurzen Ruhepause einladen. Dabei darf man die weite Aussicht zurück nach Einsiedeln genießen. Die breiten Hänge leuchten goldgelb von den Abertausenden Schlüsselblumen.
Der Bergkamm steigt allerdings höher, als ich auf der Karte ersehen habe. So besteige ich unplanmäßig die Bergkuppe Chrüzweid, wo, wie der Name schon sagt, auf einer Weide ein hohes Gipfelkreuz steht. Dabei muss ich an manchen Stellen kniehoch im Schnee stapfen. Von hier brauche ich nur noch nach Rothenthurm abzusteigen. Der Fußpfad ist leicht gefunden, ich sehe schon das Dorf tief im Tal.
Plötzlich stehe ich vor einer Hinweistafel:

## SCHIESSÜBUNGSANZEIGE

Ich lese, dass das Militär vom 1. Februar bis 30. April ausgerechnet hier Schießübungen veranstaltet. Die beiliegende Landkarte lässt mir keine Ausweichmöglichkeiten offen, danach ist nämlich der ganze Berghang bis nach Rothenthurm Sperrgebiet.
Was soll's? denke ich, sie werden doch nicht jeden Tag hier schießen? und setze meinen Weg fort. Einige hundert Meter weiter ein neues Schild:

## HALT! LEBENSGEFAHR! DURCHGANG VERBOTEN!

Ich bleibe stehen und überlege, ob ich vielleicht auch diese Warnung ignorieren soll, als ich relativ nah peitschende Gewehrsalven vernehme. Damit ist die Frage, ob ich weiterlaufen soll oder nicht, eindeutig beantwortet.
Verflixt, was mache ich jetzt bloß? Nach unten kann ich hier jedenfalls nicht! Ich könnte so lange hier oben weiterlaufen, bis das Sperrgebiet zu Ende ist, aber der Kamm steigt über tausendfünfhundert Meter hoch, und ich will nach Santiago, nicht in den Himmel!
Die andere Möglichkeit ist, nach Einsiedeln zurückzulaufen und von dort mit der Bahn, die den ganzen Berg umrundet, bis zu diesem Dorf zu fahren, das zum Greifen nah unter mir liegt. Ich wähle diese zweite Variante, und so stehe ich nach drei Stunden Anstrengung wieder exakt vor dem Hotel am Bahnhof, von wo ich heute früh losgelaufen bin.

Von Rothenthurm bis zu meinem Tagesziel in Goldau ist die Straße asphaltiert. Nach einer kleinen Steigung bis zum Dorf Sattel senkt sich die Landstraße auf den nächsten zehn Kilometern kontinuierlich etwa vierhundert Meter. Da die Straße wenig Verkehr führt, ist das Laufen an diesem sonnigen Nachmittag ein Genuss, der von der herrlichen Aussicht auf die in milchiges Nachmittagslicht getauchte Landschaft noch gesteigert wird. Links von mir ist ein weites Tal, in dem der Lauerzer See ruht, dahinter die großartige Kulisse der schneebedeckten gezackten Berge. Von vorn winkt schon das riesige dreieckförmige Bergmassiv des Rigi.

**Donnerstag, 27. März 1997**
**Von Goldau nach Luzern**
Mein Bett hatte eine leichte Neigung in Richtung Südwest. Ich bin unausgeruht und mürrisch. Pünktlich zum Start fängt es auch noch an zu regnen. Muss denn das sein?
Ich laufe nach Arth, einer hübschen Gemeinde am Ufer der Zuger Sees, in deren Ortsmitte eine große Barockkirche zu sehen ist. Ich nutze die Gelegenheit und versuche zu beten. Als ich aus der Kirche ins Freie hinaustrete, ist es noch grau und diesig, aber es regnet nicht mehr.
Weiter geht es am Seeufer, wo die Nordostflanke des Rigi steil in den See hinunterfällt. Der schmale Uferstreifen wird von einer Autobahn, einer Bahnlinie und einer Landstraße geteilt. Von dieser Landstraße ist mit Farbmarkierung eine Fahrradspur abgetrennt, auf der ich jetzt laufe. Zum Glück fahren hier unten nur wenige Autos, die meisten bevorzugen die auf Stelzen gebaute Autobahn. Der See ist vom Winterschlaf noch nicht erwacht, die Sommerhäuser und Bootsanlegestellen sind noch verlassen, nur die Enten und Blesshühner treffen ihre ersten Hochzeitsvorbereitungen.
In Immensee fängt es wieder zu nieseln an. Ich stelle mich unter ein Scheunenvordach und beobachte die Regentropfen, die auf den Boden fallen. Soll ich mein Regenzeug anziehen oder hört es wieder auf zu regnen? In dem Augenblick bremst ein Auto neben mir, eine junge Frau steigt aus und fragt, ob alles in Ordnung ist. Ich verstehe ihre Frage nicht. Sie sagt, wie sie mich mit gesenktem Kopf da stehen gesehen habe, habe sie gedacht, dass es mir schlecht geworden sei. Ich bedanke mich für ihre Fürsorge und setze meinen Weg mit einem guten Gefühl fort.
Ich durchquere Küssnacht. Danach benutze ich die Landstraße. Ab Meggen

darf ich die Autoroute verlassen, von hier führt ein Wanderweg nach Luzern. Nach der Wanderkarte ist es ein schöner Uferweg am Vierwaldstätter See, aber man sollte sich nie zu früh freuen. Jeder Meter des Ufers ist mit herrschaftlichen Villen und Schlössern zugebaut. Der Wanderweg wird hinter diesen parkartigen Grundstücken mal in die Höhe, dann wieder in die Tiefe geführt, wie auf einer Achterbahn.

Irgendwann ist aber auch dieses Wegstück geschafft, und ich erreiche die Vororte von Luzern, wo vornehme Hotels die ufernahe Parkanlage begleiten. Inzwischen ist die Sonne herausgekommen, die Parkbänke sind besetzt. Die Menschen schauen mir interessiert zu, wie ich mit meinem schweren Rucksack und mit den Wanderstöcken der Innenstadt zustrebe.

Der erste Eindruck, der sich mir in Luzern förmlich aufdrängt, ist der des großen sichtbaren Reichtums. Hotelpaläste, Luxuslimousinen, Yachten, Geschäfte, alles vom Feinsten! Trotz Müdigkeit und schwerer Last auf dem Rücken bleibe ich vor manchen Schaufenstern stehen und staune wie einer, der aus dem Wald gekommen ist. Uhren aller nur erdenklichen Marken, Antiquitäten wie im Museum, Mode, Kosmetik, alles was das Herz – eine dicke Geldbörse vorausgesetzt – begehrt.

Da morgen, am Karfreitag, die Geschäfte geschlossen sind, kaufe ich mir in einem Supermarkt Brot, Käse, Obst. Ich überlege, ob ich noch etwas brauche, als jemand hinter mir ruft: „Auf nach Santiago!"

Man kann sich vorstellen, wie überrascht ich bin. Es ist Rudi! Bald ist auch Pia da, und wir freuen uns über das unerwartete Wiedersehen. Sie wollen hier, bevor sie nach Hause fahren, Verwandte besuchen. Sie erzählen, auch sie hätten es bedauert, dass wir uns in Einsiedeln so rasch verabschiedet haben. Jetzt tauschen wir unsere Adressen und versprechen, weiter in Kontakt zu bleiben.

Die Jugendherberge ist gut belegt, etwas unruhig und abgenutzt. Es gibt Doppelzimmer mit WC und Dusche für hundertzehn Mark. In einer Jugendherberge, wohlgemerkt. Ich nehme ein Bett in einem Sechsbettzimmer für sechsunddreißig. In der Rezeption liegen Prospekte für die Jugend zur Mitnahme bereit: „Ratschläge für Aktienkauf."

Ich will morgen Luzern besichtigen und erst übermorgen nach Wolhusen weiterlaufen. Da ich befürchte, dass die Gasthäuser an den Osterfeiertagen belegt sind, versuche ich heute abend für die nächsten Tage telefonisch Zimmer zu bestellen. Meine Befürchtung ist berechtigt, alle in Frage kommender Häuser sind ausgebucht.

In meiner Not komme ich auf diese Lösung: Ich werde in der Luzerner Jugendherberge für drei Nächte Unterkunft nehmen. Übermorgen muss ich zum Schlafen aus Wolhusen mit der Bahn hierher zurückfahren. Es ist zwar wieder ein Verstoß gegen die Pilgerregeln, aber mir fällt nichts Besseres ein.

**Freitag, 28. März 1997**
**Von Luzern nach Wolhusen**
Meine zwei Zimmernachbarn sind ganz junge Kerle. Ich weiß nicht, ob das heute in ist, aber sie grüßen nicht, sie sagen nichts, sie bewegen sich in diesem engen Zimmer so, als ob die anderen nicht vorhanden wären. Das ist wohl, was man cool nennt. Zum Schlafen ist dieser Umstand nicht ungünstig, auch ich kann mich als allein anwesend betrachten.
Das Wetter ist dem Sterbetag des Gottessohnes angemessen: Der Himmel ist dunkelgrau, und es regnet, und zwar waagerecht, da ein steifer Nordwest das Wasser vor sich herbläst. Ich bin etwas ratlos, was das heutige Programm betrifft. Der kalte Regen nimmt mir die Lust, das Gebäude zu verlassen. So bleibe ich in der Herberge und schreibe einige Briefe und Ansichtskarten. Bis zwölf Uhr sind alle Briefe geschrieben, aber es regnet noch immer, sogar noch kräftiger als vorher.
Jetzt ist Schluss! Zur Stadtbesichtigung bei diesem Wetter habe ich keine Lust, aber im Regen zu laufen, darin habe ich eine gewisse Übung. Ich stelle meine Planung um: Ich laufe heute weiter, die Stadt besichtige ich lieber morgen. Das Wetter kann morgen nur besser werden. Ich ziehe meine Regenklamotten an und springe ins Vergnügen.
So wie die Strecke, auf der ich gestern in die Stadt gekommen bin, ausgesprochen schön war, so hässlich ist die Gegend, in der mein Wanderweg aus Luzern hinausführt. Links der Kanal, rechts Industriegleise, Fabriken, eine stinkende Kläranlage. In einer Gießerei wird auch heute, am Karfreitag, gearbeitet. Es dröhnt, zischt und dampft.
Schöner wird es erst anderthalb Stunden später bei Littau. Hier verläuft der Fußpfad in einem schmalen aber dichten Waldstreifen parallel zum Ufer. Man hat das Gefühl, in einem tiefen Wald zu sein.
Weit sichtbar ist der auffallend spitze Turm der Dorfkirche von Malters. Der sticht in den Himmel wie eine Insektennadel, auf die präparierte Wolken aufgesteckt werden sollen. Ich gehe in die Kirche, will sie eigentlich nur besichtigen, aber als ich sehe, dass bald eine Messe anfangen soll, setze ich

mich in die hinterste Reihe und warte, dass es losgeht. Zunächst aber kommen immer noch mehr Menschen, und offenbar hat hier jeder seinen festen Sitzplatz, weil plötzlich ein alter Herr erwartungsvoll neben mir steht. Ich stehe auf und will ihm den Platz überlassen:
„Es ist sicher Ihr Platz. Ich suche mir einen anderen."
„Ich habe es nicht gekauft!" knurrt er und setzt sich woanders hin. Meine Sitznachbarn schauen mich vorwurfsvoll von der Seite an.
Endlich beginnt die Messe.
Als ich ein Kind war, haben wir in der Schule im Religionsunterricht ein ganzes Jahr „Liturgie" lernen müssen, also die Lehre über Form und Ablauf religiöser Handlungen der katholischen Kirche. Das waren laute dogmatische Regeln, aber sie galten seit Hunderten von Jahren, und man hatte die Gewissheit, dass sie auch noch in den nächsten Jahrhunderten gelten werden, und zwar auf der ganzen Welt. Seitdem ist kaum die Hälfte eines Jahrhunderts vergangen, und kaum eines der damals gelernten und verinnerlichten Dinge hat heute noch Gültigkeit. Ich habe damit meine Schwierigkeiten.
Jetzt kommt der Priester mit sieben Ministranten einmarschiert. Kein Glöckchen vor der Sakristei, keine Orgelklänge. Die Gemeinde ist unsicher, ob sie aufzustehen hat oder nicht, einer richtet sich nach dem anderen, ein heilloses Aufstehen und Setzen ist die Folge. Von den sieben Ministranten (übrigens: wieso sieben?) sind fünf Mädchen. Alle stecken statt in Ministrantenhemden in kleinen Mönchsgewändern. Sie setzen sich ohne Kommentar auf Stühle, die im Chor bereitstehen. Erst passiert nichts. Vielleicht beten sie? Wenn ja, warum nicht laut und öffentlich?
Dann erhebt sich eine junge Dame, die bis jetzt allein und abseits gesessen hat, von ihrem Stuhl und liest das Evangelium. Aber nur bis zur Hälfte. Dann wird erst mal gesungen. Nach dem Lied kommt ein junger Mann von der anderen Seite und liest den Johannes weiter. Diesen Regietrick haben sie sicher vom Fernsehen abgeguckt: „Jetzt eine kurze Musikeinlage, danach unterhalten wir uns weiter über das Thema!"
Plötzlich fällt mir ein, dass ich vergessen habe, mein Handy, das in meiner Hosentasche steckt, auszuschalten. Bei dem Gedanken, dass mich jetzt jemand anklingen könnte, bricht mir der Schweiß aus, und so verlasse ich bei der nächsten Musikeinlage die Veranstaltung.
Weiter am Fluss entlang über Wiesen und durch Auwälder komme ich nach Werthenstein, wo das eng gewordene Tal von einem Felsriegel fast versperrt

Der Schwabenweg bei Amlikon, Schweiz

Am Hörnli

Zwei Jakobspilger, Pia und Rudi, vor Einsiedeln

An der Chrüziweid

Annakapelle auf dem Schwändelberg

Im Galterengraben vor Fribourg

Zwischen Romont und Moudon

Am Genfer See

ist. Oben auf diesem Sporn steht eine malerische Klosteranlage mit einer schönen Kirche. Ich würde gern hochlaufen, wenn es nicht so regnen würde. So trachte ich lieber, möglichst rasch nach Wolhusen zu kommen, wo ich in den Zug steige und nach Luzern zurückfahre.
Wenn es sich vermeiden lässt, werde ich in der Zukunft auf solche Lösungen der Unterkunftsfrage nicht wieder zurückgreifen. Dieses Hin und Her nimmt das Wesentliche der Fußpilgerei, das langsame, aber stetige Vorankommen. Man kommt abends an, und am nächsten Tag läuft man weiter. Diese einfache, gleichförmige Routine ist ein wesentlicher Bestandteil einer Pilgerreise.

**Samstag, 29. März 1997**
**In Luzern**
Eigentlich habe ich ganz gut geschlafen. Bis bis auf einen kleinen Zwischenfall: Einer der schweigsamen Jünglinge hat nämlich um halb vier in der Nacht im vollbelegten Schlafraum zu rauchen angefangen. Auf diese Idee muss man erst kommen! Als ich von dem Gestank aufwachte und ihn bat, das Zimmer zu verlassen, wenn er nachts unbedingt rauchen möchte, hat dieses autistische Subjekt sich erstmals bemüht, den Mund aufzumachen, indem es fragte: „Wieso?"
Nein, auf diese Frage in der Nacht bin ich nicht vorbereitet gewesen! So sah ich mich gezwungen, ihm einen Schlag auf die Fresse anzudrohen. Das hat er offensichtlich verstanden. Seitdem raucht und spricht er nicht mehr.
Das Wetter in der Frühe ist nicht viel besser, als es gestern war. Tiefhängende, graue Wolken ziehen eilig auf ihren Bahnen nach Osten. Ein Schneeschauer jagt den anderen. Aber was soll's? Luzern soll im Winter besonders malerisch sein. Ich laufe in die Stadt, um einen meiner Kinderträume zu erfüllen.
Bei uns zu Hause, in meinem Elternhaus, gab es viele Bücher. Die Romane gehörten meiner Mutter, die Reiseliteratur wurde von meinem Vater angesammelt. Im zarten Alter, in dem ich für Romane noch nicht reif genug war, ist es meine Lieblingsbeschäftigung gewesen, in den Büchern meines Vaters nach Bildern zu suchen. Mit der Zeit kannte ich mich in vielen dieser Bücher recht gut aus, und bestimmte Bilder fand ich, wenn ich sie suchte, auf Anhieb.
Manche Bilder ängstigten mich, trotzdem zogen sie mich magisch an. So ein Bild war beispielsweise das Portrait eines Afrikaners mit wildbemaltem

Gesicht, wobei es mir heute noch kalt über den Rücken läuft, wenn ich daran denke: Er zeigte seine spitzgefeilten Zähne, so als ob er mich beißen wollte.
Es gab aber auch die anderen Bilder, meine Lieblingsbilder. Wenn ich sie betrachtete, waren es keine Bilder mehr, sondern Kulissen für meine Tagträume. Ich kann es heute nicht mehr sagen, wieso ein bestimmtes Bild in die Reihe meiner Lieblingsbilder Aufnahme fand, aber wenn es dann dazu gehörte, bekam es von mir das damals noch kindliche Versprechen: Wenn ich mal groß bin, werde ich es besuchen.
Nun, es sind inzwischen über fünfzig Jahre vergangen, und ich habe mein Versprechen bis auf zwei Bilder eingehalten. Ich lief über den Pont du Gard, habe in Plitvice meine Hände in den Wasserfällen gewaschen, bin im Prater Riesenrad gefahren und habe in Kopenhagen die kleine Seejungfrau gestreichelt, um nur einige dieser Besuche zu erwähnen.
Zwei dieser Verabredungen stehen noch aus. Erstens ein Franziskusbrunnen in Mailand. Es soll ein einfaches rundes Wasserbecken sein. Daneben steht ein bronzener Franziskus, wie er mit den trinkenden bronzenen Vögeln spricht. Ich bin noch nie in Mailand gewesen und weiß nicht mal, ob dieser Brunnen noch steht.
Zweitens ist es die Kapellenbrücke hier in Luzern. Als Kind habe ich mir vorgestellt, dass es irre Spaß machen muss, über diese gedeckte Holzbrücke zu gehen und dabei mit den Füßen zu trampeln, damit die Bretter dröhnen. Später einmal, ich war schon über zwanzig, habe ich einem Freund diesen Wunsch erzählt und dabei seine zufällig anwesende Mutter fast zum Weinen gebracht. Sie war als kleines Mädchen in Luzern zur Schule gegangen, und wenn sie mit ihren Schulfreundinnen auf dem Weg nach Hause über die Kapellenbrücke ging, stampften sie mit den Füßen genau so, wie ich es gern getan hätte. Ist es verwunderlich, dass mein erster Weg heute zu dieser Brücke führt?
Da ist sie also. Dreimal geknickt läuft sie vorbei an dem mächtigen achteckigen steinernen Wasserturm von einem Ufer der Reuss zum anderen. Sie sieht ziemlich neu aus, die Balken und die Bretter sind hell, nur die beiden Brückenenden sind alt und dunkel. Vor vier Jahren ist die Brücke fast vollständig abgebrannt, aber jetzt steht sie wieder, das Holz wird schon nachdunkeln. Ich bin froh, hier zu sein.
An den beiden angrenzenden Ufern findet heute ein Gemüsemarkt statt. Dementsprechend ist die Brücke voller Passanten. Zwischen die Reihen der Einheimischen mit ihren Einkaufskörben schieben sich die dichten Massen

von Touristen. Ich könnte hier mit den Füßen trampeln wie verrückt, in diesem Sprachengewirr und dem Verkehrslärm, der von der parallel angelegten Seebrücke herüberflutet, würde ich es kaum hören. Dennoch suche ich dort einen Platz, wo die alten Planken das Feuer überstanden haben, und schlage mit dem Fuß ein bisschen dagegen, als ob ich die Güte der Holzbohlen prüfen würde. Vielleicht schaut die Mutter meines Freundes vom Himmel herunter und zwinkert mir zu. Nur wir zwei verstehen uns in dieser Menschenmenge, aber das genügt.

Ich besuche die Jesuitenkirche, einen wunderschönen Barockbau. Barock ist offenbar eine südliche Angelegenheit. Je weiter ich nach Süden komme, umso sicherer werden diese Bauten in ihrem Stil. Wie ich lese, wurden die Jesuiten vom Stadtrat nach Luzern geholt, um mit Bildung gegen die Verwilderung der Sitten anzukämpfen. Als besonders häufige Sünden, die es mit Bildung zu bekämpfen galt, wurden Maßlosigkeit, Habsucht und Ehebruch genannt. Heute sind Habsucht und Maßlosigkeit nach Umbenennung in Gewinn und Wachstum erklärte und anerkannte Ziele unserer Gesellschaft geworden. Und dass der Ehebruch ausgerechnet durch Bildung zu bekämpfen wäre, auf diese Idee konnten auch nur Ahnungslose kommen!

In der benachbarten Franziskanerkirche werde ich vom Gesang eines Chors empfangen. Es wird eine Messe von Bach geprobt, der es noch am letzten Schliff fehlt. Die Darbietung ist aber schon jetzt ein Hochgenuss. Ich setze mich hin, höre die Musik und erlebe wieder einen dieser entspannten glücklichen Augenblicke, die ich auf dieser Reise schon öfters genießen durfte.

Ich gehe zurück zum Flussufer. Die durch die Stadt strömende Reuss ist der Abfluss des Vierwaldstätter Sees. Hier wird der Seewasserstand mit einem hundert Jahre alten Nadelwehr reguliert, das auch das Wasser für die alte Stadtmühle abgezweigt hat. Durch die Schneeschmelze und den Regen ist der Wasserstand außergewöhnlich hoch. Das Wasser schießt jetzt mit Elementargewalt an diesem Wehr vorbei.

Die am rechten Reussufer liegende Altstadt ist in ihrer Gesamtheit eine Fußgängerzone. Die Erdgeschosse der alten Häuser sind für den modernen Einzelhandel stillos umgebaut, aber auf den Fassaden darüber kann man die Romantik pur besichtigen. Die vielgepriesenen und vielbeschriebenen Luzerner Häuserbemalungen stammen aus dem romantiksüchtigen 19. Jahrhundert und wirken so süßlich, als ob sie alle von Ludwig Richter entworfen wären. Sie gefallen aber den vielen Touristen, eigentlich auch mir.

Heute nacht wird die Uhr auf Sommerzeit umgestellt. Als wenn auch die Natur heute die Jahreszeit umstellen wollte: Vor der Hofkirche blüht trotz heftigem Schneeschauer ein Magnolienbaum.

**Ostersonntag, 30. März 1997**
**Von Wolhusen nach Schüpfheim**
Ich fahre mit dem Zug zurück nach Wolhusen, um von dort meinen Weg fortzusetzen. Das Wetter ist wesentlich besser geworden, es verspricht einen schönen Wandertag.
Nach einem kurzen Stück auf der Landstraße zweigt ein schmaler Fußpfad nach rechts ab, der, immer am Ufer der Kleinen Emme bleibend, mich bis zu meinem Tagesziel führt. Das Flusstal verengt sich allmählich, rauschend fließt das Wasser in seinem felsigen Bett dahin. Hier ist der Fluss auch nicht mehr so stark reguliert wie vor Wolhusen. Die Felsen im Flussbett bestehen aus einem weichen Konglomerat, in das das Wasser sich tief einfräst. An manchen Stellen hat die Strömung in den früheren Zeiten, als sie das noch durfte, einige Felswände freigespült, die das Tal heute so malerisch gestalten. Dort allerdings, wo diese Wände gewissermaßen ihre Füße vom Fluss waschen lassen, muss mein Pfad den Talboden verlassen und mittels Treppenstufen vor dem Hindernis steil in die Höhe, um danach genau so steil wieder hinunter ins Tal zu steigen. Nach einem Dutzend dieser Auf- und Abstiege fragt mich mein Knie, wie lange diese Strapazen noch dauern sollen.
Nach Entlebuch öffnet sich das Tal, der Fluss ist von einem schönen, alten Waldstreifen gesäumt. Die Bäume zeigen eben die ersten zarten grünen Blätter, durch die die Sonne ihr warmes Licht auf den Waldboden streut. Am Wegrand stehen Buschwindröschen, die in manchen Gegenden passenderweise „Weiße Osterblumen" heißen, in voller Blütenpracht. Ich wandere wie in einem Blumengarten.
Es ist noch früh am Nachmittag, als ich in Schüpfheim ankomme, aber ich bin müde. So verbringe ich den Rest des Tages mit Träumen und Faulenzen.

**Ostermontag, 31. März 1997**
**Von Schüpfheim nach Langnau im Emmental**
Die Sonne strahlt vom wolkenlosen Himmel. Ein würdiger Auftakt zu diesem schönen Ostermontag. Jetzt in der Frühe ist es noch sehr kalt, die Wiesen sind weiß vom Raureif, aber am Tag wird es sicher wärmer.

Der Weg setzt sich fort, wie er gestern aufgehört hat: im Wald am Flussufer entlang. Nach einer halben Stunde muss ich mich allerdings entscheiden, ob ich unten im Tal bleibe, wo mir allerdings nur die Landstraße zum Laufen bleibt, oder ich steige mühsam hoch zum Tällenmoos-Wald, wo weitab vom Verkehr ein Weg durch Wiesen und an Einzelhöfen vorbei verläuft. Ich wähle die letztere Wegvariante.

Den Hang nehme ich leicht, passiere in guter Laune den Hof Steinwurf und lese auf einem Hinweisschild, dass der nächste Hof Tällenmoos nur fünfundzwanzig Minuten entfernt ist. Wie schön, denke ich, dazwischen liegt zwar nach der Karte das Tal des Bockenbaches, aber wenn ich in fünfundzwanzig Minuten in dem Ort, der an der anderen Talseite liegt, sein werde, kann es bestimmt kein tiefes Tal sein.

Der Wiesenweg, auf dem ich laufe, ist plötzlich zu Ende. Hier steht noch eine Markierung, ein gelber Pfeil, der auf den etwa fünfzig Meter entfernten Waldrand zeigt. Ich überquere diese Wiese. Am Waldrand bricht das Gelände in eines dieser schluchtartigen bewaldeten Bachtäler ab, ohne dass ich dort einen weiterführenden Pfad, eine Spur oder ein Wegezeichen entdecken kann. Ich laufe am Waldrand etwas ratlos hin und her, zurück zur letzten Markierung, dann wieder zum Waldrand, aber ich finde auf die Frage, wo der Weg weitergeht, keine Antwort. Nach meiner Wanderkarte muss ich diese Schlucht rechtwinklig überqueren. Aber wie? Fliegen kann ich ja nicht! Meine 60000er-Karte ist nicht genügend detailliert dazu, dass ich hier ohne Wege querfeldein laufen könnte.

Ich schreite den Waldrand schon zum fünften Mal ab, als ich tief unter mir an einem Baumstamm ein kleines Holzschild entdecke. Dies entspricht zwar nicht den bisherigen Zeichen, aber gleichzeitig mit diesem Hinweis sehe ich einen Hauch von einer Spur, eher eine Rutsche als einen Pfad, die zu diesem Schild hinunterführt. Also gut, einen besseren Weg finde ich nicht!

Ich gehe los. Mit dem schweren Rucksack auf dem steilen Hang ist das Gehen ein Balanceakt. Wieder tun mir die Wanderstöcke einen unschätzbaren Dienst. Bald finde ich eine der amtlichen Markierungen, also ist diese kaum wahrnehmbare Spur tatsächlich der gesuchte Wanderweg.

Etwa auf dem halben Weg nach unten versperren umgestürzte Bäume den sowieso kaum vorhandenen Pfad. Ungefähr ein Dutzend vom Wind umgelegter großer Bäume bildet mit ihren Stämmen, Ästen und Wurzelwerk ein kaum überschaubares, chaotisches Hindernis. Ich sehe aber keine andere Möglichkeit, als

mich hier, wie auch immer, durchzukämpfen. Ich fange an, zwischen den Zweigen durchzuklettern, mich durchzufädeln, was mit dem Rucksack und mit den Stöcken, die mich jetzt behindern, fast unmöglich ist. Nach etwa zehn Minuten anstrengender, verzweifelter Bemühungen muss ich einsehen, dass ich hier nicht durchkomme. Ich bin gefangen, es geht nicht vor und nicht zurück.
Ich halte inne. Nein, weiter geht es nicht, aber wenn ich hier hineingekommen bin, muss ich es auch schaffen, wieder herauszukommen.
Gesagt, getan. Zurück und aufwärts geht es sogar leichter als abwärts. Ich bin also diesem Durcheinander entronnen, aber wie ich über dieses Tal komme, weiß ich noch immer nicht.
Ich lege meinen Rucksack ab und mache ohne Last links und rechts Erkundungskletereien. Ja, dort rechts, da gibt es zwischen den jungen Bäumen einige Büsche und Wurzeln, an denen ich mich beim Hinuntersteigen festhalten könnte. Ich kann es nur dort versuchen. Ich nehme wieder den Rucksack. Ins Rutschen kommen darf ich nicht, dann gibt es bis unten kein Halten mehr, und das sind noch gut zwanzig Höhenmeter. Mittendrin denke ich: „Bist du denn wahnsinnig?! Bist du fast tausend Kilometer gelaufen, um dir hier den Hals zu brechen?"
Trotz allem: Ich habe es geschafft!
An der anderen Talseite steigt eine zick-zack-förmige Treppe in die Höhe, ich bin wieder auf einer friedlichen Wiese und dahinter bald in Tällenmoos. Ich schaue auf die Uhr: Von wegen fünfundzwanzig Minuten! Ich habe für dieses kurze Stück fast anderthalb Stunden gebraucht!
Der sanfte Weg läuft an mehreren Einzelhöfen vorbei, die von wild bellenden Hunden bewacht werden. Sie fangen schon zu kläffen an, wenn ich noch zwei-, dreihundert Meter weit weg bin. Sie laufen mir entgegen, aber sie kommen nicht näher als einen Steinwurf entfernt. Wenn ich am Hof vorbei bin, folgen sie mir in respektvoller Entfernung wieder etwa zweihundert Meter. Dann ist ihre Hundearbeit getan, und nach einigen Abschiedskläffern laufen sie nach Hause zurück.
Am Eingang von Escholzmatt steht auch so ein Haus mit einem grässlich bellenden Hund, aber da sind auch die Besitzer, eine Frau mit zwei Töchtern. Der Hund ist klein, aber giftig, der hält den oben beschriebenen Abstand nicht. Ich bleibe stehen und warte, bis sie ihren Hund zurückrufen, was die Frau auch umgehend tut. Ich laufe vorbei, wir grüßen uns freundlich. Da schleicht sich dieses Biest von hinter an mich heran und beißt mir in die linke Wade!

Ich weiß nicht, wer von den Anwesenden am meisten erschrocken ist. Ich bin noch nie in meinem Leben von einem Hund gebissen worden, und so ist mein Schmerz zwar groß, aber noch größer ist meine Überraschung über diese Untat. Der hat mir tatsächlich durch das Hosenbein ein blutiges Loch in das Fleisch gebissen!
Eines der Mädchen fängt zu weinen an, die Frau ist sehr besorgt und behauptet, dass der Hund noch nie, noch nie jemanden gebissen habe. Ich neige dazu, es zu glauben, obwohl, welcher Hundebesitzer würde in derselben Situation zugeben, dass sein Hund ein Beißer ist? Ich frage noch, ob der Hund geimpft ist, und als die Frau es fast beschwört, will ich keine Zeit mehr verlieren. Obwohl mein Bein schmerzt, laufe ich weiter.
In Escholzmatt besteht wieder die Möglichkeit, entweder auf der Landstraße weiterzulaufen oder aber den Schwändelberg zu erklimmen, wo auf dem Gipfel in über tausend Meter Höhe eine der heiligen Anna geweihte Wallfahrtskapelle steht. Vom Dorf windet sich ein sehr steiler Kalvarienweg hinauf. Es ist ein tiefer Hohlweg, der zeigt, dass hier im Lauf der Jahrhunderte Abertausende Pilger Seelenheil gesucht und vielleicht auch gefunden haben. Von oben bietet sich eine großartige Rundsicht sowohl ins Tal, aus dem ich hochgestiegen bin, als auch nach Norden, wo der Hang steil hinabfällt. Das zwischen vier uralten Buchen stehende Kirchlein ist ein Schmuckstück. Im 17. Jahrhundert erbaut, besitzt es eine interessante, schön bemalte Holzdecke, die mit sieben Knickflächen ein Tonnengewölbe nachahmt. Der Barockaltar mit St. Anna selbdritt ist ein naives, aber an diesem abgelegenen Ort unerwartet aufwendig gestaltetes, sehr schönes Kunstwerk.
Der weiterführende Höhenweg mündet in einen steilen Fußpfad, der bei Wiggen ins Tal zurückkehrt. Mein Knie erträgt solche Anstrengungen nur schwer, ich muss des öfteren stehen bleiben, bis die Schmerzen nachlassen.
In Trubschachen stehen einige sehr schöne alte Häuser, die die für diese Gegend typische Gestaltung der Giebelseite zeigen. Die Bauten sind mit riesigen Krüppelwalmdächern gedeckt, die am Giebel breite Überstände haben. Die Unterseite dieses Dachüberstandes ist bogenförmig abgeschalt, was der Giebelwand ein barockähnliches Aussehen verleiht. Das „Gasthaus zum Bären" in Trubschach ist ein schönes Beispiel für diesen Baustil. Fassadenmalerei und ein Bär, der auf einem über dem Eingang auskragenden Balken steht, betonen den repräsentativen Charakter des Hauses.
Die Jugendherberge in Langnau ist ein ehemaliges Bauernhaus; die Einrich-

tung ist einfach, aber es gibt eine Dusche mit besonders starkem Wasserstrahl, womit ich meine lädierten Knie massieren kann.

**Dienstag, 1. April 1997**
**Von Langnau nach Bern**
Morgen bin ich mit meinem Freund Manfred in Bern verabredet. Er macht in der Nähe mit seiner Familie Osterurlaub und will mich am morgigen Mittwoch besuchen. Bis Bern habe ich noch fünfunddreißig Kilometer zu laufen.
Der Himmel ist wolkenlos, die hochsteigende Sonne wärmt von Minute zu Minute mehr, aber im Schatten sind die Zweige und Gräser mit dickem Raureif bedeckt. Ich muss mir einen Schal umlegen, weil ich im Nacken, wo der Rucksack einen Schatten wirft, friere.
Auf einer schmalen Asphaltpiste komme ich schnell nach Emmenmatt. Damit bin ich in dem von der berühmten Käsesorte bekannten Emmental angekommen. Auch hier begegne ich auf Schritt und Tritt den Hofhunden. Wie ich schon gestern sagte, die Hunde sind, wenn sie ohne Besitzer kommen, kein Problem. Schwierig wird es erst, wenn Frauchen oder Herrchen in der Nähe sind: Dann fühlen sich diese servilen Kreaturen offensichtlich verpflichtet, sich ihr Chappi zu verdienen. Dann sind die Hundebesitzer als Leitfiguren gefragt. Ich bleibe in diesen Fällen stehen und warte, dass sie den Hund zurückrufen.
So wie jetzt. Ich stehe vor einem Hof, der Hund attackiert mich wüst. Der Bauer schaut zu und ruft mit solch sanfter Stimme seinen Hund zurück, dass ich den Eindruck gewinne, es freue ihn, dass sein Hund mich am Weiterlaufen hindert.
Hunde sind nicht dumm. Auch dieser hier durchschaut die Situation und reagiert auf den milden Tadel mit noch hysterischerem Kläffen. Mir reicht's! Ich herrsche den Hund laut an.
Das ist der Augenblick, in dem der Mann endlich aktiv wird:
„Was machen Sie denn da?! Hören Sie sofort auf, meinen Hund zu beschimpfen! Und stecken Sie sofort Ihre Stöcke weg! Der arme Hund wird davon ganz verrückt! Kein Wunder, wenn Sie von ihm angegriffen werden!"
Ich bleibe ihm mit der Antwort nichts schuldig:
„Soll ich mich vielleicht in Luft auflösen, damit Ihr Köter einen ruhigen Tag hat? Das hier ist ein öffentlicher markierter Wanderweg, ich kann hier he-

rumlaufen, wie ich will! Es ist Ihre Aufgabe, Sorge dafür zu tragen, dass der Hund mich nicht beißen kann!"
Daraufhin behauptet dieser Mensch, dass die Straße hier eine Anliegerstraße sei, und somit nicht öffentlich. Die Wanderwegmarkierung tue nichts zur Sache: Hier könne sein Hund beißen, wen er wolle!
Moral: Wenn man in einer Diskussion über Hunde eine Einigung erzielen möchte, dann soll man direkt mit den Hunden diskutieren. Mit den Hundebesitzern ist jede Diskussion aussichtslos!
Bern überfällt mich mit großstädtischer Hektik, worauf ich nicht vorbereitet bin. Ich laufe vom Bahnhof schnurstracks zu der nahen Jugendherberge, sie liegt unterhalb des Bundeshauses im Tal. Ich bekomme ein schönes Zimmer, dusche, wasche meine Sachen und fühle mich wieder recht gut. Ein kleiner Spaziergang durch die Stadt soll vor dem Abendessen den Tag abrunden.
Die in einer hochgelegenen Flussschleife der Aare liegende Altstadt hat ihren mittelalterlichen Charakter gut erhalten. Die repräsentative, breite Hauptstraße, die beidseitig von Laubengängen gesäumt ist, hat interessanterweise nach jeder Straßenkreuzung einen anderen Namen: Gerechtigkeitsgasse, Kramgasse, Marktgasse, Spitalgasse. Die beredten alten Straßennamen zeugen vom mittelalterlichen Leben der Stadt.
Bern ist berühmt für seine Brunnen. An dem genannten Straßenzug stehen allein sieben Prachtexemplare, alle zwischen 1530 und 1550 im Renaissancestil erbaut. Sie stehen in der Achse der Straße bis heute an ihren Originalplätzen wie Perlen aufgereiht. In den vierhundertfünfzig Jahren ihres Bestehens sind hier kein modernisierungsbesessener Stadtrat und kein neuzeitlicher Verkehrsplaner auf den Gedanken gekommen, diese wunderschönen Zierden der Stadt abzubrechen oder auch nur anderswohin zu versetzen. Hut ab vor so viel Bürgersinn und Heimatliebe!

**Mittwoch, 2. April 1997**
**In Bern**
Manfred kommt wie besprochen, und wir verbringen miteinander einige schöne Stunden. Nach einem kurzen Rundgang in der ehrwürdigen Altstadt suchen wir uns eine sonnige Caféterrasse. Er möchte alles hören, und ich möchte alles erzählen, auch wenn es in der Kürze kaum möglich ist.
Auf meiner Reise habe ich bis jetzt vielleicht wenig Sensationelles, aber viel Persönliches erlebt, und erst jetzt beim Erzählen bekommt die unüberschau-

bare Menge der Eindrücke und Erfahrungen auch für mich eine, wenn auch nur vage Struktur.

Ich habe immer geglaubt, dass diese Reise, als meine persönliche Privatveranstaltung, mir vollkommen freie Hand lässt, an jedem beliebigen Tag und Ort frei zu entscheiden, ob ich weiterlaufe oder aufhöre. Dem ist nicht so. Die letzte Möglichkeit zu einer freien Entscheidung in dieser Frage habe ich vor dem Beginn der Reise gehabt. Ich konnte wählen: Will ich pilgern oder nicht? Schon nach dem allerersten Tag hätte ich eine Begründung gebraucht, um aufzuhören, für das Weiterlaufen dagegen nicht. Jeder vorzeitige Abbruch meiner Reise ohne einen triftigen Grund würde die hunderttausend Schritte und den dafür notwendig gewesenen emotionellen und körperlichen Aufwand als unangemessen und damit sinnlos erscheinen lassen. Ich bin dabei, eine selbstgestellte Aufgabe, vielleicht die größte selbstgestellte Aufgabe meines Lebens, zu lösen. Es ist für mich einfach unvorstellbar, mir zu sagen: „Ich habe keine Lust mehr, das war es!"

Die Vorstellung, dass mein Körper sich mit der Zeit auf die tägliche Belastung so weit einstellt, dass ich das Laufen als nicht mehr anstrengend empfinde, hat sich als Irrtum erwiesen. Zwar habe ich einiges Gewicht verloren, und das Gefühl, am Abend völlig erschöpft zu sein, ist geringer geworden, aber die körperlichen Beschwernisse verlassen mich fast nie. Allerdings ängstigen sie mich nicht mehr so wie am Anfang, ich lerne sie richtig einzuschätzen, zu beachten, zu akzeptieren. Wenn ich in der Frühe losgehe, drückt mich beispielsweise der linke Gurt des Rucksacks. Es hat keinen Sinn, jetzt die Gurtlänge zu ändern, wie ich es an den ersten Tagen versucht habe, denn dann drückt plötzlich der rechte Gurt oder der Beckengurt, dann das Hüftpolster, und ich bin bis zum Abend mit der „richtigen" Einstellung der Gurte beschäftigt. Nein, ich lasse das Drücken zu, fünfzehn Kilo Gewicht drücken nun mal. Plötzlich spüre ich ein Stechen in meinem linken Knie. Es ist sehr unangenehm, ich suche beim Laufen Tritte auf dem Boden, die Querneigung nach rechts haben, damit mein linkes Knie beim Auftreten nicht nach außen, sondern nach innen gebogen und entlastet wird. Ich bin damit so beschäftigt, dass ich den Rucksackgurt vergesse. Später meldet sich in meinem rechten Mittelzeh ein Taubheitsgefühl, und dabei vergeht mein Knieschmerz.

Dann naht die Müdigkeit. Sie will mich überreden, eine Pause zu machen, obwohl die letzte Rast kaum eine Stunde zurückliegt. Wenn ich nachgebe,

komme ich nicht voran, und der Tag verlängert sich ins Unendliche. Jetzt helfen nur zusammengebissene Zähne und die „Arbeitslieder". Ich nenne diese in meinem Kopf entstehenden primitiven, aus nur drei, vier Tönen bestehenden rhythmischen Melodien so, weil sie mich an die einfachen monotonen Lieder der Urvölker erinnern, die sie bei der gemeinsamen Arbeit zu singen pflegten. Das Knirschen meiner Schritte und das Klopfen meiner Stöcke auf dem Weg geben den Takt zu den Kehrreimen, die mir manchmal tagelang im Kopf herumschwirren, mich verfolgen. Sie bringen mich voran und helfen mir zu vergessen, dass ich müde bin.
Auch die Einsamkeit drückt mich mehr und mehr.
Nun könnte man den Eindruck gewinnen, ich erlebe das Laufen als ermüdend, quälend, negativ. Aber genau das Gegenteil ist der Fall! Diese langzeitige, sehr intensiv erlebte Körperlichkeit beinhaltet auch viel Nahes, Natürliches, Befreiendes, Befriedigendes. Dieser Körper mit seinen Körperteilen ist nicht, wie ich es bisher empfunden habe, ein mein eigentliches Ego, die Seele ergänzendes Ding, eine Art Hilfskonstruktion, die mir das Laufen, Lachen, Weinen ermöglicht oder es mir erschwert. Nein, dieser Körper bin ich! Die Schmerzen und die Müdigkeit sind nicht etwas Fremdes, was mich in den „eigentlichen" Empfindungen wie Freude und Traurigkeit stört, sondern Glücksgefühl, Hunger, Kraftempfinden und Müdigkeit bilden eine natürliche Einheit, die mich immer wieder neu definiert und die ich täglich wie einen längst verlorenen Schatz wiederfinde.
Aber wie verträgt sich all das Obengesagte mit der Spiritualität einer Pilgerfahrt? Auch bei der Beantwortung dieser Frage erweist sich die Praxis gegenüber theoretischen Gedankengängen sehr hilfreich. Ich verspüre diesen Widerspruch gar nicht! Ganz im Gegenteil! Die seelischen Empfindungen werden aus ihrer theoretisierenden, isolierten Lage befreit, durch die körperlichen Empfindungen angereichert. Beispielsweise sind „Freudentränen" oder „mit offenem Mund zu staunen" keine Floskeln mehr, sondern täglich erlebte Realität. Ich gelange nach diesen ersten Wochen zu der Überzeugung, dass die Einheit des Körpers und der Seele die einzige Daseinsform ist, die ein im Wortsinn menschengerechtes Leben in der Schöpfung ermöglicht. Die Körperfeindlichkeit des religiösen Puritanismus ist genau so menschenfeindlich wie das Verleugnen der Seele, wie dies von Materialisten betrieben wird.
Manfred erzählt mir über einen Kometen, der seit Wochen am Abendhimmel sichtbar sein soll. Er wundert sich, dass ich davon noch nichts gehört

habe, da es in Deutschland seit Wochen kein wichtigeres Thema gibt als
„Hale Bop". Am Abend gehe ich vors Haus und suche nach dieser seltenen
Himmelserscheinung, aber die Lichter der Stadt machen die Sterne unsichtbar. Vielleicht morgen, wenn ich in einem Dorf übernachte, habe ich mehr
Sternguckerglück.

**Donnerstag, 3. April 1997**
**Von Bern nach Schmitten**
Viel Verkehr und wenig Genuss bieten die Straßen, die mich aus der Stadt
hinausführen. Erst ab Niederwangen kann ich die Autostraße verlassen und
meinen Weg in der Natur fortsetzen. Das Gelände ist ziemlich eben, gut
markierte Wanderwege in einem altem Laubwald, dazu ein sonniges Frühlingswetter.
Unterwegs begegne ich zwei älteren flotten Damen. Sie wollen nach Bramberg und finden den richtigen Weg nicht. Ich zeige und erkläre ihnen die
Richtung auf meiner Karte. Sie bedanken sich, wir verabschieden uns und
laufen in entgegengesetzten Richtungen weiter. Kaum eine Viertelstunde
später kommen sie mir plötzlich entgegen. Wie sie so schnell so falsch laufen
konnten, kann ich mir nicht erklären. Ich zeige ihnen noch einmal, wo sie
weiterlaufen müssen, und wir äußern die Hoffnung, trotz gegenseitiger Sympathie uns nie wieder zu begegnen. Diese Hoffnung bleibt unerfüllt: Kurz
vor Neuenegg kreuzen sich wieder unsere Wege. Danach verabschieden wir
uns tatsächlich zum letzten Mal, und ich hoffe, dass sie nicht das Schicksal
des Fliegenden Holländers erleiden müssen.
Ich überquere den Fluss Sense. An der anderen Flussseite steht ein Ensemble von einigen schönen Bauten: ein Gasthaus, eine Kapelle, ein altes
turmartiges Gebäude und ein neues, aber passend „alt" hergerichtetes Holzhaus. Das Bild hat etwas Märchenhaftes an sich, und wie im Märchen begegne ich hier einem alten gekrümmten Großmütterlein, das, sich auf einen
Stock stützend, mir freundlich zulächelt und nach meinem Weg fragt. Ich
beantworte seine Fragen. Es lobt mich ob meines langen Pilgerweges und
wünscht mir Gottes Hilfe und Segen. Ich bedanke mich und setze meinen
Weg fort. Als ich mich nach etwa zwanzig Schritten nochmals nach dem
Weiblein umdrehe, ist es nicht mehr zu sehen. Wie vom Erdboden verschluckt! Ich weiß nicht, wie das möglich ist, aber so genau will ich es auch
nicht wissen.

Vorbei an mehreren kleinen Weihern zwischen den Ackerfeldern komme ich nach Wünnewil, und meine Freude ist groß, als ich auf der Hauptstraße ein Gasthaus mit einem schön bemalten Schild über dem Eingang erblicke: „Gasthaus St. Jakob". An der einen Seite des Blechschildes ist der Heilige in zünftiger Pilgerkleidung und mit Muschel am Hut akkurat gemalt, auch der Pilgerstab in seiner Hand fehlt nicht.
Hier lief in früheren Jahrhunderten der Weg der Jakobspilger von Bern nach Tafers und weiter nach Fribourg. Das von mir geschätzte Alter des Hauses, die Lage an dieser Straße und der Name des Lokals lassen die Vermutung zu, dass es sich hier um eine alte Pilgerherberge handelt. Da kann ich, als Jakobspilger, nicht einfach vorbeigehen, ich muss unbedingt einkehren!
Ich begrüße die Wirtin und sage ihr, dass ich ein Jakobspilger bin, aber sie versteht mich nicht.
„Was sind Sie?" will sie wissen, und als sie mit meiner Antwort nichts anzufangen weiß, fragt sie, was ich eigentlich möchte.
„Ein Bier", sag ich enttäuscht und setze mich hin. Später frage ich sie, ob sie sagen könne, wieso das Haus nach dem St. Jakob benannt ist. Sie weiß es nicht und fragt die anwesenden Stammgäste. Auch sie wissen es nicht. Ein alter Herr meint, vielleicht könnte ein früherer Besitzer des Gasthauses den Namen Jakob gehabt haben.
In Schmitten nehme ich ein Zimmer.
Heute habe ich gemerkt, wie die Sprache allmählich ins Französische übergeht. Die Menschen reden hier noch Schwyzerdütsch, aber ich höre zwischendurch auch Französisch. Wenn das mit meinem Französisch nur gut geht!?
Am späten Nachmittag wird das Licht allmählich trübe, der Himmel zieht sich zu. Meinen Wunsch, den von Manfred erwähnten Kometen zu Gesicht zu bekommen, muss ich auf bessere Zeiten verschieben.

**Freitag, 4. April 1997**
**Von Schmitten nach Fribourg**
Wie schon so oft auf dieser Reise hört der Morgenregen bald auf. Ich weiß nicht, ob es dafür eine fachliche Erklärung gibt. Sonst könnte ich glauben, dass mein Lauf gottgefällig ist.
Nach einer kurzen Strecke über Getreidefelder steigt mein Feldweg ins „Lanthenholz" hinein, einen herrlichen lichten Mischwald mit alten Bäumen.

Auch hier folge ich einem tiefen Hohlweg, der zeigt, dass diese heute so unscheinbare Forststraße früher eine wichtige Verkehrsverbindung gewesen ist. Oben angekommen werde ich von Sonnenstrahlen begrüßt, die in der dunstigen Waldluft helle Pfeile zu den Tausenden von blühenden Weißkleepflanzen heruntersenden. Scharen von Waldvögeln tirilieren, wie sie es nur tun, wenn sie nach dem Regen die warme Sonne freudig begrüßen. „Hier ist es wunderschön!" denke ich und merke, wie eine euphorische Stimmung über mich kommt. Ich bleibe stehen und halte mein Gesicht mit geschlossenen Augen in die wärmenden Sonnenstrahlen.

„Gott, ich danke dir für die Gnade, mich solch große Freude spüren zu lassen, und für die Fähigkeit, Demut und Dankbarkeit empfinden zu können!" höre ich mich laut sagen, und ich finde es weder merkwürdig noch peinlich, hier unter freiem Himmel laut zu beten, auch wenn ich dies noch nie vorher getan habe. Ich mache ja nichts anderes als die Vögel, die sich ihres Lebens erfreuen, und sie finden es sicher ebenso natürlich, wenn mit einem Mal die Lebenslust aus mir herausbricht.

Das Dorf Tafers ist auf dem von Einsiedeln nach Santiago de Compostela führenden nördlichen Pilgerweg eine wichtige Station gewesen. Zwar ist die schöne Gemeindekirche nicht dem heiligen Jakobus, sondern dem heiligen Martin gewidmet, aber auf dem Friedhof neben der Kirche sind zwei stattliche Kapellen zu sehen, von denen die östliche eine Jakobuskirche ist. Im Inneren steht ein schöner bunter, etwas rustikaler Barockaltar. In der Mitte des Altars ist der heilige Jakob zu sehen, eingerahmt von den Aposteln Johannes und Petrus. Doch bedeutender als dieser Altar ist die Bemalung der Giebelwand an der Außenseite. Die Bilder werden von einem weit überstehenden Dach vor Wettereinflüssen geschützt. Dargestellt ist in acht aufeinanderfolgenden, in holperiger Versform betexteten Bildern das „Jakob'sche Hühnerwunder", eine mittelalterliche Legende, die in leichten Abwandlungen in ganz Europa verbreitet gewesen ist. Meistens wird Santo Domingo de la Calzada in Spanien als Ort des Geschehens betrachtet. Die Geschichte in ihrer Naivität hat schon immer die Gemüter der Menschen berührt, was an den zahlreichen, heute noch sichtbaren künstlerischen Darstellungen entlang des Pilgerweges abzulesen ist. Ein besonders schönes Beispiel ist diese hier in Tafers.

Die Geschichte, von der mehrere Variationen existieren, ist schnell nacherzählt. Unterwegs nach Santiago übernachten zwei deutsche Pilger, Vater und

Sohn, in einer Herberge. Die schöne, aber böse Wirtstochter verliebt sich in den jungen Pilger, aber der hat nichts anderes im Sinn, als seine Pilgerreise zum Grab des Apostels. Die Abgewiesene rächt sich, indem sie einen Silberpokal im Gepäck des Jünglings versteckt und ihn nach dessen Abreise wegen Diebstahls anzeigt. Berittene Schergen holen daraufhin den Pilger in die Stadt zurück. In der Tasche des Jungen findet sich der Pokal, womit seine Schuld bewiesen scheint. Er wird vom Richter verurteilt und kurzerhand vor dem Stadttor gehängt.

Der verzweifelte Vater setzt seine Reise fort. In Santiago angekommen bittet er Jakobus um Hilfe. Auf dem Rückweg, als er wieder vor die Stadt kommt, in der sein Sohn hingerichtet wurde, hängt dieser zwar immer noch am Galgen, aber er lebt. „Vater, ich bin unschuldig!" spricht der Gehenkte. „Der heilige Jakobus hat mich am Leben erhalten. Melde es dem Richter!"

Voller Freude eilt der Vater in die Stadt, das Wunder zu verkünden. Der Richter aber, der eben sein Mittagessen zu sich nimmt, schenkt ihm keinen Glauben und spottet: „Dein Sohn ist genau so lebendig wie diese gebratenen Hühner, die ich gerade verzehre!" In dem Augenblick bekommen die beiden Vögel ihr Federkleid zurück und suchen laut gackernd das Weite durch das Fenster. Damit ist die Unschuld des Pilgers und die Schuld der Wirtstochter erwiesen. Feierlich wird er vom Strick geholt und sie an seiner Stelle gehängt.

Ich betrachte das Tableau und werde nachdenklich. Das Hühnerwunder kannte ich schon. Es ist, wie ich fand, eine naive lustige Geschichte. Wieso bin ich dann jetzt von der Erzählung so seltsam berührt? Betrachte ich das Schicksal der beiden jetzt mit anderen Augen, weil ich selbst als Pilger unterwegs bin? Es sind doch ehemalige Brüder von mir, denen es in der Fremde so ergangen sein soll?!

Nach meinen Betrachtungen vor der Kapelle kehre ich in die Kirche ein und hoffe, dass meine Nachdenklichkeit mich zum Beten befähigt. Dazu kommt es nicht. Ich sehe eine junge Frau, die am Altar Vorbereitungen für eine Veranstaltung trifft. Sie fragt mich freundlich, ob ich von weit her käme. Als sie hört, dass ich ein „echter" Jakobspilger bin, ist sie ehrlich erfreut. Es bedarf keiner Minute und wir befinden uns in einem angeregten Gespräch über den Begriff „Weg", über die vielfältigen Parallelen zwischen so einem langen Pilgerweg und dem menschlichen Lebensweg sowie die philosophischen und religiösen Dimensionen des Begriffs, wonach unser irdisches Dasein nichts anderes sein sollte als das Streben nach Güte und Wahrheit auf dem Weg zum Heil.

In diesem Zusammenhang muss ich den auch von mir früher so oft zitierten Spruch „Der Weg ist das Ziel" überprüfen. Wenn ich mein Leben oder meinen jetzigen Pilgerweg nach Santiago de Compostela betrachte, ist der Weg ein herrliches aufregendes Suchen und beglückendes Finden, aber dies als Ziel zu betrachten, ist eine nicht angebrachte Aufwertung, die dem menschlichen Wesen entsprechende Ziele außer acht lässt. Auch wenn Jesus sagt, „ich bin der Weg, die Wahrheit und das Leben", bedeutet es für mich, dass der Weg nicht bereits die Heilung ist, sondern das Versprechen: „Ich bin der Weg, der dich zum Seelenfrieden führt. Mit meiner Hilfe erreichst du das Ziel." Natürlich kann ich mein Ziel ohne den Weg nicht erreichen, aber ohne ein Ziel besteht die Gefahr, dass ich herumirre, ohne voranzukommen. Wie auf dem Pilgerweg, so auch im Leben.

Zum Abschied meint die junge Frau, ich sollte doch auch den Herrn Pfarrer besuchen, er würde sich gewiss freuen.

Der Pfarrer, ein sympathischer bärtiger Mittvierziger, führt mich in sein Arbeitszimmer, wo es neben antiken Möbeln und hölzernen Heiligenfiguren eine wunderbare gotische Jakobusstatue zu bewundern gibt. Ich bin erfreut und dankbar, dieses Werk von so nah betrachten zu dürfen.

Anschließend kopiert er mir einiges Informationsmaterial über den heiligen Jakobus. So erhalte ich von ihm auch das Protevangelium des Jakobus, ein fünftes Evangelium, das, wahrscheinlich wegen des allzu volkstümlichen Textcharakters keine Aufnahme im Kanon des Neuen Testaments fand.

Zum Abschied empfiehlt er mir, nach Fribourg nicht den traditionellen, durch Schönberg führenden Pilgerweg zu nehmen, sondern den viel schöneren durch die Schlucht Galterengraben.

Dieser Wanderweg verläuft in der Talsohle der Schlucht, die ein kleiner Bach in den Sandstein gegraben hat. An manchen Stellen sind die senkrecht herabfallenden Felswände bis zu achtzig Meter hoch. Ich genieße in vollen Zügen das Plätschern des Baches, die Schönheit der alten Bäume und des Kleinen Immergrün, das an einigen Stellen den Waldboden wie mit einem blauer Teppich bedeckt. Diese Pflanze kann nach dem Volksglauben Liebeszauber bewirken.

Der Übergang zwischen dieser wildromantischen Schlucht und der Großstadt Fribourg überrascht mich. Die Stadtmauer riegelt die Schlucht quer ab. Der Bach fließt durch einen bogenförmigen Durchlass in die Stadt hinein, der Weg daneben führt durch ein befestigtes Tor. So komme ich aus der Einsamkeit der Natur innerhalb einer Minute in die Großstadt.

Hinter einer überdachten Brücke folge ich den Straßenzügen, die auch die mittelalterlichen Pilger benutzt haben. Die Menschen, denen ich begegne, schauen auf mein Gepäck und grüßen mich freundlich. Auf Französisch. Vorbei an einem Renaissance-Pilgerbrunnen steigt die Gasse so steil in die Höhe, dass die Gehwege daneben als Treppen angelegt werden mussten. Oben steht die mächtige gotische Kathedrale St-Nicolas.
Ich trete ein, setze mich in eine der hinteren Reihen und lasse den riesigen, schwach beleuchteten Raum auf mich wirken. Bald merke ich aber, dass der Übergang aus dem Galterengraben in die Stadt hinein viel zu rasch vor sich gegangen ist, und mental bin ich hier noch gar nicht angekommen. So verlasse ich dieses schöne Gotteshaus. Danach stehe ich etwas ratlos an dem verkehrsreichen Place Notre Dame. Alle Sehenswürdigkeiten von Fribourg befinden sich hier in der Altstadt, die Herberge liegt weiter oben in der Neustadt. Mir tun die Knie weh, so sehe ich zu, dass ich rasch unter die Dusche komme. Ich tröste mich damit, dass ich zwar zum ersten Mal hier bin aber mit Sicherheit nicht zum letzten Mal.

**Samstag, 5. April 1997**
**Von Fribourg nach Romont**
In der Herberge teilte ich mein Zimmer mit einem jungen Schweizer. Mitten in der Nacht bin ich plötzlich aus dem Schlaf aufgeschreckt, ohne zu wissen, wodurch. Im Halbschlaf merke ich zwar noch, dass ein Kissen auf meinem Bauch liegt, war aber nicht wach genug, mir darüber Gedanken zu machen, wie es da hinkam.
Morgens beim Zähneputzen fällt mir diese Geschichte wieder ein. Habe ich es nur geträumt? Ich frage meinen Zimmernachbarn, ob er wüsste, was heute nacht vorgefallen sei. Er wird verlegen und bittet mich um Entschuldigung, aber ich habe, wie er sagt, so bestialisch geschnarcht, dass er sich in seiner Verzweiflung keinen anderen Rat mehr wusste, als mit seinem Kissen nach mir zu werfen.
Mit schnellen Schritten verlasse ich die schöne Stadt Fribourg. Da der markierte Wanderweg am Anfang durch zahlreiche Windungen länger ist, als es unbedingt nötig wäre, benutze ich bis Neyruz die kürzere Landstraße. Dort steigt der Weg auf einen Landrücken, der in achthundert Meter Höhe nach Südwesten verläuft. Die ersten Dörfer sind noch von der Nähe der Großstadt gezeichnet, aber das Bild wandelt sich rasch ins Lieblich-Ländliche. Die

Stimmung wird, wie in einem Heimatfilm, vom lang anhaltenden und weithin hörbaren Glockenläuten der Kirche in Onnens untermalt.

Nach Lovens bleibe ich auf einem Feldweg einen Augenblick stehen, um die herrliche Aussicht und einen langen Schluck aus meiner Trinkflasche zu genießen. Ein Mann, etwa in meinem Alter, kommt vorbei und fragt, ob mein großer Durst von einem langen Weg käme. Das kann ich mit gutem Gewissen bejahen. Ich erzähle ihm vom Pilgerweg, der in früheren Zeiten hier durchzog. Davon hat er auch schon gehört, aber, obwohl seine Familie den nahen Bauernhof schon seit langem bewirtschaftet, weiß er nichts Genaueres darüber. Ich lobe die schöne Landschaft und werde fast neidisch, als ich in seinem langsam schweifenden gelassenen Blick den selbstverständlichen Heimatstolz entdecke. Wir stehen auf der Anhöhe an einem Wiesenrand. Neben uns weiden schwarzweiße Kühe im frischgrünen Gras. Der ferne Horizont wird im Nordwesten vom massigen Bergzug des Jura, im Südosten von den felsigen schneebedeckten Spitzen der Berner Alpen begrenzt. Der Bauer zeigt und nennt mir die einzelnen Flur- und Wiesenstücke, die Gehöfte, die Berge und Gipfel, genauso wie man jemandem Verwandte vorstellt. Das sind die Momente, in denen bei mir der Zweifel aufkommt, ob mein „Kosmopolitendasein" wirklich meinen Sehnsüchten entspricht.

Besonders glücklich und zufrieden äußert er sich über die Tatsache, dass sein Sohn die dreihundertjährige bäuerliche Familientradition auf dem Hof weiterführt.

„Ich habe ihm damals gesagt: Wenn du diese Arbeit magst, dann mache sie, es ist eine schöne Arbeit. Wenn du aber nur für das Geld arbeiten möchtest, dann lass die Finger davon, lerne lieber Bankkaufmann, dann hast du mehr Spaß. Das Wichtigste an der Arbeit ist nämlich, wissen Sie, nicht das Geld, sondern die Freude. Mein Sohn macht jetzt mit. Zwar gibt es zwischen uns immer wieder Meinungsverschiedenheiten, aber das ist nichts Nachteiliges. Sehen Sie sich diese Kühe an! Bei der letzten Leistungsschau sind wir mit diesen Tieren die Viertbesten in der Schweiz geworden! Jetzt würde mein Sohn mit keinem Banker mehr tauschen wollen!"

In dieser ländlichen Gegend ist die Zugehörigkeit zu einer Religion eher eine Sache der Geburt als des Glaubens. Das hat ihm aber nicht genügt, wie er sagt. Er wollte über Glaubensfragen, die ihn beschäftigten, mit Gleichgesinnten lebendig diskutieren. Dabei war er in seiner katholischen Kirche auf Widerstand gestoßen. Da die Protestanten in seiner Bekanntschaft mehr

Verständnis für sein Ringen um Wahrheit zeigten, hat er die Konfession gewechselt. Nur weil er in der Dorfgemeinschaft und in seiner Familie eine gewisse Autorität besitzt, wird der Übertritt zwar toleriert, aber akzeptiert wird das wohl nie.
Ich erzähle ihm, dass damals in Davos, in der Zeit der Not, mir nur die wiedergefundenen Reste meiner früheren Religiosität Trost und Hilfe gegeben haben. Seitdem bin auch ich ein Suchender, mit vielen Fragen beladen.
Es ist kalt, wir fangen an zu frieren. Er will weiterarbeiten, und ich will weiterlaufen. Wir drücken uns lange die Hand. Ich denke, wir haben in einer Viertelstunde mehr über uns erzählt und erfahren, als manche meiner langjährigen Freunde mir über sich je erzählen werden.
Eine Stunde später taucht vor mir die imposante Silhouette der Stadt Romont auf. Die alte Oberstadt hat ihren mittelalterlichen Charakter behalten. Die mächtige Burg, die schöne Pfarrkirche, Befestigungstürme und große Teile der Stadtmauer sind gut erhalten geblieben. Ich steige im „Lion d'Or" ab. Der Name ist unangemessen: Das 62-Mark-Zimmer hat kein fließendes Wasser. Aber es ist sauber, und ich werde von Tag zu Tag genügsamer.

**Sonntag, 6. April 1997**
**Von Romont nach Moudon**
Den Hale Bop werde ich, wenn das Wetter weiter so wolkig und regnerisch bleibt, wohl nicht mehr sehen. Auch gestern abend ist es zu wolkig gewesen, heute früh regnet es sogar. Meine Stimmung ist getrübt. Ich fühle mich einsam, einsamer als bisher. Hier finde ich niemanden mehr, der Deutsch sprechen kann. Meine geringen Französischkenntnisse sind zwar ausreichend, um mich nach dem Weg zu erkundigen oder ein Zimmer zu nehmen, aber für eine Unterhaltung reicht es nicht mehr.
Wie oft schon auf dieser Reise, so auch heute: Kaum bin ich unterwegs, hört es auf zu regnen. Es ist weiterhin grau und kühl, aber trocken.
Kurz hinter dem Ausgang des Dorfes Chesalles-sur-Moudon geht eine alte Frau mit ihrem auch nicht mehr jungen Hund spazieren. Sie spricht mich an, und sie blickt mir dabei freundlich mit gütig lächelnden Augen ins Gesicht. Sie bemerkt meine Schwierigkeiten mit der Sprache und wechselt ins Deutsche. Sie findet es bewundernswert, dass ich nach Spanien pilgern möchte und wünscht mir für meinen Weg „Segen und viel Mut".
„Wieso Mut?" denke ich beim Weiterlaufen. „Was hat mein Wandern mit

Mut zu tun?" Dann fällt mir ein, dass mir vor dieser Reise viele Freunde gesagt haben, dass sie nicht den Mut hätten, so allein und auf so lange Zeit in die Fremde zu gehen. Mut ist das Gegenteil von Angst, dachte ich. Ich laufe aber nicht durch die Antarktis oder auf Minenfeldern, und auch die Räuber sind heutzutage eher in den Großstädten als in den Wäldern zu finden.
Wozu brauche ich Mut? Wozu wünscht mir diese Frau mit dem freundlichen Blick Mut? Wieso meint sie, dass ich auf meinem Weg Mut brauchen könnte?
Mir fällt plötzlich meine traurige Stimmung von heute früh ein und der Unmut, den ich darüber verspürte. Genau, jetzt hab ich's! Mut ist nicht nur die hochgeschätzte Haltung, die es ermöglicht, etwas zu wagen, sondern auch das Gegenteil von Unmut. Mut zu haben, um nicht mutlos, nicht unmutig zu sein! Ja, so gesehen kann ich eine Menge Mut gebrauchen!
Kurz vor der Stadt Moudon überquert der Weg den Fluss La Broye und läuft auf die mittelalterliche, in die Stadtbefestigung eingefügte Kirche St-Etienne zu. Der massige Kirchturm mit quadratischem Grundriss ist eines der früheren Stadttore. Die von der Kirche in die Stadt hineinführenden Gassen leiten, wie in so vielen Schweizer Städten, zu einem bunt bemalten Gerechtigkeitsbrunnen, über ihm steht eine energische Frauengestalt, Justitia, mit Schwert, Waage und zugebundenen Augen.
Eine steile Gasse führt zum alten Schloss. Auf dem steil abfallenden felsigen Flussufer darunter ist eine Reihe von Häusern auf die Abbruchkante gebaut. Ihre Lage in dieser luftigen Höhe sieht richtig gefährlich aus. Sie heißen auch „hängende Häuser". Solange sie hängen.
Am Abend reißen die Wolken am Himmel auf. Vielleicht werde ich heute abend den Kometen doch noch sehen können? Ich kann den Abend kaum erwarten.
Dann ist es soweit. Ich gehe auf die Straße, aber die helle Straßenbeleuchtung blendet und lässt die Beobachtung der Sterne nicht zu. Oder? Da ist doch ein großer Stern zu sehen, der etwas verwaschen ausschaut.
Ich laufe aus der Stadt hinaus zum Fußballplatz, wo es ganz dunkel ist, und als die Bäume den Blick zum Himmel freigeben, sehe ich erstmals in meinem Leben einen Kometen! Ich stehe wie angewurzelt da! Er ist größer und schöner, als ich gedacht habe! Der helle große Stern und der lange pinselförmige Schweif! Es ist wie ein Wunder, eine an mich persönlich gerichtete

himmlische Botschaft: Der Kopf des Kometen zeigt nach Südwesten, dorthin, wo Santiago de Compostela auf mich wartet!
Ich denke an den Stern, der den Hirten und den drei Königen den Weg zum Heiland zeigte. Auch Kaiser Karl der Große wurde, nach einer der vielen Jakobuslegenden, durch die Sterne der Milchstraße nach Santiago geleitet.
Ich bitte alle klugen Menschen, die mir an dieser Stelle erklären wollen, dass der Schweif eines Kometen eigentlich gar kein Schweif ist und der Kopf nicht in die Flugrichtung zeigt, sondern…, ich bitte sie, mich mit solchen „Wahrheiten" nicht zu behelligen. Ich bin noch nie auf der Suche nach Wahrheiten so beharrlich gewesen und so weit gelaufen wie jetzt. Ausgerechnet hier begegne ich dieser wunderbaren Himmelserscheinung, die ich noch nie vorher gesehen habe und nie mehr im Leben sehen werde, und sie zeigt mir die Richtung nach Santiago de Compostela! Sollte das alles nur ein Zufall sein?

**Montag, 7. April 1997**
**Von Moudon nach Lausanne**
Als ich in der Frühe am Ufer der la Broye meinen Weg fortsetze, bläst mir von Norden her ein eisiger Wind entgegen. Obwohl noch in der Stadtnähe, ist es ein einsamer Weg. Später kommt mir wenigstens ein Jogger entgegen; sonst könnte ich glauben, ich bin das einzige Lebewesen auf dieser Welt.
Die Landschaft ist sanft-hügelig; nichts lässt ahnen, was auf mich zukommt. Nach Syens steigt der schmale Wirtschaftsweg am Waldrand in die Höhe. Rechts von mir im Wald ist wieder einer dieser schluchtartigen Bachläufe, die ich überqueren muss. Nach meiner Karte ist ein markierter Wanderweg vorhanden, den ich bald finde; jetzt brauche ich ihm nur zu folgen. Unten im Tal ist es eng und feucht, die Steine sind bemoost, umgestürzte Bäume und wuchernder Schachtelhalm bedecken den Boden. Ein modriger Geruch liegt in der Luft. Der Bach ist stark angeschwollen, das rauschende Wasser hat in den weichen Sandstein tiefe Rinnen und Kavernen gegraben. Bald müsste eine Brücke kommen.
An der Stelle, wo der Weg den Bach überquert, gibt es aber keine Brücke, nur eine Furt. Hier könnte ich bei niedrigerem Wasserstand von Stein zu Stein hüpfend auf die andere Seite wechseln. Beim jetzigen Wasserstand sieht die Sache ganz anders aus. Dennoch überlege ich mir, trotz Kälte, ob ich Hose und Stiefel ausziehen und durch das Wasser waten soll. Aber die Strömung ist zu stark, ich habe Angst. Es ist dieselbe Situation wie vor einer

Woche am Bockenbach: Ich muss hier hinüber! Sonst bin ich gezwungen, einen riesigen Umweg zu machen. Aber wie soll ich dieses Hindernis bewältigen?

Ich folge dem Bachbett abwärts durch das Gestrüpp; einen Pfad gibt es hier nicht mehr. Mehrere dicke Baumstämme, die quer über das Wasser gestürzt sind, wollen mich zum Balanceakt verleiten, aber vier bis fünf Meter über der Flut auf einem bemoosten Baum mit dem schweren Rucksack den Bach zu überqueren, das erscheint mir doch zu riskant.

Endlich finde ich eine Stelle, wo der Bach ein wenig breiter und dadurch die Wassertiefe geringer ist. Bis zur Mitte des Baches gelange ich auf einem Baumstamm, von dort dienen mir einige Steine im Wasser als Trittflächen. Wieder bewähren sich meine teleskopischen Wanderstöcke gut: Bis zur vollen Länge ausgezogen, kann ich mich mit ihnen seitlich auf anderen Steinen abstützen. Mit nassen Füßen, aber im übrigen trocken, erreiche ich das jenseitige Ufer.

Auch hier ist kein Pfad zu sehen, aber auf der steilen Talseite kann ich, wenngleich stellenweise auf allen Vieren, hochsteigen. Kurz bevor ich oben an der Kante des Tales ankomme, will ich ein Foto machen. Ich setze meinen Rucksack ab, der kippt um und poltert etwa dreißig Meter talwärts, bis er gegen einen Baum schlägt und danach endlich liegen bleibt. Ich steige wieder hinunter und prüfe den Schaden. Glück gehabt: Alles blieb unbeschädigt.

Dieses Ab- und Aufsteigen, das mich in Luftlinie vielleicht dreihundert Meter weiterbrachte, hat über eine Stunde gedauert. Als Ergebnis der Kletterei tut mir das linke Knie wieder weh.

Der weitere, meist asphaltierte Wirtschaftsweg steigt stetig höher und bietet einen großartigen Blick in Richtung Südosten, wo sich im milchigen Mittagslicht in weiter Ferne die wildgezackten, schneebedeckten Berge gerade noch schemenhaft ausmachen lassen.

Ich erreiche die Landstraße, die direkt nach Lausanne führt. Nach etwa fünf Kilometern fangen die wenig schönen Vororte an. Allmählich nimmt der Verkehr zu, die Straßen werden großstädtischer und immer belebter. Die letzten Kilometer quer durch die Innenstadt fallen steil ab bis zum Ufer des Genfer Sees. Ich folge diesem Weg. Die Herberge befindet sich außerhalb, westlich der Innenstadt. Ich bin von Lausannes Größe und Schönheit sehr beeindruckt, aber auch müde, jetzt will ich nur noch schnell unter die Dusche. Ich nehme mir vor, morgen hier einen Ruhetag einzulegen, damit ich mir die Stadt näher anschauen kann.

**Dienstag, 8. April 1997**
**Von Lausanne nach Morges**
Ich muss mich richtig zwingen, aus dem Bett zu steigen. Müde bin ich, mutlos, auch meine Knie schmerzen. Den letzten Ruhetag habe ich erst vor fünf Tagen gehabt, ich dürfte also gar nicht so müde sein! Ich raffe mich doch noch auf und fahre mit dem klapprigen O-Bus in die Stadt.
Lausanne zu besichtigen bedarf einiger körperlicher Anstrengungen. Die Stadt ist derart bergig, dass an manchen Stellen die Fußgänger öffentliche Aufzüge benutzen müssen, um die Steigung von einer in die andere Straße bequem zu bewältigen. Viele Gassen sind als Treppen angelegt. Eine kurze U-Bahnstrecke ist sogar mit Zahnradantrieb ausgerüstet.
Auf dem Hügel, auf dem die Cathédrale steht, liegt der älteste Stadtteil. Schon im 6. Jahrhundert ist hier um die damalige Kirche ein Machtzentrum entstanden, und diesen Charakter hat das Viertel bis in das 18. Jahrhundert behalten. Davon zeugen die vielen Repräsentationsbauten, die zwischen 1400 und 1700 erbaut wurden: das Château, die Academia, der Bischofspalast.
Ich laufe auf einer romantischen Treppenstraße zum Rathaus hinunter. Auch hier steht ein Justitiabrunnen, mit der gleichen Frauengestalt wie in Bern oder in Moudon. Ganz in der Nähe die Franziskanerkirche: auch ein gotisches Gotteshaus. Seine hölzerne Dachkonstruktion wurde 1387 fertiggestellt. Sie steht heute noch.
Ich besorge mir weiterführende Wanderkarten, Salbe für mein Knie, etwas zum Essen und trinke mehrere Tassen von dem ausgezeichneten Schweizer Kaffee. Es gibt einige gute Ausstellungen, die ich gern sehen würde, z. B. „Von Greco bis Modigliani", Bilder aus schweizerischen Privatsammlungen, aber dann werde ich unruhig und frage mich, welches Programm für den heutigen Tag eigentlich vorgesehen ist. Bin ich ein Tourist oder ein Pilger? Wenn ich nämlich als Pilger einen Ruhetag brauche, dann sollte ich mich ausruhen. Wenn ich aber diese Ruhe nicht benötige, dann kann ich ja weiterlaufen. Das Wetter ist ausgesprochen frühlingshaft, und ich habe noch einen sehr langen Weg vor mir. In meiner Eigenschaft als Pilger käme es einer Sünde gleich, an einem so schönen Tag, obwohl ich es könnte, nicht weiterzulaufen.
Es ist schon Nachmittag, als ich zur Herberge zurückfahre, meinen Rucksack packe und mich rasch auf den Weg begebe.
Gut gepflegte Parkanlagen begleiten den Kiesstrand des Genfer Sees, wo an diesem milden, sonnigen Nachmittag viele Radfahrer, Jogger und Spazier-

gänger mit ihren Hunden die seidige Luft genießen. Im ufernahen, seichten Wasser schnattern Enten und Bläßhühner, dazwischen ziehen Schwäne ihre ruhigen Bahnen. Ab und zu rennen die mitgeführten Hunde übermütig ins Wasser, aber die Vögel nehmen von ihnen erstaunlich wenig Kenntnis. Wahrscheinlich haben sie sich aneinander gewöhnt.

Bei St-Sulpice stehe ich plötzlich, freudig überrascht, vor der halbrunden Apside einer wunderschönen romanischen Kirche, die ich hier, inmitten von Villen und Wochenendhäusern nicht erwartet hätte. Ein mächtiger Turm mit Zeltdach erhebt sich über der Vierung. Der Eingang ist offen, ich betrete den Innenraum. Die Wände und das Turmgewölbe sind früher reich bemalt gewesen. Es sind noch gut erkennbare Reste der Bilder vorhanden, wie der in einer Mandorla thronende Christus, mit den Symbolen der Evangelisten. Die Einrichtung ist spärlich; umso besser kommt die Wirkung der Formen und Proportionen des Raumes zur Geltung.

Ich verlasse das Dämmerlicht der Kirche und werde draußen von der Lichtflut der Sonne geblendet. So traue ich kaum meinen Augen, als ich nur fünf Meter vor mir die junge Frau erblicke, die ich vor vier Tagen, am Freitag, in Tafers in der Kirche getroffen habe. Das kann doch nicht wahr sein! Solche Zufälle gibt es gar nicht!

Wir umarmen uns wie alte Bekannte, und ich würde sie gern noch länger in meinen Armen halten, wenn neben ihr nicht eine zweite junge Frau stehen würde, die sie mir als ihre Schwester vorstellt. Sie wohnt hier in der Nähe. Auch die Schwester begrüßt mich sehr freundlich und sagt, dass es für sie eine freudige Überraschung ist, mich kennen zu lernen, da sie seit zwei Tagen über die Themen diskutieren, die ich mit ihrer Schwester bei unserem Treffen in Tafers angesprochen habe: der Weg, das Ziel, das Lieben und Loslassen, das Suchen und Begegnen. Es schmeichelt mir, dass die Frauen mich offensichtlich als Inhaber der Wahrheit betrachten.

Wie für uns eingerichtet, ist neben der Kirche ein Café mit Sonnenterrasse. Wir lassen uns nieder und freuen uns über diese neuerliche Begegnung.

Solche glücklichen Augenblicke gehen besonders schnell vorbei. Und als wir uns verabschieden, wird es diesmal wahrscheinlich auf immer sein. Zur Umarmung gibt es Wangenküsse, nicht „zwei wie unter Freunden, nicht drei wie in Paris, sondern vier wie unter Liebenden", wie die Franzosen zu sagen pflegen. Die beiden steigen ins Auto, ich winke ihnen nach. Dann setze ich meinen Weg am Ufer fort, ohne zurückzuschauen.

Jenseits des vom leichten Wind gekräuselten großen Wassers sonnen sich die Bergriesen im milchigen Licht des Nachmittags. Ein fernes Segelboot bewegt sich kaum wahrnehmbar nach Südwesten. Dorthin möchte auch ich!

**Mittwoch, 9. April 1997**
**Von Morges nach Nyon**
Mein heutiger Weg beginnt in einer ufernahen Parkanlage. Zahlreiche Gartenarbeiter sind dabei, Blumenbeete anzulegen, Wege zu befestigen, Parkbänke zu reparieren. Es erfordert viel Arbeit, bis alles vollkommen ordentlich aussieht und so dem Schweizer Standard entspricht.
Heute scheint der See unendlich groß zu sein. Die Berge am jenseitigen Seeufer, die gestern gerade noch zu sehen waren, sind im hellen, diesigen Licht verschwunden.
Der Landstrich zwischen St-Prex und Buchillon ist ein einziges Wohngebiet mit schönen und aufwendig gestalteten Einfamilienhäusern. Für potentielle Bauherren mögen solche Strecken anregend sein, für Wanderer sind sie etwas befremdlich. Hinter dem kleinen Winzerdorf Allaman steht mitten in den weitläufigen Weinfeldern ein imposantes Château, von der Art, wie ich es aus Frankreich kenne. Am Straßenrand ist der Löwenzahn schon verblüht: Fröhlich schwirren die kleinen weißen Fallschirme im hellen Sonnenlicht.
Der Weg kehrt wieder zum Seeufer zurück. In einem kleinen Bootshafen lasse ich mich auf einer Bank nieder und mache Mittagspause. Ein guter Brie mit frischem Brötchen und ein Apfel, es ist ein karges Mahl, aber es wird von meinem Hunger zum Festschmaus geadelt. Zu meinen Füßen plätschern silbrige Wellen an den Kiesstrand. Schnatternde, immerhungrige Enten hoffen, von mir zum Essen eingeladen werden. Schwäne betrachten die Szene aus nobler Entfernung.
In dem alten Städtchen Nyon habe ich Schwierigkeiten, eine Unterkunft zu bekommen. Schließlich überlässt mir der Chef vom „Hotel d'Ange" einen Dachverschlag, der normalerweise zur Unterbringung des Saisonpersonals vorgesehen ist.
Im Bett lese ich noch einmal den Brief Jakobs, von dem ich in Tafers eine Kopie bekommen habe, und merke, dass sein Verteufeln von allem, was auch nur im weitesten Sinn weltlich oder menschlich ist, bei mir auf Widerstand stößt. Wie konnte er beispielsweise „irdisch, menschlich und teuflisch" (3.16) gleichsetzen? Was soll die Aussage, dass „ ...der Welt Freundschaft

Gottes Feindschaft ist" (4.4) bedeuten? Das ist doch völlig unlogisch! Wenn ich annehme, dass Gott uns Menschen, wie von der Kirche gelehrt wird, nach seinem Ebenbild erschaffen hat, dann kann „menschlich", also „gottähnlich", nicht teuflisch sein!

**Donnerstag, 10. April 1997**
**Von Nyon nach Mies**
Das Wetter wird von Tag zu Tag besser, heute ist es wohl das beste seit Kassel. Kein Wölkchen zeigt sich am Himmel, schon in der Frühe ist es angenehm warm.
Der weitere Verlauf des markierten Wanderwegs folgt nicht der kürzesten Strecke zu meinem Ziel, sondern er schlängelt sich auf Umwegen nach Süden. Auf manchen Wiesen wird das Gras in diesem Jahr zum ersten Mal gemäht. Die Luft ist vom würzigen Duft des frisch geschnittenen Grases gesättigt.
Die kleinen Dörfer, die ich passiere, sind durchweg sehenswert, auch wenn sie in keiner Reiselektüre zu finden sind. Sie sind geprägt durch einige große herrschaftliche Bauernhäuser und oft noch durch eine romanische Kirche. So auch Commugny. Die mit einem Satteldach gedeckte Kirche mit dem quadratischen, gedrungenen, wehrhaften Turm ist in den Jahrhunderten unverändert geblieben. Das Innere ist schmucklos, aber stilrein: Hier sind die Reformierten mit ihrer puritanischen Ästhetik zu Hause.
Das Gasthaus in Mies ist einfach und sauber. Nachdem ich mich geduscht und die tägliche Wäsche erledigt habe, gehe ich den Ort anzuschauen. Außer einem riesigen Eichenbaum vor dem Gemeindeamt finde ich allerdings nichts Sehenswertes. Ich kaufe mir ein wenig Käse, Brot und Obst: praktisch lebe ich seit Wochen nur aus der Einkaufstüte. Bei den hiesigen Preisen muss ich mich täglich entscheiden, ob ich im Gasthaus essen oder schlafen will, beides kann ich nicht bezahlen. Schlafen muss ich ja, und da ich zu Fuß unterwegs bin, muss ich jeden Schlafplatz akzeptieren, der sich mir am Abend bietet. So kann ich nur am Essen sparen. Der angenehme Nebeneffekt: Ich habe schon sieben Kilo abgenommen!

**Freitag, 11. April 1997**
**Von Mies nach Genève**
Ich verlasse das Dorf bei strahlendem Sonnenschein. Es ist schon so warm, dass ich mein Gesicht mit Sonnencreme schützen muss. Dass ich das erleben darf!
Je näher ich an Genf herankomme, desto dichter ist die Gegend besiedelt, wobei dieser Zustand eigentlich schon seit Lausanne anhält. Jeder Quadratmeter Boden erscheint mir wie blank geputzt, hat seinen wohlsituierten Besitzer, und es ist schwer, hier auch nur Reste von freier Natur zu finden. So oft wie nie zuvor führt mich der „Wanderweg" seit Lausanne durch Wohnstraßen mit Villen und Einfamilienhäusern.
Nach der stark befahrenen Autobahn erreiche ich den Vorort Pregny, der offensichtlich zu den vornehmeren Adressen in Genf gehört. Zahlreiche alte Landhäuser und Schlösser stehen hier in parkartigen Grundstücken, von hohen Steinmauern mit Gittertoren umgeben. Dieses Stadtviertel geht nahtlos in ein Terrain über, in dem Museen, Botschaften und Repräsentationsbauten verschiedener internationaler Organisationen die Szene bestimmen. Alle Männer, denen ich an der Straße begegne, tragen Anzug und Krawatte, die Frauen Kostüme und hochhackige Schuhe. Dazwischen ich, verschwitzt, mit Wanderstöcken!
Ich erreiche die Stadtmitte. Es ist wie im Sommer: Auf der breiten Fußgängerstraße Rue du Montblanc sind Hunderte von Tischen und Stühlen vor den Lokalen aufgestellt, und überall tummeln sich sommerlich gekleidete Menschen. Auf der Sonnenseite der Straße ist es mir zu warm, ich suche an der Schattenseite einen Platz. Wer hätte vor einigen Wochen gedacht, dass mir die Wärme je zuviel sein könnte?
In der Jugendherberge herrscht Massenbetrieb, ich bekomme ein Bett in einem vollbesetzten Sechsbettzimmer mit Etagenbetten. Angesichts meines fortgeschrittenen Alters wird mir ein kleines Privileg zugestanden: Ich darf unten schlafen. Kurze Zeit später werde ich im Waschraum von zwei Kindern gerade wegen meines Alters verspottet. Kein Licht ohne Schatten.
Am Abend versuche ich von der Stadt einen flüchtigen Eindruck zu gewinnen; mehr ist in zwei, drei Stunden nicht möglich. Ich bin nicht sicher, ob mir Genf so gut gefällt, wie es mir gefallen müsste. Viele luxuriöse Hotels mit livrierten Negern als Türsteher; für diese Jobs finde ich diese Bezeichnung zutreffend. An jeder Straßenecke Fastfood-Restaurants. Allein die

bekannteste Firma dieser Branche besitzt in Genf sieben (!) Lokale. Und natürlich Banken, Banken, Banken! Wie viele Banken braucht ein Mensch?

**Samstag, 12. April 1997**
**Von Genève nach Bellegarde-sur-Valserine**
Meine Zimmergenossen, vier Australier und ein Tunesier, sind eigentlich ganz nett, aber bis sie gestern alle den Weg in die Schlafsäcke gefunden haben, war die halbe Nacht vorbei. Danach wurde ich von einem allergischen Niesen gequält, und als ich dann endlich doch noch einschlief, kam ein Gewitter auf. Das Heulen des stürmischen Windes weckte mich immer wieder von neuem.
Als die jungen Männer um halb sechs aus den Kojen sprangen, waren für mich die Nacht und auch der Tag bereits gelaufen. Beim Aufstehen habe ich Kreislaufstörungen, ich muss mich wie auf einem schaukelnden Segelschiff festhalten, damit ich nicht hinfalle.
Das Frühstück in der Herberge ist wenig geeignet, meine Stimmung aufzuhellen. Eine Scheibe Brot, je eine Portion Butter und Marmelade, eine Tasse Muckefuck. Als ich eine zweite Scheibe Brot nehmen möchte, wird mir diese Ausschweifung von einer Aufsichtsperson untersagt. Beim Muckefuck wage ich gar keinen Versuch mir eine zweite Tasse zu holen, da ein handgeschriebenes Schild dies explizit verbietet. So esse ich lustlos mein karges Frühstück und wundere mich, dass in der umweltpolitisch so fortschrittlichen Schweiz in den Jugendherbergen heute noch billiges Wegwerfbesteck aus Plastik benutzt wird.
Vor dem Fenster des Speiseraumes blüht der Flieder. Ich blicke auf einen von hohen Betonsilos umgebenen Hinterhof, wo in einer tiefer liegenden Betongrube auch einige Fliederbüsche schmachten. Was mögen die armen verbrochen haben?
Ich brauche wieder neue Wanderkarten. Alle nötigen Blätter von zu Hause mitzubringen ist aus Gewichtsgründen nicht möglich gewesen. Von den 50 000er-Karten, die ich benutze, habe ich von Kassel bis Genf zwanzig Blätter gebraucht. Bis jetzt ist es mir immer gelungen, die erforderlichen Blätter unterwegs zu erhalten. Bis jetzt. Obwohl ich mehrere Buchhandlungen aufsuche, finde ich für meinen weiteren Weg in Frankreich nur 100 000er-Karten, für Wanderer ein ungeeigneter Maßstab. Da ich Karten

brauche, kaufe ich sie. Meine Stiefelabsätze habe ich auch wieder abgelaufen, ich lasse sie erneuern. Aus einer Apotheke hole ich mir neue Fußcreme, die ich auf einer Parkbank sitzend sofort anwende, was einige vorübergehende Passanten verwundert registrieren. Jetzt müsste ich mich allmählich auf den Weg machen, fühle mich aber unausgeschlafen, schwach, schwindlig: einfach elend. Den Rucksack kann ich kaum heben. Ich bleibe bis zum Mittag auf der Bank sitzen. Es ist sonnig, wenn auch nicht annähernd so warm, wie es in den vergangenen zwei Tagen gewesen ist.
Mit der Zeit merke ich, wie eine trotzige Wut in mir hochsteigt. Was soll dieses wehleidige Getue? Wovon weiß ich, dass ich nicht laufen kann, wenn ich es nicht probiere? Also los!
Ich raffe mich auf und fange an, wie ein Automat zu laufen. Links, rechts, links, rechts. Es wird schon gehen.
Bernex, Laconnex, Landstraße pur. Ich laufe mechanisch weiter. Erst bei Avusy, wo einige schlossartige Gutshöfe zu sehen sind, nehme ich meine Umgebung wieder wahr. Es ist eine schöne Landschaft. Im Süden, hinter abschüssigen grünen Wiesenflächen, sehe ich im Tal weitläufige Wälder, dahinter einen hohen Bergrücken. Zwischen diesem Bergzug und dem von Norden kommenden, hier abrupt abfallenden Jura bahnt sich in einem tiefen Einschnitt die Rhône ihren Weg nach Südwesten.
Hinter Chancy, dem letzten Dorf auf Schweizer Gebiet, komme ich zur Grenzbrücke hinunter. Ich bin schon aufgeregt und will mich an der Grenze mit der Trikolore fotografieren lassen. Leider gibt es an dieser gottverlassenen Grenzstation nur einen einsamen Zöllner. Eine Fahne, die für ein Erinnerungsfoto herhalten könnte, finde ich weder hüben noch drüben.
Mitten auf der Brücke bekomme ich plötzlich an meiner rechten Bauchseite solche bestialischen Schmerzen, dass ich den Rucksack augenblicklich absetzen muss. Ich kann mich gar nicht gerade hinstellen; ohne Rucksack und in gekrümmter Haltung schleppe ich mich zum Ende der Brücke, wo ich mich ins Gras lege. Nach einer Weile lässt der Schmerz etwas nach, ich kann meinen Rucksack von der Brücke holen. Ich bin in Frankreich angekommen.
Wie die Rettung in der Not erscheint mir, hundert Meter hinter der Brücke, ein Gasthaus. Die paar Schritte schaffe ich gerade noch!
An der Eingangstür hängt das Schild: „Fermé". Geschlossen! Das darf doch nicht wahr sein! Ich kann keinen Meter weiterlaufen!

Die Bar neben dem Hoteleingang ist offen. Ja, sagt die Wirtin, heute ist Ruhetag, da ist nichts zu machen. Übrigens ist das nächste Gasthaus ganz in der Nähe, in Collonges, es sind nur fünf Kilometer dorthin.
Was bleibt mir anderes übrig: Ich laufe weiter. Alle meine Gelenke schmerzen, meine Beine und der Rücken sind stocksteif, mein Bauch tut nach wie vor weh. Ich muss trotzdem weiter, hier, auf der Wiese, kann ich nicht übernachten.
Eine Stunde auf der Landstraße kann elendig lang sein, besonders, wenn es die letzte Stunde eines langen Wandertages ist. Irgendwie schaffe ich es dann trotzdem. Ich frage mich zum Gasthaus durch und kurz danach finde ich es. Endlich!
Im Gastraum turtelt eine junge blonde Frau, lasziv halb auf der Theke liegend, mit einem jungen Kerl. Ich störe die beiden offensichtlich, aber nicht so sehr, dass sie meinetwegen voneinander lassen würden. Nein, ein Zimmer kann sie mir nicht geben, heute ist Ruhetag. Das nächste Gasthaus ist sechs Kilometer weiter. Oder acht? Jedenfalls vor einem Tunnel …, und sie küssen sich weiter, als ob ich nicht mehr existent wäre.
Ich spreche alle Menschen, die ich an diesem Samstagnachmittag auf der verlassenen Straße treffe, an. Viele sind es nicht. Helfen kann mir keiner.
Das einzige Geschäft, das jetzt noch offen hat, ist eine Apotheke. Ich bitte den Apotheker, für mich dieses besagte Gasthaus „vor dem Tunnel" anzurufen und zu fragen, ob ein Zimmer für mich frei wäre. Er tut es gern. Ergebnis: Das Gasthaus vor dem Tunnel ist eine Bar. Zimmer haben sie nie gehabt!
Inzwischen sind einige Kunden in die Apotheke gekommen. Alle sind bemüht, mir zu helfen, aber hier im Ort gibt es offensichtlich keine Möglichkeit zu übernachten. Nach einigen Telefonaten wird aus der Befürchtung Gewissheit: Das nächste Hotel befindet sich in Bellegarde-sur-Valserine, bis dorthin sind es noch zwölf Kilometer.
Obwohl ich mir geschworen habe, auf meinem weiteren Weg von allen öffentlichen Verkehrsmitteln Abstand zu nehmen, ist jetzt der Augenblick gekommen, in dem ich streike. Ich erkundige mich und muss erfahren, dass heute keine Möglichkeit mehr besteht, nach Bellegarde zu kommen.
Ich fühle mich krank und bin völlig ratlos. Ich habe schon vor Tagen auf diese Stunde gewartet, Frankreich, mein liebstes Urlaubsland, zu betreten. Ausgerechnet hier muss ich zum ersten Mal auf dieser Reise erleben, dass ich

keine Unterkunft bekomme. Mir von Bellegarde ein Taxi zu rufen, kann ich mir nicht leisten.
Meine innere Ratlosigkeit muss sich auch nach außen abgezeichnet haben. Eine junge Kundin bietet mir spontan an, mich mit ihrem Auto nach Bellegarde zu fahren. Ich nehme dankbar an und bin gerührt von ihrer Hilfsbereitschaft. In Bellegarde-sur-Valserine erkundigt sie sich bei Freunden, welches Gasthaus für mich in Frage käme. Nachdem sie sich auf eins geeinigt haben, fährt sie mich dorthin bis vor die Tür. Beim Abschied werden alle meine Danksagungen damit beantwortet, dass es für sie eine Freude ist, mir helfen zu können.
Das Zimmer ist sehr einfach. Ich bin müde und erschöpft und gehe, nachdem ich meine Wäsche gewaschen habe, sofort schlafen.

**Sonntag, 13. April 1997**
**Von Bellegarde-sur-Valserine nach Seyssel**
Heute habe ich erstmals auf dieser Reise den Morgen verschlafen. Weder das Piepsen meiner Armbanduhr noch die Geräusche der vor meinem Fenster vorbeifahrenden Eisenbahnzüge haben vermocht, mich vor zehn Uhr zu wecken. Offensichtlich habe ich den langen Schlaf nötig gehabt. Dafür fühle ich mich jetzt gut in Form, die Reise kann fortgesetzt werden.
In Bellegarde wendet sich die Rhône nach Süden, und ich will ihr folgen. Der Fluss hat sich hier ein tiefes, schluchtartiges Tal gegraben. Am Wasser entlang gibt es keinen Weg, ich muss die Landstraße benutzen, die etwa zwei Kilometer westlich auf dem Berg verläuft. Es ist warm. Ich durchlaufe mehrere kleine stille, etwas verschlafene Dörfer. Sie sind sich zum Verwechseln ähnlich. Auch die kleinen Kirchen, deren Baugeschichte meistens in romanische Zeit zurückreicht, gleichen sich.
In dieser Gegend sieht man selten einen Wanderer, und so falle ich mit meinem schweren Rucksack natürlich auf. Ich begegne zwar nur wenigen Menschen, aber die meisten davon sind neugierig und wollen wissen, wo ich hinwill.
„Woher kommen Sie?"
„Aus Deutschland. Zu Fuß."
„Alles zu Fuß???"
„Ja, alles zu Fuß."
„Kein Anhalter? Richtig zu Fuß?"

„Nein, kein Anhalter, alles zu Fuß."
„Wie viele Kilometer sind das?"
„So um die elfhundert."
„Wann sind Sie denn losgelaufen?"
„Im Februar."
„Und wohin laufen Sie?"
„Nach Spanien, nach Santiago de Compostela. Ich bin ein Jakobspilger."
„Nach Spanien?? Wie viel müssen Sie bis dahin noch laufen?"
„Siebzehn-, vielleicht auch achtzehnhundert Kilometer."
„Und wie viel Kilometer laufen Sie am Tag?"
„Zwanzig, fünfundzwanzig, mal mehr, mal weniger."
„Ja, wann wollen Sie denn dort ankommen?"
„Im Juli, wenn alles gut geht."
„Gott, das kann doch nicht wahr sein! Und wenn ich Sie fragen darf: Wie alt sind Sie?"
„Achtundfünfzig."
Dann werde ich bewundert, alle finden mich großartig und wünschen mir „bon courage". Erstaunlich, welchen Schwung mir so eine Begegnung gibt!
Der Weg kehrt in das Tal zurück und erreicht das Städtchen Seyssel. Der alte Stadtteil liegt recht malerisch auf der anderen Seite des Flusses; eine Hängebrücke mit einem triumphbogenartigen Mittelpfeiler, auf dem eine Marienstatue steht, führt mich hinüber.
Ich suche eine Unterkunft, doch mit den französischen Hotels scheint es ähnlich bestellt zu sein wie in den bekannten Witzen mit der guten und schlechten Nachricht. Erst die gute Nachricht: Es gibt viele Hotels und Gasthäuser. Und dann die schlechte: Sie sind im April alle geschlossen. Seyssel hat fünf kleine Hotels, aber an diesem warmen Frühlingssonntag sind alle diese Häuser tatsächlich zu.
Was soll ich jetzt tun? In meiner Not spreche ich Passanten auf der Straße an, erkundige mich in Bistros, ob man nicht jemanden kenne, der Zimmer vermietet. Doch das Ergebnis meiner Anstrengungen ist gleich null! Ich sehe die Zeichen des Bemühens, aber auch die Hilflosigkeit. Man berichtet über einen Beschluss des Gemeinderates, nach dem eines der Häuser immer geöffnet sein soll, und man wundert sich, dass dies nicht befolgt wird. Aber allein das Verständnis für meine Situation verschafft mir auch kein Bett!
Offenbar wiederholt sich die gleiche Geschichte wie gestern. Und jetzt stellt

sich mir eine Grundsatzfrage: Wie soll ich mein Vorhaben erfolgreich weiterführen, wenn in dieser Gegend die Hoteliers alle zur selben Zeit Betriebsurlaub machen?

Mir fällt die Weihnachtsgeschichte ein. Seit zweitausend Jahren erbost sich die Menschheit mit Recht über das Los der Heiligen Familie, die in Bethlehem keine Herberge fand und in einem Stall übernachten musste. So können wir indirekt erfahren, dass es damals immerhin noch die Möglichkeit gab, in einem Stall zu übernachten.

Die biblischen Zeiten sind vorbei. Damals, als alle noch zu Fuß unterwegs waren, lautete die Lösung dieses Problems: „Keine Herberge mehr frei? Ab in den Kuhstall!" Wir mobil gewordenen Menschen lösen diese Aufgabe anders: „Kein Zimmer zu finden? Weiterfahren, bis man eins findet!" Heute müssten Maria und Josef zusehen, dass sie vielleicht per Anhalter weiterkommen. In dieser Variante der Weihnachtsgeschichte würde die Romantik ganz verloren gehen. Josef macht neben der Krippe kniend eine bessere Figur als am Straßenrand den Daumen hochstreckend.

Schließlich bleibt mir nichts anderes übrig, als mit dem Zug nach Bellegarde zurückzufahren und in dem gestrigen Hotel ein Zimmer zu nehmen.

**Montag, 14. April 1997**
**Von Seyssel nach Belley**

Der Zug bringt mich nach Seyssel, wo ich schon gestern gewesen bin. Dort setze ich meine Pilgerreise fort.

Herrschaften, ist es wieder ein wunderbares Wetter! Seit Tagen ist es warm, kein Wölkchen am Himmel; eigentlich müsste ich vor Glück jauchzen. Aber ausgerechnet heute erlebe ich die tiefste Krise meiner gesamten bisherigen Reise.

Mir geht das gestrige Gespräch nicht aus dem Sinn. Ich bin bis jetzt etwa elfhundert Kilometer gelaufen, und das kommt mir so irrsinnig lang vor, dass ich kaum nachvollziehen kann, wie ich es geschafft habe, so weit zu kommen. Ich stelle mir die Frage, wie es wäre, dieselbe Strecke zurückzulaufen. Schon der Gedanke lässt mich in Panik verfallen! Bei aller Liebe und den vielen guten Erfahrungen: Nicht für alle Schätze dieser Welt würde ich zu Fuß wieder nach Hause laufen wollen! Vorwärts habe ich aber noch das Anderthalbfache dieser Entfernung zu bewältigen! Wie soll das gehen?

Mir tut nichts weh, ich bin auch nicht müde, aber ich fühle mich erschöpft

und völlig kraftlos. Nach einer Stunde muss ich mich hinsetzen. Es ist heiß, ich bin nassgeschwitzt, ausgebrannt.
Diese ganze Lauferei ist irgendwie sinnlos geworden! Welchen Unterschied macht es noch, ob ich mehr oder weniger Verkehrsmittel benutze? Wenn es nicht möglich ist oder ich es nicht schaffe, ohne diese Hilfsmittel wie ein Pilger voranzukommen, dann ist es gleichgültig, ob ich noch viel laufe oder wenig! Ich könnte beispielsweise jetzt den Zug nehmen. Warum nicht? Wenn ich mich vorgestern kutschieren ließ und gestern den Zug nahm, wieso nicht auch heute?
Der Gedanke, dass ich heute abend wieder Schwierigkeiten haben werde, ein Zimmer zu bekommen, macht mich jetzt schon krank.
Nach einer halben Stunde zwinge ich mich zum Weiterlaufen. Hinter Culoz wird die Landstraße breiter, der Verkehr nimmt zu. Nach fünf Kilometern treffe ich auf den Wanderweg GR9. Ich kann die asphaltierte Straße, übrigens das erste Mal seit Genf, verlassen. Der Wanderweg ist grob geschottert, ich komme nur mühsam vorwärts. Obwohl der Boden hier in der Flussniederung feucht sein müsste, ist die Vegetation vollkommen vertrocknet, ja regelrecht verbrannt. Der spärliche Grasbewuchs: gelb und trocken. Ich kann nicht einmal feststellen, ob es diesjähriges Gras ist oder eins vom letzten Herbst. Auch die Büsche haben kaum Blätter ausgetrieben. Merkwürdig. Ob die Pflanzen mit Unkrautvertilgungsmitteln behandelt wurden? Aber wozu?
Nach Rochefort wechsle ich über eine Straßenbrücke auf die andere Flussseite hinüber. Inzwischen ist es so heiß geworden, dass das Bitumen der Fahrbahndecke an meinen Stiefelsohlen kleben bleibt. Nach einem weiteren Kilometer auf dem glühenden Asphalt suche ich mir einen Platz neben der Straße im Schatten der Bäume, dort lege ich mich hin und falle nach wenigen Minuten in einen tiefen, traumlosen Schlaf. Als ich aufwache, liege ich nicht mehr im Schatten, sondern in der prallen Sonne. Der Schweiß rinnt mir übers Gesicht, und mein linkes Ohr brennt. Ich habe zuviel Sonne abgekriegt. Das auch noch!
Bis Belley sind es noch zwei Stunden. Ich brauche zwar kurze Zeit, bis meine Knochen bereit sind, sich bewegen zu lassen, aber insgesamt fühle ich mich besser als vor der Pause: Der Schlaf hat mir neue Kräfte gegeben.
Die letzten fünf Kilometer laufe ich auf einem erholsamen Feldweg an der Rhône entlang. Vom bewaldeten, höher gelegenen Uferstreifen genieße ich manche schönen Ausblicke auf die in der Nachmittagssonne funkelnde Wasserfläche.

Ich erreiche Belley, eine Stadt mit achttausend Einwohnern. Eigentlich dürfte es hier kein Problem sein, eine Unterkunft zu finden, aber ich bin nervlich und körperlich am Ende meiner Kräfte und spüre, wie die Angst vor neuen Schwierigkeiten in mir aufsteigt. Ich lasse mir ein kleines Spielchen einfallen: Wenn ich heute hier kein Zimmer bekomme, dann nehme ich das als Beweis dafür, dass es nicht möglich ist, im östlichen Frankreich im Monat April zu Fuß zu pilgern. Ich werde in diesem Fall meine Reise augenblicklich abbrechen und vielleicht zu einem späteren Zeitpunkt in Le Puy-en-Velay fortsetzen. Auf dem Weg, der von dort weiterführt, hoffe ich, weniger Probleme mit der Unterkunft vorzufinden.
Ich will nicht mehr. Ich brauche nur noch einen Grund dafür, nicht wollen zu dürfen. Dies hier wäre so ein Grund. Das Gefühl, angesichts der bevorstehenden, vielleicht auch herbeigesehnten Pleite eventuell doch bald in meinem eigenen Bett schlafen zu können, kitzelt mich so, dass ich lachen muss.
Am Rand der Stadt steht das „Hotel de la Gare". Es hat geöffnet, auch Zimmer haben sie, aber für eine Nacht wollen sie keins vermieten! Recht so! Das nächste Haus, schon in der Stadt, ist eins von einer Hotelkette für gehobene Ansprüche, für mich viel zu teuer. Dazu muss man wissen, dass viele Häuser in Frankreich gar keine Einzelzimmer haben. In der Regel wird der Zimmerpreis unabhängig davon erhoben, ob eine oder zwei Personen dort schlafen möchten. Dies mag für ein Ehepaar günstiger sein als bei uns, für einen Allenreisenden ist es das nicht.
Im Touristenbüro versteht man mein Problem und empfiehlt mir, es im „Maison Saint-Anthelme" zu versuchen. Das ist zwar kein Hotel, aber sie vermieten auch Zimmer für eine Nacht.
Das Haus entpuppt sich als ein riesiges schlossartiges Gebäude in zentraler Lage. Eigentlich ist es ein katholisches Heim für alte Menschen und Studenten, die hier ständig wohnen. Doch ich bekomme ein sehr geräumiges freundliches Einzelzimmer. Vor meinem Fenster liegt ein Park mit alten Bäumen, dahinter im Tal fließt die Rhône.
Nach meinem heutigen Einbruch brauche ich etwas Zeit für Ruhe, Besinnung, Neuorientierung. Vielleicht hilft es schon, wenn ich mich richtig ausschlafe.
Das Abendbrot in diesem Heim ist etwas kantinenmäßig, aber ausreichend, es gibt sogar Rotwein dazu. Als angenehme Überraschung betrachte ich meine Tischnachbarin, eine Praktikantin, vielleicht Anfang zwanzig, die per-

fekt Deutsch spricht. Und hübsch ist sie auch noch, wenn ich in meinem Alter mir diese Bemerkung erlauben darf.

**Dienstag, 15. April 1997**
**Von Belley nach Aoste**
Eine erholsame, ruhige Nacht in einem guten Bett liegt hinter mir. Nur mit den Bettdecken, die in Frankreich benutzt werden, komme ich nicht klar. Anstelle unserer gemütlichen, kuscheligen Bettdecken benutzen die Franzosen eine Zudecke, die aus einem Bettlaken und einer drüberliegenden Wolldecke besteht. Diese zwei Schichten werden aufeinandergelegt und an drei Seiten so fest unter die Matratze geklemmt, dass sie eher zerreißen als sich herausziehen lassen. Sie müssen aber herausgezogen werden, sonst fühlt man sich zwischen dem festgespannten oberen und dem unteren Laken wie eine gepresste Primel zwischen den Pappdeckeln eines Herbariums. Beim Lockern der Decke muss man höllisch aufpassen, dass man sie einerseits genug herauszieht, um überhaupt unter das Laken zu kommen, andererseits aber tunlichst vermeiden, sie ganz herauszurupfen. Dann nämlich rutschen die zwei Schichten beim ersten Versuch, sich nachts umzudrehen, unweigerlich auseinander. In diesem Fall ist ein verbissener Kampf mit dem zerknüllten Leinentuch und mit dem kratzigen Plaid bis zum Morgengrauen vorprogrammiert.

Bevor ich weiterlaufe, muss ich einige Besorgungen machen. Ich kaufe mir Lebensmittel und Getränke, und weil es mir manchmal schwindlig ist, lasse ich in einer Apotheke meinen Blutdruck messen. Ich habe in den letzten Jahren immer erhöhten Blutdruck gehabt; jetzt ist er zu niedrig.

Im Postamt möchte ich in den Telefonbüchern nachsehen, wo ich heute abend eine Unterkunft finden könnte. Zu meiner Überraschung erfahre ich, dass Telefonbücher nicht mehr geführt werden. Wenn ich eine Nummer brauche, könne ich sie im „Minitel" suchen. Minitel, was ist das denn?

Eine Postangestellte kommt aus ihrer Schalterkabine nach vorne und erklärt mir mit Engelsgeduld, wie dieser für jedermann kostenlos bereitstehende Online-Computer funktioniert. Da man mit einem Suchprogramm gezielt nach „Unterkunft" suchen kann, ist der Apparat für meinen Zweck bestens geeignet. Die nächste Möglichkeit zum Schlafen bietet sich bei Aoste, in etwa vierundzwanzig Kilometern Entfernung.

Es ist schon spät am Vormittag als ich die Stadt auf der nach Süden führenden schmalen Landstraße verlasse. Der Zierstrauch Glyzine scheint hier sehr

beliebt zu sein: Die akazienähnlichen, zartlila Blütenzweige fließen wie Kaskaden über die Zäune auf die Straße hinaus. Es gibt kaum Verkehr, das Laufen empfinde ich nicht so lästig wie gestern. Das Wetter ist anfangs sonnig und warm, aber wie der Tag voranschreitet, ziehen von Westen her Cirruswolken auf. Es sieht nach Wetteränderung aus. Wie ich beim Frühstück hörte, soll es hier seit Februar keinen Tropfen mehr geregnet haben. Das ist also der Grund für diese ausgedörrten, vertrockneten Wiesen und Sträucher, die ich gestern gesehen habe. Die Bauern würden sich gewiss freuen, wenn es heute regnen würde. Ich dagegen weniger.
Die Landschaft ist lieblich, und obwohl die Straße relativ wenig befahren ist, empfinde ich es als sehr unangenehm, den ganzen Tag auf solchen Asphaltstreifen laufen zu müssen. Diese schmalen Nebenstraßen sind meistens mit einer starken Wölbung ausgestattet, damit das Regenwasser schneller abfließen kann. So sind die Randstreifen meistens extrem schief, und man kann es sich ohne eigene Erfahrung kaum vorstellen, wie diese Querneigung nach kurzer Zeit die Knie und die Knöchel belastet. Wenn die Fahrbahn mindestens exakt ausgebildet wäre! So aber ist mal der linke, mal der rechte Randstreifen schiefer als der andere. Ich wechsele ständig die Straßenseite, suche die Linie, wo der Asphaltbelag die kleinste Querneigung hat. Am besten wäre es, in der Fahrbahnmitte zu gehen, aber es kommen doch immer wieder Autos. In den Kurven muss ich sowieso immer die Außenseite benutzen, damit ich von den Autofahrern rechtzeitig gesehen werde. So laufe ich von links nach rechts und zurück wie ein Slalomfahrer.
Abends, in Aoste, habe ich ein Zimmer mit Fernseher. Die Hälfte der Nachrichten beschäftigt sich mit der Jahrhundertdürre, die Frankreich in diesem Jahr heimgesucht hat. Der Boden ist so trocken, dass es beispielsweise bis heute nicht möglich gewesen ist, den Mais auszusäen.

## Mittwoch, 16. April 1997
**Von Aoste nach La Tour-du-Pin**
Ich habe das gute Zimmer mit dem bequemen Bett sehr genossen, und ich lasse mir viel Zeit, bevor ich aufbreche. Nach der gestrigen langen Wanderung auf dem Asphalt habe ich wieder Kniebeschwerden. Ich will meine Beine schonen und nehme mir vor, heute nur bis La Tour-du-Pin zu laufen. Das ist etwa vierzehn Kilometer weit, ein leichtes Tagespensum.
Leider ist auch die heutige Strecke reine Landstraße. Ich grimme vor mich

hin, gepeinigt von der Vorstellung, meinen täglichen Weg noch tagelang, vielleicht sogar wochenlang, mit den Autos teilen zu müssen. Seit etwa einer Woche benutze ich fast ausschließlich Landstraßen, und wenn ich auf der Karte meinen weiteren Weg studiere, versprechen auch die nächsten Tage nichts Gutes. Ich finde zu diesen Autorouten keine Alternative.
In Deutschland gab es fast überall bezeichnete Wanderwege, die sich angeboten haben. Hier gibt es wenige Wanderwege, und wenn, dann führen sie entweder auf die Berge hoch, wo ich nichts zu suchen habe, oder in eine falsche Richtung. Auch meine wiederholten Versuche, die Landstraße zu verlassen und mir auf Feldwegen alternative Verbindungen zu suchen, haben sich ohne Ausnahme als Fehlschlag erwiesen. Entweder haben die in Frankreich allgegenwärtigen Weidezäune meinen Weg versperrt, oder diese Wege sind Zufahrten zu Einzelhöfen gewesen, nach denen es nicht mehr weiterging.
Wenn ich in Deutschland keinen Wanderweg gefunden habe, gab es, als Alternative, überall in den Tälern Fahrradwege. Frankreich ist zwar ein Radlerland par excellence, aber Radwege gibt es hier nicht. Alle Radfahrer benutzen die Landstraßen, wo überall und zu jeder Tages- und Jahreszeit die permanente „Tour de France" stattfindet. Offensichtlich haben die Radfahrer und Autofahrer sich aneinander gewöhnt. Die Gruppen von drahtigen alten Männern, die in bunter Rennbekleidung keuchend an mir vorbeihuschen, gehören zum normalen Straßenbild. Die Mehrheit dieser Radfahrer würde es als unter ihrer Würde betrachten, Radwege zu benutzen. Übrigens: Ich werde von den Radfahrern als Wesensverwandter akzeptiert; sie grüßen mich immer wieder sehr freundlich, wenn sie vorbeifahren.
Mein weiterer Weg verläuft quer durch kleine Dörfer und vorbei an Einzelhöfen durch friedliches Weideland. Die Kühe betrachten mich neugierig, kommen zum Zaun gelaufen, um mich zu begrüßen, und begleiten mich so weit, wie die Zäune es erlauben. Sie schauen traurig und enttäuscht hinter mir her, als ob sie etwas Gutes von mir erwartet hätten.
La Tour-du-Pin ist eine Kleinstadt mit siebentausend Einwohnern. Nachdem ich mich gewaschen und etwas ausgeruht habe, laufe ich eine kleine Runde in der Stadt. Viel ist nicht zu sehen. So kehre ich bald in mein Zimmer zurück und gehe früh schlafen.

Auch in der Schweiz wächst guter Wein: Weinberge bei Nyon

Mein treuer Wandergeselle

Rochus-Kapelle in Montbonnet

Links: la chapelle Saint-Michel in Le Puy-en-Velay

St-Privat-d'Allier

Pilgerweg im Massif Central

Domaine du Sauvage

**Donnerstag, 17. April 1997**
**Von La Tour-du-Pin nach Bourgoin-Jallieu**
Das Tal, das nach Westen weiterführt, ist dicht besiedelt. Neben einer stark befahrenen Eisenbahnlinie und einer Nationalstraße ist die Autobahn Chambéry–Lyon der Hauptgrund dafür, warum ich so wenig Lust habe, unten im Tal zu laufen. Ich weiche lieber auf die höher liegende nördliche Ebene aus, wo schmale Wege mir mehr Ruhe versprechen.
Der Höhenunterschied von etwa zweihundert Metern ist schnell bewältigt. Oben erwartet mich ein ähnliches Weideland, wie ich es gestern schon erlebt habe: weitläufige hügelige Wiesen mit langen Pfostenreihen von Weidezäunen, deren Ende in der grauen nebligen Ferne entschwindet. Auch hier sind die Kühe neugierig. Ich bin für sie eine Art Sehenswürdigkeit, die sie selten erleben. Es ist kalt heute. Die bleiernen, tiefhängenden Wolken schauen auf eine licht- und schattenlose Welt herunter.
Die Erde ist staubig und steinhart, aber der lang erwartete Regen wird, trotz dichter, dunkler Wolken, auch heute nicht eintreffen: Von Westen her nähert sich schon das Himmelsblau.
Vor Ruy, wo neben kleinen Weinhängen häufig bäuerliche Lehmbauten, Stallungen, Scheunen und alte Wohnhäuser zu sehen sind, senkt sich die schmale Straße wieder in das Tal. Inzwischen ist es so warm geworden, dass ich mich auf einer trockenen Wiese hinlegen und ausruhen kann. Die gütige Sonne wärmt mich, ich genieße das friedliche Bild, das sich mir ringsum bietet und wundere mich, wie schnell meine Stimmung doch umschlagen kann. Ich schließe meine Augen und schaue den merkwürdigen Fäden zu, die an der Innenseite meiner Augenlider ihr lautloses Zeitlupenballett vorführen.
Aus einem unerklärlichen Grund fällt mir plötzlich mein Vater ein. Ich würde so gern mit ihm darüber sprechen, wie es ist, im Gras zu liegen und dieser Kavalkade der Fadenpferdchen zuzuschauen. Ob er sich je darüber Gedanken gemacht hat? Ich werde es leider nie erfahren: Er ist vor vierundzwanzig Jahren gestorben, ohne dass wir vorher je über etwas Wesentliches miteinander gesprochen hätten.
Ich erreiche die ersten Häuser von Ruy. Ab hier ist es noch etwa eine Stunde bis noch Bourgoin-Jallieu, dauernd im Stadtgebiet, da die beiden Orte praktisch zusammengewachsen sind.
Bourgoin-Jallieu ist eine große graue Stadt. Sie hat eine gotische Kathedrale, die einzige Sehenswürdigkeit.

Ich finde ein Zimmer, und nach der täglichen Routine wie Duschen und Wäschewaschen setze ich mich vor eine Bar, trinke meinen Wein und freue mich über den schönen Nachmittag. Könnte es sein, dass die Stadt doch schöner ist, als ich es beim Ankommen wahrgenommen habe?

**Freitag, 18. April 1997**
**Von Bourgoin-Jallieu nach St-Georges-d'Espéranche**
Auch heute ist es meine erste Aufgabe, aus dem Tal hinauszukommen. Eine schmale, kurvenreiche Straße bringt mich nach Maubec hoch. Am Dorfeingang ist ein Mann dabei, die Hecke zu schneiden.
„Bonjour, monsieur!" grüße ich ihn.
„Bonjour, monsieur! Bon courage!" antwortet er. Der Tag geht gut an.

Oben breitet sich unter der riesigen blauen Himmelswölbung dasselbe flache, weite Land aus wie schon an den vergangenen Tagen. Wiesen wechseln sich mit Äckern ab. Mir fällt auf, dass die Felder zwar gepflügt sind, aber eine Saat hat man nicht in die ausgedörrte Erde gebracht. Ich stochere mit meinem Wanderstock an den Schollen: Sie sind hart wie Granit.

An einem Waldrand freue ich mich über den ersten blühenden Ginster auf meiner Reise. Die trockene Grasfläche wird an einer Stelle offenbar von einer Wasserader durchzogen. Hier ist der Bewuchs üppig grün und damit gut geeignet, mir als frisch duftendes Bettlager für einen Mittagsschlaf zu dienen. Ich lege mich hin und lausche dem freudigen Gesang der Vögel, die die am Rand der Wiese wachsenden Büsche bevölkern. Eine dicke Hummel fliegt laut brummend vorbei, dreht über mir einige Begrüßungsrunden, aber ich scheine ihre Neugier schnell zu befriedigen: Sie fliegt weiter. Es ist schön hier. So macht die Pilgerei richtig Freude!

Die kleinen Ortschaften, die ich auf dem weiteren Weg passiere, bestehen meistens nur aus einigen wenigen Häusern. Immer öfter sehe ich Lehmbauten, die mit Geröllsteinzuschlag zwischen Schalungen erstellt worden sind. Die freigewaschenen, in Muster gelegten Steine geben der Sichtfläche der konglomeratartigen Mauer ein dekoratives Aussehen.

Fast in jedem Hof werden mehrere Hunde gehalten. Sie laufen nicht frei herum, sondern sind in der Regel in Zwingern eingesperrt und dementsprechend giftig. Meistens sind es Jagdhunde mit hängenden Ohren, aber auch Deutsche Schäferhunde sind häufig vertreten. Wenn ich an den Höfen vorbeilaufe, regen sich diese Tiere dermaßen auf, dass sie kaum Luft bekommen

und nicht mal richtig bellen, nur röcheln und heulen können. Menschen zeigen sich dabei so gut wie nie. Ich bedauere die armen Kreaturen, diese Schöpfungen krank gewordener Tierliebe.
Hier sehe ich auch die ersten Maistrockner. Sie sind denen in Ungarn ähnlich: sechs bis sieben Meter hoch, etwa einen Meter breit und bis zu dreißig Meter lang. Das Grundgestell ist aus Holz oder Stahl, die Seiten aus Holzlatten oder Maschendraht. Die meisten dieser Behälter sind noch mit der vorjährigen Ernte prall gefüllt.
Die letzten zwei Kilometer muss ich wieder steigen: Mein heutiges Tagesziel, St-Georges-d'Espéranche, liegt auf einem Hügel. Das Gasthaus in der Mitte des Dorfes finde ich schnell. Das Zimmer ist einfach, aber überhaupt nicht preiswert. Doch ich habe keine Wahl!

**Samstag, 19. April 1997**
**Von St-Georges-d'Espéranche nach Vienne**
Als ich auf die Straße hinaustrete, werde ich vom herrlichsten Wanderwetter empfangen, das man sich vorstellen kann: wolkenloser, blauer Himmel, aber die Luft ist eher frisch als zu warm.
Am Wochenende findet hier eine Kirmes statt. Eine mit etwa fünfzehn Jugendlichen besetzte, mit Laub und Blumen dekorierte Kutsche wird von einem Traktor auf der Hauptstraße hin- und hergezogen. Die jungen Leute, die sich mit Strohhüten uniformiert haben, versuchen mit Trillerpfeifen und mit lautem Rufen und Singen Stimmung zu erzeugen, aber es bleibt bei diesem rührenden Versuch. Die übrigen Bewohner des Ortes nehmen von diesem Spektakel keine Notiz.
Auf dem Festplatz am Bachufer werden die Fahrgeschäfte aufgebaut: ein Karussell und eine Schiffschaukel. Ergänzt wird das Ganze von einer Schießbude und einigen Verkaufsständen, wo Süßigkeiten feilgeboten werden. Das ist schon alles. Mir drängt sich die bange Frage auf, worauf sich die im hiesigen Ortsnamen erwähnte „Hoffnung" (espérance) gründet. Gott soll's mir verzeihen, aber ich könnte hier höchstens drei Tage glücklich sein, und von diesen an zweien völlig betrunken.
Die schmale Landstraße, die nach Westen führt, ist fast ohne Verkehr. Hier kann ich weitgehend ungestört auf der Fahrbahnmitte, wo es waagerecht ist, laufen: Das Motorengeräusch von Autos oder Traktoren höre ich schon von weitem. Einzelhöfe und kleine Paarhäuserdörfer unterbrechen die Eintönig-

keit großer Ackerflächen. Die Dorfkirchen sind von geringem Interesse: Sie wurden erst im 19. Jahrhundert errichtet, meistens im damals beliebten neugotischen Stil. Die Innenausstattung stammt aus derselben Epoche. Diese romantisierende, aus Fichtenbrettern hergestellte Laubsägengotik ist nicht meine Sache.
Wieder die Hunde! Wo ich laufe und wo ich stehe, werde ich von Hunden angegiftet. Wie der Bachlauf vom Plätschern des Wassers, so wird mein Lauf vom hysterischen Geheule eingesperrter Hunde begleitet.
Die letzten vier Kilometer des heutigen Weges, die von Pont-Évéque bis Vienne, liegen schon im Stadtgebiet. Das vorher breite Tal der Gére verengt sich schluchtartig, bevor der Fluss bei Vienne in die Rhône mündet. In der Frühzeit der Industrialisierung hat man hier die Wasserkraft intensiv genutzt, was zahlreiche Wehre, Schleusen und viele alte Industriebetriebe bezeugen. Die Gegend zeigt jetzt ein trauriges Gesicht: Verfall, Fabrikruinen, Müll, dazwischen verkommene Wohnhäuser, Ausländergettos. Durch die enge Talstraße quälen sich Tausende von Autos, die das katastrophale Bild durch graublaue, pestilenzialische Abgase ergänzen. Überraschenderweise wird hier an manchen Ecken saniert, indem man die alten Gemäuer abreißt und inmitten dieses wirtschaftlichen Friedhofs nagelneue schicke Wohnhäuser hochzieht. Man muss schon eine riesige Portion Optimismus besitzen, um glauben zu können, dass hier mal jemand wohnen will.
Ausgerechnet an einem dieser halbfertigen Häuser klebt ein Plakat an der Wand, das in sechs Sprachen verkündet:

*Laufen für Arbeit und gegen Sozialabbau!*

Der Text ist ein Aufruf für einen Sternmarsch nach Brüssel. Es sollen Gruppen aus ganz Europa, von Spanien bis Schweden, von England bis Griechenland sowie aus den osteuropäischen Ländern zum Europarat marschieren, um dort gegen die Arbeitslosigkeit zu demonstrieren. Man stelle sich die Panik vor, die auf der Vorstandsetage der Dresdner Bank in Frankfurt ausbricht, wenn die Wandergruppe aus Bratislava in Brüssel eintrifft!
Das Zimmer in der Stadtmitte, das ich mir leisten kann, soll ein Zimmer mit WC und Dusche sein und kostet fünfundfünfzig Mark. Die Einrichtung besteht aus einem Bett, zwei Nachtkästchen und einem Stuhl. Der „Schrank" ist eine Wandnische, deren Tür von selbst aufgeht und sich nicht schließen

lässt. In diesem Schrank ist nichts, weder ein Regalboden, noch eine Hängevorrichtung, einfach nichts. Auch das Fenster lässt sich nicht schließen: Die Stange der Schließkonstruktion ist gebrochen, auch der Griff fehlt. Das „Bad" ist eine mit Paravent abgetrennte Zimmerecke, wo sich eine Dusche, ein Waschbecken und eine WC-Schüssel befinden. Alles starrt vor Dreck. Die Abflüsse sind verstopft, beim Duschen läuft das Wasser über, und da sich in diesem „Bad" kein Bodenabfluss befindet, läuft die Brühe ins Zimmer hinein. Leichtsinnigerweise bin ich dem Wunsch des Wirtes, das Zimmer im voraus zu bezahlen, nachgekommen, und als ich jetzt nach unten gehe, um zu reklamieren, merke ich, dass das Haus verlassen ist. Kein Wirt, keine weiteren Gäste, niemand!

Es tut mir leid, es sagen zu müssen, aber diese verkommenen Häuser werden – wie in der Schweiz, so auch hier – nie von Einheimischen bewirtschaftet. Was heißt bewirtschaftet? Es ist eher eine Art Ausschlachten. Es wird abkassiert, aber kein Pfennig mehr investiert, nicht mal eine kaputte Glühbirne wird ersetzt. Nach einiger Zeit, wenn es hineinregnet und das Ungeziefer die Oberhand bekommt, wird das Haus einfach zugemacht und dem weiteren Verfall überlassen.

Ich finde es schade, dass diese Unterkunft meine Stimmung verdorben hat. Vienne ist schön, es gibt eine Reihe berühmter, herausragender Baudenkmäler, wie beispielsweise den gut erhaltenen römischen Temple d'Auguste et Livie, die frühchristliche Église St-Pierre aus dem 6. Jahrhundert oder die majestätische gotische Cathédrale de St-Maurice. Ich schaue sie lustlos an, mehr aus Pflichtgefühl als aus freudigem Interesse.

Abends zieht sich der Himmel zu. Endlich regnet es. Schlecht gelaunt und voll angezogen lege ich mich ins Bett, weil ich mich vor der Decke ekele.

**Sonntag, 20. April 1997**
**Von Vienne nach Chavanay**
Ich will, wie die Rhône, nach Süden. Leider ist es nicht möglich, am Ufer entlang weiterzukommen, weil neben dem Fluss eine vierspurige Autobahn verläuft. Stadt und Fluss, die zweitausend Jahre miteinander und voneinander gelebt haben, sind durch dieses Monstrum von Schnellstrasse brutal getrennt: Ein städtebaulicher Irrsinn! Man stelle sich Paris getrennt von der Seine vor!

Der Verkehr wird allmählich stärker. Ich laufe auf der Ausfallstraße, die

parallel zur Autobahn verläuft. Es ist weder ein Fußweg, noch ein Bankett vorhanden. So versuche ich, wo es geht, auf den Grasstreifen neben der Fahrbahn auszuweichen. Aber an manchen Stellen ist nicht einmal dies möglich. Ich hoffe nur, dass mich keiner überfährt. Die Straßenböschung ist mit Müll übersät: Flaschen, Getränkedosen, Kleidungsstücke, flächendeckend. Sogar ein dreibeiniger Gartenstuhl und ein zerbrochener Autospoiler haben hier ihre Endstation gefunden.
Ich komme zu einem Verkehrsknotenpunkt, an dem mein Weg sich mit einer vierspurigen Nationalstraße, einer Eisenbahnlinie und einer Autobahn verflechtet. Ich bleibe stehen und bin ratlos. Wie komme ich hier als Fußgänger weiter? Auch wenn ich es wagen würde, die vierspurige Straße zu überqueren, dahinter steht eine Schallschutzwand, die mir den Weg versperrt. Eine verflixte Situation!
Plötzlich kommt ein Jogger gelaufen. Er springt über die Leitplanke, läuft über die Straße, lässt sich dabei von den Autofahrern anhupen, und an der anderen Straßenseite verschwindet er in einer schmalen Öffnung der Schallschutzmauer. Nichts wie hinterher ...
Gleich hinter der Schallschutzmauer komme ich auf einen Bauernhof, dann auf das Privatgrundstück eines ehemaligen Bahnwärterhäuschens, und schon bin ich am Rhôneufer! Hier gibt es sogar einen Fußpfad!
Leider ist der Pfad nach etwa einer Stunde zu Ende. Ich muss wieder die verkehrsreiche Autoroute benutzen, die sich den schmalen Uferstreifen mit der Eisenbahn teilt. Ständig donnern Züge vorbei. Ein Krach wie auf der Autobahn. Das Laufen ist hier einfach ätzend!
Nach zwölf Kilometern, in Les Roches-de-Condrieu, mache ich bei einem Bootshafen, wo viele vornehme Motoryachten liegen, eine kurze Pause. Ich bin müde, und so entsteht mein Wunsch, statt weiterzulaufen, mir schon hier ein Zimmer zu suchen und mich auszuschlafen. Ganz wohl fühle ich mich mit dieser Entscheidung allerdings nicht. Ich habe heute kaum etwas geleistet, eigentlich dürfte ich noch nicht Halt machen. So bin ich nicht traurig, als ich erfahre, dass beide Gasthäuser in diesem Ort geschlossen sind.
Nebenbei möchte ich hier erwähnen, dass nach meiner Beobachtung nur die einfacheren Gasthäuser „geschlossen" sind. Die vornehmeren sind stattdessen „ausgebucht". Das ist höhere Geschäftspsychologie.
Also weiter. Das nächste Hotel liegt eine Stunde von hier, in St-Claire-du-

Rhône. Als ich dort ankomme, erlebe ich die nächste Überraschung: Von dem Haus stehen nur die Außenwände. Es wird umgebaut.
Ich entdecke an der andere Straßenseite ein Hinweisschild mit Hotelbett-Piktogramm und dem Schriftzug: „Gîte de France 5 km". Ich habe keine Ahnung, was ein gîte ist, aber ich werde es bald erfahren.
In St-Alban-du-Rhône finde ich das gesuchte Haus. Es ist ein gut aussehendes Bauernhaus, das für Ferienzwecke umgebaut wurde. Im Garten blüht der süß duftende Jasmin. Unter einem Kirschbaum stehen weiße Gartenmöbel, wie für mich hingestellt. Hier bin ich richtig, hier will ich bleiben!
Ich klingle, dann rufe ich, erst leise, dann laut. Kein Mensch zeigt sich.
Nachdem ich etwa eine Viertelstunde gewartet habe, gehe ich zum Nachbarhaus und frage, ob man wüsste, wo die Hausherren der benachbarten Unterkunft zu finden sind. Ich bekomme zur Antwort, sie müssten zu Hause sein, sie gingen praktisch nie weg, ich solle noch einmal klingeln und im Zweifelsfall ein wenig warten.
Ich warte über zwei Stunden. Es kommt niemand. So setze ich meinen Weg enttäuscht aber ausgeruht fort.
Der Nordwind, der mich seit heute früh begleitet, verstärkt sich. Kaum zwei Kilometer weiter südlich wachsen die riesigen Türme eines Atomkraftwerkes in die Höhe. Ob es begründet ist oder nicht, will ich hier gar nicht erörtern, aber auf mich wirken diese monströsen Betonmassen fremd und bedrohlich. Ich denke noch: Wie gut, dass der starke Wind aus Norden nach Süden bläst. Wenn der Reaktor, während ich hier laufe, in die Luft fliegt, wird der radioaktive Staub von mir weggeweht. Eine kindlich-naive Vorstellung, aber etwas Beruhigenderes fällt mir im Moment nicht ein.
Ich überquere die Rhône bei Chavanay und werde vom Wind fast von der Brücke geblasen. Ich bin müde und hungrig, mein Tagespensum habe ich jetzt auch geschafft; ich will schnell ein Zimmer finden und duschen.
Der Ort Chavanay hat zwei Hotels, aber die sind wieder mal beide geschlossen. Die nächste Möglichkeit, eine Unterkunft zu finden, soll in Condrieu bestehen. Das liegt zwar nur sechs Kilometer weit, aber nicht in meiner Richtung.
Jetzt reicht's mir aber!!! Ich bin wütend, kaum fähig zu denken. Dieses Pennerdasein kann ich kaum noch ertragen! Während ich den regen Sonntagsverkehr betrachte, der durch das Dorf fließt, habe ich das Gefühl, ich bin aus der menschlichen Gesellschaft ausgestoßen! Auf alle diese Menschen, Auto-

oder Motorradfahrer, die an diesem Spätnachmittag nach Hause streben, wartet irgendwo ein Bett. Auf mich nicht! Langsam wächst sich diese kraftraubende Suche nach einer Unterkunft zu einem quälenden Trauma aus!
Ich lasse das zur Routine gewordene Suchprogramm anlaufen: Ich frage in den Kneipen, in Restaurants, auch die Passanten, denen ich begegne, nach einer Schlafgelegenheit. Nichts zu machen! Es ist zum Schreien!
Ich fahre mit dem Bus nach Vienne zurück. Dort nehme ich das teuerste Zimmer der Reise. Eine Absteige wie gestern könnte ich heute nicht ertragen.

**Montag, 21. April 1997**
**Von Chavanay nach Bourg-Argental**
Ich bin an meinem moralischen Tiefststand angelangt. Das tägliche Affentheater mit der Unterkunft entmutigt mich in einem Maße, wie ich es mir vorher nicht vorzustellen vermochte. Ich habe kein anderes Ziel mehr, als möglichst schnell nach Le Puy zu kommen. Die Hoffnung, dass ich ab dort eine für Fußwanderer bessere Infrastruktur vorfinden werde, ist die einzige Kraft, die mich noch auf diesem Weg hält und weiterlaufen lässt. Naturschönheit, Baudenkmäler, nette Menschen, ich nehme sie kaum noch wahr. Mich beschäftigen nur noch zwei Fragen. Erstens: Wann darf ich diese knochenquälenden Asphaltstraßen verlassen und zumindest zeitweise Feld- oder Waldwege benutzen? Und zweitens: Wann nimmt das Problem der Bettsuche ein erträgliches, gewöhnliches Maß an?
Mein Bus, mit dem ich von Vienne nach Chavanay zurückfahre, kommt erst um elf Uhr, so habe ich genug Zeit, im Minitel nachzuschauen, wo ich heute abend schlafen könnte. Ich nehme mir vor, bis Bourg-Argental zu laufen. Dort gibt es fünf Hotels, die Wahrscheinlichkeit, dort Zimmer zu bekommen, ist also ziemlich groß.
Es ist schon fast Mittag, als ich den Weg wieder aufnehme. Bis St-Pierre-de-Boeuf muss ich die stark befahrene Uferstraße nehmen. Danach geht es rechts, nach Südwesten, in die Berge hinein. Die schmale Landstraße durch Maclas und St-Julien-Mulin-Molette steigt bis zum Col du Banchet, um dahinter mein Tagesziel Bourg-Argental zu erreichen. Ich befinde mich am Rand des weit ausgedehnten Naturparks Parc du Pilat. Zu meiner Rechten erheben sich die hohen, bewaldeten Berge. Hier unten, wo die Straße entlangführt, wechseln sich Wiesen mit kleineren Waldflächen ab. Genauso wie gestern bläst der Nordwind auch heute. Im Windschatten, wenn die Sonne

hinscheint, ist es richtig warm. Wo es windig und schattig ist, kann ich meine dicke Jacke gut vertragen.

Auf den Autoverkehr brauche ich heute nicht zu achten: Wegen einer Baustelle ist die Straße für Fahrzeuge gesperrt. Trotzdem kommt keine gute Laune auf. Ich verspüre immer stärker den Wunsch, mir Gewissheit darüber zu verschaffen, wo ich heute abend schlafen kann. In Zeiten, in denen ich mich psychisch stark fühle, wäre das alles kein Problem. Jetzt kann ich diese Unsicherheit nicht ertragen.

Wie ich bereits erwähnte, spreche ich sehr wenig Französisch, und bei der Kommunikation benötige ich auch die Hände und Füße. Da beim Telefonieren gestikulieren wenig nützt, habe ich immer jemanden darum gebeten, für mich telefonisch ein Zimmer zu bestellen. Als bewusstseinsstärkende Maßnahme nehme ich mir vor, jetzt und sofort, erstmals in meinem Leben auf Französisch zu telefonieren.

Die Telefonnummer habe ich mir heute früh notiert, jetzt brauche ich sie nur mit dem Handy zu wählen. Ich überlege genau, was ich sagen möchte. Ich atme dreimal durch und wähle die erste Nummer. Was kann mir schon passieren, wenn sie mich nicht verstehen oder ich die Antwort nicht verstehe? Nichts, überhaupt nichts!

Unter der Nummer meldet sich niemand. Die ganze Aufregung war umsonst. Ich probiere die zweite. Ein Mann meldet sich. Ich frage nach einem Zimmer. Sicher, er hat eins. Ich frage nach dem Preis. Auch das ist geklärt. Er fragt noch, ob ich am Abend essen möchte, denn dann müsste ich einen Tisch reservieren lassen. Das Menü kostet zwanzig Mark. Alles klar. Merci, monsieur. À tout à l'heure!

Ich werde verrückt! Es ging ja so leicht, als wenn wir Deutsch miteinander gesprochen hätten! Ich könnte vor Freude singen!

Auf diese Weise beruhigt, suche ich einen geschützten Platz, wo ich mich zum Mittagsschlaf hinlege. Dazu ziehe ich fast alles an, was ich mithabe.

Bourg-Argental ist eine kleine Stadt, versteckt in einem engen Tal gelegen. Mein Hotel, wieder ein „Hotel Lion d'Or", steht hinter der Kirche mit dem schönen romanischen Portal, über dem der Erlöser in der Mandorla zu sehen ist, umgeben von den Evangelistensymbolen, Löwe, Stier, Adler und Engel.

Das Abendessen mundet hervorragend. Nicht weniger der gute Rotwein dazu. So ist es doch noch ein schöner Tag geworden. Ich komme voran, und durch die Erfahrung mit dem Telefonieren fühle ich mich unabhängiger, freier. Mal sehen, was der Morgen bringt.

**Dienstag, 22. April 1997**
**Von Bourg-Argental nach Dunières**
Die enge, kurvenreiche und stark befahrene Landstraße steigt höher und höher. Ich muss höllisch aufpassen, dass ich auf der bankettlosen Fahrbahn nicht überfahren werde. Hinter St-Sauveur-en-Rue wird der Verkehr auf rätselhafte Weise weniger.
Am Rand einer Haarnadelkurve erhebt sich ein mit goldblühenden Ginstern bewachsener Fels, dessen Spitze von einem Steinkreuz gekrönt wird. Ein junger Mann ist dabei, mit einer großformatigen Profikamera dieses Kreuz zu fotografieren. Wir begrüßen uns und kommen ins Gespräch. Er sei von Beruf Fotograf und möchte über die Wegkreuze der Gegend einen Bildband zusammenstellen. Er zeigt mir eine Karte, auf der er alle Kreuze, die in der Umgebung stehen, eingetragen hat. Allein im Parc naturel du Pilat, also auf einer Fläche von etwa zwanzig mal vierzig Kilometern, sollen fast dreihundert Wegkreuze stehen! Dies erzählt er mir mit einem Stolz, als ob er jedes einzelne dieser Kreuze selbst aufgestellt hätte. Kein Wunder: Er ist hier in der Nähe, in St-Ètienne, geboren und lebt in Vienne. Es gefällt mir, wie er die Schönheit seiner Heimat preist, und dabei habe wieder das melancholische Gefühl, es sei mir etwas entgangen.
Die Straße steigt weiter. Der Paß le Tracol hat die beachtliche Höhe von 1083 Metern. Oben ist nur ein einsames Gasthaus mit einer Sonnenterrasse zu sehen, aber der kräftige, kühle Wind erlaubt es nicht, mich draußen hinzusetzen.
Das Dorf Riotord hat eine ganz eigenartige, fremde Atmosphäre. Die Straßen und Plätze sind breit und vollkommen leer. Weder Bäume, Blumen noch Menschen lindern den Eindruck der Verlassenheit. Zwischen den aus grauem Stein erbauten Häusern drehen sich pfeifend die luftigen Karussells, die der kalte Wind aus dem Staub der Straße entstehen lässt. Und mitten in diesem Dorf, wo ich sogar in der Sommerhitze frieren würde, steht ein wunderschönes Gotteshaus! Ich betrete es, setze mich im Dämmerlicht auf eine Bank und genieße die mystische Ruhe des sakralen Raumes.
Meine Begeisterung, die ich für diese Dorfkirchen in Frankreich empfinde, bezieht sich in der Regel auf das Gebäude, auf die Raumwirkung, auf die

schönen Maße und Proportionen. Die meisten dieser Kirchen sind leider fast leer, oder sie sind im späten 19. Jahrhundert romantisierend ausgestattet worden. Die Statuen der Heiligen und der Maria, die nie fehlen darf, sind süßlich wie Gipsfiguren in Andenkenläden. Die Kämpfer der Französischen Revolution, die wir als unsere politischen Ahnen verehren, haben zu ihrer Zeit ganze Arbeit geleistet. Die alten Einrichtungsgegenstände aus den Kirchen, die nicht einzuschmelzen oder anders zu verwerten waren, wurden hinausgeworfen, zerschlagen, verbrannt, und die Gebäude als Versammlungsraum, oft aber als Lagerhalle oder Viehstall zweckentfremdet. Auch die Steinfiguren hat man zertrümmert, und denen, die nicht zu entfernen waren, hat man mindestens die Gesichter abgeschlagen. Der heilige Josef als feudaler Blutsauger, Eva als Volksfeindin..., klar, dass man sie zerstört hat!

Ich setze den Weg fort, aber bald merke ich, dass dieses unaufhörliche Windgeblase mich doch mehr auslaugt, als ich dachte. So biege ich nach Durnières ab, um mir dort eine Bleibe für die Nacht zu suchen.

Am Dorfeingang steht ein großes Sägewerk. Durch den Wind ist die Luft mit Sägemehl gesättigt: Mir brennen die Augen, und was ich ausspucke, könnte man zu Spanplatten verarbeiten.

Das einzige Hotel, das in der Hotelliste aufgeführt ist, und das ich mir ausgesucht habe, steht zwar noch, aber Türen und Fenster sind vernagelt; ich sehe auch niemanden, der mir sagen könnte, wo das nächste Gasthaus zu finden ist. Also weiter!

Ich habe Glück: Kurz hinter dem Dorfausgang steht ein Hotelneubau. Ich spüre, wie der Mann in der Rezeption mich und mein Outfit prüft und sich fragt, ob ich den geforderten Preis bezahlen kann. Ich bestehe die Prüfung und bekomme ein schönes Zimmer. Das Bad hat sogar eine richtige Wanne, und so kann ich nach neun Wochen endlich wieder ein Vollbad nehmen. Liebe Leute, es gibt noch Freude im Leben! Ich könnte nur unanständige Vergleiche ziehen!

**Mittwoch, 23. April 1997**
**Von Dunières nach Yssingeaux**
Nach einer Stunde erreiche ich Montfaucon-en-Velay. Es ist Wochenmarkt. Hauptsächlich Obst und Gemüse sowie eine Vielfalt von Käsesorten werden feilgeboten. Die Bistros am Marktplatz sind gefüllt mit Standbetreibern, die sich von der Kälte zurückzogen haben, um sich hier bei einem Gläschen

Wein zu wärmen. Kaffee trinkt außer mir kaum jemand, und die Croissants dazu muss ich mir selbst aus der benachbarten Bäckerei holen.
Es wird langsam wärmer. Die öde Autostraße führt durch eine wenig anregende Landschaft. Mit steigender Temperatur steigt auch meine Stimmung. Trotz aller Widrigkeiten der letzten zwölf Tage bin ich weitergekommen. Die Sorgen, die mich von Zeit zu Zeit plagen, gehören offensichtlich zu einer solchen Reise genauso wie die wonnigen Augenblicke. Ich begehe auch einen inneren Weg, zu dem die reale, objektive Route nur als notwendige und bestens geeignete Grundlage dient. Jeder andere würde auf derselben Strecke einen anderen Weg gehen: seinen eigenen Weg. Sogar ich selbst würde morgen hier einen anderen Weg vorfinden.
Bei Pralong ist es Zeit für den Mittagsschlaf. Ich lege mich im Windschatten in die warme Sonne, höre den Lerchen zu und wundere mich darüber, aus welchen Quellen so ein kleiner Vogel die Kraft schöpft, solange in der Luft zu wirbeln und dabei pausenlos zwitschernd so ein Riesenspektakel zu veranstalten.
Kurz danach überquere ich auf einem hohen Viadukt den Fluss le Lignon. Vor der Brücke steht, auf einem Felssporn malerisch platziert, eine alte Kapelle, die dem Dörflein davor den Name gibt: La Chapellette. Tief unten im Tal ist eine alte Steinbrücke zu sehen, die noch die Römer erbaut haben. Schon in ihrer Zeit verlief hier die Verbindungsstraße zwischen den Flusstälern der Rhône und der Loire.
Die letzten, steil nach oben führenden fünf Kilometer auf der verkehrsreichen Landstraße sind auch geschafft: Ich komme nach Yssingeaux. Auch ein Zimmer finde ich. Danach besichtige ich kurz, was hier zu sehen ist: eine barockisierte Kirche, eine Stadtburg, die jetzt als Rathaus dient, und eine kleine romanische Kapelle. Damit sind die Hauptsehenswürdigkeiten auch schon aufgezählt.
Ich kann im ganzen zufrieden sein: Ich bin gesund, das Wetter könnte nicht besser sein, und morgen abend bin ich in Le Puy. Ich hoffe, dort nimmt das Asphaltlaufen ein Ende.

**Donnerstag, 24. April 1997**
**Von Yssingeaux nach Le Puy-en-Velay**
Bevor ich in Le Puy, wie ich hoffe, von den Autorouten Abschied nehmen kann, ist der heutige Weg als letzte Hürde zu nehmen: ein streckenweise

besonders stark befahrenes Straßenstück. Die aus St-Étienne nach Le Puy führende Route ist vierspurig ausgebaut. Dementsprechend ist sie für Wandergesellen und Fußpilger zum Laufen denkbar ungeeignet. Es gibt zwar einen bekiesten Randstreifen, der das Laufen hier überhaupt erst ermöglicht, aber der Fahrtwind der pausenlos vorbeidonnernden Lastzüge fegt mich fast von der Straße.

Es ist schon merkwürdig, wie ich mich in dieser Autofahrerwelt, die normalerweise auch meine Welt ist, als Fußgänger fremd fühle. Wenn ich zum Beispiel ein Schild sehe: „Bar 3 min", dann ist es nicht für mich gedacht, ich brauche dafür etwa eine Stunde. Ich bin diesbezüglich eine Unperson, fehl am Ort und in der Zeit, wie ein Bogenschütze im Zweierbob.

Die meisten Autofahrer halten möglichst großen Abstand zu mir. Bei einigen allerdings habe ich das Gefühl, dass sie ihr Territorium gegen mich, den Eindringling, schützen wollen, und so fahren sie mutig und unerschrocken, wie sie sind, ganz nah an mir vorbei, um mir Angst zu machen. Und das mit großem Erfolg.

Die letzte Stunde führt mich schließlich durch die wenig attraktiven Vororte in die Stadt Le Puy-en-Velay. Damit habe ich genau die Hälfte meines Weges von Kassel nach Santiago de Compostela geschafft! Wie ambivalent diese Aussage sich anhört!

Ich suche mir ein zentral gelegenes, einfaches Hotel. Die Stadt ist groß, etwa dreißigtausend Menschen leben hier. Ich finde leicht eine geeignete Unterkunft. Die junge Dame in der Rezeption duftet eigenartigerweise nach Schokolade.

**Freitag, 25. April 1997**
**In Le Puy-en-Velay**
Am 8. Juni des Jahres 1794 sind die Einwohner des Gnadenorts Le Puy Zeugen eines höchst dubiosen Spektakels gewesen. An diesem Tag wurde die Schwarze Jungfrau, eine uralte Marienstatue, die nach der Legende der heilige König Ludwig IX. von einem Kreuzzug mitbrachte, an der für Hinrichtungen vorgesehenen Stelle der Place du Martouret öffentlich verbrannt. Damit haben die verantwortlichen, revolutionär gesinnten Stadtväter die Quelle ihres Reichtums mutwillig vernichtet.

Le Puy liegt auf einem Gebiet, das sich in erdgeschichtlichen Zeiten durch rege vulkanische Tätigkeit auszeichnete, wobei die Krater ungewöhnlich nah beieinander lagen. In späteren Jahrmillionen haben die Flüsse und der Wind die weicheren vulkanischen Ablagerungen abgetragen; übrig blieben die härteren, zu Schloten erstarrten Lavagesteine, die heute als Basalttürme steil aus dem Talboden ragen. Dieses außergewöhnliche, eigenartige Landschaftsbild hat die Menschen schon in vorchristlichen Jahrhunderten veranlasst, hier mystische Kräfte zu vermuten und kultische Handlungen durchzuführen. Die heidnischen Kultstätten wurden oft von dem sich ausbreitenden Christentum übernommen. Der heute noch existierende Pierre des Fièvres, der Fieberstein, zeigt diese Entwicklung. Der Altarstein der Heiden wurde schon in der Mitte des 1. Jahrtausends wegen seiner fieberheilenden Wirkung besucht. Mit der aufkommenden Marienverehrung hat man für diese Wundertätigkeit die Gottesmutter verantwortlich gemacht. Es entstand ein christlicher Wallfahrtsort, der immer mehr Pilger von immer weiter entfernten Gebieten anlockte.

Wer hat, dem wird gegeben! Als vor etwa tausend Jahren das Pilgern nach Santiago de Compostela europäische Dimensionen annahm, lagen einige Wallfahrtsorte, zu denen auch Le Puy gehörte, zufällig auf dem Weg nach Spanien. Was lag näher, als unterwegs auch diese Orte zu besuchen und dadurch die heilbringende Wirkung der Pilgerei zu erhöhen? So haben zahlreiche Pilger, die aus Süddeutschland, aus der Schweiz oder aus Osteuropa zum Grab des Jakobus reisten, den durch Le Puy führenden Weg gewählt.

Auf den Ansturm der Pilgermassen hat man sich gut einzustellen gewusst. Die Wallfahrtskirche wurde vergrößert; es entstand die heutige Kathedrale. Mehrere Herbergen und Hospitäler wurden errichtet, die heran- und wegführenden Wege ausgebaut und mit Brücken versehen. Heute würde man dies alles als „Ausbau der Infrastruktur" bezeichnen, was weitere Pilgerscharen anlockte und der Stadt in ähnlicher Weise wirtschaftlichen Aufschwung bescherte, wie es heute an vielen Fremdenverkehrsorten geschieht.

Ich bleibe heute in Le Puy. Nach den für mich schwierigen zwei Wochen, in denen ich die Spiritualität des Weges vermisst habe, möchte ich hier auf den Spuren meiner pilgernden Ahnen wandeln und in dem Ort, wo seit tausend Jahren Millionen von müden Pilgern Aufnahme fanden und sich ausgeruht auf den weiteren Weg schicken ließen, auch mich stärken lassen.

Die Altstadt, die auf einem der drei Basaltkegel erbaut wurde, hat sich ihren mittelalterlichen Charakter bewahrt. Auf engen, von uralten Häusern und Palästen gesäumten Gassen komme ich zum Place des Tables mit den gotischen Brunnen, wo die Pilger ihren Durst stillen konnten, bevor sie auf der steilen Rue des Tables die Kathedrale erreichten. Der Platz und die Straße erhielten ihren Namen von den Verkaufstischen, auf denen den Pilgern früher Waren angeboten wurden. Heute befinden sich hier hauptsächlich kleine Andenkenläden. Die an längst vergangene Zeiten erinnernde steile Gasse wird von der gigantischen Vortreppe der Kirche und von der himmelhohen romanischen Fassade der Kathedrale krönend abgeschlossen. Die schwindelerregende Höhe der dreigegliederten Westfront ergab sich nach dem Umbau aus der Notwendigkeit, dass die Kirche in Richtung des steil abfallenden Westhanges erweitert und mit einer mächtigen Vorhalle unterfüttert werden musste. Das aus zweifarbigen Steinen gebildete Schachbrettmuster der Wände und Bögen erinnert an orientalische Bauwerke. Ich kann mich nicht erinnern, je eine majestätischere Hinführung zu einem Gotteshaus gesehen zu haben.

Der Besuch der Kathedrale wird dagegen eine Enttäuschung: Fast der gesamte Innenraum ist eine einzige Baustelle! Nur das erste, das westliche Joch der Kirche ist zugänglich. Hier wurde provisorisch die sonst auf dem Hauptaltar thronende Schwarze Madonna aufgestellt. Die gibt es nämlich nach wie vor: Neun Jahre nach der öffentlichen Verbrennung hat der nächste Bürgermeister eine Kopie der alten Statue gestiftet, die damals mit einer feierlichen Prozession in die Kirche getragen und an der alten Stelle neu aufgestellt wurde. Der Verehrung hat dies keinen Schaden zugefügt. Alt oder neu, der Glaube macht die Wunder.

Hinter der Kirche ist der Eingang zu dem berühmten Kreuzgang. Die orientalischen Einflüsse sind hier noch auffälliger. In den gedrungenen Rundbögen wechseln sich die grauen mit den rötlichen Steinsegmenten ab, ganz nach dem Zeitgeschmack, der damals von Byzanz durch Nordafrika über Spanien bis hierher herrschte. Einzelne Säulenköpfe sind figürlich ausgebildet. So sind eine Nonne und ein Mönch zu sehen, die um einen Bischofsstab ringen. Und ein Kentaur, der in der alten Bildersprache die Wollust verkörpert, schaut eher gelangweilt als wollüstig auf mich herunter. Von einem bärtigen Steinmann, der zwischen zwei Tauben seinen ewigen Platz gefunden hat, wird sogar behauptet, dass er Carolus Magnus darstelle.

Im Touristenbüro bekomme ich eine Liste der Herbergen von Le Puy bis Conques, allerdings mit der Warnung versehen, dass diese Unterkünfte meistens sehr primitiv sind und ohne einen eigenen Schlafsack zum Übernachten völlig ungeeignet. Als Alternative erhalte ich eine Hotelliste mit günstigen Häusern.

**Samstag, 26. April 1997**
**Von Le Puy-en-Velay nach St-Privat-d'Allier**
Schon die Namen der Straßen, auf denen ich die Stadt verlasse, zeugen von alter Pilgertradition: Rue Saint-Jacques, Rue de Compostelle. Den Stadtverkehr nehme ich kaum wahr, dafür höre ich einen vom Wind verwehten, leisen Pilgergesang. Alles nur Einbildung, aber eine amüsante.
Die Straßen sind steil, und das müssen sie auch sein. Vor mir liegt die Aufgabe, das große französische Zentralmassiv zu überqueren. Das Gebirge, das sich in einer Länge von dreihundert Kilometer von Norden nach Süden zieht, hat hier, wo unsere Wege sich kreuzen, eine Breite von etwa hundertfünfzig Kilometer. Es ist eine eigenartige Erhebung, eher ein von tiefen Flusstälern zerschnittenes Hochplateau als eine kompakte Bergkette.
Im Mittelalter ist diese Passage des Pilgerweges sehr gefürchtet gewesen, und das mit Recht. In dieser weitläufigen Landschaft fehlen die markanten Orientierungspunkte, nach denen sich der Wanderer richten könnte. In der Regel herrscht hier ein sprichwörtlich schlechtes Wetter. Im Frühjahr und im Herbst gibt es viel Regen, der den Pilgern von dem ewigen stürmischen Westwind entgegengeblasen wird. Wenn kein Wind weht, dann herrscht oft Nebel. Im Winter wird der Schnee von Stürmen zu hohen Wächten aufgetürmt, die den Weg unpassierbar machen. Mit all dieser Unbill verglichen, galt die glühende Sommerhitze fast schon als angenehm. Verständlich, dass diese Gegend immer schon dünn besiedelt und in den alten Zeiten extrem ärmlich war, ein Umstand, der die Versorgung der Reisenden schwierig machte. Auf Beute lauernde hungrige Wölfe und zahlreiche Räuberbanden ergänzten das Bild des Schreckens. Wen wundert es, wenn dieses heute beliebteste Teilstück des Jakobswegs damals wegen seiner Gefährlichkeit oft gemieden und das Bergland im Süden umgangen wurde?
Am Wetter hat sich seitdem nicht viel geändert, und auch die Besiedlung ist dünn geblieben. Aber die Wölfe leben nicht mehr, und die Straßenräuber haben sich nach anderen, lukrativeren Einnahmequellen umgesehen. Die Versorgungslage hat sich stark verbessert, die Wege sind markiert. Geblieben ist die weite, spröde, unverbaute, ursprüngliche Landschaft, was diesen Weg für den heutigen Pilger und Wanderer so attraktiv macht. Auch ich habe

mich aus diesem Grund für diesen Weg, die Via Podensis, entschieden.
Erst aber muss ich aus der Stadt hinaus. Bald begegne ich auf der einsamen Wohnstraße einem jungen Mann, der es sich auf einer niedrigen Begrenzungsmauer bequem gemacht hat. Walkman, Kaugummi, Baseballmütze ... Ob er antwortet, wenn ich ihn grüße?
„Bon pèlerinage, monsieur!" grüßt er mich von weitem freundlich.
Mir wird es richtig wohl! Seit zwei Monaten musste ich täglich erklären, wohin ich laufe und welche Gründe ich habe, diese Mühe auf mich zu nehmen. Dabei wurde ich oft bestaunt, manchmal bewundert, aber in der Regel als einer betrachtet, der etwas Verrücktes macht. Und jetzt ist es auf einen Schlag anders! Dieser Junge hat mich nicht nach meinem Ziel gefragt! Offensichtlich genügt es, wenn ich auf diesem Weg mit einem Rucksack auf dem Buckel in westliche Richtung laufe. Alle, die mich sehen, wissen es: Hier läuft ein Jakobspilger nach Santiago de Compostela!
Nachdem ich die letzten Häuser von Le Puy hinter mir gelassen habe, bin ich auf einer flachen, hohen, ausgedörrten Grasebene angelangt. Die alte historische Pilgerstraße ist hier ein mit Steinmauern begrenzter Schotterweg. Millionen und Abermillionen Pilger sind mir auf dieser Spur vorangegangen, und weitere Millionen werden mir folgen. Ich bin nur ein kleines Staubkorn auf diesem langen Weg, der aber gerade aus solchen kleinen Staubkörnern besteht. Ohne die Existenz von Pilgern wie ich, wäre dieser Weg, diese Verbindung zwischen Ländern und Völkern, gar nicht entstanden. Ich bin Ursache und Produkt einer tausendjährigen Pilgertradition!
Jetzt allerdings laufe ich allein. Weit und breit ist kein Mensch zu sehen. Die weitläufige, einsame Landschaft macht es mir leicht, mich in die alte Zeit versetzt zu fühlen. Große Veränderungen haben sich hier nicht ereignet. Der Weiler la Roche bestätigt diesen Eindruck. Die niedrigen, aus schwarzen Basaltsteinen erbauten Häuser hängen am Rand eines schluchtartigen Tales, das ein Bach in die Ebene eingeschnitten hat. Obwohl die Gebäude bewohnt erscheinen, zeigt sich keine Menschenseele. Der altertümliche, wehrhafte Charakter der Siedlung hat eine dichte archaische Atmosphäre.
Mein Weg steigt weiter. Es ist ein steiniges Land. Die Felder sind mit Trockenmauern, die aus Feldsteinen aufgeschichtet sind, umfriedet. Nur der jahrhundertelangen, fleißigen Arbeit der Bauern, die alle bewegbaren Steinbrocken von den Feldern geholt haben, ist es zu verdanken, dass der hier kaum vorhandene Mutterboden überhaupt bewirtschaftet werden kann. Die

Wiesen und die mageren Äcker sind das Ergebnis eines endlosen heroischen Kampfes gegen die karge Natur. An manchen Ecken sind solche Mengen von Steinen gesammelt worden, dass sie in den Grenzmauern nicht unterzubringen gewesen sind. So hat man sie zu großen Halden aufgetürmt.

Am Dorfeingang von Montbonnet steht eine neunhundert Jahre alte romanische Kapelle. Das Bauwerk ist dem heiligen Rochus gewidmet, wahrscheinlich umgewidmet wie zahlreiche andere, ursprünglich dem Jakobus geweihten Kirchen und Kapellen. Auch hier wurde die Mauer, die den Chor vom Kirchenschiff trennt, nach außen turmartig erhöht und mit Glockennischen versehen.

Kaum zu glauben: Es fängt zu regnen an. Vorerst scheint es nur ein kurzer Regenschauer zu sein, so passt es hervorragend, dass ich im Dorf Montbonnet ein Lokal finde, das offen ist. Zwar erinnert in der „Bar de St-Jacques" nichts an den Namensgeber, aber der Kaffee, den ich dort trinke, schmeckt trotzdem gut.

Als der Regen eine Pause macht, laufe ich auf der Landstraße bis le Chier. Hier treffe ich einen Radfahrer, der sich als Jakobspilger aus der Schweiz vorstellt. Dementsprechend groß ist meine Freude, ihn begrüßen zu können. Er ist ein sympathischer Pilgerbruder, der den Weg aus der Schweiz nach Spanien schon einmal begangen hat. Damals, vor zwei Jahren, ist er zu Fuß unterwegs gewesen. Seine jetzige Fahrradtour ist eine Wiederholung dieser Pilgerreise im Zeitraffer. Da der Regen wieder stärker wird, verabschieden wir uns. Wir wollen uns nachher an unserem gemeinsamen Tagesziel St-Privat-d'Allier treffen.

Ein mit blühenden Ginstern fast zugewachsener Pfad bringt mich in den etwas tiefer gelegenen Ort, der an den Hang des Tales gebaut wurde. Das auf einem Felssporn thronende Schloss mit dem weit sichtbaren gotischen Kirchturm bestimmt das malerische Bild des Ortes.

In dem einfachen Hotel, wo ich Eugen, den Schweizer, wieder treffe, begegne ich noch weiteren Pilgern und Wanderern: einem Holländer aus Amsterdam mit seiner Frau sowie vier Damen aus Deutschland, die bis Cahors laufen wollen.

Den Abend verbringe ich mit Eugen im Hotelrestaurant. Ich habe noch nie jemanden getroffen, der diesen ganzen Weg schon zu Fuß gegangen ist. Meine mit brennender Neugier gestellten Fragen werden von ihm geduldig, wohlwollend und mit großer Sachkenntnis beantwortet. Die Informationen,

die ich von ihm erhalte, sind praktischer Natur, wie ich sie bis jetzt in keinem der einschlägigen Bücher gefunden habe.
So erfahre ich, dass man in den französischen Herbergen (gîtes), die es nicht nur auf diesem Weg, sondern auch anderswo im Frankreich gibt, sehr wohl schlafen kann, wenn man seine Ansprüche etwas zurückschraubt. Dafür kostet die Übernachtung nur zwölf bis fünfzehn Mark. Diese Herbergen sind meistens in kommunaler Trägerschaft. Die Einrichtung ist überall etwa die gleiche. Die Schlafsäle haben Betten mit Wolldecke und Nackenrolle, ein eigener Schlafsack ist also nicht unbedingt notwendig. Es gibt überall eine Dusche mit Warmwasser sowie eine Küche, wo man sich seine Mahlzeiten selbst zubereiten kann. Die Güte der Unterkünfte ist sehr unterschiedlich, von „ganz passabel" bis hin zu „unter aller Sau".
In den spanischen Pilgerherbergen ist es oft aber auch mit diesem bescheidenen Komfort vorbei. Dort gibt es weder Decken noch Kissen, also ein Schlafsack ist unerlässlich. Aus den Duschen kommt oft nur kaltes Wasser, und auch Kochgelegenheiten findet man nur noch selten. Dafür begnügt man sich mit einer geringen Spende von vier bis fünf Mark.
Nachdem ich bis hierher täglich fast hundert Mark benötigt habe, höre ich dies wie eine frohe Botschaft. Vielleicht kann ich es mir demnächst erlauben, ab und zu wieder warm zu essen. Ich habe schon fast vergessen, wie ein gebratenes Stück Fleisch schmeckt.
Nach dem langen Gespräch an diesem Abend fühle ich mich so, als ob ich irgendwo angekommen wäre. Wie in einem Initiationsritual habe ich die letzten noch fehlenden Informationen bekommen, die mir den Weg nach Santiago de Compostela endgültig freimachen.

**Sonntag, 27. April 1997**
**Von St-Privat-d'Allier nach Saugues**
Seit gestern regnet es. Das Tal ist randvoll mit tiefhängenden Wolken, aber ich fühle mich ausgezeichnet. Der gestrige Tag hat die Freudlosigkeit der Zeit vor Le Puy restlos vertrieben und alle meine Hoffnungen, hier für die Pilgerei angenehmere Bedingungen vorzufinden, erfüllt. Ich denke, ich bin über den Berg. Allerdings nur bildlich gesprochen: Heute muss ich die Gorges de l'Allier überwinden, einen etwa sechshundert Meter tiefen Einschnitt, der sich quer zu meinem Wege auftut. Doch bevor ich mich in tiefere Regionen begebe, steige ich erst einmal

hoch bis zu dem Dörflein Rochegude, um eine kleine Jakobskapelle zu besuchen. Die schmale, regennasse Asphaltstraße ist ohne Verkehr, und als ich den Ort erreiche, wundere ich mich, an welch verlassenen Ecken dieser Welt Menschen leben können. Unter der mit einer Burgruine bekrönten Felskuppe sind nur etwa ein halbes Dutzend kleingeduckte Steinhäuser zu sehen. Drei nasse, laut bellende Hunde lassen mich daran zweifeln, ob ich den Weg zur Kapelle lebend passieren kann, aber dann erlauben sie mir doch noch, an ihnen vorbeizugehen.

Das romanische Kirchlein mit dem schlichten Äußeren steht, auf einem Felsbrocken erbaut, wortwörtlich am Abgrund. Es gibt nur von Norden her einen schmalen Zugangspfad, wo sich der einzige Eingang, eine etwa 1,70 Meter niedrige Seitentür befindet. Leider ist diese geschlossen. Entschädigt werde ich von der heute etwas diesigen, aber trotzdem überwältigenden Aussicht, die sich von dieser Stelle nach Westen in das Tal und an der anderen Talseite auf die Berge eröffnet.

Der Regen treibt mich weiter. Jetzt geht es richtig steil abwärts. An einem mit Kiefern bewachsenen, felsigen Hang windet sich der schmale Fußpfad hinunter ins Flusstal. Blanke, nasse Steine dienen als Treppenstufen: Ich muss höllisch aufpassen, dass ich nicht ausrutsche.

Unten in der Talsohle liegt das Dorf Monistrol-d'Allier. Trotz der malerischen Lage am Fluss finde ich den Ort unattraktiv: die Turbinenanlagen eines großen Wasserkraftwerks und die zahlreichen von dort abgehenden Hochspannungsleitungen bestimmen das Bild. Auf einer schmalen Stahlgitterbrücke, die von der Firma des Turmbauers Eiffel erstellt wurde, überquere ich den Fluss Allier und setze den Weg auf der schmalen, sich steil in die Höhe windenden Asphaltstraße fort, vorbei an manchen hohen Basalttürmen, die aus Tausenden einzelnen, senkrecht in die Höhe strebenden, steinernen Orgelpfeifen bestehen.

Links oberhalb der Straße versteckt sich die Chapelle de la Madeleine aus dem 17. Jahrhundert. Sie klebt wie ein Schwalbennest unter dem Felsüberhang in einer Grotte. Gemauert sind nur zwei der Außenwände; die hintere Begrenzung wird von der Felswand gebildet. Rechts von der Kapelle ist eine Reihe von merkwürdigen Felsnischen, die früher als Grabkammern gedient haben könnten.

Hinter der Kapelle steigt ein steiler Feldweg zum Weiler Escluzels, der einen ziemlich verlassenen Eindruck macht. Menschen sehe ich keinen, und sogar

die Hunde ziehen sich zurück, als sie mich kommen sehen. Ich fülle am Dorfbrunnen meine Feldflasche und steige weiter. Schmale Straßen wechseln sich mit Waldwegen ab. Manche der alten Kiefern am Wegrand zeigen die Spuren von früheren Waldbränden: Verkohlte Baumskelette mahnen die Wanderer, vorsichtig mit dem Feuer umzugehen.
Die wenigen Häuser von Montaure liegen am oberen Rand des Tales. Ich verspüre die Freude, die die Pilger empfunden haben müssen, das tiefe Tal hinter sich zu wissen. Am Tor eines Bauernhauses hängt ein handgeschriebenes Schild, auf dem Pilgerstäbe zum Kauf angeboten werden. Groß scheint der Umsatz nicht zu sein: Ich bin heute keinem Pilger begegnet.
Ab hier ist das Gelände wieder sanftwellig, nach dem tiefen Flussgraben erscheint es mir fast flach. Kleine Kiefern- und Buchenwälder wechseln sich mit steinigen Wiesen ab. Mehr als dünngesätes Getreide und ein wenig Gras für die Kühe gibt der Schotterboden nicht her. Auf der Höhe von über tausend Metern treiben die Buchen erst jetzt die ersten zartgrünen Blätter, und der Ginster, anderswo voll in Blüte, zeigt vorerst nur blasse Knospen. Kein Wunder, wenn die wenigen Siedlungen nicht gerade mit Reichtum gesegnet sind. Viele der Behausungen sind nicht mehr bewohnt, und die verlassenen Häuser zerfallen allmählich. Oft liegen neben den Bauten Berge von Industriemüll: Schrottautos, rostige Ackergeräte, alte Kühlschränke. Die aus der früheren Not geborene Sitte, alles aufzuheben und nichts wegzuwerfen, lässt die Schutthalden wachsen.
Mein Tagesziel, das Städtchen Saugues, liegt weithin sichtbar in einer Senke. Die Stadtsilhouette wird von zwei Türmen beherrscht: dem mächtigen quadratischen Wehrturm aus dem 13. Jahrhundert, genannt „Turm der Engländer", und dem achteckigen romanischen Kirchturm der Kirche St-Médard. Die Stadt hat eine alte Tradition als Pilgerstation: Die mittelalterliche Herberge Hopitâl St-Jacques existiert heute noch als Altersheim.
Ich suche mir ein einfaches Gasthaus. Beim gemeinsamen Abendessen entdecke ich andere Pilger, die auch hier abgestiegen sind: vier Damen aus Deutschland, die ich schon gestern getroffen habe, und einen kleinen, drahtigen stillen und freundlichen Herrn Mitte sechzig, einen Franzosen aus Paris. Er ist erst heute früh in Le Puy losgelaufen. Das macht etwa vierzig Kilometer. Respekt! Respekt!

**Montag, 28. April 1997**
**Von Saugues nach Domaine du Sauvage**
Die kenne ich doch, diese Himmelsfarbe, die mich an mein nordhessisches Zuhause erinnert! Dieses amorphe Grau und das leise Vor-sich-Hinregnen sind mir doch bestens bekannt!
Heute habe ich wieder ein Bett ostfriesischer Bauart erwischt, eins mit Gefälle. Das soll am Deichhang eine waagerechte Ebene ergeben, hier im Zimmer dagegen nicht.
Nach Verlassen der Stadt überquert der Weg das Flüsschen la Seuge, um an der anderen Seite zwischen weiten Wiesen leicht steigend nach Süden zu führen. Hier sehe ich das erste Mal die berühmten Salers-Rinder, eine hier im Massif Central heimische Rasse. Die Tiere mit dem rötlich-braunen Fell und den auffallend langen, s-förmig geschwungenen weit abstehenden Hörnern werden extensiv gehalten. Sie sind vom Frühjahr bis Spätherbst draußen und ernähren sich fast ausschließlich von den schmackhaften Gräsern und Kräutern dieses Hochlandes, was dem Fleisch eine besondere Geschmacksnote verleiht. Aus der Milch der Kühe wird der gute Cantalkäse hergestellt. Gegenüber ihren anderen Artgenossen genießen diese schönen Viecher ein geradezu paradiesisches Dasein. Sie leben artgerecht in richtigen Familienverbänden. Die Kühe haben ihre kleinen Kälber bei sich, und, was ich seit Jahrzehnten nicht mehr gesehen habe, zu jeder Gruppe von Kühen und Kälbern gehört ein leibhaftiger Stier. Diese mächtigen muskelbepackten Kolosse sind die unübersehbaren Mittelpunkte der jeweiligen Herde. Sie beobachten in aller Ruhe, wie ich vorbeiziehe, und ich finde es bei aller Tierliebe und Bewunderung ausgesprochen beruhigend, dass uns die Stacheldrahtzäune voneinander trennen.
Nach dem kleinen Ort le Pinet hole ich einen Pilger ein. Er trägt einen besonders kräftigen Pilgerstab. Die Ritter des Mittelalters haben die Reitturniere mit solchen Waffen bestritten. Auf den nächsten Kilometern bleiben wir zusammen. Er heißt Pierre und kommt aus dem Elsass, spricht aber kein Wort Deutsch. Wir können uns trotzdem ohne Probleme unterhalten. Es gibt Menschen, die kommunikativ besonders begabt sind. Pierre ist so ein Mensch. Nach meiner Beobachtung hat diese Eigenschaft wenig mit dem sicheren Beherrschen der Sprache oder mit der allgemeinen Bildung, eher mit Kontaktfreude, Geduld und Einfühlungsvermögen zu tun. Auf dem bisherigen Weg habe ich oft erlebt, dass, wenn ich mein Gegenüber nicht

sofort verstanden habe, es seine Worte in dem irrigen Glaube, unbekannte Fremdwörter würden durch die laute Aussprache bekannt, lauter wiederholte. Er dagegen hält mit seinen lachenden Augen ständig den Blickkontakt, und wenn er merkt, dass mein Gesicht eine sorgenvolle Trübung bekommt, sucht er so lange nach sinnverwandten Ausdrücken, bis er beruhigt feststellt, dass ich ihn verstanden habe. Dadurch haben wir gleich einen besonderen Kontakt zueinander, obendrein lerne ich eine Reihe französischer Wörter, die für einen Fußpilger von Bedeutung sind, wie bâton (Wanderstab), balisage (Wegmarkierung), boussole (Kompass) oder chapelet (Rosenkranz).

Zwischendurch werden wir von dem kleinen Herrn überholt, den ich gestern abend im Hotel kennen gelernt und wegen seiner langen Tagesstrecke von Le Puy bis Saugues bewundert habe. Seine normale pilgermäßige Ausrüstung wird durch einen großen, bunten Regenschirm ergänzt, den er jetzt geschlossen in die Schlaufen des Rucksackes gesteckt quer vor seiner Brust trägt. Als er an uns vorüberläuft, frage ich mich ernstlich, wieso er nur vierzig Kilometer am Tag gelaufen ist. Bei diesem Tempo wäre auch das Doppelte eine Kleinigkeit für ihn!

Wir durchqueren das Dorf la Clauze, wo sich ein mächtiger Wehrturm aus dem 12. Jahrhundert befindet. Das am Dorfrand auf einem grauen Felsblock stehende Bauwerk ist selbst aus Granit erbaut und erweckt den Eindruck, dass es sich hier um eine organisch aus dem Gestein wachsende riesige Steinknospe handelt. Auch die Häuser des Ortes sind aus demselben Baumaterial: Die Ecken und die Öffnungen sind mit außergewöhnlich großen Quadersteinen verstärkt; sonst sind die Wände aus Bruchsteinen gemauert. Besonders interessant finde ich die eigenartige Bauart der steinernen Torbögen, die sowohl in den Begrenzungsmauern der Grundstücke als auch über den Eingangstüren der Häuser ausgebildet sind. Es sind eigentlich gar keine echten, aus Segmentsteinen erbauten Bögen, sondern aus nur drei Steinen bestehende bogenförmige Abschlüsse, wobei zwei überdimensionale, an der Unterkante bogenförmige Schultersteine mittels eines relativ kleinen Schlusssteins den flachen elliptischen Torbogen bilden. Ich kann es mir kaum vorstellen, wie man die zwei bis drei Meter langen, tonnenschweren Schultersteine mit den damaligen technisch primitiven bäuerlichen Möglichkeiten hochhieven konnte.

Nach dem Dorf le Villeret-d'Apchier, wo sich am Ufer des Baches die Ruine einer alten Wassermühle befindet, trennen sich unsere Wege. Pierre läuft

allein weiter. Ich nütze den Windschatten der alten Gemäuer und setze mich wie gewohnt zur Mittagsrast auf einen der alten Mühlsteine. Es ist eine himmlische Ruhe hier, nur etwas kühl, was die Pause auf die Dauer eines kurzen Mahls verkürzt.
Die romanische Kirche in Chanaleilles ist ein besonders schönes Beispiel für den Baustil der hiesigen Dorfkirchen. Das aus dem hier abgebauten grauen Granit hochgezogene Gotteshaus ist an der Ostseite von einer vierstöckigen arkadenförmigen Glockenmauer abgeschlossen. In den Bogenöffnungen der oberen Arkadenreihen hängen sechs Glocken verschiedener Größen, wie bei einem Glockenspiel.
Die Tür lässt sich öffnen. Das Innere der Kirche ist wie das Äußere: graue, schwere, archaische Romanik. Eine gute Gelegenheit für ein kurzes, gebetartiges Zwiegespräch, in dem ich meine Freude und Dankbarkeit über die günstige Entwicklung meiner Pilgerreise ausdrücken möchte. Das Wissen darüber, dass ich auf diesem Weg nicht mehr allein bin, sondern sich vor und hinter mir andere Pilger befinden, die dasselbe Ziel wie ich verfolgen, gibt mir eine Zuversicht, die ich in den letzten Wochen vielleicht mehr vermisste, als mir bewusst gewesen ist. Ich freue mich, Pierre heute abend wieder zu sehen.
Als ich die Kirche verlasse, regnet es draußen. Unten im Dorf ist eine kleine Bar, wo ich einkehre: Der Regen soll Gelegenheit bekommen, in der Zeit, in der ich meinen Kaffee trinke, aufzuhören. Aber obwohl ich noch einen zweiten bestelle, regnet es weiter. Was soll's? Ich laufe halt im Regen weiter.
Die einsame Landstraße steigt weiter und erreicht die Höhe von etwa tausenddreihundert Metern. Hier zweigt ein Feldweg nach links zur Domaine du Sauvage, zu meinem Tagesziel ab. Das von Wäldern eingerahmte kilometerweite Wiesengelände vermittelt einen unwirklichen, urigen Eindruck. Tiefe Nebelschwaden (oder sind es gar Wolken?) ziehen gespenstergleich ihre schnellen, niedrigen Bahnen. In den fernen, feuchten Niederungen sind grasende Rinder zu sehen, halbwilde Herden, wie aus längst vergangenen Zeiten. Die raue Einsamkeit dieses Landes übertrifft alles, was ich auf meinem bisherigen Weg erlebt habe. Nur das leise Säuseln des Windes und das Plätschern der Regentropfen begleiten das monotone Knirschen meiner Schritte auf dem nassen Kiesweg. Wenn ich nicht wüsste, dass ich die im Nebel versteckte Domaine bald erreichen werde, würde mich diese greifbare Unendlichkeit beängstigen.

Der aus der nebligen Nähe unvermittelt auftauchende Gutshof gleicht in seiner grauen und geheimnisvollen Großartigkeit der umliegenden Landschaft. Die sich am Rande eines Tümpels wehrhaft aneinanderschmiegenden, grauen Granitbauten mit den schießschartenartigen, kleinen Fensteröffnungen, halbrunden Steinbögen und mit Mauerpfeilern verstärkten Außenwänden könnten als Kulissen für einen im Mittelalter spielenden Film dienen.
Die Anfänge des riesigen Baus gehen auf das 12. Jahrhundert zurück, als die legendären Templer drei Kilometer von hier, am Rande des Pilgerweges, ein Pilgerhospital errichtet haben. Um die wirtschaftliche Grundlage dieser Einrichtung zu sichern, gründeten sie hier, abseits des Weges, diesen Landwirtschaftsbetrieb. Der mittelalterliche Charakter des Hofs ist vollkommen erhalten geblieben.
Ich öffne die Tür und trete ein. Ein spärlich beleuchteter großer Raum empfängt mich, der bis zur Hälfte mit großen Tischen und Sitzbänken eingerichtet ist. In der Raummitte befindet sich ein Küchenblock mit Herd, Spüle und Schränken voll Geschirr und Besteck. Rechts in der Ecke sehe ich einen etwa vier Meter breiten offenen Kamin, aus dem das von dicken Holzscheiten genährte lodernde Feuer den ganzen Raum mit wohliger Wärme versorgt. Allerdings auch mit Rauch. Die Luft schmeckt wie die Schwarte von Schwarzwälder Schinken.
Vor dem Feuer sitzt der Herr, der mit dem Regenschirm wandert, und ist dabei, seine Sachen zu trocknen. Er heißt mich herzlich willkommen; da er schon vor Stunden hier angekommen ist, fühlt er sich wie zu Hause. Er zeigt mir, wo ich die Dusche und den Schlafraum finde. Der liegt über dem Aufenthaltsraum. Etwa fünfundzwanzig einfache Betten mit Decken und Nackenrollen warten auf den müden Pilger. Ich nehme das Bett vor dem kleinen Fenster, wo sich auch der Heizkörper befindet. Die Warmwasserheizung wird durch einen gusseisernen flachen Kessel betrieben, der unten im offenen Kamin die Rückwand der Feuerstelle bildet. Solange dort das Feuer brennt, ist es auch oben warm. Wenn wir heute nacht das Feuer ausgehen lassen, werden wir wohl in den Betten frieren müssen.
Die Hausherren sind noch nicht da. Später erscheint ein weiterer Pilger, der die Wunden, die er sich während des Marsches von Le Puy bis hierher an den Füßen gelaufen hat, seit Tagen auszukurieren sucht. Er meint, er könne morgen wieder weiter.
Spät am Nachmittag trifft der Holländer, den ich vorgestern in St-Privat

gesehen habe, mit seiner Frau ein. Wo bleibt bloß Pierre? Er müsste schon längst hier sein. Dann aber, es ist schon fast dunkel, ist auch er angekommen; er hat sich verirrt und einige Umwege gemacht.
Damit sind wir vollzählig. Die Bäuerin, inzwischen nach Hause gekommen, bringt uns hausgemachten Cantalkäse. Es werden Spaghetti gekocht, und auch eine Flasche Rotwein findet sich in irgendeinem Rucksack. Wir tauschen die Erfahrungen aus, die jeder von uns unterwegs gesammelt hat. Die Anzahl der Wandertage, die wir hinter uns haben, sind unterschiedlich. Für mich war es der dreiundsiebzigste Tag, für Jack, den Holländer, der fünfundfünfzigste, für die anderen erst der zweite oder dritte.
Der Herr mit dem Regenschirm heißt Maurice, ist von Beruf Arzt, und als Auftakt seines Ruheständlerdaseins will er bis Ende Juni, also in zwei Monaten, von Le Puy nach Santiago laufen. Ähnlich der fußwunde Michel, ein Landschaftsplaner aus Paris. Er ist Anfang sechzig, durchtrainiert, und etwas verärgert über seine renitenten Füße, die ihn beim schnelleren Vorankommen hindern.
Pierre steht noch im Erwerbsleben. Er ist Heizungsbauer, Mitte fünfzig, und er hofft, es in vier Wochen bis zur spanische Grenze zu schaffen. Der Rest des Weges muss bis zum nächsten Frühjahr auf ihn warten.
Und schließlich Jack, ein etwa vierzigjähriger Waldorflehrer, der zu Fuß aus Amsterdam kommt; er hat sich von seinen Kollegen für ein halbes Jahr beurlauben lassen und hofft, dass er die Erfahrungen, die er auf diesem langen Weg sammelt, auch in seinem noch recht langen Berufsleben nutzbringend einsetzen kann. Seine Frau, Annemieke, ist gewissermaßen zu Besuch da. Sie will Jack in den nächsten zwei Wochen auf seinem Weg begleiten.
Zum Ausklang des fröhlichen Abends entsteht die Idee, den einzelnen Mitgliedern unserer kleinen Pilgergruppe nach der Länge des zurückgelegten und des noch geplanten Weges in spielerischer Weise eine Art Qualifikations-bezeichnung zu verleihen. Jack und ich bekommen den Titel pèlerin supérieur, Maurice und Michel dürfen sich grand pèlerin de St-Jacques nennen, Pierre ist, wegen des Splittens der Strecke, pèlerin 2ème classe; Annemieke schließlich muss sich mit der Bezeichnung assistente de pèlerinage begnügen.

**Dienstag, 29. April 1997**
**Von Domaine du Sauvage nach Aumont-Aubrac**
In der Nacht hat es draußen kräftig gestürmt. Das Heulen des Windes in den alten Gemäuern hörte sich so an, als ob die Wölfe früherer Zeiten wiederauferstanden wären. Auch das Klappern der hölzernen Fensterläden wirkte geradezu gespenstisch.
Wir stehen um halb sieben auf; um halb acht gibt es von der Bäuerin Kaffee und köstliche selbstgemachte Heidelbeermarmelade. So gestärkt machen wir uns auf den heutigen langen Weg nach Aumont-Aubrac.
Die ersten Kilometer laufen wir durch einen dichten Kiefernwald. Die Bäume sind dick und relativ niedrig, ein typisches Zeichen des langsamen Wachstums im kalten Höhenklima.
Wir erreichen bald die alte Pilgerquelle, die Fontaine Saint-Roche. Über dem Wasserrohr ist der heilige Rochus zu sehen, wie gewöhnlich in Pilgertracht und auf seine Wunde zeigend.
Der Fußweg setzt sich in einem jungen Kiefernwald fort. Viele der Bäumchen sind, wahrscheinlich infolge Eisbruches, mitten durchgebrochen. Die umgeknickten Bäume versperren den Weg, und wir müssen an manchen Stellen durch die Büsche kriechen. Zwischen den Waldstücken sind immer wieder weite Wiesen zu überqueren, auf denen so viele Narzissen blühen, dass die flachen Hänge eher wie gelbe Rapsfelder aussehen. Die Wege sind von Ginsterhecken gesäumt, die hier wieder in Blütenpracht glänzen und einen besonders starken, lieblichen Duft verbreiten. Ich wusste bislang nicht, dass Ginster so schön duften kann.
Für mich ist es eine ungewohnte Situation, mit anderen zusammen zu laufen. Einmal hechele ich hinter Maurice und Michel her, wobei letzterer trotz seiner wunden Füße schneller ist als ich. Dann warten wir auf Pierre, der Probleme mit seinen Wanderstiefeln oder seinen Fersen hat. Ich merke, dass ich allein unbeschwerter laufen kann. Die anderen mögen ähnlich denken: Nach St-Alban, wo wir einen Kaffee trinken, laufen wir wieder getrennt.
So folgt eine für mich sehr schöne und einsame Wanderstrecke von etwa vier Stunden Dauer bis Aumont-Aubrac. Die Landschaft ist gleichbleibend dünn besiedelt; auch hier sind die wenigen Häuser aus Granit erbaut, die Dächer sind mit zwei, drei Zentimeter dicken gespaltenen Schieferplatten gedeckt. Sogar die schlanken Pfosten der Weidezäune sind aus Stein! Ich würde mich

nicht wundern, wenn ich erführe, dass die Menschen hier, ähnlich wie die Riesen in manchen Märchen, den Granit auch kochen und essen!
In Aumont-Aubrac angekommen suche ich die Herberge, und dabei begegne ich Michel. Er kommt gerade von dort und berichtet, dass die Räume kalt und schmuddelig sind, also das Haus zum Übernachten denkbar ungeeignet ist. Es gibt zwar ein Hotel in der Nähe, das man zur Not nehmen könnte, aber er will es erst bei dem Pfarrer des Ortes versuchen. Ich gehe mit.
Der Pfarrer ist ein sympathischer Mann um die sechzig, spricht sogar Deutsch und erlaubt uns, in dem benachbarten Gemeindehaus in einem Raum, wo sonst offensichtlich nur gebastelt, aber nicht geschlafen wird, zu übernachten. Es gibt eine Dusche und Toiletten, eine kleine Küche, und sogar einige alte Matratzen, die wir benutzen dürfen. Allerdings keine Decken. Jetzt brauchte ich doch einen eigenen Schlafsack, aber ich habe keinen. Im Treppenhaus finde ich einige Pappkartons, in denen sich allerlei Textilien aus einer Kleidersammlung befinden. Ich suche mir eine dicke Gardine mit Kordeln und Silberfransen aus. Eine hochherrschaftliche Bettdecke!
Der Pfarrer macht uns darauf aufmerksam, dass er um sechs Uhr in der Kirche die Messe lesen wird, und fragt, ob wir daran teilnehmen wollen. Wir sagen unsere Teilnahme natürlich zu, schon als „Gegenleistung" für die Unterkunft.
In der ehemaligen Benediktinerkirche aus dem 11. Jahrhundert sind etwa zehn alte Frauen anwesend, auch mit uns zwei Männern ist es keine große Versammlung. Einen Ministranten gibt es nicht, die Frauen, und auch mein Pilgerbruder Michel, erfüllen diese Aufgabe, indem sie die Messe laut mitsprechen. Ich verstehe den französischen Text nicht, und so fühle ich mich etwas fremd, eher aus Pflichtgefühl als aus Bedürfnis anwesend. Aber wie die heilige Handlung voranschreitet, merke ich, dass die Erinnerungen aus meiner Kindheit konkrete Gestalt bekommen. Meine Zeit, die ich nach dem Krieg in einem kleinen ungarischen Dorf, wohin meine Familie flüchtete, in tiefem Glauben verbracht habe, ist mir wahrscheinlich doch näher, als ich dachte. Die fünfzig Jahre, die inzwischen vergangen sind, haben mich zwar von jenem Dorf und jenem Glauben entfernt, aber hier, in dieser kleinen alten Kirche, erlebe ich eine unsichere, zögerliche, überraschende Rückkehr. Es ist alles so fremd und doch so vertraut: dasselbe Gefühl, wie ich es beim tatsächlichen Besuch am Ort meiner Kindheit erlebt habe. Als dann alle Anwesenden zum Altar schreiten, gehe ich aufgeregt, aber ohne Zögern mit,

um nach einem halben Jahrhundert Enthaltung wieder an einer Kommunion teilzunehmen. Ein verwirrendes, aufwühlendes Erlebnis, aber ich fühle mich dabei wohl.

**Mittwoch, 30. April 1997**
**Von Aumont-Aubrac nach Nasbinals**
Ich habe unter der Gardine ganz gut geschlafen. Wir machen uns in der Küche Frühstück: Kaffee und Marmelade bekommen wir geschenkt, Brot haben wir selbst mitgebracht. Als wir uns danach auf den Weg machen, treffen wir Annemieke und Jack, und kurz danach auch Pierre. So ist unsere Gruppe von gestern fast wieder vollständig zusammen. Das Wetter ist kühl aber trocken, der Aprilhimmel macht seinem Ruf alle Ehre: Rasend rennen dramatische Wolkenfelder nach Osten.
Nach etwa zwei Stunden erreichen wir die Wegekreuzung „les Quatre-Chemins", wo wir in dem gleichnamigen Gasthaus eine Pause einlegen. In dem kleinen Familienbetrieb wurde heute früh geschlachtet. In einem Raum neben der Gaststube wird, wie zu Großmutters Zeiten, das gebratene Fleisch und das ausgelassene Schmalz in Weckgläser eingelegt. In einer großen Schüssel liegt das geronnene Blut des Schlachttiers; das soll in Scheiben geschnitten und mit Eiern gebraten verzehrt werden.
Auf dem weiteren Weg werden die Bäume immer seltener, bis wir auch die letzten hinter uns lassen. Die hügelige Hochebene, wo ausschließlich noch Weidegras wächst, ist mit merkwürdigen Granitkugeln übersät, deren Größe von zwanzig Zentimetern bis zur Haushöhe variiert. Mit den kleineren Steinen hat man in Laufe der Jahrhunderte die Wiesenflächen umzäunt; die großen, nicht zu bewegenden Steine liegen in der Gegend herum, als ob Riesen sie nach einem Murmelspiel liegen gelassen hätten. Auf den weiten Grasflächen begegnen uns wieder die Salers-Rinder, die auch hier in Familienverbänden leben dürfen. Auch als Rindvieh muss man Schwein haben.
Müde, aber gut gelaunt erreichen wir unser Tagesziel Nasbinals. Auch hier ist in der Dorfmitte eine schöne romanische Kirche zu sehen. Die Kapitelle des einfachen, rundbogigen Portals sind besonders sehenswert. An einem der hellen Steine sind zwei kämpfende Gestalten zu sehen, der eine mit Speer und Lanze, der andere mit Pfeil und Bogen.
Die Gemeindeherberge ist neu restauriert und fein eingerichtet. Weniger angenehm ist meine Entdeckung, dass ich mein gutes Taschenmesser, ein

handgefertigtes altes Stück, verloren habe. Bald fällt mir aber ein, dass ich heute früh, nachdem ich das Frühstücksgeschirr in Aumont-Aubrac abgewaschen hatte, mein Messer nach dem Frühstück mit dem anderen Besteck in die Küchenschublade gelegt haben muss. Ich bitte meinen Pilgerbruder Michel, für mich beim Pfarrer anzurufen, damit er nach meinem Messer schaut. Wir erreichen ihn. In zehn Minuten können wir wieder anrufen, er will in der Zwischenzeit nachsehen.
Es sind bange zehn Minuten. Dann aber die gute Nachricht: Das Messer ist da! Glück gehabt! Bleibt noch die Frage, wie ich es bekomme. In Cahors, zehn bis zwölf Tage von hier, werde ich bei meinen Freunden einige Tage Pause machen. Wenn der Herr Pfarrer das Messer mit der Post hinschicken würde?
Er hat eine bessere Idee. Zu ihm kommen täglich Pilger, um ihre Pilgerpässe stempeln zu lassen. Er möchte einen Pilger, der einen ehrlichen Eindruck macht, aussuchen und mit diesem Pilger das Messer an die Adresse meines Freundes in Cahors schicken.
Ich frage mich, wie man einen ehrlichen Pilger von einem unehrlichen unterscheiden kann, aber ich möchte das Urteilsvermögen meines gestrigen Gastgebers nicht in Zweifel ziehen und gebe die Geschäftsadresse meines Freundes an; die ist leichter zu finden als die Privatadresse.
Abends gehen wir in ein Restaurant, wo wir die Pilgerinnen aus Deutschland, die wir vor Tagen in Saugues gesehen haben, wieder treffen. Aus der Vierergruppe ist inzwischen eine Dreiergruppe geworden: Eine der Frauen war den Strapazen, mit denen die Pilgerei nun mal verbunden ist, doch nicht gewachsen. Wir schieben unsere Tische zusammen und lassen uns das gute Essen und den vorzüglichen Wein schmecken. Spezialität des Hauses ist das volkstümliche Gericht des Massiv Central, genannt l'aligot. Es ist ein Brei aus Kartoffelpüree und Cantalkäse, créme fraîche und Gewürzen, es hat die Konsistenz von mittelsteifem Beton, aber einen herrlich würzigen Geschmack.
Meine Tischnachbarin, eine sympathische Mittfünfzigerin aus Deutschland, erzählt, dass sie Altenpflegerin ist und ihr diese Arbeit gefällt, weil sie gern mit alten Menschen zusammen ist. Ich frage sie, ob sie mein Alter dazu für ausreichend erachtet, dass sie auch mit mir gern zusammen sein könnte, worauf sie zurückfragt, ob ich auch pflegebedürftig sei? Dies muss ich mit Entschiedenheit verneinen.

**Donnerstag, 1. Mai 1997**
**Von Nasbinals nach St-Chély-d'Aubrac**
Die rote Fahne habe ich ausgerollt: Heute ist der 1. Mai. Eigentlich ist es schlimm, wie der Gedenktag der internationalen Arbeiterbewegung in den letzten hundert Jahren von linken und rechten Politgauklern missbraucht wurde, aber aufgrund meiner Erfahrungen, die ich in den fünfziger Jahren mit dem real existierenden Sozialismus als Pflichtdemonstrant sammeln durfte, fällt auch mir zu diesem Tag nur Spott und Häme ein. So unterhalte ich meine Pilgerfreunde beim Frühstück mit ungarischen und russischen Erster-Mai-Liedern. Der Erfolg ist überwältigend.
Gestern bin ich fast die ganze Strecke mit den anderen Pilgern gelaufen, und das hat meinen Füßen und Knien nicht gut getan. Ich gehe normalerweise etwas langsamer als die anderen. Das hat mit der körperlichen Kondition oder mit der Übung nur wenig zu tun, sonst müsste ich ja der Schnellste sein. Das Alter kann auch nicht allein bestimmend sein: Maurice, der Älteste in Domaine du Sauvage, hat uns alle hinter sich gelassen.
Meine optimale Tagesstrecke ist zwanzig bis fünfundzwanzig Kilometer. Die ersten acht bis zehn Kilometer gehe ich recht flott an. Dann brauche ich eine kurze Pause, in der ich mich für eine Viertelstunde hinsetze. Dann folgen die nächsten acht bis zehn Kilometer, bis ich mich meinem Ziel etwa auf ein bis zwei Stunden angenähert habe. Jetzt brauche ich eine Mittagspause, in der ich eine Kleinigkeit esse und trinke und, wenn das Wetter es erlaubt, ein Stündchen schlafe. Danach ist der Rest des Weges eine lockere Angelegenheit.
Wenn ich am frühen Nachmittag an meinem Ziel ankomme, dusche ich, wasche meine Sachen, mache meine Tagebucheintragungen und schaue mir den Ort an. Nach dem Abendessen gehe ich um zehn Uhr schlafen. Ich glaube, wenn sich dieser Tagesablauf immer durchhalten ließe, könnte ich jahrelang weiterlaufen.
Um heute allein laufen zu können, lasse ich die anderen vor, aber es nützt mir wenig. Ich weiß nicht, wie es kommt, aber nach einer Stunde sind wir alle fünf wieder beisammen. Offensichtlich überwiegen die Vorteile, die das Zusammensein mit netten Menschen mit sich bringt, die von mir erwähnten Nachteile.
Obwohl unser heutiger Ausgangspunkt schon in einer respektablen Höhe lag, geht es weiter aufwärts, bis wir auf einem weiten, hügeligen Wiesenfeld ankommen. Trotz aller Ähnlichkeiten ist es eine andere Landschaft als die

bisherige. Runde Steine, wie gestern, gibt es hier keine, nur noch Gras, soweit die Augen schauen können. Auch ein Weg oder Pfad fehlt, nur die etwa hundert Meter voneinander entfernten Pfosten und eine kaum wahrnehmbare Spur zeigen die grobe Richtung an. Da einige Zwischenpfosten fehlen, wäre die Orientierung im Nebel problematisch. Wir haben heute aber keine diesbezüglichen Schwierigkeiten: Nach den wolkigen, regnerischen Tagen ist der Himmel wieder makellos blau. Die Luft ist noch kühl, aber so wie die Sonne höher steigt, wird es allmählich milder. Von Zeit zu Zeit müssen wir Stacheldrahtzäune mit Hilfe von kleinen Holzstiegen überwinden.
Die Gegend ist wie verlassen: Weder Mensch noch Tier sind zu sehen, und auch die wenigen einzelnen Behausungen, die kilometerweit auseinanderliegen, scheinen unbewohnt zu sein. Später taucht in der Ferne doch noch eine einsame, uns entgegenlaufende Wanderergestalt auf. Erst als sie näher kommt, sehen wir, dass es eine junge Ordensschwester ist. Sie trägt, wie wir, einen schweren Rucksack und erzählt, dass sie einkaufen gewesen ist und sich auf dem Weg nach Hause befindet. Sie lebt, weit von anderen Menschen entfernt, in einer dieser einsamen Steinhütten in der Einöde. Dabei ist sie höchstens fünfundzwanzig. Ihre auffällige Fröhlichkeit und Freundlichkeit erstaunt und verwirrt mich. Sie entspricht in keiner Weise meinen Vorstellungen von einem asketischen Eremiten, dem ich das einsame Leben in dieser rauen Landschaft zutrauen würde. Wie lange ich wohl diesen meditativen Reizentzug ertragen könnte? Auch die anderen Mitglieder unserer Gruppe scheinen mit dieser Frage beschäftigt zu sein: Unsere Gespräche kreisen noch lange um diese junge mutige Frau.
Bald erblicken wir die massiven Türme des etwas tiefer gelegenen ehemaligen Klosters Aubrac. Es wurde am Ende des 11. Jahrhunderts von Mönchen des wenig bekannten Ordens von Aubrac erbaut. In der Glanzzeit der Pilgerei, als die Pilgerstraße noch mitten durch den damals sehr umfangreichen Gebäudekomplex hindurchlief, der außer Kirche, Kapelle, Kloster und Wirtschaftsbauten auch ein Hospiz für kranke Pilger umfasste, konnten hier Hunderte von Pilgern gleichzeitig Unterkunft und Verpflegung finden. Um verirrten Pilgern Orientierungshilfe zu geben, hat man an nebligen Tagen pausenlos eine Glocke läuten lassen.
Von den ehemaligen Gebäuden stehen nur noch wenige. Die Kirche, ein schlichter aber riesiger romanischer Raum, ist völlig leer. Sie macht eher den Eindruck einer Scheune als den eines Gotteshauses.

Nach Aubrac senkt sich der Weg ins Tal des Flüsschens Boralde hinunter. Auf dem immer steiler werdenden Fußpfad begegnen uns zahlreiche Wanderer, die diesen sonnigen Feiertag für einen Ausflug ins Grüne nutzen. Unten im Tal schreibt die Natur eine völlig andere Jahreszeit. Die Esskastanienbäume, die an den steilen Talhängen wachsen, sind üppig belaubt. Am schattigen Bachufer blüht schon das blaue Vergissmeinnicht, am Wegrand die hochgewachsene Schafgarbe und die leuchtend roten Kerzen des Helmknabenkrautes.
Seit heute früh tut mir mein linkes Schienbein weh. Die Schmerzen werden immer stärker. Jack meint, ich solle meine Schuhe ganz locker schnüren, ihm habe das geholfen. Ich befolge seinen Rat, auch wenn es kurzfristig nichts zu nützen scheint. Ich freue mich, als wir das Etappenziel St-Chély-d'Aubrac erreichen.

**Freitag, 2. Mai 1997**
**Von St-Chély-d'Aubrac nach Espalion**
Das Wetter könnte nicht schöner sein, die Landschaft ist lieblich, die Menschen sind nett. Lauter gute Voraussetzungen für eine angenehme Fortsetzung des Weges. Mir aber tut mein Schienbein so weh, dass ich mir ernsthafte Gedanken darüber machen muss, ob ich mit Michel, Pierre, Jack und Annemieke weiterlaufen kann. In den vergangenen vier Tagen habe ich mich sehr an sie gewöhnt, und so würde ich sie nicht gern ohne mich weiterziehen lassen. Ich beiße die Zähne zusammen und hoffe, dass ich mit ihnen mithalten kann.
Die kleinen Weiler und Höfe, die wir passieren, sind halb entvölkert, die verlassenen Häuser zerfallen. In den Ruinen liegen viele der sonst unsichtbaren Bauteile bloß, so dass man die alten Bautechniken gut studieren kann. Leider werden die so gewonnenen Kenntnisse die Bauten auch nicht retten können: Die alten Baumethoden sind unbezahlbar arbeitsintensiv.
Nach etwa vier Stunden erreichen wir das am Fluss Lot gelegene Städtchen St-Come-d'Olt. Die kleine runde Altstadt wird vom Mittelalter geprägt. Einige der Bauten zeigen noch Stilelemente der Entstehungszeit, die im 12. Jahrhundert gelegen hat.
Espalion ist etwas größer als die anderen Ortschaften seit Le Puy, und es gäbe hier sicher vieles zu sehen, aber die Unterkunft, die Michel uns organisierte, liegt etwa eine halbe Stunde hinter der Stadt. Das alte Übel: Wir sind

verschwitzt und müde, wir müssen weiter.
Mein Fotoapparat hat endgültig den Geist aufgegeben. Schade. Einen neuen kann ich mir erst in Cahors besorgen.

**Samstag, 3. Mai 1997**
**Von Espalion nach Golinhac**
Mein Bein tut nach wie vor weh, und die Tagesstrecke bis Golinhac ist lang und anstrengend. Ich muss mein eigenes Lauftempo wiederfinden. Heute will ich alleine laufen.
Es ist wieder ein herrlicher Frühlingstag. Nicht nur ich, auch die Vögel scheinen sich darüber zu freuen, und diese Freude bringen sie mit überschwänglichem Zwitschern zum Ausdruck. Ich lasse es langsam angehen.
Wie in einem romantischen Märchen erscheint nach einer Straßenbiegung die malerische Stadt Estaing. Die jenseits des Flusses zu einer Pyramide hochgetürmten Häuser des Ortes sind an der Spitze von der mächtigen Burg der alten Adelsfamilie d'Estaing gekrönt. Im stillen Wasser der Lot verdoppelt sich das plastische Bild des sonnenbeschienenen Hügels.
Ich überquere den Fluss auf der alten Steinbrücke und betrete die schmalen Gassen, die vom Ufer zu der höher gelegenen romanisch-gotischen Église de St-Fleuret führen. Von der einsamen Stille des sakralen Raumes lasse ich mich zu einem kurzen Gebet einladen.
Zurück an der Uferstraße treffe ich alle meine Pilgerkollegen wieder; sogar Maurice mit seinem Regenschirm und die drei Damen aus Deutschland sind da. Ich möchte weiterhin alleine laufen, so warte ich, bis sie weiterziehen.
Ich setze mich vor einem Café in die Sonne; es ist wohltuend warm geworden. Die herumfliegenden Schwalben bieten mir ausreichende Unterhaltung. Die verrückten Vögel drehen sich zu Hunderten über dem Fluss in einem engen Kreis, wobei sie ihren Flug mit überlautem Zwitschern begleiten. Das ganze Spektakel erinnert mich an das bekannte Pferderennen in Siena, den Palio.
Wieder zurück auf dem linken Ufer des Lot, wo blühende Akazienbäume die Luft versüßen, folge ich etwa eine Stunde lang der schattigen Uferstraße. Dann ist dieser angenehme Spaziergang zu Ende: Es folgen drei sehr steile Kilometer, manchmal auf schmalen Fußpfaden, die die Haarnadelkurven der Straße abkürzen. Ich keuche und schwitze so, dass meine Brillengläser sich an der Innenseite mit einer Salzkruste überziehen. Oben angekommen suche

ich mir einen schattigen Platz, wo ich mich zur Mittagsruhe hinlegen kann. Die Ruhe ist wörtlich zu verstehen: Außer dem Gesang der Vögel und dem Summen von Insekten ist kein anderes Geräusch zu hören.

Mein Glaube, die Mühe des heutigen Tages mit dieser Steigung hinter mich gebracht zu haben, erweist sich als Irrtum. Die restliche Strecke gleicht einer Achterbahn: dreißig Meter hinunter, dann fünfzig hoch, nur kurz, immer wieder und wieder, steil und ermüdend. Ich lasse mir viel Zeit, und so kann ich die Schönheit des bewaldeten Weges genießen. An den Böschungen wachsen Unmengen von gelbem Habichtskraut, und am Rand einer Lichtung sehe ich die ersten blauen Kornblumen. Wenn die Bäume die Sicht nach Nordosten freigeben, kann ich meinen Blick über das bewaldete tiefe Tal, das jetzt hinter mir liegt, schweifen lassen.

Als ich als letzter Pilger in Golinhac ankomme, ist die Herberge bis auf den letzten Platz belegt. Am Wochenende findet hier ein Volkslauf statt, die Schlafplätze sind für die Wettläufer reserviert. Aber wohl dem, der Freunde hat: Michel hat bereits sechs Plätze organisiert, einen davon für mich. Ich freue mich, und als Dank und Anerkennung ernenne ich ihn mit sofortiger Wirkung zu meinem persönlichen und ehrenamtlichen „Sekretär für Pilgerangelegenheiten".

Am Abend besuchen wir das einzige Lokal des Dorfes. Es ist eigentlich eine Bar und kein Speiselokal, aber die Wirtin, als sie hört, dass wir sechs Personen sind, erklärt sich bereit, für uns zu kochen. Das Menü ist rustikal deftig und wohlschmeckend, und wie meine französischen Pilgerbrüder bezeugen, typisch für die bäuerliche Küche dieser Gegend, die man in Restaurants allerdings kaum mehr findet. Die Menüfolge: Kohlsuppe, Tomatensalat, Rindersteak, l'aligot, Käse, Kaffee, in dieser Reihenfolge einzeln als selbständige Gänge serviert, dazu Unmengen von Brot und Rotwein. Ich denke, ich habe mir heute die Hälfte des Gewichts, das ich in elf Wochen abgenommen habe, wieder angefuttert.

**Sonntag, 4. Mai 1997**
**Von Golinhac nach Conques**
In dieser frühen Morgenstunde ist das weite Flusstal unter uns in Nebel gehüllt. Hier oben schickt sich der Tag an, sommerlich warm zu werden.
Die ersten Kilometer folgen einem Fußpfad. Das Gras ist taugetränkt, trotz guten Schuhwerks und langer Hosenbeine bekomme ich nasse Füße. Die

Rinder, die hier grasen, sind von einer anderen Sorte: zwar ähnlich lang gehörnt wie die Tiere des Aubrac, aber sie haben ein helles, fast weißes Fell. Auch hier dürfen die Stiere, Kühe und Kälber gemeinsam ihre Tage verbringen. Wenn ich so eine Gruppe dieser großen und friedlichen Geschöpfe anschaue, finde ich es besonders pervers, was den armen Kreaturen in der Massenproduktion von Fleisch angetan wird.

Später folge ich einer schmalen Straße, die sich in engen Kurven nach Espeyrac hinunterschlängelt. Ich durchquere dieses pittoreske Städtchen mit den steilen Gassen und Treppen und steige an der anderen Talseite auf der Landstraße nach Sénergues hoch. Auf einer weitläufigen Wiese dahinter sind Schweine zu sehen. Sie haben hier alles, was Schweine glücklich macht: Sonne und Schatten zum Dösen, Gras und Eicheln zum Fressen, Schlamm und Dreck, um sich darin zu wälzen.

Wieso können hier Schweine und Rinder so frei gehalten werden? Auch hier betreiben die Bauern die Viehzucht professionell und nicht als Hobby, also muss es sich auch hier rechnen, Tiere zu halten. Wie machen sie das?

Bevor wir auf die industriellen Fleischproduzenten schimpfen, denke ich, muss sich jeder erst an der eigenen Nase fassen. Wer jeden Tag Schnitzel essen möchte, das ruhig nach Pappe schmecken darf, Hauptsache, es kostet nichts, dem steht das Klagen über kriminelle Massenhaltung und langen Transport der Tiere nicht gut zu Gesicht.

Auf der Höhe hinter Sénergues ist es wieder Zeit für einen Mittagsschlaf. Unter einem alten Esskastanienbaum lasse ich meine Augen zufallen. Diese täglichen Stunden der vollkommenen Ruhe und Entspannung sind als neue Erfahrung ein besonderer Gewinn dieser Reise. Wann habe ich sonst in meinem Leben die Muße und die Möglichkeit, ja die Legitimation dazu gehabt, mich am helllichten Tag ungestört ins Gras legen zu dürfen, ohne, dass ich dabei als arbeitsscheuer Müßiggänger gegolten hätte?

Weiter auf einer kleinen Landstraße öffnet sich halbinks vor mir das tiefe, bewaldete Tal der Dourdoun. Auf dem windgeschützten Südhang blühen schon der erste rote Mohn und die weiße Margerite. Rot, weiß und grün, ein Dreiklang, der den nahenden Sommer ankündigt. Irgendwo da unten, für mich noch unsichtbar, liegt die kleine Stadt Conques.

Die letzten Kilometer vor meinem Tagesziel finde ich besonders schön. Ein steil nach unten führender, schmaler, schattiger Hohlweg, der nachweislich schon im 11. Jahrhundert von Pilgern benutzt wurde, trägt mich zur Stadt hinunter. Wenn ich an die Millionen von Vorfahren denke, die diese tiefe Spur aus dem steinigen Grund ausgetreten haben, bekomme ich ein angenehmes Schaudern.

Aus meiner Träumerei werde ich von einer etwa anderthalb Meter großen Schlange in die Gegenwart zurückgeholt. Dieses etwa vier Zentimeter dicke Tier hat sich einen Sonnenfleck in der Mitte des Weges ausgesucht. So ein riesiges Exemplar ist mir noch nie in der freien Natur begegnet. Ich kenne mich mit Schlangen nicht aus, aber giftig wird sie schon nicht sein, dazu ist sie für diese Gegend zu groß geraten. Hier gibt es zwar Kreuzottern, aber die sind viel kleiner. Auch sie scheint von meiner Größe beeindruckt zu sein und beeilt sich, auf die mit Efeu bewachsene Steinmauer hochzukriechen und zu verschwinden.

In Conques zu Fuß anzukommen ist ein wahres Erlebnis. Da der in diesem abgeschiedenen Tal versteckte uralte malerische Pilgerort von der Denkmalpflege in seiner Gesamtheit geschützt wird, ist er am Ortsrand nicht zersiedelt, man kommt aus dem Wald unmittelbar in die mittelalterliche Stadt hin- ein. Das fast ausschließlich aus den hiesigen grau-braunen Schiefersteinen erbaute Dorf ist bogenförmig auf dem steilen Berghang platziert, treu dem Ortsnamen, der von der lateinischen Benennung für Muschel abgeleitet wird. Die tausend Jahre alte Siedlungsstruktur ist gut erhalten geblieben, steile schmale Gassen und Treppen, aber infolge der engen Hanglage kaum ein größerer Platz, der diesen Namen verdient. Die bestens restaurierten grauen Steinhäuser sind mit roten Kletterrosen üppig bewachsen. Ein fast kitschiges Bild. Wie in anderen Orten, die ausschließlich vom Fremdenverkehr leben, wurde auch hier bei der Ortverschönerung vielleicht ein bisschen zuviel des Gutes getan, aber was soll's! Warum sollte ich meiner kindlichen Freude über das Romantisch-Märchenhafte nicht nachgeben? Dass ich in diesem Märchen eine aktive Rolle spielen darf, indem ich als Fußpilger nach tausendsechshundert Kilometern hier in die Stadt ziehe, ist ein beglückendes Privileg.

In der Ortsmitte, hinter der Kirche, steht das alte Kloster der Prämonstratenser-Mönche, wo religiös motivierte Pilger gern beherbergt werden. Es gibt zwar in Conques auch eine gute kommunale Herberge, aber eine bessere Adresse als ein Kloster gibt es für Pilger nicht! Meine Pilgerfreunde haben für mich dort schon wieder ein Bett reserviert. Wohl dem, der Freunde hat! Ich teile eine einfache, aber zweckmäßige Kammer mit Pierre. Die Stimmung beim Abendessen, das wir nach kurzem Gebet in Gesellschaft von Mönchen einnehmen, ist friedvoll und herzlich. Ich fühle mich angenommen.

**Montag, 5. Mai 1997**
**In Conques**
Nachts ist ein heftiges Gewitter niedergegangen. In dem engen Tal haben sich die Donnerschläge verstärkt und sich angehört, als wenn riesige wassergefüllte Wolkenschläuche zerplatzen würden. Auch am Tag wechseln sich Regen und Gewitter mit kurzen sonnigen Abschnitten ab.
Meine Pilgerfreunde wollen heute in Conques bleiben; ich will es ihnen gleichtun.
Conques ist im 9. Jahrhundert als Einsiedelei gegründet worden. Bald übernahmen die Benediktiner die kleine Ordensgemeinschaft. In der Anfangszeit haben Schenkungen von Karl den Großen und seinem Sohn Pipin II. das Überleben des Klosters ermöglicht. Sie hatten politisches Interesse daran, hier, in dieser wilden Waldgegend ein Machtzentrum entstehen zu lassen.
In der Folgezeit hat das Glück, dem allerdings etwas nachgeholfen wurde, dem Kloster bis zum Überfluss reichenden wirtschaftlichen Aufschwung gebracht. Die Nachricht vom Grab des heiligen Jakobus in Galicien hat eine wahre Völkerwanderung aus ganz Europa in Gang gesetzt. Die Pilgermassen haben die Landstriche, durch die sie den Weg nach Spanien gebahnt haben, mit wirtschaftlicher Belebung beglückt. Man musste die Pilger also irgendwie anlocken. In einer Zeit, in der der Reliquienkult ein heute kaum vorstellbares Maß erreichte, ging dies am besten mit wundertätigen Überresten eines Heiligen. Aber Reliquien waren für ein abgelegenes Kloster unbezahlbar. Beispielsweise wurde die Sainte-Chapelle in Paris, dieses Wunderwerk der Gotik, von Louis IX. als Reliquienschrein für die Dornenkrone und einen Splitter vom Kreuz Christi erbaut. Der König hat für diese Gegenstände dreimal (!) soviel bezahlt, wie die Baukosten für die Kirche betragen haben.
Wie lösen fromme Mönche das Problem: Sie brauchen eine Reliquie, aber sie können diese nicht bezahlen?
Nun, bei der Konkurrenz im fernen Agen wurde der Leichnam der heiligen Fides aufbewahrt. Das Mädchen wurde im 4. Jahrhundert wegen ihres christlichen Glaubens hingerichtet. Es ist gerade zwölf Jahre alt geworden. Ihr wundertätiges Grab wurde von weither angereisten Gläubigen hoch verehrt. An einem schönen Tag des Jahres 866 verschwand die Heilige aus ihrem Sarg, um kurze Zeit später in Conques wieder aufzutauchen. Ein Wunder ist geschehen! Die Märtyrerin Ste-Foy, wie Fides französisch heißt, hat selbst die Wahl getroffen: Sie wollte lieber in Conques ruhen!

Heute würde man diese „wundersame Heimführung" sicher anders beurteilen als damals. Jedenfalls hat die Verehrung durch die neue Adresse keinen Schaden genommen. Schon im ersten bekannten Pilgerführer aus dem 12. Jahrhundert, im Codex Calixtinus, wird zu einem Besuch geraten:
*Die Burgunder und Deutschen, die über die Straße von Le Puy nach Santiago ziehen, müssen das Grab der heiligen Jungfrau und Märtyrerin Fides besuchen.* Und weiter: *Über dem Grab errichteten sie eine schöne Basilika, in der bis heute zum Ruhme Gottes die Benediktregel unverändert befolgt wird. Dort erfahren Gesunde und Kranke zahlreiche Wohltaten. Vor den Toren der Basilika sprudelt eine Quelle, deren Wunderkraft unbeschreiblich ist.*
Die romanische Abteikirche Sainte-Foy steht heute noch in der Ortsmitte. Auch die beschriebene Quelle sprudelt wie eh und je.
Über dem Doppeltor der Kirche befindet sich eines der schönsten Tympana, das die romanische Kunst hervorgebracht hat. Das Thema der figürlichen Darstellung ist, wie so oft, das Jüngste Gericht. Im Zentrum thront der richtende Christus. Zu seiner Rechten ist das wohlgeordnete Paradies, in dem die Auserwählten Aufnahme finden. Zur Linken ist die Hölle, voll Chaos, Pein und Grausamkeit.
Was dieses Werk so außergewöhnlich macht, ist die unnachahmliche Lebendigkeit der Szenen und Figuren, die, bei aller beabsichtigten moralischen Lehre, eine gewisse Heiterkeit vermitteln.
So sind beispielsweise der Erzengel Michael und ein Teufel dargestellt, die mit Hilfe einer Waage die Seelen der Verstorbenen bewerten: in eine Schale kommen die guten Taten, in die andere die Sünden. Der Teufel, ein schelmisch grinsender Geselle, versucht dabei zu mogeln, indem er unbeobachtet mit seinem Zeigefinger die Schale der Sünden zusätzlich belastet. In einer anderen Szene werden die Personen gezeigt, die schon Einlass ins Paradies gefunden haben, unter ihnen Karl der Große. Er sieht weder fromm noch besonders gütig aus. Welche Verdienste haben ihn mit Maria und Petrus auf die gleiche Ebene gebracht? Die Antwort ist eindeutig: Er hat sich diese hohe Auszeichnung offensichtlich erkauft. Zwei mit Geschenken bepackte Diener folgen ihm.
Die erzählenden Darstellungen der Hölle sind makaber, aber witzig. So wird ein auf den Spieß gezogener Jäger von einem Hasen überm Feuer geröstet. Den Oberteufel mit allen seinen überdimensionalen Körperteilen hier zu beschreiben, verbietet mir allerdings die gute Sitte und Moral.

Das Innere der dreischiffigen Kirche überrascht mit seinen ungewöhnlichen Proportionen. Durch die Hanglage und den dadurch bedingten Mangel an waagerechter Baufläche ist das Kirchenschiff relativ kurz geraten. Der von dem Reichtum des Klosters gebotenen Großzügigkeit wurde dadurch Rechnung getragen, dass man für diese Zeit ungewöhnlich hoch hinaus baute. So entstand ein eher für die späteren gotischen Räume typisches Raumverhältnis, das den romanischen Bauformen eine besonders interessante neue Ansicht gibt. Ein atemberaubend schönes Gotteshaus!
Da man für die Aufnahme der Pilgermassen viel Platz benötigte, wurde das Querschiff großzügig bemessen. Auch die hohen und breiten Emporen sowie die zahlreichen Chorkapellen dienten dem Zweck, die Schar der Gläubigen zu ordnen, zu verteilen, unterzubringen.
Die neben der Kirche befindliche Schatzkammer ist die reichste Sammlung mittelalterlicher Goldschmiedekunst, die es in Frankreich gibt. Dieser außergewöhnliche Reichtum ist den Einwohnern des Dorfes zu verdanken, die in den Wirren der Revolutionszeit den Kirchenschatz verbotenerweise in ihren Häusern versteckt und bewahrt haben. Was aber wahrlich einem Wunder gleichkommt: Sie haben den unermesslich wertvollen Schatz nach der Revolution vollständig zurückgebracht. So können wir heute zahlreiche Meisterwerke, beispielsweise Reliquiare und kleine Tragaltäre aus dem 9. bis 12. Jahrhundert sowie einige schöne Prozessionskreuze aus dem 15. und 16. Jahrhundert, bewundern.
Prunkstück der Sammlung ist die „Majestät der heiligen Fides", eine Reliquienstatue. Der Kopf der auf einem Thron sitzenden gekrönten Figur stammt aus dem 5., ihre Krone aus dem 10. Jahrhundert. Der archaische Gesichtsausdruck erinnert eher an einen jungen Mann als an ein junges Mädchen. Die goldene Plastik ist überreich mit Edelsteinen bestückt. Dabei wurden auch viele römische Schmucksteine verarbeitet, die plastische Darstellungen von antiken Göttern zeigen. Eine merkwürdige Zusammenstellung: eine christliche Heilige mit heidnischen Gottheiten geschmückt.
Den Nachmittag verbringe ich in einem Café, wohin ich mich vor den zahlreichen Gewittern zurückgezogen habe. Eine gute Gelegenheit, einige Dutzend Ansichtskarten zu schreiben.

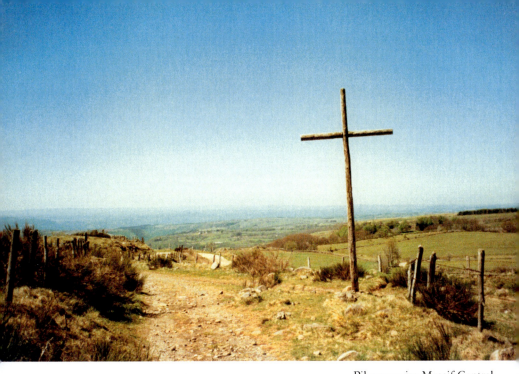

Pilgerweg im Massif Central

Pilger beim Abstieg ins Tal das Lot

In der Nähe von Esperyac

Rechts: Wegekreuz mit Pilgerfigur im Tal der Célé

Brücke hinter Conques

Pilgerdarstellung, Kreuzgang in Cahors

La chapelle St-Germaine bei Pavail, 12. Jh.

**Dienstag, 6. Mai 1997**
**Von Conques nach Livinhac-le-Haut**
Bevor wir uns heute auf den Weg begeben, werden wir in der Kirche in einem feierlichen Akt, einer Benediktion, gesegnet.
In dieser frühen Morgenstunde haben wir, sechs Pilger und drei Mönche, den majestätischen Raum für uns ganz alleine. Unsere Stühle im Chor bilden einen Kreis: eine Anordnung, die den Unterschied zwischen Geistlichen und Laien für die Zeit des Gebetes einebnet und uns Außenstehende an dem Mysterium des Augenblicks teilhaben lässt. Wir singen Gregorianische Gesänge, indem einer der Priester, der mit einer wunderbaren Sprech- und Singstimme gesegnet ist, uns zwei Zeilen vorsingt, die wir wiederholen. Das Loblied hebt sich, wie Weihrauch, bis in die hohen Gewölbe, wo es widerhallt, so, als ob Engel in unseren Sängerchor einstimmen würden. Danach wird ein altes französisches Pilgergebet vorgetragen, das ich anschließend in der deutschen Übersetzung laut vorlesen darf. In dem Gebet bitten wir Gott, uns auf dem langen Weg zu beschützen, Licht in der Dunkelheit und Schatten in der Hitze zu spenden, damit wir unser Ziel erreichen.
Ich bin überwältigt: Obwohl mir die Tränen über das Gesicht rollen, höre ich mich mit fester Stimme das Gebet vorsagen. Ich fühle mich leicht, als ob alle Sorgen und Zweifel von mir gewichen wären. Ich weiß, dass ich mein Ziel erreichen werde! Ich habe mich noch nie so sicher gefühlt!
Zum Abschied werden wir von einem der Mönche, von einem ehrwürdigen Greis, gesegnet. Jeder von uns erhält ein Brötchen für die Stärkung des Körpers und ein Heft mit dem Johannes-Evangelium für die Stärkung der Seele. Dann werden die Tore geöffnet: Wir verlassen die Kirche und die Stadt auf dieselbe Weise und auf demselben Weg, wie es Millionen Pilger vor uns in all den Jahrhunderten getan haben. Ein unbeschreibliches Glücksgefühl!
Es dauert eine Weile, wir befinden uns schon vor der alten Pilgerbrücke im Tal, bis ich fähig bin wahrzunehmen, dass es in Strömen regnet. Noch nie hat mir Regen so wenig ausgemacht!
Hinter der Brücke steigt ein steiler schmaler Pilgerpfad in die Höhe. Wir befinden uns in einem verwilderten dichten Esskastanienwald, der nicht mehr bewirtschaftet wird. Wer will noch auf diesem steilen Berghang wie eine Bergziege für ein Paar Kilo Kastanien herumklettern? Der schmale Pfad ist nass und verschlammt, was das Gehen erschwert. Das Nass ist allgegenwärtig, es fließt und plätschert vom Himmel und vom Laub der Bäume.

Schmale Rinnsale bahnen sich ihren Weg talwärts, um nach einigen Metern in den Nebelschwaden zu entschwinden.
Westlich von Noailhac befindet sich neben der Straße eine einfache romanische St-Roch-Kapelle mit einer besonders lebendigen Darstellung des Heiligen. Zu lange dürfen wir das Kunstwerk nicht genießen: Der starke Regen wird uns von einem immer stürmischer werdenden Südwestwind entgegengepeitscht. Jetzt kann die Frage, wie der Regenschirm von Maurice sich bewährt, nicht nur diskutiert, sondern auch beantwortet werden. Als eine der Windböen das gute Stück in schmale Streifen reißt, bleibt kein Zweifel: Ein Regencape ist für Pilger besser als ein Regenschirm!
Die Mittagspause verbringen wir im Schutz eines offenen Unterstandes für Landmaschinen. Wir akzeptieren die Ölpfützen und den penetranten Ziegen- und Schweinegestank, aber die Kälte lässt sich nicht ignorieren. Wir frieren ganz erbärmlich.
Vorbei an den Außenbezirken der wenig verlockenden Stadt Decazeville müssen wir noch den Hügel mit dem Dörflein St-Roch überwinden. Tief unter uns fließt der Lot, an der anderen Flussseite sehen wir schon Livinhac-le-Haut, unser Tagesziel. Ein schmaler Hohlpfad führt uns an dem bewaldeten Hang zur Brücke hinunter. Just hier werden wir vom nächsten Wolkenbruch erwischt. Der Hohlweg verwandelt sich augenblicklich in einen reißenden Wildbach, in dem wir knöcheltief im Wasser waten. Viel macht uns dies nicht mehr aus, da wir kaum noch nasser werden können, als wir schon sind.
In der Herberge gibt es weder Wasser noch Heizung: Ein Rohrbruch hat die Wasserversorgung unterbrochen. So kann ich mich heute nicht duschen, obwohl ich einen Duft verbreite wie ein bei der Treibjagd entkommenes Wildschwein. Für den Rest des Tages verziehen wir uns in das wärmere Dorfgasthaus.
Spät am Abend ist die Wasserleitung repariert, wir können uns ein einfaches Abendessen zubereiten. Wie nachhaltig uns das Erlebnis der Benediktion, die uns heute früh zuteil wurde, weiter beschäftigt, zeigt sich, als das Essen auf den Tisch kommt. Wir bleiben, ohne uns abgesprochen zu haben, alle stehen und hören zu, wie Jack in seiner Muttersprache das Tischgebet spricht.

**Mittwoch, 7. Mai 1997**
**Von Livinhac-le-Haut nach Figeac**
Heute ist ein trauriger Tag, ein Tag des Abschieds. Unsere gut bewährte Pilgergruppe löst sich auf: Michel, Pierre und Maurice wollen das Tempo beschleunigen und auf einer südlich verlaufenden Route Cahors in vier Tagen erreichen. Auch mit Annemieke und Jack laufe ich heute das letzte Mal: Sie wollen in Figeac einige Tage Pause machen. Da ich den kommenden Landstrich von zahlreichen Urlaubsfahrten her kenne, will ich von Figeac nach Cahors den etwas längeren aber schöneren, im Tal der Célé verlaufenden nördlichen Weg nehmen.

Als wir aus der Herberge ins Freie treten, erwartet uns ein Wetter zum Abgewöhnen: feucht, windig und bitter kalt. Wir verabschieden uns voneinander, und ich schaue traurig meinen französischen Pilgerbrüdern nach, wie sie sich schnell von uns entfernen. Ich hätte nicht gedacht, dass mir nach den zehn Tagen, die wir miteinander verbracht haben, der Abschied so schwerfallen würde. Ich bin froh und dankbar, ihnen begegnet zu sein. Ich weiß, dass ich sie sehr vermissen werde.

Die Feldwege, auf denen ich meine Reise fortsetze, sind verschlammt. Auch wenn das himmlische Nass manche Pausen einlegt, bleibt das Wetter unangenehm kalt. Unter dem Regencape sind meine Kleidungsstücke klamm, und obwohl der Weg steigt, friere ich. Ich hoffe, in dem einzigen größeren Ort bis Figeac, in Montredon, ein Café zu finden. Diese Hoffnung wird nicht erfüllt. Das Dorf ist wie verlassen. So kehre ich in der Kirche ein, wo es in der Regel zwar auch nicht warm, aber zumindest trocken ist.

In der kleinen Eingangshalle werde ich mit Hallo begrüßt: Annemieke, Jack und ein junger Holländer, Cees, sind dabei, auf einem Kocher eine heiße Suppe zuzubereiten. Und ob ich welche möchte!? Ich genieße die wohlige Wärme, die mit jedem Schluck wie neues Leben in mich hineinfließt.

Da die markierten Feldwege verschlammt sind, benutzen wir die Landstraße, damit wir schneller vorankommen. Wir erreichen St-Felix, wo eine kleine romanische Dorfkirche über den wenigen Häusern wacht. In dem halbkreisförmigen Bogen über dem Eingang ist eine archaische Darstellung von Adam und Eva mit der Schlange zu sehen. Die volkstümliche Plastik ist über achthundert Jahre alt.

Den Rest der Landstraße bis Figeac buche ich als Fronarbeit ab.

In der mittelalterlichen Stadt Figeac, die immerhin elftausend Einwohner hat, gibt es zwar zwölf Hotels, aber keine einzige Herberge für die Pilger. Ich nehme mit Cees, den ich heute kennengelernt habe, ein Doppelzimmer mit Bad und genieße den gebotenen Komfort.

**Donnerstag, 8. Mai 1997**
**Von Figeac nach Espagnac**
Heute ist Himmelfahrt. Der besagte Himmel ist für diesen Feiertag unpassend grau, die Luft feucht. Es ist so kalt wie im Februar, als ich losgegangen bin. Wir schreiben aber Mai! Dass dieser wunderbare Landstrich, mein geliebtes Quercy, mich so unfreundlich empfängt, habe ich nicht erwartet!
Ich bin wieder allein. Die Erinnerung an meine Pilgerfreunde hängt mir nach und drückt meine Stimmung. Andererseits bin ich in einigen Tagen in Cahors, wo mich gute Freunde erwarten und wo ich meine Frau, die ich sehr vermisse, treffen werde. Allerdings ist die Freude darauf nicht ungetrübt. In den letzten Wochen hat sich ein Gefühl von undefinierbarer wachsender Fremdheit zwischen Rita und mir eingeschlichen. Die Anfänge dieses Gefühls kann ich zeitlich nicht mehr festmachen. Vielleicht wollte ich es gar nicht wahrnehmen. Jedenfalls waren unsere Telefongespräche in den letzten Tagen beunruhigend formal. Ich bin verwirrt, ich habe dafür keine Erklärung. Das Treffen mit Rita kann ich kaum erwarten. Gleichzeitig habe ich Angst davor.
Ich begegne einer Bäuerin, die mir mit einem Gemüsekorb beladen entgegenkommt und mir freundlich lächelnd zuruft: „Beten Sie für mich in Santiago!" und mit schnellen Schritten ihres Weges weitergeht.
Meint sie das ernst, oder ist es nur eine Begrüßungsformel? Und warum sollte sie das nicht ernst gemeint haben, wenn es eine Begrüßungsformel ist? Wichtig ist, was diese Bitte für mich bedeutet, ob ich sie erst nehme. Ich möchte sie ernst nehmen. Eine fremde Frau bittet mich, in dem fernen Santiago für sie zu beten. Sie zweifelt nicht daran, dass ich dort ankommen werde, und sie meint, dass ein von mir gesprochenes Gebet für sie nützlich sein wird. Selten habe ich es erlebt, dass ein unbekannter Mensch mir so viel Vertrauen entgegenbringt. Ich fühle mich geehrt.
In Corn treibt mich ein besonders heftiger Regenschauer unter das weitausladende Vordach einer Scheune. Zehn Meter von mir, am Rand der Landstraße, baden sichtlich vergnügte Enten in einer eben entstandenen großen Regenpfütze. Ein Auto bleibt stehen. Die Frau auf dem Beifahrersitz dreht

das Fenster halb herunter und ist über die Tiere entzückt. Sie holt eine Videokamera und nimmt die Badeszene auf.
Plötzlich springt der Mann an der Fahrerseite aus dem Wagen, reißt die Hintertür auf und prügelt schreiend vor Wut auf irgendetwas im Wageninnern ein. Ich sehe einen Hund auf dem Rücksitz hin- und herspringen und frage mich, warum dieser Mensch seinen Hund so tierisch schlägt. Er steigt wieder ein, wendet, und als sie an mir vorbeifahren, sehe ich, dass neben dem Hund ein weinendes Kind sitzt. Nicht dem Hund, dem Kind galten die Schläge. Die Mutter hat während der ganzen Zeit gefilmt, ohne sich auch nur einen Augenblick lang von den Enten ablenken zu lassen.
Das bewaldete Flusstal wird immer enger. Am Wegrand wächst die seltene Waldakelei, eine alte Heilpflanze. Bis jetzt habe ich die besonders schönen blauen Blüten nur auf Abbildungen gesehen; hier gedeihen sie in Massen.
Nach der Brücke von Ste-Eulalie, die als mittelalterliche Idylle vom anderen Flussufer herübergrüßt, führt ein enger Fußpfad am Steilufer entlang. Der Wald ist feucht und dunkel, der steinige Wegrand mit Moos und Farn üppig bewachsen. Etwas weiter wird der Pfad breiter, noch ein kurzer Wirtschaftsweg, und ich bin am Ziel.
Espagnac ist kein Dorf, nur wenige Häuser versammeln sich um die malerischen Reste eines ehemaligen befestigten Klosters. Die Herberge ist klein und einfach, gerade mal für sieben Personen eingerichtet. Betreut wird sie von Madame Salah, einer gesprächigen rundlichen Frau, die mich sehr herzlich empfängt. Außer mir sind nur zwei französische Ehepaare da, die in den nächsten Tagen die Umgebung erwandern wollen.
Eine der Frauen spricht perfekt Deutsch. Sie fragt mich nach meinen Erlebnissen. Unter anderem erzähle ich über die Schwierigkeiten, die ich gehabt habe, in Ostfrankreich eine Unterkunft zu finden. Sie wird schnippisch und sagt: „Sie sind selbst schuld! Wenn Sie besser Französisch sprechen würden, hätten Sie keine Schwierigkeiten gehabt!"
Ob sie damals in Seyssel ein Zimmer gefunden hätte, nur weil sie Rimbaud im Original lesen kann?

**Freitag, 9. Mai 1997**
**Von Espagnac nach Marcilhac-sur-Célé**
Mir tun die Nieren weh. Wahrscheinlich habe ich mich erkältet, was nach

dem kühlen und regnerischen Wetter der vergangenen Tage nicht verwunderlich wäre. Auch der neue Tag ist grau. Es nieselt.
Ich lasse es langsam angehen. Die nächste Herberge ist nur sechzehn Kilometer weit, ich habe es nicht eilig. Ich mache vom Angebot der Herbergsmutter, Madame Salah, Gebrauch, unter ihrer fachkundigen Führung die Kirche zu besichtigen.
Die spätgotische Kirche befindet sich in einem bedauernswerten Zustand. Mir wird traurig ums Herz angesichts des allgegenwärtigen Zerfalls, der nicht mal den Barockaltar, ein in Frankreich seltenes Kunstwerk, verschont. Sogar die gotischen Grabmäler in ihren Wandnischen verrotten. Durch Mauerrisse, durch die ich ins Freie gucken kann, fließt Regenwasser auf die Grabsteine.
Mein Nierenschmerz lässt etwas nach, ich kann losmarschieren. Dabei bleibe ich auf der Landstraße, die alle Windungen des romantischen Flusses getreulich begleitet. Im Sommer wälzen sich hier wahre Blechlawinen voller Touristen durch. Jetzt habe ich die Chaussee für mich allein. Die schmale Talsohle wird immer mehr von steil aufragenden Kalkfelsen begrenzt. Die zahlreichen Grotten, die das Regenwasser in Jahrmillionen aus dem Gestein herausgewaschen hat, haben schon in der Steinzeit Menschen angelockt, die in Form von archäologischen Funden wie Werkzeugen und Höhlenmalereien hier ihre Spuren hinterlassen haben. Eine wahrhaft historische Gegend!
Vorbei an Brengues komme ich nach St-Sulpice. Die kleine Siedlung hat manche romantische Ecke, steile, blumengeschmückte Gassen und eine einfache Dorfkirche. Mehrere Schwalbenfamilien haben sich im Innenraum angesiedelt. Ich finde es lieb, dass hier die gläubigen Menschen bereit sind, ihren geweihten Raum mit den zwitschernden Geschöpfen Gottes zu teilen. Die grazilen Vögel fühlen sich hier heimisch und lassen sich von fremden Pilgern nicht aus ihrem Lebensrhythmus bringen. Als ich die Kirche verlasse, kommen mir heimkehrende Schwalben in der schmalen Türöffnung wie gefiederte Blitze entgegengeflogen. Dabei ist der Abstand zwischen diesen lebendigen Meteoriten und meinem Kopf höchstens zwanzig Zentimeter.
Heftige Regengüsse mit sonnigen Phasen begleiten meinen Weg nach Marcilhac-sur-Célé. Wie die Küken um die Henne gruppieren sich die Häuser des Ortes um die ehemalige Benediktinerabtei, die im Mittelalter als eine der mächtigsten der Umgebung galt. Gegründet im 9. Jahrhundert, besaß sie bald über hundert Lehensgüter, unter anderem den berühmten Wallfahrtsort Rocamadour.

Die vorhandenen Reste des Klosters lassen die alte Herrlichkeit heute nur noch ahnen. Von der romanischen Abteikirche aus dem 12. Jahrhundert sind nur die Außenwände, als Ruine, übrig geblieben. Über dem ehemaligen Südportal sind Reste eines karolingischen Giebelfeldes erhalten: der zwischen zwei Engeln thronende Erlöser sowie zwei Apostel. Im nicht wieder aufgebauten Rest der Kirche hat man dreihundert Jahre später den gotischen Kirchenbau errichtet. Die gut erhaltene gotische Ausstattung ist sehenswert.
Hinter der Kirche sind Reste des romanischen Kreuzganges zu sehen, mit einigen wenigen, dafür aber außergewöhnlich schönen Kapitellen. Auch die an der Flussseite übrig gebliebene dicke Mauer zeugt vom Reichtum des Klosters.
Die Herberge befindet sich in diesem uralten Kirchenkomplex; eine bessere Unterkunft für Jakobspilger könnte ich mir nicht vorstellen.
Ich bin sowieso froh, die Etappe hier zu beenden. Die Nierenschmerzen haben mich den ganzen Tag lang geplagt, ich fühle mich schwach und kränklich.
In meiner Vorstellungen ist Cahors immer ein ersehntes Zwischenziel gewesen, wo ich dank meiner dort ansässigen Freunde eine Erlösung von meiner Einsamkeit und vielleicht ein wenig Vorschuss auf meinen späteren „Siegeslorbeer" zu erhalten hoffte. Es war ja geplant, dass Rita mich hinter Cahors zwei, drei Wochen auf dem Weg begleitet. Sie hat allerdings neulich am Telefon schon angedeutet, dass sie statt der Mühsal der Pilgerei eher etwas der Ruhe und Erholung bedürfe. Ob ich jetzt krank werde, damit ich ihrem Wunsch nach Ruhe nachkommen kann?

**Samstag, 10. Mai 1997**
**Von Marcilhac-sur-Célé nach Cahors**
Meine Schmerzen lassen sich nicht mehr ignorieren, ja kaum noch ertragen. Das Aufstehen fällt mir schwer, und wenn ich mich hinstelle, kann ich mein Kreuz nicht durchdrücken, wodurch ich die Haltung eines gebückten Greises annehme. Ich muss mich entweder hier auskurieren oder nach Cahors fahren, um mich dort von meinen Freunden gesundpflegen zu lassen. Fahrzeuge benutzen wollte ich grundsätzlich nicht mehr. Hier habe ich aber weder ein warmes Zimmer noch Medikamente.
Meine Entscheidung wird schließlich dadurch erleichtert, dass zwei Wanderer, die in der Herberge übernachtet haben und aus Zeitgründen ihren

Urlaub hier beenden, eine Fahrgelegenheit nach Cajarc organisieren. Von dort fährt ein Bus nach Cahors. „Wollen Sie mit?" Mit schwerem Herzen sage ich ja, und anstelle von zwei Tagen bin ich in zwei Stunden in Cahors.
Meine Freunde, Marianne und Michel, begrüßen mich sehr herzlich. Sie haben mich schon erwartet. Sie stellen mir in ihrem Haus in der Altstadt eine geräumige separate Wohnung zur Verfügung. Auch einen Wagen bekomme ich für die Tage, die ich in Cahors verbringen werde. Gehirnwäsche ist ein langsamer Prozess im Vergleich mit dieser raschen Änderung meiner Gesamtsituation.
Jetzt liege ich in der Badewanne, die Wärme mindert meine Schmerzen. Obwohl ich sicher bin, dass mein Entschluss, die Reise zu unterbrechen, notwendig und vernünftig gewesen ist, bin ich mit dieser Entscheidung nicht glücklich. Die Unterbrechung empfinde ich als Verrat. Rita kommt erst in drei Tagen, es hätte zeitlich alles so gut gepasst!
Ich trinke Unmengen von Nierentee und verbringe den Rest des Tages schlafend im Bett.
Michel und Marianne arbeiten von früh bis spät: Sommer ist die Hauptsaison in ihrem Uhrengeschäft. So finden wir erst in den späten Abendstunden Zeit für ein erstes Gespräch.
Marianne fragt nach meiner Motivation, die mich auf den Weg gebracht hat und mich auf diesem Weg hält. Sie fragt mich, und sich selbst, was wir für uns tun, und was, vielleicht unbewusst, für andere Menschen. Welche Motivation treibt uns zu außergewöhnlichen Taten? Ist es vielleicht die erhoffte Anerkennung von unseren Mitmenschen?
Eine schwere Frage. Anerkennung könnte ich höchstens für die sportliche Leistung bekommen, die ich nicht als das Wesentliche betrachte. Wenn es mir darum gehen würde, durch langes Laufen viel Anerkennung zu bekommen, dann hätte ich meine Reise schon in Ulm beenden können. Ich kenne keinen Menschen, der eine noch längere Strecke als die von Kassel nach Ulm gelaufen ist. Nein, darum kann es nicht gehen.
Ich habe mir eine Aufgabe gestellt, die in der Zwischenzeit gewachsen ist und sich verselbstständigt hat. Ich möchte diese Aufgabe erfüllen. Die Rückenstärkung von Rita und von meinen Freunden ist mir sehr willkommen, aber ich mache diesen Weg nicht für sie, sondern nur für mich. Vielleicht für Gott. Für meinen Gott?

**Sonntag, den 11. Mai 1997**
**In Cahors**
Es sind fünfundachtzig Tage vergangen, seit ich in Kassel losmarschiert bin. Soll ich die Tage noch zählen? Gehört der heutige Tag noch zu meiner Pilgerreise? Ich habe große Zweifel. Ich fühle mich krank, ausgelaugt, müde. Schon aufzustehen bedarf einer großen Anstrengung. Ob meine schlechte seelische Verfassung von den Nierenschmerzen verursacht wird? Oder ist es eher umgekehrt?
Die schöne Stadt ist nicht schuld an meiner Stimmung. Cahors ist mir lieb, ich bin oft schon hier gewesen. Trotzdem ist es mir, wie beim ersten Mal, immer wieder ein großes Vergnügen, in der Altstadt oder am Ufer des Lots zu spazieren und die Atmosphäre des Mittelalters einzuatmen.
Im 13. Jahrhundert ist Cahors eine der größten und reichsten Städte in Frankreich gewesen. Durch Zuwanderung lombardischer Händler und Bankiers ist hier ein Finanzzentrum entstanden, dessen Handelsbeziehungen von Skandinavien bis zu den levantinischen Ländern reichten. Der Hundertjährige Krieg hat diese Blütezeit abrupt beendet. Zwar konnte die gut befestigte Stadt nicht von den Engländern eingenommen werden, aber durch einen Vertrag wurde sie 1450 dem Feind übergeben. Damit ist sie in Bedeutungslosigkeit versunken.
Das wichtigste Bauwerk der Stadt ist die wehrhafte romanische Kathedrale St-Étienne. Sie wurde 1119 von Papst Calixtus II. eingeweiht, von demselben Papst, der den berühmten Codex Calixtinus mit dem schon öfter erwähnten Pilgerführer verfasst haben soll.
Das von zwei riesigen Kuppeln überwölbte Längsschiff ist großartig, aber mich zieht es eher zu einem kleinen versteckten geheimnisvollen Detail, das im Kreuzgang neben der Kirche zu sehen ist.
Auf einer gotischen Wandkonsole sind zwei Personen zu erkennen, ein Jakobspilger mit Schlapphut und Muschel und eine nach der Kleidung weibliche Person, die ihre Hand dem Pilger entgegenstreckt. Diese zweite Figur ist stark verwittert, so sieht man nicht, ob sie etwas in ihrer Hand hält, dem Pilger vielleicht etwas zu essen gibt oder ihm droht, vielleicht ihn gar schlägt. Der Gesichtsausdruck des Pilgers ist gut erhalten und alles andere als vergnügt. Eher habe ich den Eindruck, dass er weint. Ich betrachte die beiden schon seit Jahren, aber ich verstehe sie nicht.

**Dienstag, 13. Mai 1997**
**In Cahors**
Ich habe sehr wenig und schlecht geschlafen. Vielleicht kommt es von der Aufregung: Heute nachmittag erwarte ich Rita. Ich wasche meine Sachen, räume die Wohnung auf. Danach bin ich so müde, dass ich bei einer Tasse Kaffee einschlafe.
Mittags gehe ich mit Marianne und Michel in ein Lokal zum Essen. Mit dabei ist ein Freund der Familie, ein Deutscher, der mal Apotheker in Hessen gewesen ist. Nach Ende seiner beruflichen Tätigkeit ist er mit seiner Frau nach Frankreich gezogen, um hier seinen Lebensabend zu verbringen. Kaum drei Jahre später, im vergangenen Winter, ist die Frau gestorben, ein Verlust, den er schwer überwinden konnte. Jetzt sitzt er mit drei Pferden und zwei Katzen allein auf einem großen renovierten Bauernhof. Wir verstehen uns auf Anhieb. Er würde mich am liebsten für ein paar Tage mit zu sich nach Hause nehmen.
Er erkundigt sich, ob ich beabsichtige, über meine Reise etwas zu schreiben. In diesem Fall würde er sich freuen, wenn ich sein Angebot, eine Art „Dorfschreiber-Stipendium", annehmen würde. Er könnte mir für die Dauer meiner Arbeit ein Zimmer mit Computer kostenlos überlassen. Ich bin gerührt, auch wenn ich dieses Angebot nicht annehmen kann.

**Samstag, 17. Mai 1997**
**Noch immer in Cahors**
Nein, man kann die Zeiten nicht aus dem Leben ausklammern oder in einer Schublade verschwinden lassen, weder die guten, noch die schlechten. Auch diese Tage, die ich hier in Cahors verbringe, gehören zu meiner Pilgerreise.
Dienstagnachmittag ist Rita angekommen, es ist eine Freude, sie anzuschauen, und ich war glücklich, sie wieder zu sehen. Sie ist allerdings nicht allein gekommen, sondern hat eine Menge Last und Sorgen von Kassel mitgebracht. Ihr Vater liegt im Krankenhaus. Er soll in den nächsten Tagen am Herzen operiert werden, was mit seinen zweiundsiebzig Jahren nicht ganz ungefährlich ist. Rita war nervlich am Ende, und bevor wir uns richtig begrüßen konnten, hat sie schon erwogen, wieder nach Hause zu fahren. Ich war der Meinung, sie in dieser Situation nicht alleinlassen zu können und habe ihr angeboten, mit ihr nach Hause zu fahren. Ich dachte, vielleicht kann

ich, wenn ich die Kraft dazu finde, im nächsten Jahr von hier weiterlaufen, dann allerdings ohne Handy und ohne Verabredungen.

Erst als sich am nächsten Tag abzeichnete, dass der notwendige Eingriff etwa zwei Wochen hinausgeschoben wird, hat sie sich entschlossen zu bleiben. Allerdings wollte sie nicht mehr mit mir wandern, weil sie der Meinung war, dass dieser Weg mein Weg sei und sie darauf nichts zu suchen habe.

Es trifft zwar zu, dass dieser Weg mein Weg ist, aber sie wollte mich doch ein Stück begleiten!? Meine Enttäuschung kann ich kaum verbergen. Ich bin tief betrübt und erschrocken. Ich habe diese Reise seit Jahren geplant, selbstverständlich mit ihrer tatkräftigen Hilfe und ihrem Einverständnis. Woher dieser Wandel? Was ist der Grund dieser heftigen Ablehnung? Was soll ich jetzt machen?

Rita beklagt meine vermeintliche Verständnislosigkeit für ihre Lage. Sie ist nur gekommen, weil wir es vor Wochen so besprochen hatten. Sie wollte, trotz der schweren Erkrankung ihres Vaters, ihr Wort halten und mit mir ein wenig meine Einsamkeit teilen. Sie will bis nächsten Donnerstag bleiben und dann allein den Heimweg antreten, da sie nicht die Verantwortung dafür übernehmen könne, wenn ich mein Vorhaben nicht zu Ende führte.

So wird mein Aufenthalt in Cahors auf zwölf Tage ausgedehnt. Ich versuche die Situation so zu nehmen, wie sie ist, und es gelingt uns, doch noch einige schöne, fast harmonische Urlaubstage miteinander zu verbringen. Auch die fehlende Strecke von Marcilhac-sur-Célé bis Cahors hole ich in vier Spaziergängen nach, einen davon, den zwischen Bouzies und Vers, sogar mit Rita gemeinsam.

Dabei habe ich das Gefühl, dass ich nicht mehr laufen kann. Die Spannung und der Wille sind mir abhanden gekommen. Zwar sind meine Nierenschmerzen, dank der guten Pflege von Marianne, weitgehend abgeklungen, dafür habe ich jetzt eine schwere Bronchitis. Ich huste, wie der Hund des Todes bellt. Auch mein Schlaf ist unruhig. Einmal träume ich, dass ich nicht laufen kann, ich kann meine gelähmten Beine nicht mehr bewegen. Ein anderes Mal habe ich den Traum, dass ich mit Rita im Zug sitze. Wir sind unterwegs nach Kassel. Ich musste doch mitfahren, weil sie einen überdimensionalen Reisekoffer mithat, den sie allein nicht tragen kann. Als wir umsteigen wollen, merke ich, dass auch ich diese schwere Last nicht von der Stelle bringe.

Nach solchen Träumen wache ich auf. Das Bett ist schweißgetränkt, und ich habe Angst, dass meine Träume Realität werden könnten.

Nachzutragen wäre noch die Fortsetzung der Geschichte meines Messers, das ich im Gemeindehaus von Aumont-Aubrac vergessen hatte. Nachdem ich in Cahors eine Woche vergebens darauf gewartet habe, dass ein Pilger mir dieses Messer nachbringt, habe ich vom Pfarrer telefonisch die Auskunft erhalten, dass er das Messer einem Pilger ausgehändigt hat, der es in Cahors abgeben wollte. Warum ich es nicht erhalten habe, konnte er mir auch nicht erklären. Vielleicht war der „ehrliche Pilger" doch nicht so ehrlich?

**Donnerstag, 22. Mai 1997**
**Von Cahors nach Lascabanes**
Am Morgen, in aller Frühe, bringe ich Rita zum Zug. Ich winke ihr nach, und dabei könnte ich heulen. Bis hierher ist sie, wenn auch physisch nicht anwesend, ständig mit mir gewesen, mit mir gewandert, hat mich ermutigt und mir beigestanden. Wenn sie mich gebeten hätte, ja, wenn sie mir nur erlaubt hätte, ihr bei ihren Sorgen um ihren Vater, wie auch immer, behilflich zu sein, würde ich ohne Zweifel mit allen Konsequenzen zu ihr stehen. Sie ist aber so verwirrend distanziert, so korrekt, so quälend fremd! Über unser früheres Vorhaben, nach dem Rita am Ende meiner Pilgerreise die letzten zweihundert Kilometer vor Santiago mit mir wandern sollte, haben wir hier nicht mal gesprochen. Ich kann nur hoffen, dass sich alle realen oder befürchteten Unstimmigkeiten zwischen uns nach der Genesung meines Schwiegervaters und nach meiner Rückkehr lösen lassen werden.
Ich verabschiede mich von Marianne und Michel und danke ihnen für all die Hilfe und Freundlichkeit, mit der sie uns aufgenommen haben. Anschließend besuche ich die Kathedrale zum letzten Mal und bitte Gott, mir bei der Lösung der sich vor mir auftürmenden Schwierigkeiten behilflich zu sein.
Auch den beiden kleinen Pilgermännchen im Kreuzgang erstatte ich einen kurzen Abschiedsbesuch. Plötzlich meine ich, die Szene zu verstehen! Es ist doch ein Jakobspilger mit einer Frau. Mit seiner Frau! Diese ist die einzige Erklärung! Mir ist keine andere Darstellung bekannt, die von den Störungen und Schwierigkeiten berichtet, die fast notwendigerweise entstehen, wenn ein Pilger sich von seiner Frau für längere Zeit verabschiedet.
Um auf das höher gelegene Plateau zu gelangen, steigt der Feldweg in einem für diese Gegend so typischen lichten Eichenwald. Unter den mit grauen Flechten bewachsenen Bäumen ist der steinige Boden oft kreisförmig glattgefegt: Hier wachsen die berühmten schwarzen Trüffel. Wenn sie denn

wachsen. Angeblich tun sie es von Jahr zu Jahr weniger. Die Waldstücke sind mit niedrigen Steinmauern umfriedet. Manche der Felder werden nicht mehr bewirtschaftet, viele dieser Mauern haben ihre Aufgabe verloren. Sie zerbröckeln; nur ein bemooster niedriger Trümmerstreifen zeigt, wo die Begrenzung verlief. Auch die Wege bestehen aus demselben Material wie das ganze, trockene Land, nämlich aus weißem Kalkstein. Eidechsen und Schlangen lieben solche Gelände. An einem der Bäume wird mit einem handgeschriebenen Schild vor den Kreuzottern gewarnt.

In der Zeit, die ich in Cahors verbracht habe, ist die Natur weiter fortgeschritten, der Ginster ist verblüht. Damit ich die schönen gelben Blüten nicht vermisse, werden sie durch die gleichfarbigen Blüten des Hufeisenklees ersetzt, die jetzt die Wege säumen. Die von den vergangenen Tagen übrig gebliebenen Regenpfützen werden von zahlreichen kleinen blauen Schmetterlingen als willkommene Tränke benutzt.

Die Luft ist wärmer als in den vergangenen Tagen. Das Laufen fällt mit nicht so schwer, wie ich befürchtet habe. Ich keuche und huste zwar wie ein altes Walross, aber Kraft habe ich genug. Mein Rucksack ist etwas leichter geworden. Ich habe mich, hoffentlich nicht zu früh, auf „Sommerbetrieb" umgestellt, indem ich meine Wintersachen in Cahors gelassen habe.

Ich erreiche Loscabanes, wo ich mir telefonisch ein Zimmer bestellt habe. Das Haus wird in meinem französischen Pilgerführer empfohlen. Das Etablissement liegt etwas außerhalb, in St-Géry. Das Landhaus ist zwar etwas vornehmer als ich von einem für Pilger empfohlenen Gasthaus erwartet hätte. Auch die ausgehängte Preisliste ist entsprechend: Zimmer mit Halbpension für hundrtzehn Mark. Was soll's? Ich freue mich auf die Dusche und das gute Essen.

Eine smarte junge Frau empfängt mich. Sie schaut meine Wanderbekleidung – immerhin beste Markenqualität – an und erklärt mir, dass das hier keine Pilgerherberge sei. Ich sage, dass ich das auch nicht vermutete und übrigens das Zimmer schon vor zwei Tagen bestellt hätte. Das sei was anderes, sagt sie, allerdings koste das Zimmer ohne Frühstück hundertsiebzig Mark, und das sei für mich sicher zu teuer. Ich frage sie, was es mit der ausgehängten Preisliste für eine Bewandtnis habe. Diese Zimmer seien leider nicht mehr frei, sagt sie.

Es ist offensichtlich, dass mich diese versnobte Tussi in ihren aufgemotzten Kuhstall nicht reinlassen will. Unter normalen Umständen würde ich jetzt

auf das Vertragsrecht pochen und sie fragen, ob sie einen guten Anwalt hat, aber in einem vom Guten und Bösen verlassenen Dorf mit dreißig Häusern und ohne die Möglichkeit, von hier wegzukommen, geht die größte Kampfeslust ins Leere.
Ich gehe zum Gemeindeamt. In dem kleinen Büro an der Durchgangsstraße sitzt ein Herr, dem ich mein Leid klage. Er kenne und bedauere das Problem, das sich leider tagtäglich wiederhole. Er hat aber die Lösung parat. Nach einem kurzen Telefonat werde ich von einem Herrn mit dem Auto abgeholt. Er vermietet auf seinem Bauernhof, der allerdings fünf Kilometer abseits meines Weges liegt, Zimmer mit Halbpension. Über den Umweg brauche ich mir keine Gedanken zu machen: Morgen früh bringt er mich zum Jakobsweg zurück. Besser hätte ich es nicht treffen können!
Den ersten Tag nach der Pause habe ich gut überstanden. Außerhalb der Dörfer bin ich heute keinem Menschen begegnet, keinem Bauern, keinem Wanderer, keinem Pilger.

**Freitag, 23. Mai 1997**
**Von Lascabanes nach Lauzerte**
Vogelgezwitscher und Sonnenschein wecken mich. Ich habe sehr gut geschlafen, meine Bronchitis ist wie weggepustet, meine Laune die allerbeste.
Nach dem Frühstück bringt mich mein Gastgeber mit seinem Wagen zum Jakobsweg zurück. Dabei fährt er im Schritttempo, damit ihm Zeit bleibt, mir die Geschichte seines Lebens zu erzählen. Er kommt aus der Normandie, wo er Ziegenkäse hergestellt und verkauft hat. Zwanzig lange Jahre ist er von Haustür zu Haustür gegangen, dazu kam die Pflege der Tiere und die Käseherstellung, achtzehn bis neunzehn Stunden täglich sind schon zusammengekommen. Das Ergebnis: vier schöne Häuser und zwei kaputte Knie. Seinen Hof hat er selbst renoviert. Hier will er, als Altersbeschäftigung, Feriengäste bewirten. Aus dem ehemaligen Kuhstall wurde ein Speisesaal mit Theke, aus der Scheune das Gästehaus.
Ich verabschiede mich und folge dem nach Westen führenden, mit Gras bewachsenen Feldweg. Es ist warm. Der sonnige Himmel ist mit einem Hauch von Cirruswolken überzogen. Links ein weites Weizenfeld, rechts begrenzen Eichen meinen Weg. Ich fühle mich leicht, und die Freude darüber lässt mir das Herz überquellen, indem ich laut rufe: „Gott, die Welt ist unbeschreiblich schön! Ich danke dir, dass du es mir erlaubst, in ihr zu le-

ben!" Dann schaue ich vorsichtig um mich, aber niemand ist in der Nähe, der sich über meinen Gemütsausbruch hätte wundern können.
Ich erreiche die innen und außen schmucklose romanische Kapelle St-Jean. Auf dem steinernen Altar ist ein Gästebuch ausgelegt. Auch wenn hier offensichtlich keine Messe mehr gelesen wird, lasse ich mich nicht abhalten, der eben empfundenen Freude und Dankbarkeit Gott gegenüber in einem kurzen Gebet Ausdruck zu geben.
Ich blättere im Gästebuch und hoffe, von Michel oder Pierre eine Nachricht zu finden. Leider vergebens.
Ich passiere die weitläufige Parkanlage des Château de Charry, eines Schlosses aus dem 16. Jahrhundert. Der Bau mit den runden Wehrtürmen ist hinter hohen Bäumen versteckt und kaum sichtbar. Der Fußpfad verläuft am Zaun der Anlage entlang. Das gut gesicherte Privatgelände ist für Fremde gesperrt, das Hintertor ist durch Kamera, Funksperre und Scheinwerfer gesichert. Rechts von mir liegt der Wald, die Natur; links dieses abweisende fremde Sperrgebiet. Kein Lebewesen ist zu sehen. Mich schaudert's. Dann aber höre ich, wie ein unsichtbarer Kuckuck aus dem Wald mit einem unsichtbaren Pfau aus dem Park streitet. Das finde ich wiederum lustig.
Es ist warm geworden. Als ich an der anderen Talseite des Baches Rau du Tartuguié die Höhe erklimme, kehre ich in einen Bauernhof ein, um meine Wasserflasche nachzufüllen. Der Mann, der mir Wasser gibt, freut sich darüber, dass ich nach Santiago möchte, weil das schon fast in Portugal ist, in seiner Heimat. Er ist Portugiese. Ja, sagt er, hier ist es schön, aber Portugal ist noch viel schöner. Nur Arbeit, die gibt es dort zu wenig.
Für die Mittagspause wähle ich die Rasenfläche einer Weggabelung hinter den letzten Häusern von Montlauzun. Bis jetzt konnte ich von der Wärme der Sonne nicht genug haben; heute suche ich den Schatten. Über mir sammeln Tausende von sprichwörtlich fleißigen Bienen den guten Lindenhonig. Ihr Summen wiegt mich in den Schlaf.
Als ich aufwache, ist es mir doch zu kalt. Ein kühler Wind ist aufgekommen, und meine Kleidungsstücke sind noch immer schweißnass. Also weiter!
Fürs Aufwärmen ist gesorgt, der Pfad geht wieder steil aufwärts. Hier oben treffe ich die ersten Pilger seit Cahors. Sie, drei Frauen und zwei Männer, sitzen beim Mittagsmahl. Es freut mich, wieder Pilger zu sehen. Ein Ehepaar, André und Nadine, kommen aus Paris gelaufen und wollen dieses Jahr bis zur spanischen Grenze. Palma, eine kleine drahtige braungebrannte Frau

von Mitte sechzig, mit Armen und Beinen wie eine Bodybuilderin, kommt aus Ostfrankreich und will, wie ich, nach Santiago de Compostela. Eine echte pèlerine superieure! Wir unterhalten uns über meinen langen Weg, und die anderen fragen mich, ob es nicht schwer für mich ist, so allein zu pilgern. „Wieso allein?" frage ich. „Ihr seid doch auch da!"
Meine letzten Kilometer werden vom wilden Geballer von Jägern begleitet. Manchmal hören sich die Schüsse beängstigend nah an. So bin ich froh, als ich die Stadt Lauzerte erreiche.
Lauzerte ist eine typische bastide. Diese befestigten Städte sind am Anfang des Hundertjährigen Krieges von den Kriegsgegnern, sowohl von Engländern als auch von den Franzosen, erbaut worden, um die Grenzen des jeweiligen Territoriums zu markieren und zu schützen. Die Straßen dieser meistens auf einer Anhöhe liegenden, mit Mauern und Türmen bewehrten Siedlungen zeigen eine planmäßige Rasterstruktur. Die Ortsmitte wird von einem quadratförmigen Platz eingenommen, der an allen Seiten von umlaufenden Arkaden begrenzt ist. Neben diesem Platz steht die Kirche, die oft als letzter Zufluchtsort diente und dementsprechend befestigt wurde. Damit sind die über dreihundert heute noch existierenden Bastiden, so auch Lauzerte, mehr oder weniger genau beschrieben. Das würdige Alter dieser Städte, immerhin siebenhundert Jahre, und die meistens sehr alte Bausubstanz stehen mit dem planmäßigen, übersichtlichen, neuzeitlich anmutenden System der Straßen in einem interessanten Spannungsverhältnis. Ich mag diese nur hier zu findende Kombination von pittoreskem Mittelalter und heller Übersichtlichkeit.
Im Gästebuch der Herberge finde ich die gesuchten Eintragungen von meinen Pilgerbrüdern. Michel und Pierre sind vor zwölf Tagen, Jack und Cees vor acht Tagen hier gewesen. Sie grüßen mich und wünschen mir eine gute Reise.
Rita ist in Kassel gut angekommen. Ihre Rückfahrt war lang und ermüdend, aber sonst ist zu Hause alles in Ordnung.

**Samstag, 24. Mai 1997**
**Von Lauzerte nach Moissac**
Es nieselt. Um den Pilgerpfad abzukürzen, bleibe ich auf der nach Süden führenden Landstraße, die einen Bergrücken überquert. Oben im Eichenwald höre ich wieder das Knallen der Jagdgewehre. Was gejagt wird, weiß ich nicht: Ich habe in Frankreich bis jetzt kein einziges jagdbares Wild gesehen.

Der Regen hat aufgehört, und als die Wolken die Sonne freigeben, wird es schnell warm. Ich passiere das alleinstehende Gasthaus „Aube Nouvelle", das von einem belgischen Ehepaar geführt wird. Ich kehre ein, um Kaffee zu trinken. Als erstes wird mir ein Glas frisches Wasser vorgesetzt. Dann bekomme ich Kuchen als Gratiszugabe. Beim Abschied fragt mich der Wirt, ob ich meine Feldflasche mit frischem Wasser auffüllen möchte. Ich bedaure es aufrichtig, bei diesen freundlichen Menschen keine Übernachtung eingeplant zu haben. Es ist aber noch früh am Tag, ich will weiter.

In Durfort-Lacapelette nutze ich die seltene Gelegenheit, ein Eis am Stiel zu essen. Ich würde dies normelerweise nicht erwähnen, aber angesichts der hohen Mittagstemperatur ist das ein wahres Erlebnis! Heute ist mit Sicherheit der heißeste Tag meiner bisherigen Reise.

In einem Apfelgarten mache ich Mittagsrast. Das Wiegenlied wird mir diesmal von den in dem nahen Bauernhof heimischen Hühnern und Schafen gesungen.

Ich habe noch anderthalb Stunden bis zum Ziel. Obwohl der nach Süden führende schmale Asphaltstreifen ohne Verkehr und gut zu laufen ist, sinkt meine Stimmung. Die Sorge darüber, wie Rita sich von mir entfernt hat, lastet wie Blei auf mir. Ich verstehe sie nicht. Wie kann es sein, dass ich hundert Menschen kenne, die alle mein Unternehmen schätzen, gut finden und mich unterstützen, bis auf einen: meine Frau, die ich über alles liebe, die mich zu dieser Pilgerreise ermutigt und mir dazu verholfen hat. Mit ihrem Rückzug hat mein Weg den Sinn, den er am Anfang der Reise gehabt hat, verloren. Sicher war das nie der einzige Sinn meiner Pilgerei, und im Laufe der Zeit sind andere Motive entstanden und haben in ihrer Bedeutung zugenommen. Aber der Hauptgrund, meine Dankbarkeit über ihre Genesung in einer zugegebenermaßen unbeholfenen Weise auszudrücken, meine Bringschuld für diese Gnade und dieses Wunder zu begleichen, ist absurd geworden. Ausgerechnet die Person, für die ich auf diesen Weg ging, lehnt mich und meinen Weg ab!

Wenn ich wüsste, dass wir uns durch diese Reise endgültig verlieren könnten, würde ich sie noch heute beenden. Ich bin aber unsicher, ob ich die Situation richtig beurteile. Sind solche Unstimmigkeiten nach so langer Abwesenheit normal? Hat diese Störung mit meiner Abwesenheit zu tun? Ich weiß es nicht. Wir sind noch nie so lange voneinander getrennt gewesen. Die Sorgen laufen mit, sie machen mich müde.

Moissac, eine lebhafte Stadt mit zwölftausend Einwohnern, verdankt seine über tausendjährige Bedeutung der im 7. Jahrhundert gegründeten Benediktinerabtei, einer Quelle von Wirtschaft und Kultur im Südwesten Frankreichs. Die sichtbaren Zeugnisse der Blütezeit im 11. und 12. Jahrhundert sind heute noch zu bewundern: die Abteikirche mit dem berühmten Südportal und der Kreuzgang, für mich der schönste der Welt.

Erst suche ich die Herberge, die sich in dem stattlichen Gebäude des Pfarrhauses befindet. Das Haus ist mit Jugendgruppen gut gefüllt, trotzdem bekomme ich ein Einzelzimmer. Über Qualität und Sauberkeit schweigt des Gastes Höflichkeit.

Außer mir sind nur drei Pilger da: Palma, die ich schon kenne, und zwei junge Fußpilger aus Süddeutschland, Horst und Dominik. Die beiden gehören zu den heute seltenen Pilgern, die auf Grund tiefer Religiosität das Grab des Apostels besuchen wollen. Wir verbringen den Abend gemeinsam bei Käse und Rotwein. Die jungen Männer strahlen eine solche lebensbejahende, fröhliche Zufriedenheit und Dankbarkeit aus, dass die Stimmung auch die dunklen Wolken, die mein Gemüt eben noch verfinsterten, allmählich aufhellen. Wir drei haben in den vergangenen Wochen Erfahrungen gesammelt, die sich gleichen und uns in einer Weise verändert haben, die wir noch nicht fassen können.

Sie berichten, dass auch sie vor Le Puy oft Schwierigkeiten hatten, Unterkunft zu finden. Da sie das Benutzen von Fahrzeugen und die Vorbestellung der Unterkunft, als Pilgern unwürdig, grundsätzlich ablehnen, mussten sie schon ein paar Mal im Freien übernachten, was ohne Zelt und bei Frost oder Regen ziemlich problematisch ist. So etwas würde ich mir nicht mehr zutrauen.

**Sonntag, 25. Mai 1997**
**Von Moissac nach Auvillar**
Palma muss heute in Moissac bleiben. Ihre Achillessehne hat sich entzündet. Der Arzt hat ihr drei Tage Ruhe verordnet, was sie übertrieben findet. Morgen oder übermorgen holt sie mich ein, sagt sie. Sie ist sowieso verärgert darüber, dass sie nicht so schnell vorankommt wie sie es gern hätte. Am Anfang ihrer Reise ist sie jeden Tag fast vierzig Kilometer gelaufen. Seit ihr der Fuß wehtut, kommt sie kaum auf dreißig. Sie ist vierundsechzig!

Bevor ich Moissac verlasse, besuche ich die Abtei St-Pierre. Die großräumige romanische Kuppelkirche wurde im 15. Jahrhundert im gotischen Stil umge-

baut. Die Grenze zwischen den beiden Baustilen ist gut zu sehen: Sie verläuft, wie mit einem Lineal gezogen, in der Höhe der niedrigen Empore.
Der wunderbare Kreuzgang, erbaut gegen Ende des 11. Jahrhunderts, ist nur mit knapper Not der Vernichtung entgangen. Im Jahre 1856 sollte dieser Edelstein der abendländischen Kunst der Eisenbahnlinie Bordeaux–Sète weichen. Nach langen Verhandlungen wurde ein Kompromiss gefunden: Zwar wurde ein Teil des ehemaligen Klosters, wie das romanische Refektorium, abgebrochen, aber den Kreuzgang ließ man stehen. Heute noch donnern die Züge mit hundert Stundenkilometern nur einen Meter von der Kreuzgangsmauer entfernt vorbei.
Ich bin heute der erste und für kurze Zeit der einzige Besucher. Obwohl ich vor Jahren schon einmal hier gewesen bin, nimmt mir die stille Schönheit des Ortes den Atem. Was ist mit mir? Mir fließen schon wieder die Tränen.
Für die Statistik: In dem vollständig erhaltenen quadratförmigen Kreuzgang stehen Einzel- und Zwillingssäulen im Wechsel. Alle, siebenundsechzig an der Zahl, sind mit reich verzierten Kapitellen versehen. Die meisten davon zeigen biblische Szenen, einige Pflanzenornamente. Jeder einzelne dieser Säulenköpfe ist einmalig und verdient Bewunderung.
Es ist schon Mittag, als ich die Stadt verlasse. Der Himmel ist bedeckt, es ist warm und schwül. Die Wanderstrecke würde eher zu einem Arbeitstag als zum heutigen Sonntag passen: keine besonderen Höhepunkte, keine Schwierigkeiten, nur flache zwanzig Kilometer. Über die Hälfte dieses Weges begleitet mich der Canal de Golfech, ein Seitenkanal der Garonne. Der mit alten Platanen gesäumte Pfad ist gut zu laufen und ist recht schön, aber etwas eintönig. Danach muss ich das breite Schwemmland zwischen dem Kanal und dem Fluss überqueren. Das flache Terrain ist mit Apfelbäumen bepflanzt oder mit Pappeln aufgeforstet. In nicht allzu großer Entfernung sehe ich die Dampfwolken aus den hohen Kühltürmen eines Atomkraftwerkes steigen.
Ich erreiche das Dorf Espalais mit seiner rostigen Hängebrücke über die Garonne. Jenseits des Flusses liegt das Städtchen Auvillar. Die Herberge ist in einem alten, etwas zerfallenen Stadtpalast untergebracht. Ich hole den Schlüssel im Touristenbüro. Da ich der einzige Gast bin, kann ich mir mein eigenes Zimmer aussuchen. Das Bett muss ich allerdings etwas verrücken, damit der hängende Deckenputz mich nachts nicht erschlägt. Auf dem Fußboden flitzen Eidechsen munter herum. Ein gutes Zeichen, sie fressen ja Ungeziefer.

Der runde Hauptplatz der Stadt ist hervorragend restauriert. Auvillar war im Mittelalter eine wichtige Station der Flussschifffahrt und deswegen ein bedeutender Handelsplatz gewesen. Die mit Arkaden versehenen stattlichen Häuser sowie die runde Markthalle sind Zeugen dieser Zeit.
Von der ehemaligen Benediktinerkirche St-Pierre ist noch der romanische Turm erhalten, der als merkwürdige Halbruine neben dem gotischen Langhaus steht.
Alle erhaltenswerten Bauten zu renovieren, dazu reicht das Geld auch hier nicht. Nur fünfzig Meter von der Postkartenidylle entfernt fallen die Dächer ein, stürzen Mauern um.
Ich versuche, noch etwas Essen zu bekommen, aber es gibt kein Esslokal, das noch offen ist.

**Montag, 26. Mai 1997**
**Von Auvillar nach Biran**
Ich möchte etwas für das Frühstück besorgen. Ein typischer Fall von „Denkste"! Es ist Montag, und montags sind in Frankreich fast alle Geschäfte zu. In einem Tabakwarengeschäft bekomme ich doch noch ein Baguette. Ich habe noch ein wenig Instantkaffee. So esse ich trockenes Brot zu bitterem Pulverkaffee.
Ich lasse mich im Gemeindeamt beraten, wo ich heute abend schlafen kann. Sie empfehlen mir den Bauernhof Biran. Ich bestelle dort ein Zimmer und gehe los.
Die hügelige, dünn besiedelte Landschaft erinnert mich an mein geliebtes nordhessisches Zuhause, viel Grün, die Anhöhen bewaldet, friedlich weiden die Kühe auf den Blumenwiesen.
Zum Thema „Hunde" gibt es Neues zu berichten. Hier kann man überall Hunde einer eigenartigen Rasse beobachten. Sie sind klein, x-beinig, haben spitze Ohren, vorstehende Augen, einen tief hängenden Bauch und eine piepsige Stimme. Ob das eine spezielle Züchtung oder nur eine Hundekrankheit ist, konnte ich nicht in Erfahrung bringen.
In einem eingezäunten Garten bellen sich, als ich vorbeilaufe, zwei Hunde richtig in Rage. Der eine ist ein großes, zotteliges Tier, der andere von der besagten Zwergsorte. Der kleine versteckt sich hinter dem großen, als ob er seinen großen Bruder vorschicken möchte. Sein dünnes Stimmchen überschlägt sich, und als er die eigene Wildheit nicht mehr beherrschen kann,

beißt er in den Hintern seines großen Freundes. Der macht ein so erstauntes Hundegesicht, wie es Walt Disney nicht besser hätte zeichnen können.
Mittagspause mache ich erst nach St-Antoine, wo am schattigen Waldrand hohes Gras wächst. Es ist himmlisch ruhig und einsam hier. Ich liege auf dem Rücken. Die laue Luft, der Schatten der Bäume, das Rauschen des Windes und das Zwitschern der Vögel umhüllen mich wie eine weiche Bettdecke. Aus dieser Perspektive sieht die Welt völlig anders aus, als wir sie durch unsere weitschweifende globale Betrachtungsweise kennen. Alles, was hundert Meter entfernt ist, ist nicht mehr existent. In nur einem Meter Umkreis geschehen in jeder Sekunde mehr Wunder, als ich es in tausend Büchern beschreiben könnte. Liebe, liebe Ameisen, lasst mich bitte eine Weile in eurer Welt verweilen!
Aus dem Mittagsschlaf werde ich vom Hunger geweckt. Ich habe nichts zu essen.
Nachmittags wird es wieder sehr heiß. Hungrig und nassgeschwitzt erreiche ich den alleinstehenden Bauernhof Biran. Ich werde von der Bäuerin herzlich begrüßt. Sie fragt mich, ob ich etwas zum Essen mitgebracht habe. Sie kann mir leider nichts anbieten, weil sie jetzt wegfahren muss.
Das Zimmer ist schön, im Bad gibt es eine richtige Wanne. So kann ich im heißen Wasser liegend darüber nachdenken, wie es mir passieren kann, dass ich ausgerechnet in Frankreich hungern muss.

**Dienstag, 27. Mai 1997**
**Von Biran nach Lectoure**
Vor dem Haus ist ein kleiner Tümpel, in dem mehr Frösche zu finden sind als Wasser. Die Tiere veranstalteten in der Nacht ein so lautes Konzert, dass ich mir überlegte, ob sie für ihr Gequake nicht vielleicht einen Verstärker hatten. Wenn sie wenigstens der Mückenplage Herr geworden wären. Aber nicht einmal das! Quaken und Mücken fangen gleichzeitig, das geht nicht!
Um sieben, als ich mich verabschiede, ist es schon so heiß, dass ich das dünne T-Shirt als zu warm empfinde. Ich muss aber möglichst schnell das nächste Dorf erreichen, da ich einen irren Hunger habe.
Eine Stunde später komme ich nach Miradoux, einer kleinen Bastide am Rande des Jakobsweges. Der Ritterorden der Johanniter betrieb damals hier ein Krankenhaus. Von der alten Herrlichkeit ist nicht viel übriggeblieben: nur eine mehrmals umgebaute gotische Kirche und einige alte Gebäude.

Wesentlich bedeutender ist für mich aber die Tatsache, dass ich am Kirchplatz einen Supermarkt finde, wo ich endlich Proviant kaufen kann. Auch Tische und Bänke stehen im Kirchgarten für die Pilger bereit. Ich bin vom Hungertod gerettet!

Hinter dem Gutshof Safrané passiere ich ein schon verblühtes Rapsfeld. Die Stängel der zwei Meter hohen Pflanzen sind über drei Zentimeter dick, die Riesenschoten lassen die Zweige wie bei einem Weidenbaum herunterhängen. Mir ist das alles etwas unheimlich, sie sehen aus wie die Riesenameisen in dem alten Horrorfilm „Formicula". Am Rain sind Schilder von einem Agrarkonzern zu sehen. Ob es schon genmanipulierte Pflanzen sind?

Weiter geht es auf einer einsamen schattenlosen Landstraße. Mittlerweile ist es so heiß, wie ich es nur aus südlichen Urlaubsländern kenne. Dort allerdings habe ich bei solchem Wetter alle anstrengenden Tätigkeiten gemieden. Ich staune über mich!

Ich komme auf eine stark befahrene Nationalstraße. Nicht einmal begehbare Fahrbahnbankette sind vorhanden. Die Lastzüge rasen beängstigend nah an mir vorbei. Andererseits bringt ihr Fahrtwind willkommene Kühle.

Die am Übergang des Flusses Gers liegende Stadt Lectoure ist eine gallorömische Gründung. Als ehemals reiche Bischofsstadt war sie auch für die Jakobspilger des Mittelalters von großer Bedeutung. Neben mehreren Herbergen gab es hier auch ein von Benediktinern betreutes Krankenhaus für leprakranke Pilger.

Das Stadtbild wird heute von dem mächtigen quadratischen Turm der Kathedrale beherrscht. Die Herberge mit ihrer guten Ausstattung liegt nur hundert Meter vom Zentrum entfernt. Hier treffe ich Nadine, André und auch die hinkende Palma. Ihr Fuß ärgert sie nach wie vor, aber sie hat die Ruhe in Moissac nicht ausgehalten. Wir sind die einzigen Gäste, jeder kann sich ein eigenes Zimmer, wenn nicht gar eine eigene Etage aussuchen.

Die große Bischofskirche St-Gervais wurde an der Stelle eines römischen Tempels erbaut. Trotz mehrmaligen Umbaus ist die Raumwirkung erhaben sakral. Von der Hitze und Hektik, die auf dem Platz vor der Tür herrschen, merkt man hier nichts. Wohltuende Kühle und Stille bieten den würdigen Rahmen für ein meditatives Gebet. Müdigkeit und Glücksgefühl hält mich lange auf der Sitzbank fest. Es geht ja gut voran, alles auf seinem Weg. Ich weiß nicht, was der Morgen bringt, aber nach all den vielen Tagen habe ich die Hoffnung, nein, die Gewissheit, dass sich alles richten wird.

**Mittwoch, 28. Mai 1997**
**Von Lectoure nach la Romieu**
Die Landschaft ändert sich: An die Stelle der weiten Ackerfelder sind Obstplantagen getreten, hauptsächlich Pflaumenbäume. Am Rand der Flurstücke sind urtümliche Verladegeräte zu sehen, kranartige, rostige Konstruktionen aus Stahl, mit denen die Obstkisten auf die Transportfahrzeuge geladen werden. Die mit Gras bewachsenen einsamen Feldwege verlaufen abseits der Hektik der Straßen. Das Dorf Marsolan ist mit seinen dreihundert Einwohnern die größte Siedlung weit und breit. Eine große gotische Kirche in der Ortsmitte zeigt, dass der Ort schon bessere Zeiten gesehen hat. Ich durchquere Marsolan, ohne jemandem zu begegnen, nicht mal von einem Hund werde ich angeknurrt.
Zwei Kilometer vor dem Tagesziel treffe ich meine Mitpilger Palma, Nadine und André. Ein kleines Wäldchen bietet sich an, wir machen eine ausgedehnte Mittagspause. Wie gewöhnlich schlafe ich bald ein.
Als ich aufwache und aufstehen möchte, kann ich nicht. Ich habe in beiden Oberschenkeln solche Krämpfe, dass ich mich beim Liegen nicht mal vom Rücken auf die Seite drehen kann. Die anderen beobachten mit Sorge, wie ich mich mit schmerzverzerrtem Gesicht bemühe, den Krampf zu überwinden. André ist mir behilflich, indem er meine Beine massiert. Bald danach kann ich wieder aufstehen und laufen. Ich muss genauer darauf achten, dass ich regelmäßig Magnesiumtabletten nehme.
La Romieu überrascht mich schon von weitem. Über dem kleinen Dorf erhebt sich eine solch riesige Kathedrale, dass ich mich fragen muss, welche unvorstellbaren Massen von Pilgern damals hier durchgelaufen sein mögen, um diesen Reichtum hierher zu tragen. Auch aus der Nähe betrachtet ist der kleine Ort mehr als imposant. Reste der mit Stadttoren versehenen Befestigungsmauer, ein wunderbarer gotischer Kreuzgang, viele stattliche alte Wohnhäuser, ein mit Arkaden umgegebener zentraler Platz und viele andere Einzelheiten ergeben das Gesamtbild einer steingewordenen Vergangenheit.
Auf dem Hauptplatz ist ein merkwürdiges Denkmal zu sehen, die Büste einer jungen Frau mit Katzenohren. „Angéline" steht darunter zu lesen. Wer war diese Angéline?
Über sie wird folgende Legende erzählt:
Vor mehr als sechshundert Jahren lebte hier ein Holzfäller mit seiner Frau und mit seinem Töchterchen, arm aber glücklich. Das Glück währte nicht

lange, der Mann wurde bei der Arbeit vom Baum erschlagen; kurz danach ist auch die Frau, aus lauter Kummer, gestorben. Das kleine Mädchen, Angéline, wurde zwar von einer guten Nachbarin angenommen, aber auch diese gute Frau konnte sie nicht über den Verlust der Eltern hinwegtrösten. Linderung ihrer Schmerzen fand sie bei den zahlreichen Schmusekatzen des Dorfes, die oft mit ihr spielten und die sie fortan als Freunde betrachtete.

1342 wird in den Chroniken als Jahr der Dürre und Not verzeichnet. Zwei Jahre hatte es nicht geregnet, die Brunnen waren ausgetrocknet, die Saat verdorben. Die Dorfbewohner hatten nichts zu essen, und nachdem die ersten vor Hunger zu sterben drohten, fing man an, die Katzen von den Dächern zu holen, um sie in den Kochtopf zu stecken. Für Angéline war dies eine große Sünde, und so begann sie die Tiere auf den Dachböden zu verstecken. Es gelang ihr auf dieser Weise, unzähligen Katzen das Leben zu retten.

Nach den Jahren der Dürre kam ein Jahr des Segens. Die Ernte war reich wie lange nicht mehr. Die Kornspeicher waren zum Bersten voll, aber leider bald auch wieder fast leer. Da zuvor alle freilaufenden Katzen aufgegessen worden waren, hatten sich die Mäuse und Ratten so vermehrt, dass man zusehen konnte, wie sie das Korn wegfraßen. Doch bevor die Verzweiflung überhand nehmen konnte, ließ Angéline ihre versteckten Katzen wieder heraus und befreite das Dorf von der Plage. Sie wurde für den Rest ihres langen Lebens von den Menschen hoch verehrt. Sie verbrachte weiterhin ihre Zeit mit den Katzen. Man erzählte sich, sie ginge nachts mit ihnen über den Dächern spazieren und dabei trüge sie Katzenohren.

Abends gehen wir in das einzige Esslokal des Ortes. Es ist eine Crêperie, dort gibt es nur Eierpfannkuchen zu essen. Vorspeise: crêpe mit Käse, Hauptspeise crêpe mit Pilzen, Nachspeise crêpe mit Konfitüre. Ich denke, man kann alles übertreiben.

**Donnerstag, 29. Mai 1997**
**Von la Romieu nach Condom**
Ein schöner schattiger Fußpfad hebt meine Stimmung, die nach einem Telefongespräch mit meinem Schwiegervater kurz vor seiner Herzoperation etwas getrübt gewesen ist.
Ich erreiche das schmucklose Dorf Castelnau-sur-l'Auvignon. Da es sehr warm ist und ich meine Wasserflasche schon leergetrunken habe, suche ich

nach einer Wasserstelle. Ich finde auf dem Schulhof einen Wasserhahn, wo eine alte Frau mir erlaubt, zu trinken und Wasser zu tanken. Sie fragt, wo ich herkomme. Als sie hört, dass ich Deutscher bin, erzählt sie mir in gleichbleibend freundlichem Ton, dass die Ortschaft im Krieg von einer deutschen Kommandotruppe zerstört worden war, weil die Bewohner die Widerstandkämpfer unterstützt hatten.
Die Nachricht trifft mich wie eine Ohrfeige, auch wenn es von der Frau nicht so gemeint ist. Warum musste so etwas passieren, und warum gerade hier? Hier ist doch alles so friedlich und abgeschieden! Was haben die Soldaten, die aus einem fernen Land kamen, in dem weder davor noch danach jemand von der Existenz oder Nichtexistenz dieses Dorfes wusste, hier zu suchen gehabt? Und wieso werden mir, ausgerechnet mir, die Taten dieser Barbaren indirekt vorgehalten? Erstens bin ich damals gerade sechs Jahre alt gewesen, und zweitens lebte ich noch gar nicht in Deutschland.
Ich erlebe diese Situation nicht zum ersten Mal. Auf meinen Urlaubsreisen ist es mir immer wieder passiert, dass ich als „Deutscher" mit der deutschen Vergangenheit konfrontiert wurde. Es wäre mir ein leichtes, das Thema abzublocken, indem ich sage, dass ich zwar in Deutschland wohne, aber eigentlich Ungar bin. So einfach ist die Sache aber nicht. Ich bin stolz und glücklich, ein Mensch zu sein. Ich fühle mich als Schöpfer und Inhaber aller Herrlichkeit, die Menschen in Jahrtausenden erdacht, entdeckt, geschrieben, gesungen, gemalt und gebaut haben. Ich fände es feige, wenn ich bei der Verantwortlichkeit für all das Grauen und die Barbarei, die dieselbe Spezies verursacht hat, mich als Unbeteiligter verstecken würde.
Immer wieder ist zu beobachten, dass für die großen Leiden, die Menschen andern Menschen antun, später niemand verantwortlich sein möchte. Die Opfer, deren Leben und Glück zerstört wurde, finden nachher kaum jemanden, der auch nur bereit ist, ihre Klagen anzuhören.
Ich denke, auch wenn ich keine Möglichkeiten habe, altes Unrecht wieder gutzumachen, habe ich die Pflicht, das Schicksal dieser Menschen anzuhören und meine eigene Betroffenheit zuzulassen.
Ich umrunde einen ausgedehnten See, der auf der Karte nicht eingezeichnet ist. Das Ufer am stillen Wasser ist friedlich und einsam, nur ein geduldiger Angler versucht sein Glück. Ich habe vielleicht noch eine Stunde zu laufen: Es ist Zeit für die Mittagspause.
Ich finde einen außerordentlich schönen schattigen Platz auf der Uferwiese.

Es ist ein Platz zum Schauen, Träumen, Ruhen.
Hinter der Stille zeigt die Natur das pralle Leben. Vor mir schwimmen in vorsichtigem Abstand einige Wildenten. Sie sind längst nicht so zutraulich wie ihre Artgenossen im Stadtpark. Kleine Fische springen immer wieder, vom Hecht gejagt, aus dem Wasser hoch. Weiter hinten, am anderen Ufer, sind die hohen Pappeln von Reihern bewohnt. Die heimkommenden Vögel werden von den Nesthockern wie Partygäste mit großem Hallo begrüßt.
Nur einige Bäume weiter nisten in den Wipfeln Rabenvögel. Auf sie hat es ein hoch über diesen Bäumen fliegender Habicht abgesehen. Er zieht seine ruhigen Kreise, so als ob die Dinge da unten ihn gar nicht interessieren würden, doch plötzlich stürzt er sich wie ein Stein herunter. Aber nicht schnell genug. Zwei der Raben springen ihm entgegen und wehren den Angriff ab. Sie sind viel kleiner, aber wendiger und zu zweit, so muss der Aggressor den Rückzug antreten. Er gibt aber noch lange nicht auf: Nach einigen ruhigen Ablenkungsflügen probiert er es noch einmal, und noch einmal, und noch einmal…
Ich bin eingeschlafen. Als ich wieder aufwache, ist es sehr heiß geworden. Ein Glück, dass ich nicht mehr viel zu laufen brauche. Hier gibt es nur noch Weinfelder. Aus der Traube, die hier wächst, wird der berühmte Armagnac hergestellt. Der aus den weißen Sorten destillierte und in Eichenfässern gelagerte Weinbrand wird bei uns in die Fürstengalerie der edlen Getränke zu Unrecht hinter dem Cognac eingereiht. Nur etwa zehn Prozent der Ernte wird exportiert, den Rest trinken die Franzosen selbst. Sie wissen, warum. Ehrfürchtig marschiere ich an den gut gepflegten Rebstöcken vorüber.
Die gut eingerichtete Herberge in Condom ist in einem Gymnasium untergebracht. Nachdem ich mich vom Staub und Schweiß befreit habe, mache ich eine Besichtigungsrunde.
Das Zentrum der Stadt bildet die spätgotische Cathédrale St-Pierre. Der Bau ist schon in den Religionskriegen nur mit knapper Not der Zerstörung entgangen. Die Hugenotten haben das gut proportionierte Bauwerk nur gegen die Zahlung eines horrenden Lösegeldes stehenlassen. Umso sichtbarer sind die Spuren, die die spätere Revolution an den gotischen Verzierungen hinterlassen hat. Am ehemals prachtvollen Südportal sind die unteren Nischen leer, die unteren Figuren konnte man am leichtesten zerschlagen. Den Figuren darüber hat man die Köpfe oder Gesichter zerstört. Die obersten Statuen, die nur mit einer langen Leiter zu erreichen waren, hat man heil gelassen: Die diesmal löbliche Faulheit hat sie gerettet.

Abends ziehen dunkle Wolken über die Stadt. Die Stille der Vorgewitterstimmung wird von wild herumfliegenden Schwalben kontrastiert.

**Freitag, 30. Mai 1997**
**Von Condom nach Séviac**
Ich kann es mir kaum vorstellen, dass die Franzosen anatomisch anders gebaut sind als wir. Auch hier müsste es sich herumgesprochen haben, dass halbwegs feste Matratzen besser zum Liegen geeignet sind als die hier bevorzugten schlappen Hängematten. Warum sind dann auch die neuwertigen Betten, wie in dieser Herberge, so weich gebaut, als ob Generationen von Trampolinspringern sie als Übungsgerät benutzt hätten? Bis ich in einem solchen Möbelstück die Stellung finde, die mir das Schlafen ermöglicht, dämmert schon der Morgen.
Der angekündigte Regen ist ausgeblieben, aber das Wetter ändert sich. Der Himmel ist mit Cirruswolken bedeckt, und die Schwalben sind schon am frühen Morgen außergewöhnlich lebhaft.
Die Weinbauer nutzen die Zeit, sie sind bei der Arbeit. Der Trinkgenuss ist das Ergebnis von viel Mühe und viel Chemie. Die Bauern versprühen Unmengen von dem stinkenden Gift. Dabei tragen sie nur einen einfachen Anorak mit Kapuze, dazu einen einfachen Mundschutz. Ob das genügt?
Ich überquere das kleine trübe Flüsschen Artigues auf einer fünfbögigen römischen Steinbrücke. Etwas dahinter steht die kleine romanische Friedhofskapelle des Weilers Routgès. Sie weist eine kuriose Besonderheit auf. Neben dem nach Westen gerichteten Eingang hat die Kirche noch eine zweite kleinere, nach Süden gerichtete Tür. Andersgläubige und Leprakranke durften die Kirche nur durch diese Öffnung betreten.
Ich setze mich auf die Steintreppe. Kein Mensch ist zu sehen, die ganze weite friedliche sonnendurchflutete Landschaft habe ich für mich allein. Gott schaut auf mich herunter, und ich schaue zu ihm hoch und frage ihn, wie die Menschen es immer wieder fertigbringen, zwischen dem richtigen und dem falschen Glauben zu unterscheiden. Auch heute noch. Ob er diese Frage beantworten kann?
Jenseits des Flusses Auzoue steigt die Straße zum kleinen Ort Séviac hoch, wo ich heute schlafen möchte. Vor dem Ort passiere ich eine römisch-gallische Ausgrabungsstätte. Das Gelände ist umzäunt, die Eingangstür ist offen, das Kassenhäuschen leer. Ein Schild zeigt an, dass sich auch die Her-

berge auf diesem Museumsgelände befindet. Ich trete also ein, suche die Unterkunft, finde sie aber nicht. Nur das Bauernhaus am hinteren Ende des Grundstücks könnte es sein, aber da steht „privé", und auf mein Klopfen meldet sich niemand.
Ich schaue die Ruinen an. Außer den vielen Grundmauern sind einige schöne Mosaiken mit Trauben und Früchten zu sehen. Der Weinbau hat hier eine fast zweitausendjährige Tradition.
Noch immer ist niemand zu sehen. Ich lege mich vor dem Eingang ins Gras und döse über zwei Stunden, bis die zuständige Dame erscheint. Ja, sagt sie, hier sei ich schon richtig. Die Herberge ist hinten im Bauernhaus, dort, wo „privé" steht, die Tür ist offen.
So schlafe ich heute in einem Museum. Vor dem Fenster des Schlafraumes ist eine Schaugrube, die Mosaiken darin setzen sich unter dem Haus, praktisch unter meinem Bett, fort. Ein eigenartiges Gefühl!
Später kommen Palma, Nadine und André an, müde aber gut gelaunt. Kurz danach, schon im Dunkeln, treffen noch zwei Pilgerinnen ein: zwei junge Französinnen, etwas zu laut und distanzlos, etwa in der Art „Hier sind wir! Wer seid ihr?" Ich finde ihre geräuschvolle Aufdringlichkeit überzogen und ziehe mich früh zurück.

**Samstag, 31. Mai 1997**
**Von Séviac nach Eauze**
Ich habe mich gestern wohl geirrt: Die beiden Frauen, Bernadette und Michele, sind zwar laut, aber doch recht nett. Ich sollte mich nicht vom ersten Eindruck leiten lassen.
Die Strecke heute ist relativ kurz und einfach. Nach einer halben Stunde erreicht man die Trasse einer ehemaligen Bahnlinie, die uns bis zu unserem Tagesziel führt. Die Morgenluft ist mild und seidig, ich würde, wenn ich allein wäre, vor Freude laut juchzen.
Der Fußpfad am Bahndamm ist einer von zwei parallel verlaufenden Wegen und wird offensichtlich weniger benutzt als die andere Variante. Meterhohes Gras und Brennnesseln sowie umgefallene Büsche und Bäume erschweren das Vorankommen. Die Gräser sind reif, die von uns aufgewirbelten Pollen qualmen im hellen Morgenlicht wie weißer Rauch. Bernadette ist allergisch gegen Gräserpollen, sie hustet sich die Seele aus dem Leib.
Der abenteuerliche Höhepunkt des Weges ist ein vierhundert Meter langer

Tunnel, der auch noch in einer Kurve liegt. Glücklicherweise haben wir Taschenlampen dabei, ohne sie würden wir uns nach kaum fünfzig Metern in völliger Dunkelheit vorantasten müssen. Am anderen Tunnelende wird es doch noch schwierig. Ein Erdrutsch hat den Ausgang fast vollständig verschüttet, nur eine kleine Öffnung unterhalb des Bogenscheitels ist noch frei. Wir übersteigen den Erdkegel und stehen vor einem kleinen Teich. Der Erdrutsch hat den Entwässerungsabfluss des Bergeinschnittes, der an den Tunnel anschließt, versperrt. Uns bleibt nur die Möglichkeit, durch das Gestrüpp aus dem Graben hinauszuklettern. Oben, am Rand eines Weinfeldes, können wir unseren Weg fortsetzen.

Die Herberge in Eauze befindet sich auf dem zentralen Place d'Armagnac in der engen Altstadt. Der Platz mit der gotischen Stadtkirche und die angrenzenden Straßen sind von aufwendig gestalteten alten Häusern reicher Weinhändler gesäumt. Wenn ich aus dem Fenster schaue, erblicke ich das besonders schöne Maison Jeanne d'Albet, einen Fachwerkbau aus dem 15. Jahrhundert; die Holzbalken sind mit reichem Schnitzwerk verziert.

Weniger erfreulich ist der Blick auf die Plakate, die verkünden:

DISCO-NIGHT!!!
*Samedi , le 31 mai 1997. place d'Armagnac*
*Toute la nuit!!!*
*avec* D.J. SUPERSTAR!!!

Das ist heute nacht! Und damit wir von der Ernsthaftigkeit des Vorhabens überzeugt werden, sind einige junge Männer dabei, genau vor unserm Fenster baumhohe Lautsprechertürme aufzustellen.

Nachdem ich die tägliche Routine mit Waschen und Abendessen erledigt habe, schaue ich mich in der Stadt um, wo an diesem Wochenende ein Fest stattfindet. Die plakatierte Disco-Nacht ist ein Teil der Festlichkeiten. Am Rand der Altstadt sind einige Schießbuden und Kinderkarussells aufgestellt, viel Volk, viele Kinder, das gewöhnliche Kirmestreiben.

Ich rufe zu Hause an; mein Schwiegervater hat sich nach der Operation gut erholt, er ist auf dem Weg der Besserung.

Während ich telefoniere, schwindet das Tageslicht. Pechschwarze Wolken, die vor wenigen Minuten noch nicht zu sehen waren, türmen sich bedrohlich am dunklen Himmel. Bevor ich die Telefonzelle verlassen kann, bricht, wie

ein Erdbeben, das heftigste Gewitter los, an das ich mich erinnern kann. Ein Meer von Wasser, begleitet von pausenlos zuckenden Blitzen, stürzt auf die Stadt. Der helle Knall der nahen Donnerschläge schmerzt in meinen Ohren. Innerhalb von Minuten bilden sich tiefe Pfützen. Die Gullys können die Unmenge des Regenwassers nicht schlucken. Kurz danach sind die ersten Feuerwehr- und Sanitätsfahrzeuge unterwegs. Irgendwo muss es brennen! Sirenen heulen, mit einer Glocke wird sturmgeläutet.
Es dauert über eine halbe Stunde, bis das Unwetter weiterzieht und der Wind nachlässt. Auch der Regen normalisiert sich, jetzt ist es ein gewöhnlicher Wolkenbruch. Ich bedaure die Marktleute. Ihr Geschäft fällt im wahrsten Wortsinn ins Wasser.
Auf den dreihundert Metern, die ich zur Herberge zurücklaufen muss, werde ich so nass, als ob ich ein zweites Mal geduscht hätte. Ich ziehe mich um, trinke einen heißen Tee, und dann kann ich mich über den Dauerregen sogar freuen, da auch die Disco-Nacht wohl in diesen Wassermassen ertränkt wird. Nachdem wir den Tag mit einem Fläschchen guten Armagnac beschlossen haben, gehen wir zufrieden schlafen.
Was ist das?! Ist eine Bombe ins Zimmer eingeschlagen? Ist der Kirchturm auf die Häuser gestürzt? Bumm, bumm, bumm, bumm!!! Ich springe aus dem Bett und reiße die Fenster auf, was sich als Fehler erweist. Die Schallwellen treffen mich auf der Brust wie ein scharf geschossener Elfmeter auf den Torwart. Ich schaue auf meine Uhr. Der Zeiger steht auf elf. Die Disco-Nacht hat begonnen!
Wir stehen am Fenster und glauben einen schlechten Traum zu träumen. Es gießt nach wie vor. Der spärlich beleuchtete, verregnete Platz ist gespenstisch leer. Hinter dem Schaltpult, das auf einem Lastwagen montiert ist, steht ein Jüngling, vermutlich der D.J. Superstar, und schwätzt sich in Rage, ungeachtet dessen, dass kein Mensch da ist, der ihm zuhört. Die rasenden Technoklänge sind bestialisch laut, und ich vermute, dass mit dieser Phonstärke die Jugend aus entfernten Dörfern herangelockt werden soll.
Wir sitzen in der Falle. An Schlafen brauchen wir überhaupt nicht zu denken! Sogar in der von der Straßenseite abgewandten Küche ist der Geräuschpegel noch so hoch, dass wir uns kaum unterhalten können. So verbringen wir die Nacht mit Kaffeetrinken, Lesen, Dösen. Ich überlege noch, ob ich nachts weiterlaufen soll, aber das Wetter erlaubt es nicht.
Neben dem Ärger, nicht schlafen zu können, finde ich diesen surrealisti-

schen Irrsinn auch faszinierend. Ich schaue immer wieder aus dem Fenster, aber die Szene ändert sich kaum. Auch später, in der tiefsten Nacht, sind es höchstens ein Dutzend vollgedröhnter junger Männer, die auf dem leeren Platz vor diesem Lastwagen im strömenden Regen die knöcheltiefen Pfützen zum Schwappen bringen, indem sie völlig abgedreht im Wasser herumhüpfen. Wie in einem Film, in dem vielleicht Fellini die Regie hätte führen können.

**Sonntag, 1. Juni 1997**
**Von Eauze nach Nogaro**
Der Mai ist vorbei, es ist schon Juni. Ist es überhaupt möglich, dass ich seit Februar unterwegs bin?
Ich verlasse die Herberge. Noch immer regnet es, die Luft ist wesentlich kühler als gestern. Der Platz ist verlassen, nur ein betrunkener Mann schläft auf einer Holzbank unter den Arkaden. Alles ist still und ruhig.
Komisch: Ein großer braun gefleckter Hund sitzt vor der Tür und schaut mich mit seinen freundlichen Hundeaugen an. Er wedelt begeistert mit dem Schwanz und ist sichtlich erfreut, mich zu sehen. Erst denke ich, es muss ein Irrtum sein, er verwechselt mich mit jemandem. Aber es ist niemand da, dem die Begrüßung gelten könnte. Er meint zweifelsohne mich!
Lieber Freund, denke ich, bei mir ist nichts zu holen. Ich bin nicht als Hundeliebhaber bekannt, und es soll dabei bleiben. Ich ignoriere die Annäherungsversuche. Ein kurzer Blick auf die Karte, und ich beginne zu laufen.
Aber was ist los? Der Hund ignoriert mein Distanzbedürfnis und läuft mit mir oder, besser gesagt, ich laufe mit dem Hund! Er zeigt mir den Weg, indem er an der Straßenecke, wo ich abbiegen muss, auf mich wartet und erst beruhigt weiterläuft, als er sieht, dass ich ihm folge. Wenn ich auf die Karte gucke, kommt er einige Schritte zurück, als ob er sagen würde: „Hab' Vertrauen! Ich kenne den Weg, folge mir!" Die Sache wird mir langsam unheimlich!
Wir verlassen die Stadt. Bald biegt ein Feldweg von der Landstraße nach rechts ab, und ich wundere mich nicht mehr, dass auch der Hund diesen Weg wählt. Er bleibt häufig stehen und schaut, ob ich komme, setzt nach Hundeart seine Duftmarken an Bäume und Steine und ist sichtlich vergnügt.
Bei Pénabert hole ich meine Pilgergeschwister ein. Der Pfad ist vom Regen aufgeweicht, ohne Stöcke kommen sie im Schlamm langsamer voran als ich. Der Hund begrüßt auch sie sehr freundlich und läuft weiter vor uns.
Wir kommen zu einem Waldrand, wo unser Pfad einen schmalen Asphalt-

weg kreuzt. Dort parkt ein Auto, ein Mann steht daneben. Er öffnet die Hintertür, und unser Hund springt in den Wagen. Wir staunen, worauf uns der Mann erzählt, dass sein Hund ein leidenschaftlicher Begleiter der Pilger ist, und das schon seit Jahren. Er wartet morgens vor der Herberge, bis die Pilger herauskommen, dann begleitet er sie bis zu dieser Kreuzung. Hier wartet er, bis er von seinem Herrchen abgeholt wird.
Wir überqueren eine breite Senke mit großen Fischteichen und erreichen das Dorf Manciet. Am Dorfrand steht ein kreisrunder Bau, der erste Stierkampfplatz, den ich auf dieser Reise antreffe. Spanien kommt immer näher!
Im Dorfzentrum ist das Lokal offen, eine gute Gelegenheit, uns ein wenig zu trocknen und zu wärmen. Die Kneipe ist gut besucht, ausschließlich von Männern, die den Sonntagvormittag hier mit Kartenspiel verbringen. Es ist laut und vollgequalmt, aber trocken und warm. Die durchwachte Nacht zeigt ihre Wirkung: Ich schlafe auf dem Stuhl sitzend ein.
Ab hier führt eine schnurgerade Asphaltstraße nach Nogaro, wo wir schlafen wollen. Zwei Stunden eintöniger Asphalt im Regen. Auffallend viele Motorradfahrer sind unterwegs, was uns angesichts des Wetters etwas verwundert. Je näher wir an die Stadt herankommen, umso stärker können wir ein fernes lautes Geräusch vernehmen, für das wir keine Erklärung haben. Des Rätsels Lösung findet sich, als wir am Ortseingang die Schilder erblicken, die ein großes Motorrad-Wochenende ankündigen: Das Geräusch, das wir hören, ist das Heulen von tausend Motoren!
Neben der Motorrad-Rennbahn – Nogaro ist ein Zentrum des Rennsports – sind ausgedehnte Parkplätze und weite Wiesen, die jetzt alle mit Zelten, Campingtischen und Klappstühlen zugestellt sind. Dazwischen stehen unzählige parkende Maschinen, fachsimpelnde, lederbekleidete Männer, die ihre Geräte auf Touren bringen. Wir haben Schwierigkeiten, uns in diesem Durcheinander zur Herberge zu schlängeln, die irgendwo inmitten dieses Chaos stehen soll. Wir, mit unseren schweren Rucksäcken, werden beäugt, als ob wir von einem anderen Stern kämen. Vielleicht tun wir es auch.
Die Herberge ist mit Hunderten von Bikern, die sich vor dem Regen hierher zurückgezogen haben, übervoll bevölkert, sogar der Fußboden ist mit sitzenden und liegenden Gestalten bedeckt. Hier sollen wir heute schlafen? Unmöglich! Erst nach einer Viertelstunde finden wir die entnervte Herbergsmutter, die uns beruhigt. Heute abend ist die Veranstaltung vorbei, und diese Menschenmassen werden bald die Heimreise antreten.

Wir gehen in die große Küche, in der wir etwa dreißig junge Männer vorfinden. Sie alle gehören zu einer Gruppe von Motorrad-Gendarmen, die aus Bordeaux angereist sind. Sie waren zwei Tage hier, und jetzt packen sie für die Heimfahrt. Sie haben wohl zuviel Verpflegung mitgebracht, deshalb fragen sie uns, ob wir ihren übrig gebliebenen Proviant gebrauchen könnten. Aber sicher doch! So kommen wir völlig unerwartet zu einem wahren Festmahl: diverse Wurst- und Käsesorten, selbstgemachte Kuchen und Marmelade sowie drei Flaschen St-Émilion ohne Etikett, angebaut von der Familie eines der Herren.

Wir lassen den Nachmittag in den Abend hinübergleiten. Die Festteilnehmer sind abgereist. Eine unwahrscheinliche Ruhe breitet sich aus, als ob das Volksfest eben nur geträumt gewesen wäre. Es kommen später noch andere Pilger, je ein Ehepaar aus Holland, Frankreich und Italien sowie eine Dame mit dem Fahrrad aus Bayern. Eine internationale, vielsprachige Gesellschaft. Ich müsste besser Englisch sprechen!

Meine Sprachschwierigkeiten sind Teil meiner Biographie. Ich spreche, mehr oder weniger, vier Sprachen, und das sollte im Normalfall reichen. Aber nicht in meinem Fall. Die vier Sprachen sind nämlich: Deutsch, Ungarisch, Russisch und Polnisch. International ist die eine genauso wenig zu gebrauchen wie die andere.

Mein Großvater, der lange vor meiner Geburt verstorben war, kam als deutscher Arbeiter nach Ungarn. Er verbrachte mehr als die Hälfte seines Lebens in Budapest und wurde dort begraben, trotzdem weigerte er sich lebenslang, Ungarisch zu lernen. Wenn man ihn fragte, warum, antwortete er: „Wenn du dich nur zweihundert Kilometer von der ungarischen Hauptstadt entfernst, dann kannst du Ungarisch sprechen oder bellen wie ein Hund, für die Verständigung ist es das Gleiche."

Nein, besonders feinfühlig ist der alte Herr nicht gewesen, aber in der Sache lag er leider nicht ganz verkehrt.

**Montag, 2. Juni 1997**
**Von Nogaro nach Aire-sur-l'Adour**

Ich sehe Plakate hängen, die ein kommendes Sommerfest mit dem Titel „Taureau et musique" ankündigen. „Stier und Musik". Welch eine Assoziation, welch eine sinnliche Verknüpfung! Ich weiß, dass die südfranzösische Spielart des Stierkampfes nur eine harmlose Spielerei in Vergleich mit der tiefen, dunklen, mystischen Dramatik der spanischen Corrida ist, aber auch hier werden die Stiere gehetzt und gestresst. Man darf sich nicht wundern, wenn Tierschützer und Stierkampfbefürworter emotional nie zueinanderfinden werden.

Ich erreiche das Waldgebiet Lande des Bois. Die Wälder sind Eichenwälder, die Alleebäume sind Eichenbäume, und auch die uralten Baumriesen, die die Bauernhöfe beschatten, sind meistens Eichen wie fast überall in Frankreich. Wieso wird bei uns die Eiche als der deutscheste aller Bäume betrachtet? Wie ich auf meinem Weg beobachten konnte, ist sie eher der französischste aller Bäume. So gesehen hat das deutsche Militär in den vergangenen Auseinandersetzungen mit dem französischen „Erbfeind" sich mit falschen Federn, mit dem falschen Laub geschmückt.

Nach dem Hof Laguillon treffe ich meinen rastenden Pilgerkollegen wieder. André kocht Kaffee, ich esse eine mitgebrachte reife Tomate und denke, so gut hat mir noch nie eine Tomate geschmeckt! Diesen Geschmack zu erleben, bleibt wohl dem müden Pilger vorbehalten.

Mein derzeitiger „Pilgersekretär" André hat heute für uns eine besondere Unterkunft organisiert. Der Hof La Castéra liegt oberhalb der Stadt Aire-sur-l'Adour und wird von einem älteren Ehepaar bewirtschaftet. Die wirklichen Bewohner des Hauses sind aber die etwa fünfundzwanzig Katzen, die allgegenwärtig den Hof bevölkern. Die genaue Anzahl der Tiere ist auch den alten Herrschaften nicht bekannt. Wohin ich mich auch wende, sitzen, laufen, spielen und liegen Katzen, Katzen jeder Größe, Farbe und jeden Alters. Ich werfe einen verstohlenen Blick auf die alte Dame. Vielleicht heißt sie Angéline und hat womöglich Katzenohren?

Sie kocht, auch für uns, ein Abendessen, das wir mit dem Ehepaar gemeinsam in sehr familiärer Atmosphäre einnehmen. Am Anfang wird eine gut gewürzte landestypische Suppe serviert, eine Gemüsesuppe mit viel Kartoffeln, Lauch und Tomaten. Dann folgt ein Entenbraten mit Pommes frites, die im Entenschmalz frittiert wurden. Danach gibt es Schweinesteak mit Salat, Käse, Quark mit selbstgemachter Melonenmarmelade, mit Zimt und Nelken gewürzt. Abschließend Kaffee. Und was kaum zu glauben ist, zum Trinken wird ein 1988er Madiran gereicht, ein wunderbarer Wein, den ich zu Hause nur meinen besten Freunden vorsetzen würde.

**Dienstag, 3. Juni 1997**
**Von Aire-sur-l'Adour nach Arzacq-Arraziguet**
Als wir uns nach dem guten Frühstück von unseren Wirtsleuten verabschieden, regnet es. Aber André ist optimistisch. Er zitiert eine alte französische Bauernregel, die besagt:

*Petite pluie du matin*
*N'arrête pas le pèlerin.*

Zu Deutsch: „Ein kleiner Morgenregen hält den Pilger nicht zurück", was so verstanden werden soll, dass, wenn es am Morgen ein wenig regnet, der Tag später schön wird. Diese Erfahrung habe auch ich öfters gemacht, so auch jetzt. Kaum sind wir unterwegs, weichen die Wolken, und die wärmende Sonne lässt die Wege trocknen.
Ich habe gestern abend den guten Wein zu ausgiebig genossen. Heute fühle ich mich wieder schwach und müde. So trenne ich mich bald von meinen Freunden, sie sind mir heute einfach zu schnell. Es ist wieder sehr warm und die Landschaft recht hügelig, ich muss die lange Strecke etwas langsamer angehen.
Die kleine romanische Jakobskirche von Sensacq wurde im 11. Jahrhundert erbaut. Durch spätere Erweiterungen hat der Bau einen stark gegliederten Baukörper bekommen. Der Innenraum mit dem offenen Holzdach und mit den einfachen Stilformen lässt mich eine Zeitreise in die früheren Jahrhunderte antreten, als hier die Christen noch durch Untertauchen in einem großen Becken getauft wurden.
Vorbei an einsamen Bauernhöfen komme ich zu der kleinen Gemeinde Pimbo, an einem Hügel gelegen und von einer romanischen Kirche gekrönt. Hier sollen zweihundert Seelen leben, aber in der flimmernden Mittagshitze scheint das Dorf wie ausgestorben. Auch die Kirche ist geschlossen. Ich fülle meine Feldflasche, verarzte meine Fußblasen, die ich vor Tagen im Regen bekam, und setze meinen Tagesmarsch fort.
Wasser gibt es auch bei einem Bauernhaus, kaum zwei Kilometer weiter, wo neben dem Eingangstor ein Wasserhahn zu finden ist. Auf dem Schild darüber ist zu lesen:

*Les Chemins du Roy Compostelle 924 Km*
*eau potable*

Na also! Schon fast geschafft!
In Arzacq-Arraziguet steht die Herberge auf dem weiten dörflichen Hauptplatz. Die einfache Schlafgelegenheit wird durch einen hinter dem Haus liegenden schönen Obstgarten aufgewertet. Ich genieße die Ruhe des sonnigen Nachmittags, die durch das Laub der alten Apfelbäume auf mich herunterrieselt.
Es gibt doch noch ehrliche Pilger! Mein verlorenes Messer ist wieder aufgetaucht! Und das kam so:
Der Herr Pfarrer in Aumont-Aubrac hat das gute Stück damals einem holländischen Pilger ausgehändigt mit der Bitte, es in Cahors in dem Geschäft meines Freundes abzugeben. Der junge Mann, ein holländischer Urlaubspilger, kam ausgerechnet an einem Sonntag in Cahors an, und so konnte er das Messer nicht loswerden. Anschließend fuhr er nach Holland zurück und nahm mein Messer mit. Wie ich heute am Telefon erfahre, hat er es mit der Post nach Cahors geschickt.

**Mittwoch, 4. Juni 1997**
**Von Arzacq-Arraziguet nach Arthez-de-Béarn**
Der Urlaub meiner Pilgerfreunde geht zu Ende, sie müssen sich beeilen. Ich will das mir genehme Tempo nicht steigern und heute nur bis Pomps laufen. Dort soll die Möglichkeit bestehen, in einem Sportzentrum zu übernachten. Ich lasse André, als seine letzte „Amtshandlung", dort telefonisch für mich eine Unterkunft bestellen.
André führt mich in den Garten hinaus und zeigt nach Südwesten, wohin wir laufen wollen. Nach dem nächtlichen Regenschauer ist der Himmel bedeckt, aber die Luft ist klar, und die Sicht ist ungewöhnlich gut. Hinter einem breiten ebenen Landstrich erheben sich in der Ferne die hohen Berge der Pyrenäen. Ein wunderbares Bild, ein wunderbares Gefühl! Dahinter liegt Spanien! Bis dahin habe ich noch einige Tage zu laufen, aber ich kann die Berge schon sehen!
„Schau", sagt André, als letzte Verlockung, „alles flach, wie eine Tischplatte. Auf solchem Gelände sind die vierzig Kilometer, die wir heute laufen wollen, ein Nichts. Komm mit uns!" Ich brauche aber nur einen Blick auf die Karte zu werfen: Das Terrain ist eben, wie ein Wellblech eben ist. Zwar fehlen die großen Erhebungen, aber der Weg muss unzählige quer verlaufende Bachtäler überwinden.

Der Abschied fällt mir wieder sehr schwer. Wir umarmen uns alle herzlich und dann begeben sich meine Freunde auf ihren Weg. Ich schaue ihnen mit Wehmut lange nach, und ich habe Zweifel, ob es nicht besser gewesen wäre, auf André zu hören und mitzugehen.
Etwas später bin auch ich unterwegs. Es will heute nicht warm werden. Die hügelige Landschaft ist dünn besiedelt, die Dörfer sind klein, die Höfe einsam. Auf den Feldern wird meistens Mais angebaut. Hier treffe ich ein mit mir etwa gleichaltriges holländisches Pilgerpaar. Obwohl schon leichter Regen einsetzt, haben es sich die beiden unter einem großen Eichenbaum bequem gemacht. Sie haben sich auf einem Kocher Kaffee zubereitet und laden mich zu einer Tasse ein. So sitzen wir im nassen Gras auf einer Plastikplane, und obwohl es schon durch die Baumkrone regnet, finde ich die Situation recht gemütlich. Das gibt es auch nur beim Pilgern!
Bis Pomps laufen wir zusammen. Ich bin dort am Ziel, sie wollen, trotz Regen, weiter nach Arthez-de-Béarn. Spaßeshalber verspreche ich ihnen, beim Duschen, also in zehn Minuten, an sie zu denken.
Die alte Frau, bei der mir André die Unterkunft bestellt hat, ist schnell gefunden. Sie deutet auf die unweit an einer Wiese liegende Sporthalle, dort kann ich mir einen Platz suchen. Ich laufe hin und traue meinen Augen nicht. Die Halle ist eine Ruine! Die Fenster sind eingeschlagen, die Türen aus der Mauer gerissen, und die Nebenräume, wo früher wahrscheinlich die Schlafräume gewesen sind, sind leer und mit Brettern zugenagelt. In dem großen Raum, in den es auch noch reinregnet, stapeln sich Bauschutt und Müll. Ich denke, die gute Frau hat diese Halle seit Jahren nicht mehr betreten, sonst könnte sie nicht glauben, dass hier jemand übernachten kann.
Ja, was nun? Lange brauche ich es mir nicht zu überlegen: Ich muss weiter. Bald hole ich meine Holländer ein. Das Blatt hat sich gewendet, jetzt werde ich verspottet.
Wir laufen gemeinsam nach Arthez-de-Béarn. Eine Herberge gibt es auch hier nicht. So gehe ich zum Pfarrhaus, wo den Pilgern eine Notunterkunft zur Verfügung steht.
Es ist nur ein kleiner Raum mit Kochgelegenheit und kaltem Wasser. Eine Dusche gibt es nicht. Schlafen kann man auf einem wackligen Feldbett, eine Stoffplane auf Holzgestell.

**Donnerstag, 5. Juni 1997**
**Von Arthez-de-Béarn nach Sauvelade**
Ich habe viel besser geschlafen, als dieses Ersatzbett es befürchten ließ. Nachts hat es stark geregnet, aber der Morgen ist freundlicher. Ich laufe seit Tagen an Maisfeldern vorbei. Wo sind nur die vielen Tiere, die diese gigantische Menge Mais fressen sollen?
Ich überquere den Fluss Gave de Pau. Der schon zitierte Pilgerführer, der Codex Calixtinus, warnt vor diesem Übergang, der damals nur mit Booten überquert werden konnte, wie folgt:
Die Fährleute sind entschieden zu verdammen! ... Ihr Schiff ist nämlich klein, aus einem einzigen Baum gefertigt, und kann Pferde kaum aufnehmen. ... Oftmals lassen die Fährleute, nachdem die Pilger bezahlt haben, eine große Menge in das Boot einsteigen, damit das Schiff kentert und die Pilger im Wasser ertrinken. Dann freuen sie sich hämisch und bemächtigen sich der Habe der Toten.
Hinter dem Fluss liegt Maslacq. Dort setze ich mich in die wärmende Sonne, trinke meinen Kaffee und schreibe diese Zeilen in mein Tagebuch. Manchmal, wie beispielsweise gestern, bin ich abends so müde, dass ich beim Schreiben einschlafe.
Bis zum Ziel habe ich noch zwei Täler zu überwinden. Es ist wieder heiß geworden, ich habe heute bestimmt fünf Liter Wasser getrunken und alles wieder ausgeschwitzt. Aber endlich sind auch die letzten Meter geschafft, und ich erblicke die ehemalige Abteikirche von Sauvelade.
Ich bin da, aber wo ist hier das Dorf? Und wo ist die Herberge? Ich habe vorher selbst mit dem Bürgermeister telefoniert und eine Unterkunft vorbestellt. Außer der Kirche und einen angebautem Schloss sehe ich nur Maisfelder und etwas entfernt einige einzelne verstreute Häuser. Menschen sind nicht zu sehen.
Ich gehe in die Kirche. Es ist ein schöner romanischer Bau aus dem 12. Jahrhundert, wie so viele Kirchen auf diesem Weg, die in der Blütezeit der Jakobspilgerei entstanden sind. Auf die alte Pilgertradition weist eine hölzerne Jakobusstatue hin. Der Apostel trägt goldene Kleider und cinen flitzebogenartig krummen Stab.
Einmal um die Kirche, und ich betrete den Hof des Schlosses. Der Eingang ist offen. Das Gebäude wird offensichtlich restauriert: Sandhaufen, Mörtelkästen, Ziegelsteine, Bauschutt, wohin ich schaue.

Ich kehre zur Kirche zurück und bin etwas ratlos. Endlich kommt ein Mann vorbei, der mir das Haus zeigt, wo der Bürgermeister wohnt. Ich selbst wäre bestimmt nicht darauf gekommen, einen Bürgermeister in diesem weitentfernten, alleinstehenden Haus zu suchen.
Im Garten vor dem Haus zeigt sich Familienidylle. Eine junge Frau spielt mit ihrem Baby, ein Hund kläfft mich aus Pflichtbewusstsein kurz an. Ich frage nach dem Bürgermeister. „Sie sind hier schon richtig, ich bin es", sagt die Frau. Die Herberge ist in dem Schloss. Ich kann mir darin einen beliebigen Platz suchen. Dort wird zwar gebaut, aber die Arbeit ist momentan unterbrochen. Für drei Mark Leihgebühr bekomme ich eine Gummimatratze mit Luftpumpe sowie eine Decke. „Angenehme Nacht wünsche ich Ihnen."
Zurück in dem dreihundert Jahre alten Schloss treffe ich dort einen jungen Mann an, einen Franzosen, der von Le Puy kommt und nach St-Jean möchte. Jeder von uns sucht sich ein eigenes Zimmer. Mein Saal ist etwa zehn mal zehn Meter und schon halbwegs restauriert. Ein großer offener Kamin, mit einem goldenen Fresko verziert, bildet die ganze Einrichtung. Die Stuckdecke zeigt eine besonders prächtige Rosette mit Frucht- und Blättermotiven, farbenfroh bemalt. Auch die unverputzten Natursteinwände sind sauber ausgefugt. Nur der Fußboden, ein vergammeltes Parkett, ist dick mit Müll bedeckt. Ich suche mir ein Brett, womit ich den Unrat zur Seite schiebe, um so für die Matratze einen „sauberen" Platz zu schaffen.
Dann setze ich mich zu dem Franzosen auf die Eingangstreppe und esse, wie er, das karge Pilgermahl: Brot, Käse, Apfel. Mehr zu tragen wäre viel zu anstrengend. Vor uns liegen weite Maisfelder, in denen Grillen fiedeln, dahinter die noch immer fernen Berge. Die Ritzen der Steintreppe sind von ungewöhnlich vertrauensseligen Eidechsen bewohnt. Sie sitzen, nur eine Spanne weit von unseren Fußspitzen entfernt, und beobachten, was wir fremde Wesen vor ihrer Haustür so treiben.
Mein Pilgerbruder erzählt, dass er täglich fünfunddreißig bis vierzig Kilometer läuft. Er hat es eilig, da er in vier Tagen schon wieder arbeiten muss. Zehn Kilo hat er abgenommen, was allein schon für ihn diese Reise sinnvoll macht. Er ist sehr müde, und nach dem Essen legt er sich früh schlafen. Als er von der Treppe aufsteht, merke ich, dass er kaum auf die Füße kommt und nicht auftreten kann. „Das macht überhaupt nichts", sagt er, „das ist jeden Abend so. Morgen früh wird es besser."

**Freitag, 6. Juni 1997**
**Von Sauvelade nach Navarrenx**
Die Nacht auf der wulstigen Luftmatratze hat mir wenig Schlaf erlaubt. Ein Glück, dass ich mir für heute nicht viel vorgenommen habe. Manchmal sind allerdings auch fünfzehn Kilometer fünfzehn zuviel. Die kurzen Steigungen strengen mich an, ich schleppe mich mühsam vorwärts, mache viele Pausen. Als die Sonne höher steigt, steigt auch die Temperatur mit in unangenehme Höhe.
Der Name der Stadt Navarrenx wird von „am Rand von Navarra" abgeleitet. Sie wurde als Grenzbefestigung an der Brücke über die Gave d'Oloron erbaut. Der militärische Charakter der Siedlung ist bis heute sichtbar. Eine vollständige, mit Türmen bewehrte Ringmauer umgibt die Altstadt, in der eines der größten Gebäude das ehemalige Arsenal ist. Heute ist es ein Museum. Der tiefe Quellbrunnen, Fontaine militaire, in der Nähe diente der Versorgung im Verteidigungsfall.
Es ist noch früh am Nachmittag. Die Herberge, die sich im Arsenal befindet, wird noch renoviert, sie ist geschlossen. Ich will den Pfarrer nicht bei seinem Mittagsschlaf stören, also verbringe ich die Mittagszeit in einer Bar. Ich bin der einzige Gast. Die junge Wirtin hat eine besondere Fertigkeit: Sie kann Kaffee kochen und Geld kassieren, ohne ihren Blick auch nur eine Sekunde lang vom laufenden Fernseher abzuwenden.
Später klingle ich beim Pfarrer. Ein kleiner hagerer Herr öffnet die Tür und hört mir zu, wie ich meinen Vers aufsage. Ohne eine besondere Geste der Freundlichkeit bittet er mich in die Wohnung und zeigt mir ein schönes, geräumiges Zimmer, wo ich schlafen kann. Mit derselben distanzierten Stimme fragt er mich, ob ich schon gegessen habe. Erst denke ich, er will mir ein Lokal empfehlen, aber als ich sage, dass ich noch nicht gegessen habe, bittet er mich in sein Esszimmer und stellt ein fürstliches Mahl auf den Tisch: Würstchen mit Paprikagemüse, Pastete, Salat, Obst und eine Flasche guten Jurançon. Dann entschuldigt er sich – er muss in die Kirche – und lässt mich allein. Träume ich denn?
Später bitten auch drei Schweizer Damen um Einlass. Auch sie bekommen ein Zimmer. Danach werden wir von unserem Gastgeber gefragt, ob wir das Abendessen mit ihm teilen würden. Nur Brot und Wein sollten wir besorgen, sonst hat er alles, wie er sagt.
Es gibt Rindfleisch mit Reis und Salat, Käse, Obst und Wein. Ich werde vom

János, Palma, Bernadette, Nadine und André vor dem langen und dunklen Tunnel, Séviac

Trinkwasser, in heißen Tagen ein Segen

Ich sehe schon die Pyrenäen!

Der alte Gedenkstein „Gibraltar"

Cirauqui

Römerstraße vor Los Arcos

Weiter! Weiter!

Mittelalterliche Brücke über den Fluss Salado

Hausherrn gefragt, aus welchem Grund ich nach Santiago de Compostela laufe, und ich antworte, dass ich diese Pilgerreise aus Dankbarkeit für die wundersame Heilung meiner Frau unternehme. Daraufhin möchte er die Geschichte ganz genau erzählt bekommen, was ich mit Hilfe der sprachkundigen Damen dann auch versuche, obwohl mir die Erinnerung Tränen in die Augen treibt. Als ich mit meiner Erzählung zu Ende komme und meine Augen getrocknet habe, sagt er, dass er schon in dem ersten Augenblick, als er mich heute nachmittag sah, wusste: „Hier kommt ein echter Pilger mit einem ernsthaften Anliegen."
Ich bin gerührt und habe keine Schwierigkeiten, es zu zeigen. Der Pfarrer möchte, dass ich meine Frau von seinem Telefon sofort anrufe. Das ist leider nicht möglich: Rita ist zu einem Lehrgang nach Verona gefahren, und ich kann sie dort nicht erreichen.
Bevor wir uns zum Schlafen begeben, äußert unser Gastgeber die Bitte, von einer Bezahlung, in welcher Form auch immer, abzusehen. „Das ist mein Dienst an den Pilgern." Er trägt eine Widmung in meinen Pilgerbrief ein, und ich schreibe in sein Gästebuch:
*Vielen herzlichen Dank für den lieben Empfang und die Bewirtung des müden Pilgers. Ich danke Gott, mich in dieses freundliche Haus geführt zu haben.*

## Samstag, 7. Juni 1997
### Von Navarrenx nach Aroue
Weil es gestern am Nachmittag so irrsinnig heiß gewesen ist, stehe ich in aller Herrgottsfrühe auf, um in den kühlen Morgenstunden möglichst weit zu kommen. Die Kühle ist relativ: Kurz nach sechs Uhr, als ich loslaufe, hat es schon über zwanzig Grad. Der Himmel ist mit phantastischen Wolkenbildern verziert, ich kann mich kaum sattsehen. Schon für dieses himmlische Schauspiel im flach einfallenden Morgenlicht hat sich das frühe Aufstehen gelohnt.
Die dreibögige Steinbrücke, auf der ich den Fluss Gave d'Oloron überquere, wurde vor siebenhundert Jahren erbaut. Sie trägt heute noch den gesamten Straßenverkehr über den Fluss.
Jetzt bin ich in Navarra. Die historische Landschaft östlich und westlich der Pyrenäen hat bei den Pilgern des Mittelalters keinen guten Ruf genossen. Der schon zitierte Codex Calixtinus aus dem 12. Jahrhundert lobt zwar das reiche Land, aber lässt auf dem Kopf der Navarresen kein gutes Haar wachsen:

*Navarrus bedeutet non verus (nicht wahr) ... Sie sind schlecht gekleidet und sie essen und trinken schlecht. ... Wenn man sie essen sieht, glaubt man fressende Hunde oder Schweine vor sich zu haben. Wenn man sie reden hört, erinnert es an Hundegebell. ... Die Navarresen pflegen mit ihrem Vieh Unzucht zu treiben. ... Für eine Münze tötet ein Navarrese oder Baske, wenn er kann, einen Franzosen.*

Diese letzte Bemerkung lässt die Vermutung zu, dass der Autor des Textes nicht Papst Calixtus II., sondern ein Franzose, nach der Geschichtsforschung vermutlich der Geistliche Aimery Picaud aus dem Poitou, gewesen ist.

Ich lasse Navarra auf mich zukommen!

Hinter dem Fluss la Saison, den ich auf einer ehemaligen Eisenbahnbrücke überquere, komme ich zum ersten baskischen Dorf auf dem Weg, nach Líchos. Die Schweinestallungen am Dorfanfang verbreiten einen penetranten Gestank, aber das Dorf dahinter ist recht hübsch.

Aroue ist auch eines dieser Dörfer, die gar keine sind: eine kleine Kirche, einige wenige Häuser am Straßenrand, eine Tankstelle, wo man auch Tabak und Getränke erhält. Die Tankstelle wird von Madame Lagarde betrieben. Sie ist auch die Herrin der Herberge. Sie gibt mir erstens kaltes Mentholwasser zu trinken, zweitens den Schlüssel zu der Herberge.

Die Herberge ist eine Doppelgarage mit Kochgelegenheit. Fünf Pritschen, ein Tisch, einige wackelige Stühle, das ist alles. Eine Dusche und ein WC sind hinten angebaut. Trotz dieser Kargheit ist Kritik hier nicht angebracht. Ohne diese einfachen Herbergen wäre meine Pilgerreise in der dünn besiedelten Gegend nur mit eigenem Zelt zu bewältigen. Richtige Gasthäuser oder gar Hotels könnten von den wenigen Fremden, die sich hierher verirren, nicht existieren. Die gîtes sind die einzigen Einrichtungen, die sich durch das Zusatzgeschäft der Bewirtung gerade noch tragen.

Die Berge sind heute deutlich nähergekommen. Südöstlich von uns sind die Felsentürme wild gezackt und schneebedeckt. Gut, dass wir nicht dort, sondern weiter nördlich hinübersteigen werden. Dort sind sie flacher, kein Fels, kein Schnee.

**Sonntag, 8. Juni 1997**
**Von Aroue nach Ostabat**

Nach dem Hof Letchaureguy biegt der markierte Wanderweg hakenförmig nach rechts ab und verschwindet in einem schmalen, tunnelartig zugewachsenen, fast ausgetrockneten Bachlauf. Wie die Klugköpfe, die diese Wegmar-

kierung zu verantworten haben, auf den Gedanken gekommen sind, die Wanderer hier durchkriechen zu lassen, bleibt deren Geheimnis. Ich laufe auf der schmalen, schrägen Bachböschung und, obwohl ich mich auf meine Stöcke stützen kann, rutsche ich aus, und nach fast zweitausend Kilometern stürze ich zum ersten Mal. Meine Hose ist mit Schlamm beschmiert, mein linker Ellbogen aufgeschlagen. Ich säubere die Wunde mit Trinkwasser aus der Feldflasche.
Nur zweihundert Meter weiter ist der Hohlweg infolge der vergangenen Regenfälle überflutet, ein Weiterkommen ist nicht möglich. Ausweichen auf die Maisfelder kann ich auch nicht, da links und rechts dichte Brombeerbüsche den Weg begrenzen.
Ich schaue auf die Karte. Zurückkehren würde einen großen Umweg mit sich bringen.
Also, nochmals: Irgendwo muss hier doch ein Notausgang zu finden sein. Und wahrhaftig, nach einiger Zeit entdecke ich so was wie eine Spur durch das Brombeerdickicht. Es ist mit Stacheldraht quer abgesperrt, aber das kann jetzt auch kein Hindernis sein.
Gut. Jetzt laufe ich an einem Maisfeld parallel zum Schlammweg und hoffe, dass ich irgendwo wieder zum Weg zurückkehren kann.
Das ist nach etwa dreihundert Metern auch der Fall. Wieder ist der Zaun überwunden, es kann weitergehen. Oder nicht?
Der Feldweg führt an einem Bauernhaus vorbei. An dieser Stelle ist er auf einer kurzen Distanz dreimal hintereinander gesperrt, einmal mit einem elektrischen Weidezaun, danach zweimal mit Drahtverhau. Dahinter geht die Markierung, wie ich sehen kann, weiter. Zwischen den Hindernissen bellen zwei lebhafte Hunde.
Erst versuche ich, die Hunde zu ärgern, damit der Bauer herauskommt und mir den Weg freimacht, aber es ist Sonntag und ziemlich früh, keiner will sich zeigen.
Also gut: Selbst ist der Mann! Die Drahtzäune sind mit Bindfaden festgebunden; bei dem ersten kann ich den Knoten lösen, bei dem zweiten muss das Messer behilflich sein. Die elektrische Sperre lässt sich nicht aushängen; und als ich den Draht vorsichtig hochhebe, um darunter durchzukriechen, kriege ich einen gewischt. Jetzt reicht's! Ich durchtrenne die Sperre mit meinem Stock, der Weg ist frei. Die Hunde protestieren und wollen mich am Weiterkommen hindern, aber sie merken, dass ich zornig bin, und so halten

sie Abstand. Eine weise Entscheidung, sonst gäbe es am Mittag Hund am Spieß!

Kurz danach überquere ich eine Wiese, die dicht mit Pfefferminze bewachsen ist. Es duftet wie in einem Kräutergarten. Am Rand der Wiese steht die romanische Kapelle von Olhaïby, ein dem heiligen Just geweihtes Kirchlein. Das makabre Altarbild zeigt, wie er geköpft wird.

Das Gelände steigt. Die Maisfelder gehen allmählich in Wiesen über. Wohlgenährte helle Kühe schauen mir interessiert zu, und ich meine, in ihren freundlichen Blicken Zustimmung zu entdecken.

Weiter oben werden die Kühe von grasenden Schafen abgelöst. Obwohl es sommerlich heiß ist, haben viele dieser Tiere noch ihren Winterpelz an. Können Schafe schwitzen? Ich tue es jedenfalls. Das Salz lässt meine Wunde und die Kratzspuren, die ich mir im Brombeergestrüpp geholt habe, unangenehm brennen. Dies hindert mich nicht daran, diesen wunderbaren Tag, diese weitläufige Landschaft in vollen Zügen zu genießen.

Die kleine Bar am Ortsausgang von Larribar-Sorhapuru – der Name zeigt, dass wir im Baskenland sind – ist geöffnet. Kein Gast, nur die Wirtin genießt die Kühle des abgedunkelten Raumes. Ich trinke ein Mineralwasser mit grünem Menthol. Die alte Dame fragt mich, ob ich katholisch sei, und als ich ihre Frage bejahe, spendiert sie mir ein zweites Glas.

Nach einer Stunde komme ich zum Weiler Hiriburia, wo der berühmte Gedenkstein mit dem rätselhaften Namen „Gibraltar" steht. Nach der Auffassung der Etymologen hat diese Bezeichnung nichts mit der bekannten Meerenge zu tun, vielmehr wird er von dem altbaskischen Wort Chibaltarem, zu Deutsch „Erlöser", abgeleitet. Die runde, mühlsteinförmige Scheibe bezeichnet die Stelle, wo die zwei nördlichen historischen Jakobspilgerwege, die aus Tours kommende Via Turonensis und die aus Vésalay kommende Via Limovicensis sich mit der aus Le Puy kommenden Via Podensis vereinigen.

Ich stelle mir lebhaft vor, wie die vom Norden kommenden Pilgerscharen hier von den Pilgern aus dem Osten begrüßt worden sind. Sicher wurden Messen gelesen, getanzt und gesungen. Unbewusst habe ich hier auch heute so etwas Ähnliches erwartet. Die unscheinbare Wegkreuzung, die ich zwischen Einfamilienhäusern vorfinde, lässt bei mir eine leise Enttäuschung aufkommen.

Ich mache eine kurze Pause, esse mein Brot, trinke mein Wasser. Im Garten neben mir ist eine Frau dabei, Rosen zu schneiden. Sie trägt ihre hellen Haare

offen und hat ein orangefarbenes Sommerkleid an. Unsere Blicke kreuzen sich, eine kurze Begrüßung, und ich hoffe, von ihr angesprochen zu werden, aber sie geht ins Haus zurück. Auch ich gehe meinen Weg.
Der steigt jetzt auf eine nur mit Gras und Wacholder bewachsene Bergkuppe, die rund und massig ist, wie der Rücken einer riesigen Schildkröte. Oben, wo die Aussicht auf das Vorland der Pyrenäen und auf die Berge dahinter am schönsten ist, steht die kleine Kapelle Notre Dame de la Garde. Angebaut ist eine kleine saubere Schutzhütte mit Tisch und Bänken, die zum Verweilen einladen. Auf dem Tisch steht eine Vase mit frischen Schnittblumen.
Gott, ist das ein schönes Fleckchen Erde, ein mit allen Schönheiten der Welt gesegnetes Land! Ich wünschte mir so sehr, dass die hier lebenden, zu mir so freundlichen Menschen mit ihren vermeintlichen Feinden Frieden schließen könnten!
Den Berg abwärts durchquere ich einen schönen Eichenwald und erreiche die kleine Siedlung Harambeltz. Die Pflege der im 11. Jahrhundert von den Benediktinern erbauten Kirche wurde den hier wohnenden vier Familien urkundlich anvertraut. Die Geschichte einer dieser heute noch hier wohnenden Familien kann man bis in das Jahr 987 zurückverfolgen.
Ich erreiche Ostabat. Durch das Zusammentreffen der drei französischen Jakobswege ist die ehemalige Stadt, deren alter Name „Hostavalla" auf die Pilgerherberge hinweist, eine der wichtigsten Ortschaften des gesamten Pilgerweges gewesen. In den Glanzzeiten, im 12. Jahrhundert, konnten hier fünftausend Pilger gleichzeitig Unterkunft und Verpflegung bekommen.
Heute hat das Dorf kaum zweihundert Einwohner. Eine Kirche ohne Besonderheit, ein Tabakladen, wo man auch Getränke, Konserven und altes, trockenes Brot bekommt, eine Telefonzelle, deren Apparat nicht funktioniert. Keine Spur von der alten Herrlichkeit.
Oder doch? Einem der Dorfbewohner ist es zu verdanken, dass eine der historischen Pilgerherbergen nicht nur in ihrer Bausubstanz erhalten geblieben ist; er hat das in seinem Besitz befindliche Gebäude löblicherweise ihrer ursprünglichen Aufgabe als Pilgerherberge zugeführt. Es ist mir ein besonderes Vergnügen, in diesem restaurierten traditionsreichen Haus übernachten zu dürfen. Wieder lasse ich meiner Phantasie freien Lauf: Wie ist es damals gewesen? Was haben die Pilger hier, in dieser Küche gekocht, was haben sie gegessen? Welche Lieder haben sie gesungen? Keiner stört mich bei der Betrachtung der bunten Bilder: Auch hier bin ich heute der einzige Gast.

Der im Nachbarhaus wohnender Hausherr fragt mich am Abend, ob ich Eier möchte. Danach bekomme ich drei Eier geschenkt. Ein liebenswürdiges, ein rührendes Zeichen der Gastfreundschaft.

**Montag, 9. Juni 1997**
**Von Ostabat nach St-Jean-Pied-de-Port**
Ich habe mir eine Faustregel für heiße Tage erdacht und mehrmals ausprobiert. Sie lautet: „Bis neun Uhr neun Kilometer." Wenn ich in der frischen Morgenluft bis neun Uhr neun Kilometer hinter mich bringe, habe ich den Großteil des Tagespensums bis elf Uhr, bevor die Hitze lästig wird, geschafft. Dazu ist es allerdings erforderlich, dass ich um fünf Uhr, wenn es draußen noch stockdunkel ist, aufstehe. So wie heute. Ich trinke meinen Pulverkaffee, in dem ich das steinharte Brot aufweiche, und esse die hart gekochten Eier, die ich gestern geschenkt bekommen habe.
Der schmale Asphaltstreifen, auf dem ich das Dorf verlasse, setzt sich in einen Hohlweg fort, der hier der historischen Pilgerroute entspricht. Heute ist der Pfad mit hohem Gras bewachsen und durch wuchernde Brombeerbüsche eingeengt, aber für den Betrachter, der einen Blick dafür hat, ist er alles anderer als unscheinbar. Die Tiefe der Spur und die umweglose Zielstrebigkeit, mit der sie die Richtung verfolgt, lassen erahnen, welch große Pilgerscharen hier den Weg zu den Pyrenäen gefunden haben.
Nach Gamarthe ist die Wegführung etwas unübersichtlich. Ich folge auf dem schmalen Feldweg der rotweißen Markierung und komme auf eine Auenwiese, wo es nicht weitergeht. Die ausgetretene Spur hört vor einem Zaun einfach auf.
In solchen Situationen ist es hilfreich, sich darauf zu besinnen, dass die vorangegangenen Pilger, die diese Spur hinterlassen haben, auch nicht fliegen konnten. Es muss also eine Möglichkeit geben, weiterzugehen. Aber wo? Und siehe da, einige Schritte zurück entdecke ich die Fortsetzung. Sie führt über einen Stacheldrahtzaun, dann ein gewagter Sprung über den rauschenden Bach, danach quer durch ein tiefes Maisfeld, und schon kann ich mit meinem schweren Rucksack über ein mit einer Kette abgesperrtes Stahltor klettern, um wieder auf dem mit Markierung versehenen Feldweg zu landen. Ich glaube nicht, dass dies der amtliche Pilgerweg ist, aber, nach der Spur geurteilt, eine sehr frequentierte Alternative dazu.
Bei dem viertürmigen Schloss von Apat warten schattenspendende alte Ei-

chen auf den müden Wanderer. Ich lege mich hin und beobachte, wie die nach Osten ziehenden Wolken über mir sich in dem Geäst der Bäume verstecken. Das monotone Plätschern des Baches wird von den Vögeln mit frohem Gesang begleitet.

Gut ausgeruht, aber schon in der Mittagshitze, laufe ich weiter. In St-Jean-le-Vieux besuche ich die in der Ortsmitte stehende Kirche. Nach einem kurzen Dankesgebet komme ich fast frühzeitig in den Himmel. Ich möchte vor der Kirche die Durchgangsstraße überqueren, wobei ich vergesse, dass Zebrastreifen in Frankreich höchstens als optische Fahrbahnverzierungen gelten, sonst haben sie keinerlei Bedeutung. Ein mit Hochgeschwindigkeit heranbrausender junger Fahrer schafft es nur knapp, mich am Leben zu lassen, indem er sein Fahrzeug quietschen und schleudern lässt.

Noch eine Stunde, dann ist es geschafft: Ich stehe vor der Porte St-Jacques in St-Jean-Pied-de-Port! Ein unbeschreibliches Gefühl, das meine enthusiastischen Empfindungen, die ich am Bodensee und später in Le Puy verspürte, noch übertrifft! Wieder ist ein Meilenstein erreicht! Die heutige Etappe ist die letzte in Frankreich gewesen, von hier geht es nach Spanien! Der nächste „Meilenstein" steht in Santiago de Compostela! Ich kann es noch immer nicht glauben, dass ich so weit gekommen bin!

Links hinter dem wehrhaften Stadttor ist eine Quelle. Ich lege meine Last ab und bin dabei, meinen Durst zu löschen und den Staub und Schweiß vom Gesicht zu waschen, als sich mir eine freundlich lachende Frau nähert und mir zuruft: „Schau mal, ein Pilger!" Sie stellt sich vor als Madame Janine, die Betreuerin der Pilgerherberge. Ich frage sie, wo die Herberge ist. „Hier", antwortet sie, „wir stehen davor!"

Ich bekomme ein Bett. Später setze ich mich geduscht und wohlduftend vor die Herberge und schaue zu, wie zahlreiche Touristen die alten Häuser, die Pilgerherberge und vielleicht auch ein bisschen mich bewundern. Sie tun das natürlich nicht direkt, sie wissen ja gar nicht, dass der Mensch, der da neben der Quelle sitzt, seit fast vier Monaten unterwegs ist, aber ich fühle mich in wohltuender Weise mit dem Weg, mit dieser Stadt, mit dieser Straße verwandt. Das tausendjährige Pilgerwesen zeigt sich hier in mancherlei Gestalt, und ich gehöre dazu!

Später sind alle sechs Betten in der Herberge belegt: von vier jungen Urlaubspilgern aus Deutschland und aus der Schweiz sowie einem Radfahrer aus Norddeutschland. Er ist in meinem Alter und betont, ein echter Pilger zu sein. Nach seiner Erzählung ist er zu Hause eine sehr wichtige öffentliche Persönlichkeit. So wurde er in einem feierlichen Akt vor der heimatlichen Kirche in Anwesenheit von zwei Zeitungsreportern vom Priester gesegnet und auf die Reise geschickt. Seitdem wird in den Zeitungen laufend berichtet, wo er sich befindet. Er ist stolz darauf, nur Plattdeutsch zu sprechen, und er ist der Meinung, mehr brauche er auch nicht. Die acht Mark, die wir heute für die Übernachtung zahlen, ist das erste Geld, das er auf dieser Reise für eine Unterkunft bezahlt hat. Er berichtet, wie er in einer dörflichen Polizeidienststelle den diensthabenden Flics „auf die Sprünge geholfen" hat, weil sie ihm nicht schnell genug eine Gratisunterkunft besorgt hätten.

Mein inneres Kopfschütteln ist mit Faszination gemischt. Von den durchfahrenen Landschaften und der Spiritualität des Weges völlig unberührt und ohne den Ballast von irgendwelchem unnötigen Psychozeug kommt dieser Mensch in schwierigen Situationen offensichtlich besser klar als wir anderen.

Anschließend gibt er mir seine Adresse, „da man selten Leute mit gleicher Wellenlänge findet". Und dabei bin ich gar nicht zu Wort gekommen!

**Dienstag, 10. Juni 1997**
**In St-Jean-Pied-de-Port**

St-Jean-Pied-de-Port, zu Deutsch „St. Jean am Fuße des Passes", ist der Ausgangspunkt der im Mittelalter gefürchteten Bergpassage über die Pyrenäen. Die Berge sind hier nicht so hoch wie weiter südöstlich, aber immerhin: Der Cisapass liegt mit tausendvierhundertachtzig Metern dreizehnhundert Meter über uns. Die Stadt besaß schon im 11. Jahrhundert alle Einrichtungen, die die Pilger vor der schwierigen Passage benötigten: Kirchen, Herbergen, Hospitäler.

Vom Grundriss des an beiden Ufern des Flusses Nive liegenden Ortes lässt sich die Entstehungsgeschichte ablesen. In der geometrischen Mitte liegt die steinerne Brücke, das wichtigste Bauwerk der Stadt. Die über diese Brücke führende Straße bildet die Achse der Siedlung. Um diese Verbindung zu verteidigen, wurden starke Mauern und Türme erbaut, die die Stadt bis heute fast vollständig umschließen.

Gerade die gut erhaltenen Zeugnisse dieser Geschichte machen St-Jean heute als Touristenattraktion sehenswert. Die Hauptstraße ist mit alten Häusern gesäumt, von denen das älteste, „Gefängnis der Bischöfe" genannt, im frühen 13. Jahrhundert erbaut wurde. Die abschüssige Straße führt zum Ufer

der Nive hinunter, wo sich hinter einem starken Wehrturm die besagte Brücke befindet. Dieser Wehrturm ist auch der Glockenturm der gotischen Stadtkirche, der Notre Dame du Pont. Quer auf die Straße vor die Kirche gestellt, ist das Bauwerk Stadttor, Kirchturm und Brückentor in einem. Jenseits der Brücke steigt die Straße wieder etwas höher, wo sie, hinter einem nicht mehr vorhandenen Tor, die Stadt verlässt.
Wie viele Tausende, wenn nicht Millionen von Pilgern haben vor mir diese Stadt besucht und sind auf dem hier beschriebenen Weg dem Heil im Westen zugestrebt? Ich verspüre, wie dieser zwar schmale, aber stetige Strom von Vorfahren und Nachfahren mich aufnimmt, mitzieht, trägt. Ich kann nicht anders, ich muss mitgehen, mitreden, mittrinken, mitbeten.
Vorerst allerdings muss ich aufpassen, dass ich nicht von den Touristenströmen mitgerissen werde, die die Stadt überschwemmen.
Heute laufe ich nicht weiter, ich habe hier einiges zu erledigen. Durch die steigende Wärme, aber auch durch meine wachsende Erfahrung sind einige meiner Kleidungsstücke und Ausrüstungsgegenstände überflüssig geworden, die schicke ich jetzt nach Hause. Andere wiederum, die ich demnächst benötige, habe ich mir postlagernd nachschicken lassen. Dieser wiederkehrende postalische Austausch von Sachen funktioniert hervorragend. Auch einen Schlafsack muss ich mir besorgen, da in den spanischen Herbergen weder eine Decke noch ein Kissen zu bekommen sind. Die dicken Kniebandagen brauche ich auch nicht mehr, ich behalte sie dennoch. Wenn ich sie links und rechts auf eine zusammengerollte Jacke ziehe, ergeben sie eine hervorragende Nackenrolle.
Meine Schuhe benötigen eine gründliche Überholung. Einige Nähte sind aufgegangen, und die Absätze sind zum vierten Male abgelaufen.

## Donnerstag, 12. Juni 1997
### Von St-Jean-Pied-de-Port nach Roncesvalles
Heute ist der große Tag, an den ich seit Anfang meiner Reise mit Freude und Sorge gedacht habe. Ich werde die Pyrenäen überqueren und spanischen Boden betreten.
Der mittelalterliche Pilgerführer schreibt:
*... im Baskenland verläuft der Jakobsweg über einen sehr bedeutenden Berg, der Cisapass heißt. ... Dieser Berg ist so hoch, dass er den Himmel zu berühren scheint. Wer ihn besteigt, glaubt mit eigener Hand an den Himmel reichen zu können.* Und weiter: *Die*

*Zöllner nahe des Cisapasses sind schlecht und von Grund auf zu verdammen. Sie gehen nämlich den Pilgern mit zwei oder drei Stöcken entgegen, um sich gewaltsam einen Tribut zu erzwingen.* Obwohl sie nur von Händlern einen Tribut verlangen dürfen, schlagen sie den Pilger und nehmen ihm unter Vorwürfen ihren Preis und durchsuchen ihn bis zur Hose.
Schöne Aussichten!
Ich stehe, wie die anderen Pilger, um fünf Uhr auf, und nach einem kargen Frühstück mache ich mich auf den Weg. Das Wetter ist zum Wandern ideal, bewölkt, aber trocken. Hoffentlich bleibt es so. Da diese Berge sich den von Westen kommenden feuchten Luftmassen entgegenstellen, regnet es hier sehr oft, und wenn es nicht regnet, dann ist es im Sommer unerträglich heiß. Bewölkt, aber trocken wäre ideal. Heute könnte ich Glück haben.
Ich bin in meine Gedanken so vertieft, dass ich den Weg, der kurz nach der Stadtgrenze links in die Höhe steigt, verpasse und, auf der breiten Autostraße bleibend, im Tal weitermarschiere. Ich fühle mich wohl, der entrümpelte Rucksack ist merkbar leichter geworden.
Nach einer Stunde wundere ich mich doch, dass es nicht aufwärts geht. Ich erkundige mich in einem Bauernhaus, wie ich auf den richtigen Weg komme. Wieder habe ich Glück. Meine ungewollt eingeschlagene Route ist eine unübliche, aber markierte Wegvariante. Bald sehe ich die ersten rotweißen Striche, die mir die Richtung nach oben zeigen.
Es wird verflixt steil. Bis zum Gutshof Errékartéa kann ich dem Asphaltstreifen für Anlieger folgen, aber danach gibt es nur einen mit Farn völlig überwucherten Feldweg, der nur noch selten benutzt wird. Die wenigen am Wegrand stehenden einzelnen Bauernhäuser, die oft von riesigen Eichen oder Esskastanienbäumen umstanden werden, sind nicht mehr bewohnt.
Bald biegt ein markierter Pfad nach rechts in den Wald ab, wird immer schmaler, bis er sich in einem engen Bachtal fast verliert. Vorbei an einer zugewachsenen Hofruine verlasse ich das enge feuchte Tal. Der erst bewaldete, später mit Farn bewachsene lange Hang, den ich überquere, ist so steil, dass es nicht ganz ungefährlich wäre, hier mit dem schweren Rucksack auszurutschen.
Dann führt der noch immer markierte Pfad in der Falllinie steigend zu einem schönen alten Buchenwald hoch, in dem Schafe nach dem spärlichen Gras suchen. Da die Markierungszeichen recht sparsam angebracht sind und der Steig völlig unscheinbar und sehr beschwerlich ist, glaube ich, mich verirrt zu

haben, aber immer wieder treffe ich auf die rotweißen Streifen, die besagen, dass alles seine Richtigkeit hat.

Schließlich schaffe ich es doch, den Hof Heillourré zu erreichen. Die Wälder sind hinter mir geblieben, vor mir steigt ein weites Grasland in die Höhe. Am Rand einer mit Steinschüttung begrenzten Wiese finde ich eine reich sprudelnde Quelle, die mich erfrischt und meinen Durst löscht. Die kilometerweite Steinschüttung ist mit rot blühendem Fingerhut dicht bewachsen.

In etwa tausend Meter Höhe erreiche ich die schmale Asphaltstraße, die am Anfang des vorigen Jahrhunderts von den französischen Truppen Napoleons angelegt wurde, um die strategisch gefährdete Talstraße über den Ibañetapass, auf der heute der Autoverkehr fließt, zu meiden. Die Angst, in dem engen Tal vom Feind überfallen zu werden, war nicht unbegründet und nicht ohne historisches Beispiel. Im Jahre 778 zogen die christlichen Heerestruppen Karls des Großen über den Ibañetapass, um hinter den Pyrenäen gegen die heidnischen Mauren zu kämpfen. Um sich für alle Fälle den Rücken später freizuhalten, haben die an Pamplona vorbeiziehenden christlichen Truppen die Stadt der baskischen Glaubensbrüder sicherheitshalber in Schutt und Asche gelegt.

Böse Tat rächt sich. Als sich die fränkischen Truppen auf dem Heimweg befanden, wurde ihnen von den einheimischen Basken an dieser engen Stelle aufgelauert und die Nachhut unter dem Vasallen Roland vernichtend geschlagen. Die dreihundert Jahre später entstandene französische Heldensage, das „Rolandslied", exkommuniziert den Gegner: Aus den christlichen Basken werden dort arabische Mohammedaner, was einem abendländischen Helden wesentlich besser zu Gesicht steht.

Die Straße steigt stetig an, aber nicht mehr so arg wie bisher. Auf den Wiesen weiden scheue schwarzköpfige Schafe und weniger scheue, eher neugierige Pferde, die mir nachlaufen. Da ich mit Pferden nie etwas zu tun hatte, ist mir diese Zuneigung nicht ganz geheuer. Die extensiv gehaltenen Tiere leben hier frei, unter nur sporadischer Aufsicht. Zwei Schafsskelette und der halb abgenagte Körper eines Fohlens zeigen, dass die interessiert über mir kreisenden Geier keinen Mangel an Essbarem leiden müssen.

An einem Steinkreuz mache ich Mittagspause. Schatten brauche ich nicht, es ist bedeckt. Unter den nach Osten ziehenden Wolken bietet sich eine weite großartige Aussicht zurück ins Tal.

Ein Schäfer mit einem Krummstab läuft an mir vorbei, er hat einen zotteli-

gen Hund bei sich. Nur ein kurzer Gruß, und sie gehen weiter. Er ist der einzige Mensch, dem ich heute hier oben begegne.
Als ich nach einem kurzen Schlaf aufwache, ist die Aussicht im Nebel, der aus Nordwesten hochsteigt, verschwunden. Das milchiggraue Licht, das die Welt nach nur fünfzig Metern vor mir enden lässt, und die hörbare Stille der Einsamkeit lassen mich rasch aufbrechen. Ich will weiter, bevor der Nebel noch dichter wird.
Ein mannshoher Grenzstein mit dem Schriftzug „Navarra – Nafarroa" teilt mir mit, dass ich mit dem nächsten Schritt spanischen Boden betrete. Etwas weiter finde ich eine Quelle mit wohlschmeckendem Wasser. Was könnte ich mir noch wünschen?
Ich hoffe, dass ich den höchsten Punkt des Weges erreicht habe, aber als der Nebel sich lichtet, sehe ich, dass ich noch eine weitere Steigung bewältigen muss. Dann ist es soweit: Ich stehe auf dem berühmten Cisapass!
Vom Pass aus ist schon mein Tagesziel, die tief unter mir liegende Klosteranlage von Roncesvalles, zu sehen. Ein steiler Pfad führt von oben direkt dorthin. Ich wähle einen Umweg über den Ibañetapass, auf dem ich einen alten Pilgerbrauch pflegen möchte. Wieder zitiere ich den Codex Calixtinus:
*... Karl der Große, als er mit seinem Heer nach Spanien zog, zunächst hier ein Kreuzzeichen aufstellte, dann das Knie beugte und nach Galicien gewandt Gott und den heiligen Jakobus in einem Bittgebet anrief. Deshalb pflegen die Pilger hier niederzuknien und ein Kreuz wie ein Feldzeichen aufzustellen.*
Neben der neuzeitlichen Kapelle am Pass erhebt sich ein kleiner Hügel, der aus den Resten der unzähligen Holzkreuze entstand, die die Pilger hier im Laufe der Jahrhunderte aufgestellt haben. Auch ich habe auf dem Weg hierher im Wald zwei Stöcke geschnitten, aus denen ich mit Hilfe von langen Grashalmen ein Kreuz binde, das ich zu den unzähligen anderen Kreuzen, die hier in diesem Hügel stecken, hinzufüge.
Nach einer halben Stunde bin ich in Roncesvalles. Neben dem Klostereingang ist das Pilgerbüro, wo ich mich melde und meinen Pilgerpass mit den vielen Stempeln vorlege. Zwei Männer empfangen mich, der eine ist von der großen Entfernung, die ich zurückgelegt habe, sehr beeindruckt, der andere weniger. Mit sichtlichem Misstrauen blättert er in dem Dokument hin und her und behauptet, mich vor kurzem hier schon mal gesehen zu haben. Er drückt seinen Stempel sichtbar widerwillig auf die dafür vorgesehene Seite und gibt mir das Heft mit Kopfschütteln zurück.

Der gutmütigere der beiden Männer begleitet mich und zeigt mir meinen Schlafplatz. Dabei begegnen wir einem Franzosen, der dabei ist, sich ohne Anmeldung hier einzurichten. Der Grund: Er hat einen Motorradhelm dabei, in der Herberge werden jedoch nur Fußpilger und Radler aufgenommen, nicht aber Motorisierte. Auf die betreffende Vorhaltung behauptet der Mensch, mit dem Fahrrad unterwegs zu sein. „Mit dem Fahrrad?" fragt der Herbergsvater. „Und was ist mit dem Sturzhelm?" Der Gefragte überlegt einen Augenblick, und dann antwortet er: „Mein Fahrrad hat einen ganz, ganz kleinen Motor…" Wir lachen, und er darf bleiben.

Der Ort Roncesvalles besteht nur aus wenigen Bauten, von denen die aus dem 12. Jahrhundert stammende und bis zur Unkenntlichkeit restaurierte Grabkapelle Sanctus Spiritus die älteste ist. Dicht daneben steht die frühgotische Jakobuskapelle. Die in die weitläufigen Klosteranlagen eingebettete dreischiffige gotische Stiftskirche der Augustiner und der Kreuzgang daneben wurden seit dem 13. Jahrhundert oft umgebaut.

Jeden Abend um acht Uhr wird in dieser Kirche eine Pilgermesse zelebriert, die ich mir, besonders nach meinem tiefen religiösen Erlebnis in Conques, nicht entgehen lassen möchte. Vielleicht bin ich nur müde, oder es ist der Pilger, der vor mir sitzend während der Messe mit seinem Brillenbügel Schmalz aus seinem linken Ohr holt und es anschließend ableckt, der mich ablenkt. Den spirituellen Anschluss finde ich heute nicht, obwohl mir die lateinischen Gesänge der fünf alten Mönche gut gefallen.

Das Refugio, wie die Herberge auf Spanisch heißt, ist einfach, alt, ehrwürdig und voll besetzt. Die meisten, die hier schlafen, wollen morgen mit der Pilgerei hier anfangen. Immerhin ist die Mehrheit zu Fuß, nur einige fahren mit dem Fahrrad. Fünf junge Frauen lassen sich ihr Gepäck mit einem Kleinbus hinterherfahren. Sie haben einen giftigen Hund dabei, der jeden Pilger anknurrt und beißen will. Zwei junge Franzosen, ein auffälliges Pärchen, sind wie aus der VOGUE ausgeschnitten. Alles, aber wahrhaftig alles an ihnen ist durchgestylt, sogar ihre hölzernen Pilgerstäbe sind auffällige wertvolle Kunstwerke. Ich bin neugierig, wann die locker ins gewellte Haar gesteckten Designer-Sonnenbrillen beim Laufen verrutschen werden.

Ich mache mir Sorgen, weil ich Rita zu Hause nicht erreichen kann. Sie müsste schon lange aus Italien zurück sein. Hoffentlich ist ihr nichts Schlimmes passiert. Auch meine Schwiegermutter hat nichts von ihr gehört.

**Freitag, 13. Juni 1997**
**Von Roncesvalles nach Zubiri**
Der Weg ist seit der Staatsgrenze doppelt und dreifach markiert. Die rotweißen Streifen aus Frankreich sind kontinuierlich weitergeführt. Dazu gekommen sind die spanischen Wegezeichen, die gelben Pfeile und, an manchen exponierten Stellen, die meterhohen Betonsteine, in die schöne blaue Fliesen mit stilisierten Jakobsmuscheln eingelassen sind. Bei dieser dreifachen Markierung ist das Verirren unmöglich.

Die Landschaft, die ich heute begehe, ist ausgesprochen reizvoll und erinnert mich an unsere Mittelgebirge. Die weiten Waldflächen sind nur in der Nähe der Dörfer von Ackerland unterbrochen. Meistens wird Weizen angebaut.

In dem darauf folgenden Eichenwald weiden dunkelbraune Kühe unter den alten Bäumen. Ein ungewöhnliches Bild, da bei uns zu Hause in den Wäldern höchstens Rehe zu sehen sind. Mir fällt ein, dass in den früheren Jahrhunderten, als es in Deutschland noch mehr Wälder gab und die wenigen freien Felder als Äcker genutzt werden mussten, auch bei uns Haustiere in die Wälder getrieben wurden.

Vor tausend Jahren, noch bevor Roncesvalles gegründet war, ist Viscarret eine wichtige Pilgerstation gewesen. Die leider zu stark umgestaltete frühromanische Dorfkirche ist eine Zeugin dieser Blütezeit. Heute finden die Pilger hier lediglich eine Bar, wo sie sich erfrischen können. Auch ich setze mich und bekomme bald Gesellschaft: die schönen Franzosen, ein junger Brasilianer, eine Münchnerin und ein etwas alkoholisierter Engländer mit Seemannsmütze. Er kommt aus Manchester und duldet keinen Widerspruch, wenn er verkündet, dass Manchester United die beste Fußballmannschaft der Welt ist! Basta!

Hinter Linzoain, einem kleinen Dorf, wo viele der alten Bauernhäuser auffallend schöne Eingangstore haben, steigt der steinige Weg. Die schiefrigen Schichten des Dolomit-Gesteins sind senkrecht gelagert, wie die Blätter eines auf die Kante gestellten Buches. Millionen Pilgerfüße und Wagenräder haben hier aus dem Gestein einen tiefen kastenförmigen Hohlweg herausgetreten und herausgefahren. Ich laufe in diesem Steintrog, der mich zu einem bewaldeten Höhenzug hinaufbringt. Im Schatten der hohen alten Eichen gedeihen duftende dunkelgrüne Eiben. Nicht nur ich, auch die Waldvögel freuen sich ihres Lebens, indem sie sich beim Singen fast überschlagen.

Auf der Höhe des Erropasses liegt eine unscheinbare Steinplatte am Weg-

rand, nur etwa drei Meter lang. Länger wird sie erst, wenn man erfährt, dass nach der Sage dieser Stein die Schrittlänge von Roland, dem sagenhaften Helden, anzeigt. Da Roland von Franzosen als Franzose angesehen wird, besuchten und verehrten besonders die französischen Pilger diesen Stein.
Der Pfad senkt sich ins Tal der Arga hinunter, und ich erreiche mein Tagesziel Zubiri. Der baskische Name bedeutet zu Deutsch „Dorf an der Brücke". Das besagte Bauwerk ist eine mittelalterliche steinerne Konstruktion, die mit zwei Bögen den Fluss überspannt. In früheren Zeiten ist diese Brücke nicht nur dem Verkehr dienlich gewesen, auch in der Tiermedizin hat sie eine gewisse Bedeutung erlangt. Tiere, die man bei Niedrigwasser dreimal um den Mittelpfeiler geführt hatte, sollen immun gegen Tollwut geworden sein.
Die einfache Herberge ist in der ehemaligen Schule untergebracht. Wir sind nur drei Pilger, die hier übernachten: zwei Italiener und ich. Alle anderen sind nach Larrasoaña weitergelaufen: Die dortige Herberge soll besonders schön sein. Und besonders voll.

**Samstag, 14. Juni 1997**
**Von Zubiri nach Pamplona**
Die ersten Kilometer hinter dem Dorf führen an einem Magnesiawerk und an dem dazugehörenden Abbaugebiet vorbei. Die wunde zerfurchte Erde als „Mondlandschaft" zu bezeichnen, wäre für den Erdtrabanten eine schwere Beleidigung. Hinter dem Industriegelände setzt sich das friedliche ländliche Tal der Arga fort. Am feuchten Flussufer sind die Kiefern mit Moos und Efeu überwuchert.
In Larrasoaña versuche ich etwas Essbares zu bekommen. Von einem gerade vorfahrenden mobilen Bäcker bekomme ich frisches Brot.
Ich gehe in die von den Pilgern bereits verlassene Unterkunft und koche mir einen Kaffee. In der wahrhaftig schönen Herberge, die im Rathaus untergebracht ist, steht sogar ein voller Kühlschrank, aus dem Butter, Milch, Wurst und Käse zum Selbstkostenpreis entnommen werden können.
Der Wanderweg setzt sich nach Süden fort, vorbei an alten wehrhaften Gehöften, immer in Sichtweite des Flusses. Vor dem Dorf Zuráin überquere ich den Fluss auf einer mittelalterlichen Steinbrücke. Hinter dem Dorf muss ich eine Weile der Autoroute nach Pamplona folgen. Ich merke, dass sich von meinem linken Schuh die Sohle abgelöst hat. Für solche Fälle bin ich gerüstet, ich repariere den Schaden mit Sekundenkleber.

Eine lange sechsbögige Steinbrücke überquert den Seitenfluss der Arga, die Ulzama. Der jenseitige Brückenkopf wird von den Bauten der Basilika und dem ehemaligen Pilgerhospiz Trinidad de Arre beherrscht. Dahinter fangen schon die Vororte der Großstadt Pamplona an. Bald kann ich die auf einer Anhöhe ruhende Altstadt sehen, und nach einer knappen Stunde betrete ich durch das alte Portal de Zumalacárregui die Stadt.

Einer meiner Pilgerahnen, der Deutsche Künig von Vach, der 1495 die Pilgerreise nach Santiago unternommen hatte, schrieb damals:

*Dann kommst du in eine Stadt, heißt Pepelonia. Und wenn du kommest über die Brucken, magst du in ein Spital rucken.* Und: *...darinnen wohnet der König von Navarra.*

Pamplona, eine römische Gründung, ist die Hauptstadt des Königreiches von Navarra gewesen. Die Stadt ist zur Blüte gelangt, nachdem König Sancho III., ein großer Förderer der Pilgerfahrt nach Santiago, um die Jahrtausendwende französische Handwerker nach Pamplona geholt hatte. In den darauf folgenden Zeiten haben immer wieder bürgerkriegsähnliche Kämpfe zwischen den getrennt wohnenden Einwanderern und den Einheimischen stattgefunden, aber auch das konnte den durch die Fremden bewirkten wirtschaftlichen Aufschwung nicht bremsen.

Weil die Pilgerherberge der Stadt erst am morgigen Tag die Saison eröffnet, kann ich nicht ins „Spital rucken". Ich nehme ein Zimmer.

**Sonntag, 15. Juni 1997**
**Von Pamplona nach Puente la Reina**

Am frühen Sonntagmorgen sind die Straßen der Großstadt wie ausgestorben, nur die Cafés sind offen und zeigen Leben. Zum heißen Milchkaffee bekomme ich ofenfrische Kuchen aus Blätterteig. Ich beobachte die lauten und schon in dieser frühen Morgenstunde sehr agilen Gäste und denke, hier bin ich erst richtig in Spanien.

Gekräftigt mache ich mich auf den Rest meiner Reise. Hinaus aus der Altstadt, vorbei an den sternförmigen Befestigungsanlagen der alten Zitadelle durchquere ich die westlichen neueren Stadtteile von Pamplona. Meine Schritte und die Stöße der Stockspitzen auf den Steinplatten des Gehwegs hallen wie auf einem einsamen Korridor. Die sonst sehr lauten Straßen so geräuschlos zu erleben, macht sie unwirklich wie im Traum.

Nach einem kurzen Stück Landstraße durchquere ich das Dorf Cizur Menor. Ab hier laufe ich auf einem Feldweg. Einsam kann ich diesen Weg nicht nennen. Etwa hundert Spanier, jung und alt, alle sehr laut, laufen mit mir in dieselbe Richtung. Es sind aber nur Sonntagsausflügler, die bald einen anderen Weg nehmen.

An dem breiten, stetig steigenden Vorland des Bergzuges Sierra del Perdón ist Getreide angebaut. Links und rechts des Weges sind in einiger Entfernung kleine Ortschaften zu sehen. Eine von denen, das auf einer Anhöhe liegende Guenduláin, ist verlassen. Die alte Kirche und das stattliche Schloss sind nur mehr Ruinen.

Hinter Zariquiegui wird der Pfad steiler. Sichtbar vor mir liegt der Pass Alto del Perdón. Doch bevor ich den erklimme, passiere ich die neugefasste alte Pilgerquelle Fuenta de Reniega, zu Deutsch „Quelle der Abkehr". Der Name steht in Zusammenhang mit einer Legende. In längst vergangener Zeit, an einem heißen Sommertag, hat hier ein Pilger den Weg verfehlt, und da er kein Wasser mehr hatte, drohte er zu verdursten. In dieser misslichen Lage erschien ihm der Teufel und bot sich als Retter an, wenn der Pilger sein Ziel, das Jakobusgrab in Santiago de Compostela, aufgäbe und umkehrte. Der Pilger hat dieser Versuchung widerstanden, er wollte lieber sterben, als seinen Glauben zu verraten. So weit ist es aber nicht gekommen. Im letzten Augenblick erschien ein Fremder und hat dem Dürstenden die hinter einem Busch versteckte Quelle, eben diese Quelle, gezeigt. Nachdem er seinen Durst gelöscht hatte, wollte der Pilger sich bei seinem Retter bedanken. Der war aber nicht mehr zu sehen. Jetzt erst wurde der Pilger gewahr, dass er vom heiligen Jakobus persönlich errettet worden war!

Heute könnte die Quelle keinen Pilger mehr laben. Durch den Neubau der Quellfassung und die Bewirtschaftung des Hanges dahinter ist das Wasser versiegt.

Vor einigen Jahren bin ich schon mal hier gewandert. Damals kreisten noch Geier über dem einsamen Pass. Seit der Bergkamm mit einer langen Reihe von Windrädern bebaut wurde, sind die großen Vögel nicht mehr da. Umweltschutz gegen Naturschutz, ein wahres Dilemma. Die gigantischen Windflügel erzeugen ein Geräusch, das mich lange begleitet und dem einer Autobahn nicht unähnlich ist.

Außer den Windrädern ist auf der Passhöhe ein neues Denkmal aufgestellt worden. Eine Reihe von Schattenfiguren aus Stahlblech strebt in Richtung Santiago. Es ist ein beliebtes Fotomotiv für Pilger aus Fleisch und Blut, die sich in diese Gruppe einreihen und ablichten lassen.

Von der Passhöhe lässt sich die restliche Tagesstrecke wie auf einer Landkarte überblicken. Hinter einem mit Eichenbuschwerk bewachsenen Geröllhang breitet sich flaches Ackerland mit den drei Dörfern Uterga, Muruzábal und Obanos aus. In allen diesen Ortschaften stehen zahlreiche stattliche alte Häuser, sogar kleine Paläste, deren Fassaden mit meistens großen und aufwendig gestalteten Steinwappen verziert sind. Leider sind nur noch die wenigsten dieser Prachtbauten in einem auch nur einigermaßen befriedigenden baulichen Zustand.

Im Tal des Flüsschens Robo auf freiem Feld steht weit sichtbar die Kirche Santa María de Eunate. Sie besticht durch ihre Stilreinheit, durch ihre ausgewogenen Proportionen und durch die Rätselhaftigkeit ihrer Baugeschichte. Der relativ kleine achteckige Zentralbau mit der fünfeckigen Apsis ist mit einem etwas unregelmäßigen achteckigen Arkadengang umgeben, dessen Zweck bis heute verborgen geblieben ist.

Obwohl die Bauten der Romanik großenteils detailliert erforscht und dokumentiert sind, wissen wir von der Geschichte dieser Kirche so gut wie nichts. Der zentrale Grundriss, der die orientalische Bauart der Kirche des Heiligen Grabes in Jerusalem nachahmt, deutet darauf hin, dass sie vom Ritterorden der Templer erbaut worden war. Dies würde auch erklären, warum ihre Baugeschichte im Dunkeln geblieben ist.

Das Schicksal des Templerordens ist eine der dunkelsten Geschichten, die Geldgier und Machtlust hervorgebracht haben. Die Rittermönch-Gemeinschaft der Templer wurde im 12. Jahrhundert während der Kreuzzüge in Jerusalem gegründet, um das Heilige Grab Christi gegen die Muslime zu beschützen und die ankommenden Pilgerscharen zu versorgen und zu pflegen. Die dazu nötigen Einrichtungen wurden durch Spenden finanziert, die man nach dem damaligen Brauch in der gesamten Christenheit gesammelt hatte. Die Spenden flossen so reichlich, dass der auf Betreuung der Pilger spezialisierte Orden dabei selbst vermögend geworden ist.

Als die Kreuzzüge zu Ende gingen und die Gebiete um Jerusalem verloren waren, kehrten die Templer nach Europa zurück und versuchten in der hiesigen Pilgerbetreuung Fuß zu fassen, allerdings in Konkurrenz zu den hier schon etablierten Orden, den Benediktinern, Antonitern oder Johannitern. Zahlreiche neu gegründete Klöster, Kirchen, Hospize und Herbergen, auch entlang des Jakobsweges, stammen aus dieser Zeit der Neuorientierung. Das alles reichte aber offensichtlich nicht aus, um das Vermögen, das die Templer in Jahrhunderten angehäuft hatten, gewinnbringend zu investieren. Da die Staaten, genauso wie heute, unter permanenter Geldknappheit gelitten haben, sind die Templer dazu übergegangen, ihr Geld an die Herrschenden zu verleihen. Bald standen mehrere Herrscher bei ihnen in der Kreide, was dem Orden eine Machtposition gab, die sowohl von den Schuldnern als auch von den anderen Orden als bedrohlich empfunden wurde.

Das Problem wurde radikal gelöst. Im Jahre 1310 sind der Großmeister Jacques du Molay sowie die führenden Persönlichkeiten seines Ordens in Frankreich festgenommen worden. Sie wurden beschuldigt, in ihrer Gemeinschaft glaubenswidrige Bräuche eingeführt und mit Gleichgeschlechtlichen Unzucht getrieben zu haben. Unter der damals üblichen Folter haben sie alle, wie vorauszusehen war, alles zugegeben.

Das war natürlich starker Tobak. Der Großmeister der Templer war nicht irgendjemand, so dass zu befürchten war, dass der Papst Clemens V. diesen Unfug nicht erlauben würde. Der war aber in dieser Zeit praktisch ein Gefangener des französischen Königs. Nachdem der König einen Teil der beschlagnahmten Güter der Kirche weitergab, hat schließlich auch der Papst den Deal mitgemacht und den Orden aufgelöst. Spanier und Engländer schlossen sich umgehend an, nahmen ihren Anteil und waren zufrieden. Du Molay und neunundfünfzig der Seinen wurden verbrannt, und weil man sich offensichtlich bewusst war, dass die ganze Sache nicht sauber ist, hat man mit allen Mitteln versucht, jede Spur der Templer zu vernichten. Dies ist offensichtlich gut gelungen. Heute gibt es kaum eine Akte oder ein sonstiges schriftliches Dokument, welches die Tätigkeit dieses großen Ritterordens belegen und beleuchten könnte. So ist die Wahrscheinlichkeit, dass diese Kirche eine der Templer war, ziemlich naheliegend.

Ich komme nach Puente la Reina. Die Ortschaft entstand an der Brücke über die Arga. Hier trafen sich die drei in Ostabat vereinigten französischen Jakobswege mit dem vierten, der aus Arles über den Somportpass hierher führt. Wie Aymerik schreibt, gibt es von hier nur noch einen einzigen Weg nach Santiago.

Am Ortseingang steht die Kirche Santa María de las Huertas, auch Kruzifixkirche genannt. Daneben der Gebäudekomplex des Klosters, in dem heute noch die Herberge für die Pilger untergebracht ist. Auch hier wurde die Betreuung der Pilger dem Templerorden anvertraut. Später haben die Johanniter das Erbe übernommen.

Die Kirche mit dem auffallend schönen romanischen Portal zeigt diese Besitzübernahme. Der Kirchenraum besteht aus zwei separaten, nebeneinanderstehenden Kirchenschiffen: aus einem von den Templern erbauten romanischen und aus einem gotischen, den die Johanniter der Kirche hinzugefügt haben. Im linken Kirchenschiff steht das namengebende Kruzifix, ein gotischer Corpus Christi, auf ein ungewöhnliches Y-förmiges Kreuz genagelt. Von diesem Kreuz wird erzählt, dass es von einem rheinischen Pilger aus Deutschland bis hierher auf dem Rücken getragen worden war.

An der Klosterpforte, wo ich mich anmelden möchte, muss ich erst mal lange warten. Der junge Geistliche ist mit den fünf jungen Damen beschäftigt, die ohne Gepäck, aber mit dem giftigen Hund pilgern. Sie sind in ein lustiges Gespräch vertieft und lassen sich von uns müden und hungrigen Pilgern überhaupt nicht stören. Erst als ein älterer spanischer Pilger die Geduld verliert und empört protestiert, werden auch wir abgefertigt, ohne dass das aufregende Gespräch unterbrochen wird. So bin ich hier mit den Nachteilen der Pilgerei als Massenbetrieb konfrontiert. Es zählt hier nicht mehr, ob ich von weit her komme oder erst von der nächsten Ecke. Ein Pilger wird hier wie der andere behandelt, ausgenommen, wenn er jung und weiblich ist.

Als ich das Aufnahmebüro verlasse, kann ich beobachten, wie ein Spanier, der mit seiner Frau im Auto bis zur Eingangstür vorgefahren ist, seinen Rucksack aus dem Kofferraum holt und schultert, bevor er in die Aufnahmestube geht. Auf dem Rucksack baumelt die obligatorische Jakobsmuschel, die von der Frau zurechtgerückt wird, wie Ehefrauen die Krawatten ihrer Männer zu richten pflegen.

Die kleine Stadt Puente la Reina ist eine typische Straßensiedlung, wie sie auf dem Jakobsweg so oft zu sehen sind. Die auf die Brücke zuführende Hauptstraße, die Calle Mayor, ist die zentrale Achse, an der alle wichtigen Objekte der Stadt aufgereiht sind. Auch die große Kirche Santiago el Mayor steht am Rand dieser Straße. Das herrliche romanische Portal ist reich mit figürlichen Darstellungen biblischer Szenen geschmückt. Im Innern der sehr sehenswerten Kirche stehen ein barocker Jakobsaltar sowie eine etwas ungewöhnliche gotische Jakobsstatue, der Santiago Belza, der „Schwarze Sankt Jakob".

Die Hauptsehenswürdigkeit von Puente la Reina ist aber die Brücke Puente de los Peregrinos, die der Stadt den Name gab. Sie wurde von einer Königin, deren Identität nicht mit letzter Sicherheit feststeht, im 11. Jahrhundert für die Pilger gestiftet und von unbekannten Baumeistern kunstvoll erbaut. Sie ist mit Sicherheit die schönste Brücke des gesamten Jakobsweges. Der hier recht breite und bei Hochwasser besonders reißende Fluss Arga ist mit sechs wohlproportionierten, zu den Ufern hin kleiner werdenden Rundbögen überspannt. Die Pfeiler sind keilförmig, so werden die angetriebenen Baumstämme abgewiesen. Damit der Baukörper dem steigenden Wasser keinen unnötigen Widerstand bietet, sind über den Pfeilern Durchlassöffnungen angebracht, die den seitlichen Druck der Strömung auf die Brücke mindern. Insgesamt ist dieses Bauwerk eine großartige ästhetische und technische Schöpfung der mittelalterlichen Baukunst.

Die Herberge ist eng, ein einziger kleiner Raum mit dreistöckigen Betten vollgestellt. Fast alle der dreiunddreißig Betten sind belegt. Der Aufenthaltsraum ist durch die vielen Raucher für einen Aufenthalt ungeeignet. Die Gäste sind außergewöhnlich laut und verhalten sich wie in einer Kneipe.

Abends blättere ich das Gästebuch durch und finde einen Gruß von Horst und Dominik, die ich in Moissac getroffen hatte. Sie sind vor drei Tagen hier gewesen. Sie schreiben:

*Lieber János, lass dich von den Touristenmassen nicht entmutigen. Wir gehen auf unserem eigenen Weg, wie wir bis jetzt auf unserem Weg gegangen sind. Auf nach Santiago! Wir hoffen, dich bald wieder zu sehen!*

Die müssen sich hier ähnlich gefühlt haben wie ich mich jetzt fühle, irgendwie fremd. Die Menschen hier, das sind nicht die Pilger, denen ich bis jetzt begegnet bin. Ich schreibe ins Gästebuch:

*Nach hundertzwanzig Tagen im Regen und im Sonnenschein, die ich einsam oder mit lieben Pilgerfreunden auf dem Weg verbrachte, habe ich nun die Schwierigkeit zu akzeptieren, dass ich Teilnehmer einer Massenveran-staltung geworden bin. Gott verzeihe mir meine elitäre Gesinnung, wenn ich manchen der hier versammelten Muschelträger die Würde eines Pilgers abspreche.*

Ein Deutscher in meinem Alter, der mit seinen spanischen Freunden unterwegs ist, liest meinen Eintrag und schreibt darunter:

*Wir sind seit gestern unterwegs, und so maße ich mir nicht an, über die Würde eines Pilgers Aussagen treffen zu können. Ich hoffe, diese Weisheit mit Gottes Hilfe bis Santiago erreichen zu können.*

Ich fühle mich beschämt ob meiner Arroganz. Sicher ist nicht jeder schon deswegen ein Pilger, weil er auf dem Pilgerweg läuft oder radelt. Wie könnte er das auch sein? Erst der lange Weg macht aus den neugierigen Wanderern

demütige suchende Pilger. Und dass ich die Demut auch nach so langem Weg noch fleißig üben muss, das steht nach dieser Episode außer Frage.
Abends erreiche ich Rita. Endlich! Sie erzählt mir, dass sie auf dem Rückweg aus Italien Freunde in Süddeutschland besucht hat, die sie bei ihrer letzten Kur kennen gelernt hat. Anschließend sei sie mit einem von ihnen – „die anderen haben keine Zeit gehabt" – noch einige Tage in Meran gewesen zum Wandern.
Der Ausdruck „Ich weiß nicht, was ich denken soll!" beschreibt nur ungenau meine Gedanken.

**Montag, 16. Juni 1997**
**Von Puente la Reina nach Estella**
Die Nacht hat meine unguten Eindrücke, die ich von der Herberge gestern gewonnen habe, um ein weiteres unangenehmes Erlebnis bereichert: Das erste Mal auf meiner Reise bin ich von Flöhen brutal zerstochen, ja richtiggehend massakriert worden.
Unausgeschlafen, ohne Frühstück und nicht besonders gut gelaunt laufe ich am Morgen los. Die Rettung naht nach einer Stunde in Mañeru, wo ich einen Laden finde. Frisches Brot, etwas Käse und Obst, und die Welt ist wieder in Ordnung.
Vor der Dorfkirche, wo ich mich zum Morgenmahl niederlasse, bekomme ich Pilgergesellschaft von einer Dame aus Deutschland, der ich seit Roncesvalles immer wieder begegne. Außerdem gesellt sich ein Allgäuer zu uns. Wir essen unser Mitgebrachtes und genießen den angehenden herrlichen Tag. Der Himmel ist fast wolkenlos, aber die Temperatur ist höchstens zwanzig Grad, für Pilger gibt es nichts Besseres.
Weil der Pilgerbruder es eilig zu haben scheint, bleibe ich mit meiner Pilgerschwester allein zurück. Die Standardfragen sind schnell abgehakt: woher, wohin, aus welchem Grund, mit welchem Ziel? Sie ist eigentlich gar keine Pilgerin, sondern macht eine Art Wanderurlaub. Von St-Jean-Pied-de-Port will sie bis Burgos. Deutsche ist sie auch nicht. Sie ist Amerikanerin, aber ähnlich wie ich, lebt sie schon seit einer Ewigkeit in Deutschland. Sie heißt Suzanne, nicht mit „s", sondern mit „z", hat Sprachen studiert. Spanisch kann sie auch. Vielleicht bewirkt es die gemeinsame Erfahrung mit unserer Wahlheimat Deutschland, dass wir schnell zu einem Gespräch finden, das wir beim Weiterlaufen fortsetzen.

Bald erreichen wir das auf einem Hügel thronende, weit sichtbare weiße Dorf Cirauqui, das mit seinen Befestigungsanlagen getreu seinem baskischen Namen, zu Deutsch „Vipernest", einen sehr wehrhaften Eindruck macht. Am Rande der steilen Gassen und um den kleinen Hauptplatz stehen mit Steinwappen verzierte Adelspaläste als Zeugen vergangener Blütezeiten. Die am höchsten Punkt der Stadt liegende Kirche San Román hat ein wunderbares Portal in demselben maurisch-romanischen Stil wie die Südportale der Kirchen in Moissac oder in Puente la Reina. Die Unterkante der Torbogen ist mit sägezahnähnlichen Zacken verziert, was ihnen den orientalischen Eindruck verleiht.

Hinter Cirauqui setzt sich der steil nach unten führende Weg auf einer ehemaligen Römerstraße fort. Das relativ gut erhaltene Steinpflaster und die einen Bach überspannende römische Brücke lässt die zweitausendjährige Geschichte dieses Weges an den Fußsohlen spüren.

Am Wegrand blühen große Büschel von strahlenlosen Kamillen, die keine weißen Blütenblätter haben. Wir begegnen einem älteren Mann, der die Pflanzen mit einer Sichel erntet.

Ein mittelalterlicher Steinweg führt uns in das Tal des Flusses Salado, wo eine Steinbrücke über das schmale Wasser führt. Der Uferstreifen des Gewässers schimmert weiß von den Salzkristallen, die das stark salzhaltige Wasser im Sand hinterlässt. Schon unser alter Bekannter Aymeric Picaud warnte davor, das Wasser des Salado zu trinken:

Wage nicht, aus ihm zu trinken, weder du, noch dein Pferd, denn er ist ein todbringender Fluss! Auf dem Wege nach Santiago, an seinem Ufer sitzend, treffen wir zwei Navarreser, die ihre Messer schleifen, mit denen sie die Pferde der Pilger enthäuten, die von diesem Wasser tranken und starben.

In Lorca überqueren wir die Landstraße. In einem rustikalen Gasthaus erfrischen wir uns mit Getränken. Auch hier können wir, wie schon öfters, eine Besonderheit der hiesigen Gasthäuser beobachten: Die Küche befindet sich hinter der Theke. Das ist zwar umständlich, aber nichts Besonderes, auch bei uns kommt manchmal diese ungünstige Anordnung vor. Man lässt ein Stück der Theke weg oder schließt diese Aussparung mit einer Klappe. Hier macht man das anders. Die Thekenplatte ist durchgehend, und darunter ist eine Art Tunnel, durch den die Bedienung mit vollem Tablett, wie eine Limbo-Tänzerin, sich mit kunstvoller Verrenkung in der Rückenlage durchschlängelt. Eine bemerkenswerte artistische Leistung!

Die Herberge in Estella ist neu eingerichtet und, verglichen mit dem Refugio in Puente la Reina, fast ein luxuriöses Etablissement.
Estella wurde im 11. Jahrhundert als Frankensiedlung gegründet. Die Franken wurden damals mit Vergünstigungen in das Land gelockt, um die christliche Macht gegenüber den Mauren wirtschaftlich und strategisch zu stärken. Viele der Siedlungen entlang des Jakobsweges sind damals entstanden oder vergrößert worden. Die gewährten Privilegien sind sehr großzügig gewesen. Beispielsweise war es für die einheimischen Navarresen lange Zeit nicht erlaubt, in Estella zu wohnen. Durch die günstigen Voraussetzungen und durch die wachsende Anzahl der Pilger hat sich die Stadt sehr schnell entwickelt und bekam die lobende Bezeichnung „Estella la bella". Frühe Pilgeraufzeichnungen übertreffen sich im Lob, wenn sie über Unterbringung und Versorgung der Pilger berichten.
Estella ist auch heute noch eine wunderschöne Stadt. Die zahlreichen Baudenkmäler zu besichtigen, würde mehrere Tage in Anspruch nehmen. Pilgerschicksal: Wenn ich morgen weiterlaufen möchte, muss vieles ungesehen und unbewundert bleiben, und das nicht nur in Estella. Ich versuche wieder, eine Auswahl zu treffen.
Als erstes schaue ich den Palast der navarresischen Könige an, einen stilreinen romanischen Profanbau aus dem 12. Jahrhundert. Die prunkvolle Fassade ist dreigeteilt, wobei die Gesetze der Physik auf den Kopf gestellt scheinen. Eine offene, großbögige Arkadenhalle bildet das Untergeschoss. Im Mittelteil ist der waagerechte Wandstreifen durch fein gegliederte Säulenfenster aufgelockert. Der obere Abschluss ist ein öffnungsloses, Schwere vermittelndes Mauerband. Diese Anordnung löst das Gewicht optisch auf, indem sie es nach unten vermindert.
Gleich gegenüber dem Palast führt eine Treppe zum romanisch-maurischen Nordportal der Kirche San Pedro de la Rua. Dahinter befindet sich der berühmte romanische Kreuzgang. Bedauerlicherweise wurden von dessen Quadrat schon im 16. Jahrhundert zwei Seiten zerstört, aber die noch vorhandenen Teile sind von bewundernswerter Harmonie und Schönheit. Die Doppelsäulen sind mit Kapitellen versehen, die biblische Szenen darstellen. Eines der Säulenpaare ist zwischen Fuß und Kopf schraubenförmig verdreht. Es wurde viel darüber gerätselt, ob dies nur eine ästhetische Spielerei oder eine symbolische Geste ist. Man weiß es nicht.
Abends wollen wir, Suzanne und ich, essen gehen, aber die Unternehmung

gestaltet sich schwieriger als erwartet. Alle in Frage kommenden Lokale sind geschlossen. Dem von Aymeric beschriebenen „guten Brot, vorzüglichen Wein, vom Überfluss an Fleisch und Fisch" ist heute leider nichts zu sehen.

**Dienstag, 17. Juni 1997**
**Von Estella nach Los Arcos**
Weil wir uns gestern so gut verstanden haben, beschließen Suzanne und ich, auch heute ein Stück des Weges gemeinsam zu laufen. Wir verlassen die Stadt in der Morgendämmerung auf dem traditionellen Pilgerweg durch das Portal de Castilla. In der Nische über dem Torbogen brennt das Licht der Gottesmutter.
Neben dem Kloster Santa María la Real de Irache befinden sich die fabrikhallenartigen Gebäude der Weinkellerei von Irache, an denen der Pilgerweg vorbeizieht. Hier hat man vor einigen Jahren für die Pilger eine aufwendig gestaltete Brunnenanlage gebaut. Unter dem Bildnis des heiligen Jakob sind zwei Zapfhähne zu bedienen. Aus dem einen fließt frisches Trinkwasser, aus dem anderen guter navarresischer Rotwein, selbstverständlich gratis. Aber es ist noch zu früh am Tag, um Wein zu trinken. Wir bleiben beim Wasser.
In Luquín ist der Dorfplatz neu gestaltet. Es wird noch eine Weile dauern, bis die Bäume so groß sind, um Schatten spenden zu können, aber die Sitzbänke bieten schon heute einen angenehmen Rastplatz für Pilger.
Nach einer kurzen Pause überqueren wir die Schnellstraße und dahinter die mit Schilf bewachsene Furt eines Baches. Auf den restlichen zehn Kilometern folgen wir einem schattenlosen Feldweg, der zwischen großen Getreidefeldern und kleineren Weinfeldern auf unser Ziel hinführt. In dem eintönigen Strohgelb der Landschaft bietet eine Fläche, wo zartblau blühender Lein angebaut ist, eine willkommene Abwechslung.
Kurz vor unserem Ziel passieren wir einen Kiefernwald, der sich für den längst fälligen Mittagsschlaf anbietet. Ich schlafe schnell ein, und erst als ich aufwache, sehe ich, dass sich ein Pilger zu uns gesellt hat.
Der Mann ist etwa Mitte vierzig, spricht alle möglichen Sprachen und macht einen ruhigen, heiteren Eindruck. Er ist auffallend elegant gekleidet, teuer aber zweckmäßig. Schon sein breitkrempiger heller, feiner Strohhut ist einsame Klasse. Er ist recht gesprächig, und so erfahren wir, dass er Georges heißt, Spanier ist, aber in Genf lebt, wo er seine Geschäfte betreibt. Er erzählt, wie viel Neues ihm das Pilgern gibt, und das in einer Vielfältigkeit, wie

er es nie für möglich gehalten hätte. Er sieht unterwegs viel mehr, auch Dinge, die er immer schon hätte sehen können, aber noch nie gesehen hat. Ihm fliegen Gedanken zu, die er noch nie gedacht hat, obwohl sie so einfach und naheliegend sind. Er findet es wichtig, den Weg allein zu beschreiten. So bleibt das mentale Erleben unverfälscht.

Die restliche Strecke laufen wir mit ihm zusammen, und ich denke: „Merkwürdig: Wieso trägt er so einen kleinen Rucksack?" Ich frage ihn danach.

„Ja", sagt er, „das hat schon seinen Grund. Das Laufen ist nämlich die eine Sache. Essen und Schlafen sind etwas anderes." Er hat einen Hotel- und Restaurantführer bei sich und sucht sich jeden Morgen für den Abend etwas Feines. Dann bestellt er ein Taxi und lässt seine zahlreichen Gepäckstücke mit der Abendgarderobe, Computer und was man unterwegs so alles braucht zum Nachtquartier vorfahren. Dieses Hotel kann auch schon mal fünfzig Kilometer vom Pilgerweg entfernt liegen, wenn sich in der Nähe nichts Besseres finden lässt. Dann läuft er seine Tagesstrecke zu Fuß und lässt sich am Ziel von demselben Taxi abholen und in sein Hotel bringen. Heute bleibt er in Los Arcos, wir können zusammen Abendbrot essen. Suzanne ist von ihm so beeindruckt, dass ich überlege, ob ich eifersüchtig werden soll, aber auch mir imponiert er mit seiner verrückten Mischung aus kompromisslosem Laufen und abendlichem Luxus. Wer macht schon so was?

Das Refugio in Los Arcos wird von einem jungen Belgier geleitet, der dies ehrenamtlich macht. Er ist schon mal von Belgien aus nach Santiago gelaufen, und weil er so gut im Schwung war, hat er noch die paar hundert Kilometer bis Fatima in Portugal an die Reise angehängt.

Vor dem Essen besuche ich die allabendliche Pilgermesse in der Pfarrkirche de la Ascunción. Dort treffe ich die beiden schönen Franzosen aus Roncesvalles mit ihren kunstvollen Pilgerstäben. Sie laufen und laufen, auch das elegante Erscheinungsbild haben sie behalten, nicht mal ihre modisch in die Haare gesteckten Sonnenbrillen sind verrutscht. Wieder laufe ich Gefahr, um ein Vorurteil ärmer zu werden.

**Mittwoch, 18. Juni 1997**
**Von Los Arcos nach Viana**
Wettermäßig scheine ich in der letzten Zeit das Glück gepachtet zu haben. Ich bin vor Jahren mal im April in Spanien gewesen. Es war damals so heiß,

dass wir jeden Tag schon um halb sechs in der Frühe losgelaufen sind, um die Mittagshitze zu meiden. Da im April die Sonne erst um halb acht aufgeht, liefen wir die ersten zwei Stunden im Dunkeln. Jetzt stellte ich mir anfangs die bange Frage, dass, wenn es schon im April so heiß war, wie wird es jetzt im Juni sein? Nun, ich bin schon seit einer Woche in Spanien – von Hitze keine Spur. Die Luft ist in der Frühe angenehm frisch, später wohltuend warm, der Himmel meistens sonnig, die wenigen Wolken sind Schönwetterwolken. Es sollte lange so bleiben!
In den Morgenstunden haben wir die Sonne im Rücken, weswegen uns riesige Schatten vorauseilen. Roland Breitenbach beschreibt in seinem Pilgerbuch „Lautlos wandert der Schatten" dieses Spiel, das sich auf dem Weg zwischen Pilger und seinem Schatten täglich wiederholt. Am Morgen weist der Schatten vor uns den Weg nach Westen, am Mittag begleitet er uns, und am Abend bleibt er hinter uns, um uns voranzutreiben. Ein schönes Bild.
Mich lehrt mein Schatten aber etwas anderes. Am Morgen türmt sich ein langer und dunkler Schatten vor mir. Ihn zu überwinden, hinter mir zu lassen, ist die Aufgabe, die sich mir stellt. Ich nehme diese Aufgabe an und hoffe, meinen Schatten besiegen zu können. Es ist keine Arbeit, die zu schnellen und spektakulären Ergebnisse führt. Im Gegenteil! Obwohl ich schwitze und Müdigkeit verspüre, bleibt die Länge des Schattens fast unverändert. Erst Ausdauer und Beharrlichkeit bringen allmählich den erhofften Erfolg. Ich komme auf meinem Weg weiter, indem ich meinen Schatten überwinde. Jeden Tag neu. Immer wieder. Ein ganzes Leben lang.
In Torres del Rio steht eines der schönsten architektonischen Schatzkästchen auf dem Weg, wie es die Templer zu bauen pflegten. Die Kirche Santo Sepulcro, die Heilig-Grab-Kirche, hat einen achteckigen Mittelbau, eine halbkreisförmige Apsis, eine achteckige Dachlaterne und einen basteiartigen runden Turm. Wir wollen die Kirche auch innen besichtigen. Laut meines Pilgerbüchleins hat die neben der Kirche wohnende Señora Carmen Alba den Schlüssel.
Vor der Kirche treffen wir unseren Allgäuer Pilgerbruder wieder. Er sucht schon eine Weile nach der besagten Señora, aber sie scheint nicht zu Hause zu sein. Auch ich klopfe und zu klingle, betrete sogar das nicht verschlossene Haus, aber da ist niemand.
Ein letzter Versuch: Suzanne geht zu den drei Frauen, die, während wir suchen, vor der Kirche stehen und miteinander tratschen. Sie fragt, ob sie

wüssten, wo Señora Alba zu finden sei. „Ja", sagt eine der drei Damen, „ich bin es", und klimpert mit dem Schlüsselbund.
Sie hat uns die ganze Zeit zugeschaut, wie wir sie suchten, und hat sich nicht bemerkbar gemacht. Eine göttliche Gelassenheit!
Das Suchen und Warten hat sich gelohnt. Der relativ kleine aber hohe zentrale Kirchenraum ist außergewöhnlich sehenswert. Der in der Chornische stehende Altar mit einem frühgotischen Kruzifix ist die einzige Einrichtung; so richtet sich die Aufmerksamkeit auf die baulichen Elemente: auf die schön geformten romanischen Kapitelle, Konsolsteine und fein gegliederten Zierbänder. Die Besonderheit der Kirche sind aber die den oberen Abschluss bildenden Gewölbe, die durch eine besondere Anordnung der Deckenrippen klaren mozarabischen Einfluss zeigen. Diese Rippen laufen nicht, wie das in der abendländischen Architektur damals und auch später üblich war, in einem zentralen Mittelpunkt zusammen, sondern sie sind nach Art der Strohsterne gebaut, ein achteckiger Strohstern, in dessen Mitte ein Achteck frei bleibt. Solche Gewölbe waren in der arabischen Architektur gang und gäbe, wie das beispielsweise in der Moschee von Cordoba zu besichtigen ist.
Wir setzen den Weg fort und kommen nach Viana, wo sich vor der Herberge alle Pilger der letzten Tage versammeln. Es gibt ein Problem. Ein Schild teilt uns mit, dass die nächste Herberge, in Navarrete, die wir alle morgen ansteuern wollten, geschlossen ist. Die naheliegende Lösung: Aus drei Tagesstrecken zwei zu machen, also heute weiter nach Logroño zu laufen und morgen von dort nach Najera. Das sind anstelle von etwa dreimal zwanzig Kilometern zweimal dreißig. In Navarrete gibt es aber ein kleines preiswertes Hotel. So bleiben die beiden Franzosen – sie heißen Yvette und Jean-Claude – sowie Suzanne und ich in Viana. Alle anderen, auch der Seemann mit dem Fußballerherz sowie die lärmenden jungen Damen mit dem ständig knurrenden Hund, laufen weiter nach Logroño. Ich gebe zu, dass ich nicht traurig darüber bin.
Das auf einem Hügel thronende Viana weckt widersprüchliche Eindrücke in mir. Einerseits hat die Stadt zahlreiche herrliche Bauten, die von der reichen Blütezeit, die in das 14. bis 17. Jahrhunderte fiel, erzählen. Andererseits habe ich auf meiner Reise noch keine so schöne Stadt gesehen, die sich so weitgehend im Verfall befindet.
Das wichtigste und auffälligste Bauwerk der Stadt ist die Kirche Santa María, ein gotischer Bau aus dem 14. Jahrhundert, der immer wieder, bis in die Ba-

rockzeit hinein, umgestaltet und erweitert wurde. Besonders interessant finde ich das Renaissance-Südportal, das sich in einer bis auf den Dachsims reichenden chorartigen Nische befindet und mit einer großen Kreuzigungsszene den Eindruck eines Altars erweckt.

Vor diesem Eingang ist eine Steinplatte in den Boden eingelassen, deren Beschriftung mitteilt, dass hier der berühmte Cesare Borgia begraben liegt. Gleich seiner Schwester Lucretia wurde auch er, Sohn des machtbewussten Papst Alexander VI., in die machtpolitischen Ränkespiele des Vaters einbezogen. Die Zeiten waren widersprüchlich. Kunst und rege Bautätigkeit haben sich mit Giftmord und Verrat gut vertragen. Cesare war als Soldat durch Mut und Geschick berühmt geworden, durch Mord und Ehrlosigkeit berüchtigt. Nach dem Tod des Vaters fiel er beim neuen Papst in Ungnade. So musste er nach Spanien flüchten, wo er im Dienst des navarresischen Königs bei Kampfhandlungen um Viana im Jahre 1507 verstarb. Er ist nur zweiunddreißig Jahre alt geworden. Die Umstände seines Todes sind, ähnlich wie die Beurteilung seines Lebens, umstritten. Für manche ist er im Kampf gefallen, für andere ist er von marodierenden Gaunern erschlagen worden. Diesen Widerspruch spiegelt auch die Behandlung seines Leichnams. Erst wurde er in allen Ehren in der Kirche beigesetzt, später wurde er aus der Kirche verbannt und vor dem Eingang begraben.

Die auf der westlichen Stadtmauer ruhende Kirche San Pedro ist nur noch eine Ruine. Übriggeblieben sind nur die Außenwände und ein wunderschönes Renaissance-Portal. Auch das Rathaus, ein stattlicher Bau, neigt seine Front so gefährlich nach außen, dass ich befürchte, hier werden demnächst Pilger oder Touristen von Trümmern erschlagen.

Ist es ein Wunder, dass auch das Abendbrot, das wir in einem Lokal zu uns nehmen, nichts taugt? Das Fleisch ist verdorben, der Wein sauer.

**Donnerstag, 19. Juni 1997**
**Von Viana nach Navarrete**

Wenn man sich hinter der Herberge auf die Stadtmauer stellt, sieht man schon die Großstadt Logroño. Hier endet die Provinz Navarra. Logroño liegt schon in Rioja, wo der berühmte spanische Rotwein wächst.

Der Feldweg dorthin führt über Wiesen, vorbei am Naturschutzgebiet Pantano de las Cañas, wo an einem großen See viele seltene Vögel brüten. Wir überqueren die Provinzgrenze. An der Landstraße steht ein kleiner Industriebetrieb. Von dort wird das furchtbar nach Chemie stinkende Abwasser in das vorbeifließende Bächlein geleitet. Der Bach fließt schnurstracks in das Vogelschutzgebiet.

Vor Logroño steht am Wegrand ein Häuschen, fast zugedeckt mit Bergen von Brettern, Platten und sonstigem Schrott. Ein ganzes Rudel angeleinter Hunde grüßt uns laut bellend. Das ist das Zeichen, auf das die Bewohnerin des Hauses zu warten scheint. Eine ältere schwarzgekleidete Señora kommt heraus und begrüßt uns freundlich. Sie bietet uns Bonbons und getrocknete Feigen an, ohne dafür eine Gegenleistung zu erwarten. Einen Stempel in unsere Pilgerpässe bekommen wir auch. „Feige, Wasser und Liebe" steht auf dem Stempel.

Logroño ist die größte Stadt zwischen Pamplona und Burgos. Sie hat über achtzigtausend Einwohner. Wir überqueren den breiten Fluss Ebro. Der Wasserstand im Flussbett ist sommerlich niedrig. Grasbewachsene Sandbänke teilen den Wasserlauf in seichte Flussarme, in denen Scharen von Störchen nach Beute suchen. Sie nisten inmitten der Stadt auf den Türmen der zahlreichen Kirchen. Allein auf dem Turm der Kathedrale haben die Störche etwa ein Dutzend Nester gebaut. Die großen Vögel scheinen sich an den großstädtischen Geräuschpegel gewöhnt zu haben. Sie verrichten im emsigen Pendelverkehr zwischen Fluss und Nest ihr Tagewerk.

Hinter der Brücke betreten wir die Altstadt. Die schmale Gasse Rúa vieja, seit jeher die traditionelle Pilgerroute, leitet uns zu einer alten barock gefassten Pilgerquelle. Dahinter steht die Pfarrkirche Santiago el Real, die nach der Überlieferung anlässlich des Sieges errichtet worden ist, den die Christen im Jahr 834 bei Clavijo über die Mauren errungen hatten. In der legendären Schlacht soll der heilige Jakob persönlich in die Kampfhandlungen eingegriffen haben. Auf einem weißen Schimmel reitend und mit einem blanken Schwert in seiner Rechten, stürzte er sich auf die heidnischen Gegner, tötete viele von ihnen und erzwang so die Entscheidung zugunsten der Seinen. Neben seiner üblichen Darstellung als frommer Pilger wird der Heilige in Spanien oft hoch zu Ross und das Schwert schwingend als Matamoros, zu Deutsch Maurentöter, dargestellt. So auch hier, am barocken Südportal der Santiago-Kirche, wo er in beiderlei dieser sich widersprechenden Gestalten zu sehen ist.

In der Mitte der Stadt befindet sich die Kathedrale Santa María la Redonde, ein prächtiger barockisierter gotischer Bau. Man merkt, dass Logroño auch nach dem Ausbleiben der Pilgerströme vermögend geblieben ist und sich erlauben konnte, seine Repräsentationsbauten dem Zeitgeschmack entsprechend immer wieder umzubauen.

Nach einem kleinen Imbiss setzen wir unseren Weg auf der breiten Ausfallstraße fort. Es ist wahrhaft kein Genuss, die Abgase des stockenden Verkehrs einzuatmen, aber nach einer Stunde haben wir die Stadt endlich hinter uns gelassen.

Wir kommen zum Stausee Pantano de la Grajera, dem Naherholungsgebiet von Logroño. Die am Seeufer aufgestellten Tische und Bänke laden uns zu einer Ruhepause ein. Die Sonne scheint, das Mitgebrachte schmeckt. Ich fühle mich entspannt und wohl. Erstaunt registriere ich, dass der heutige Tag schon der vierte ist, den ich mit Suzanne zusammen verbringe. Eigentlich laufe ich lieber allein, und es ist das erste Mal auf meiner Reise, dass ich mit jemandem so lange zusammen gehe. Mit ihr zu laufen ist angenehm. Sie ist je nach Situation gesprächsfreudig oder schweigsam, und wir haben dieselben Vorlieben, denselben Geschmack, dieselbe Kondition und sogar dieselbe Schrittlänge. Ihre Erzählungen sind interessant. Sie hat ihre Kindheit in New Jersey verbracht, in New York Musik und Sprachen studiert, in der Schweiz, in Thailand und in Deutschland gelebt, in China gearbeitet. Ich, der die Alte Welt noch nie verlassen habe, kann über ihre Geschichten nur staunen.

Die Stadt Navarrete hat ihre mittelalterliche Struktur bewahrt, hat manche pittoresken Ecken, eine schöne Pfarrkirche, aber die Substanz der Bauten ist, bis auf wenige schön restaurierte Ausnahmen, bedauernswert.

Später sitze ich in einem Café, wo im Fernsehen Stierkämpfe vom vergangenen Sonntag gezeigt werden. Außer mir schauen etwa zwanzig durchweg alte Männer zu, keine Frau, kein Jugendlicher. Vielleicht stirbt diese umstrittene traditionelle Kulthandlung mit uns, den alten Männern, bald aus?

### Freitag, 20. Juni 1997
**Von Navarrete nach Nájera**

Es ist Vollmond, und bei Vollmond soll sich das Wetter ändern. Die Frage ist nur, in welche Richtung. Die letzten Tage waren bedeckt aber trocken, dann sonnig, aber nicht zu warm. Sowohl die Hitze als auch der Regen wären eine Änderung. Mir ist es am liebsten, wenn alles so bleibt, wie es ist.

Wir verlassen die Stadt auf der nach Westen führenden Landstraße. Auf den ersten fünf Kilometern gibt es keine Alternative zu dieser Autopiste, erst

danach dürfen wir die Landstraße verlassen und einem Feldweg folgen. Das Gelände ist sanftwellig und mit Reben bewachsen.
Bald bietet sich die gute Gelegenheit, uns für die günstigen Weg- und Wetterverhältnisse bei den Himmelsbewohnern zu bedanken. Der Feldweg ist auf einem halben Kilometer Länge von Hunderten von Steintürmchen gesäumt, die vorbeiziehende Pilger gebaut haben. Das Aufstellen solcher Zeichen beruht auf einer alten römischen Tradition: Die Benutzer der antiken Straßen haben Merkur, dem Gott der Händler und Reisenden, auf diese Weise gehuldigt. Auch wir bauen ein Türmchen aus den runden Geröllsteinen, mit denen der rötliche staubige Boden hier durchsetzt ist.
Eine halbe Stunde vor Nájera erhebt sich ein kahler Hügel, der Poyo de Roldán. Nach der Überlieferung hat Ferragut, der muselmanische Riese, der Herrscher von Nájera, mehrere christliche Ritter in seiner Burg gefangengehalten. Der sagenhafte Held Roland hat sie befreit, indem er den Hügel bestieg, von hier aus den Riesen mit einem gezielten Steinwurf zum Tode beförderte und danach die führungslos gewordene Burg einnahm.
Der Name Nájera soll arabischen Ursprungs sein und bedeutet „Ort zwischen Felsen". Die Häuser der Altstadt stehen dicht gedrängt auf dem schmalen Streifen zwischen dem Fluss Najerilla und einer Felswand. Auch das bedeutendste Bauwerk der Gemeinde, das 1052 gegründete Kloster Santa María la Real, ist am Fuß der Felsen regelrecht angeklebt.
Die Gründungslegende besagt, dass König Don García während einer Jagd, seinem entflogenen Falken folgend, hier eine Höhle entdeckte, in der er eine vom Öllicht beleuchtete Marienstatue vorfand. Die Grotte mit der Statue und dem Licht ist heute noch zu besichtigen. Sie kann von der gotischen Klosterkirche aus betreten werden, deren Rückwand das stehende Gestein bildet. Vor dem Grotteneingang sind die prunkvollen Sarkophage der Könige von Nájera aufgereiht.
Der Kreuzgang des Klosters ist ein Meisterwerk des spätgotischen plateresken Stils. Die Steinmaßwerke der Arkaden sind von solch filigraner Zartheit, dass ich mich frage, wie es überhaupt möglich ist, solche feinen Spitzen aus dem harten Stein zu formen.
Abends ruft mich mein Freund Werner an. Er würde gern das letzte Stück des Weges, wie schon am ersten Tag der Reise, mit mir laufen, aber er bekommt erst am 20. Juli Urlaub. In dieser Zeit hoffe ich, schon in Santiago anzukommen. So wird ein gemeinsames Laufen uns wohl nicht möglich sein.

**Samstag, 21. Juni 1997**
**Von Nájera nach Santo Domingo de la Calzada**
Vor einigen Wochen erlebte ich täglich die Nähe, die die Begegnung mit Gleichgesinnten auf dem langen Weg mit sich brachte. Der Ausdruck „Pilgerbruder" war keine leere Formel, er wurde mit Inhalt aus Freundschaft und Hilfsbereitschaft gefüllt. Michel, Pierre, André, Palma ... Wo mögen sie jetzt sein? Sicher, jetzt laufe ich mit Suzanne, und ich genieße ihre Gesellschaft, aber wir sind von den anderen genauso isoliert wie die anderen von uns. Man grüßt sich kurz mit einem Wink und geht seines Weges. Der Anteil von Sportlern, Touristen, Kunstliebhabern, Urlaubern oder von denen, die einfach nur abnehmen wollen, wächst. Man beäugt sich gegenseitig: Von welcher Sorte mag wohl der andere sein? Fast wie zu Hause im normalen Alltag.
Sind die drei jungen Spanier, die ich gestern abend in der Herberge getroffen habe, Pilger wie ich? Sie wollen die siebenhundertachtzig Kilometer von St-Jean-Pied-de-Port bis Santiago de Compostela in achtzehn Tagen geschafft haben. Das sind achtzehn mal dreiundvierzig Kilometer ohne Ruhetag. Haben wir gemeinsame Erfahrungen, über die wir uns unterhalten könnten? Auch wenn ein Gespräch zwischen uns zustande käme, was mir aus Zeitgründen unwahrscheinlich erscheint, könnte das Thema nur lauten: „Soll Jakobsweglaufen olympische Disziplin werden?"
Wir verlassen Nájera auf einem steilen Waldweg und erreichen bald eine Anhöhe. Die Landschaft öffnet sich, die gelben Kornfelder und die grünen Reben bilden eine bunte Flickendecke, die die rote Erde der Hügel fast bedeckt. Der Feldweg liegt auf eine lange Strecke sichtbar vor uns, wir brauchen ihm nur zu folgen.
Hier begegnet uns die größte Eidechse, die ich je gesehen habe. Das grüne, mit türkisfarbenen Punkten verzierte Tier misst gute vierzig Zentimeter und ist überhaupt nicht so scheu, wie seine kleineren Artgenossen. Das irritiert mich. Eine Eidechse hat gefälligst Angst vor mir zu haben, wenn auch ohne jeden Grund! Sie sitzt aber seelenruhig vor ihrer Höhle und beobachtet, wie wir an ihr vorbeimarschieren.
Hinter dem Dorf Azofra durchqueren wir eine Senke, wo bewässerte Rübenfelder die westliche Grenze des Weingebietes von Rioja markieren. Danach folgen nur noch ausgedehnte Weizenfelder, die, anders als bei uns, stark mit rotem Klatschmohn durchsetzt sind. Ein schöner Anblick für uns, weniger schön für die Bauern.

Mittagspause machen wir unter den alten Eichen, die die einzige Baumgruppe bilden, die wir heute vorfinden. Die Bäume sind eigenartig geschnitten, etwa so, wie man im Frankreich die Platanen zu schneiden pflegt. Die dünnen Triebe sprießen unmittelbar aus dem Stamm und aus den dicken Ästen. Diese Baumform ist die Folge alter bäuerlicher Tradition der Gegend. Da die Wiesen in der Sommerhitze ausdörren, erntet man das Laub der Bäume als Grünfutter. Jetzt spenden uns die dichten Baumkronen angenehmen Schatten. Wir, eine kleine Gruppe von Pilgern, genießen die Ruhe und das schöne Wetter und schauen der nicht endenwollenden Reihe von fremden Pilgern zu, die an uns vorbeidefilieren.
Ein junger Mann gesellt sich zu uns. Er lässt seinen Rucksack hinuntergleiten und stöhnt: „Ich habe die Schnauze gestrichen voll!" Dann legt er sich hin und schläft sofort ein.
Wir setzen den Weg fort, und bald sehen wir in der Ferne den Kirchturm von Santo Domingo de la Calzada. Eine Stunde, und die Stadt ist erreicht.
Santo Domingo de la Calzada gehört zu den Ortschaften, deren Entstehung der Pilgerfahrt nach Santiago de Compostela zu verdanken ist. Domingo, ein frommer Mann aus dem nahen Viloria, hat sich im 11. Jahrhundert hier am Flussübergang der Oja niedergelassen und sein Leben in den Dienst der Pilger gestellt. Auf sein Betreiben entstanden hier eine heute noch benutzte Steinbrücke, eine Herberge sowie ein gutes Stück gepflasterter Pilgerstraße. Nach seinem Tod wurde er dafür heiliggesprochen. Um das Grab wurde eine Kirche erbaut, die in späteren Zeiten schrittweise zur heutigen Kathedrale erweitert wurde. Von den zahlreichen Wundern, die sich um das Grab ereignet haben sollen, ist das „Hühnerwunder" das bekannteste, wobei nach der hiesigen Version nicht Jakobus, sondern der heilige Domingo den gehängten Pilgerjüngling gerettet hat. In Erinnerung an dieses Wunder werden in der Kathedrale bis heute ein weißer Hahn und eine weiße Henne gehalten. Der prächtige gotische Käfig mit den lebenden Vögeln ist im rechten Querschiff zu besichtigen.
Der schon zitierte Künig von Vach, der um 1490 durch die Stadt reiste, empfiehlt:
*Die Hühnle hinter dem Altar sollst du nicht vergessen. Die seien von dem Bratspieß geflogen. Ich weiß fürwahr, dass es nicht erlogen ist, denn ich selber habe gesehen das Loch, daraus ein der anderen nach flog, und den Herd, darauf sie sind gebraten.*
Die Federviecher sind nicht die einzige Sehenswürdigkeit der Kathedrale.

Der dreischiffige, mit vielen Kapellen erweiterte asymmetrische Bau – das rechte Querschiff wurde für die Aufnahme des Heiligengrabes umgebaut – enthält noch viele romanische Bauteile aus dem 12. Jahrhundert. Von allen Kunstschätzen der Kirche finde ich aber den goldenen Altar des Bildhauers Damián Forment am großartigsten. Dieses Werk des bei uns fast unbekannten Künstlers kann den Vergleich mit den größten Schöpfungen der gotischen Altarkunst bestehen.

Die in einem mittelalterlichen Gebäude untergebrachte Herberge ist mit guter Küche und in Boxen geteiltem Schlafraum großzügig gestaltet. Mein Bett steht neben der Liegestätte des jungen Mannes, der heute nachmittag die Nase vom Laufen voll hatte. Er heißt Marc und ist Schweizer. Sein Urlaub reicht nicht bis Santiago. Dies beeinträchtigt seine Motivation.

Suzanne kommt mit einer jungen Spanierin ins Gespräch, die ähnlich wie sie über Erfahrungen in China verfügt. Sie ist Malerin und hat, wovon ich mich am Nachmittag überzeugen konnte, ein flottes Tempo beim Laufen. Auch eine Gruppe von geistig Behinderten, jung und alt, Frauen und Männer, übernachtet in der Herberge. Die Gepäckstücke werden ihnen hinterhergefahren, aber laufen tun sie wie wir alle. Sie sind auffallend gut gelaunt und sehr freundlich. Die ersten Hemmungen meinerseits, die ich in dieser für mich ungewöhnlichen Situation habe, sind schnell beseitigt.

In dem Restaurant, wo wir abends speisen, steht Gallo, zu Deutsch „Hahn", auf der Speisekarte. Ob der weiße Hahn aus der Kathedrale im Topf gelandet sein mag? Ich will es wissen und bestelle Gallo. Meine Enttäuschung ist groß: Der Gallo ist eine Scholle!

**Sonntag, 22. Juni 1997**
**Von Santo Domingo de la Calzada nach Belorado**
Die heutige Strecke nach Belorado ist etwa dreiundzwanzig Kilometer lang, der größte Teil verläuft auf der stark befahrenen Landstraße. Dort zu laufen ist nicht angenehm, dies tun nur Unentwegte. Die anderen, und die sind die Mehrheit, nehmen den Bus. So können sie heute länger schlafen.

Die kleinen Dörfer am Wegrand haben bessere Zeiten erlebt, wie die reich ausgestatteten Kirchen bezeugen. Die romanisch-gotische Pfarrkirche in Grañon besitzt ein prächtiges Retabel. Etwas weiter, im Dorf Redecilla del Camino, ist eines der schönsten romanischen Taufbecken zu sehen, das diese

Epoche hervorgebracht hat. Das mit architektonischen Elementen reich verzierte Kunstwerk ist einmalig in seiner Art.

Das Refugio in Belorado befindet sich neben der Pfarrkirche Santa María. Es ist der ehemalige Festsaal der Gemeinde, ein Theater mit Bühne und Empore, das für die Pilger zu einer Herberge umgestaltet wurde, wobei die alte Einrichtung weitgehend erhalten geblieben ist. Auf der offenen Bühne steht jetzt die Kücheneinrichtung wie ein Bühnenbild. Die Empore wurde mit einer Zwischendecke erweitert. Dort stehen jetzt die Betten. Ich bekomme ein Bett neben dem Treppenaufgang. Über mir hängt ein gar nicht so schlechtes Ölgemälde, auf dem ein frommer Heiliger im Mönchsgewand verzückt zum Himmel schaut.

**Montag, 23. Juni 1997**
**Von Belorado nach San Juan de Ortega**
Ich habe ganz gut geschlafen.
Es ist schon erstaunlich, welche Wandlung sich bei mir vollzogen hat, was meine Ansprüche den Quartieren gegenüber betrifft. Am Anfang meiner Reise fand ich noch manche Jugendherberge unter meinem Niveau. Jetzt schlafe ich in dem schmuddeligen Treppenhaus eines schmuddeligen Massenquartiers, wo alle an meinem Schlafplatz vorbeidefilieren. Mein Bett ist eine ausgebeulte quietschende Eisenliege, und die Matratzen würde man bei uns als Sondermüll entsorgen. Und ich schreibe: „Ich habe ganz gut geschlafen."
Kurz hinter der mittelalterlichen Steinbrücke ist der Feldweg mit Gras bewachsen. Auch hier fällt mir auf, wie wenig das Gras abgetreten ist, wie viele Pilger diesen Teil des Weges überspringen.
An den Böschungen wachsen riesige Exemplare des giftigen Schierlings. Wer hat sich mit Schierling getötet? Sokrates oder jemand bei Shakespeare? In dieser Frage kann ich mit Suzanne keine Einigkeit erzielen.
Heute ist der Himmel grau, die Luft ist ungewöhnlich kalt. Jetzt, am frühen Morgen, kann ich meinen Atem sehen. Dabei ist es schon Ende Juni, und wir sind in Spanien!
Zwischen ausgedehnten Weizenfeldern kommen wir nach Villafranca Montes de Oca. Das kleine Straßendorf am Fuße der Berge Montes de Oca ist bis zum Jahr 1075 Bischofssitz gewesen, erst dann wurde dieses Amt nach Burgos verlegt. Schon im 9. Jahrhundert soll hier ein Pilgerhospiz gestanden

haben. Die heutige Pilgerherberge, das Hospital de San Antón, wurde 1380 gegründet. Ich versuche mir vorzustellen, wie es gekommen wäre, wenn der Bischof damals hier geblieben wäre. Villafranca Montes de Oca als Großstadt, Burgos als Dorf!?

Hinter den letzten Häusern fängt der steile Feldweg an, der zwischen Wiesen und Äckern zum Waldrand hochsteigt. Dort ist eine Pilgerquelle, die Fuente de Moja Pan. Das Wasser fließt nur tröpfchenweise, ich muss meinen Trinkbecher über eine Minute unter den dünnen Wasserstrahl halten, bis drei Schluck Wasser zusammenkommen. Das war schon immer so: Der Name Moja Pan heißt „nasses Brot" und soll bedeuten, dass das Quellwasser gerade mal ausreicht, das trockene Pilgerbrot weich zu machen.

Die dichtbewaldeten Oca-Berge haben in den früheren Jahrhunderten einen ähnlich schlechten Ruf gehabt wie das Massif Central. Auf dem unübersichtlichen Gelände haben Räuberbanden den frommen Pilgern nachgestellt. Heute bieten dieselben Eichenwälder den vergnüglichen Rahmen unseres Pilgerweges. Oben angekommen – wir sind immerhin auf elfhundertfünfzig Meter hochgestiegen – befinden wir uns auf einer Hochebene in einer Heidelandschaft. Das Heidekraut blüht in einem besonders intensiven Lila. Dazwischen stehen dunkelgrüne Wacholderkerzen.

Der Weg neigt sich ins Tal, und nach einer Stunde erblicken wir das in einer Senke liegende Kloster San Juan de Ortega. Über das Pilgerhospiz schrieb 1673 der italienische Reisende Domenico Laffi:

*Hier übt man viel Barmherzigkeit mit den Pilgern, besonders im Hospiz, wo man gutes Essen bekommt.*

Diese schöne Tradition wird heute noch gepflegt. Wie man aus zahllosen Büchern und Dokumentarfilmen erfährt, wird die Herberge von dem inzwischen legendären Pfarrer Don José María betreut, der nach der abendlichen Messe die Pilger mit Knoblauchsuppe bewirtet. Anschließend können die Anwesenden gemeinsam das Mitgebrachte verzehren.

Die aus mehreren großen Schlafräumen bestehende Herberge hat keine frei zugängliche Küche oder einen Aufenthaltsraum. So sitzen wir, die wenigen Pilger, vor der kleinen Bar um die Ecke und warten auf die berühmte Pilgerspeisung. Die Stimmung ist gut, wir sind wieder eine überschaubare Gruppe geworden: die beiden Franzosen Yvette und Jean-Claude, die spanische Malerin Paloma, der Schweizer Marc, Suzanne, ich.

Die Zeit vergeht, weder Messe noch Knoblauchsuppe. Wir schicken Paloma

zu Don José María, damit sie sich nach dem Grund dieser Verzögerung erkundigt. Sie kommt zurück und berichtet:
Morgen ist der Tag des Ortsheiligen San Juan de Ortega. Aus diesem Anlass wird heute abend, wie in jedem Jahr, eine Feier veranstaltet, an der die Mitglieder der Jakobusgesellschaft aus Burgos teilnehmen. Da viele von ihnen bis 20 Uhr arbeiten, müssen wir auf ihre Ankunft noch ein wenig warten.
Es ist schon 21 Uhr. Als ich die Hoffnung bereits aufgegeben habe, die christliche Nächstenliebe in Form einer Knoblauchsuppe zu erfahren, belebt sich die Szene. Etwa fünfzig Autos, vollgepackt mit Menschen, Hunden, Körben und Flaschen, besetzen den Kirchenvorplatz. Alle eilen, kaum, dass sie ausgestiegen sind, in die Kirche, wo Don José María mit viel Routine eine kurze Messe zelebriert. Jetzt wird endlich der Speisesaal geöffnet!
Die Szene erinnert mich an die Öffnung der Kaufhaustüren beim Winterschlussverkauf. Auch wir Pilger werden von dem Menschenstrom in den Saal gespült. Aber wo sollen wir uns hinsetzen? Alle Plätze sind für die aus Burgos angereisten Mitglieder reserviert. So stehen wir, die echten Pilger, mit unserem mitgebrachten Käse und Brot ziemlich ratlos an der Wand und sehen zu, wie die gutgelaunten Jakobsfreunde die Tische mit feinen Speisen und Getränken vollpacken und der Völlerei frönen. Von uns nimmt offensichtlich kein Mensch Notiz.
Wir wollen den Raum enttäuscht verlassen. Ich bin schon draußen, als ein Mann hinter uns herläuft und fragt, wo wir hinwollen. Um Gottes willen! Wo denken wir denn bloß hin! Wir alle sind selbstverständlich eingeladen!
Ganz schnell wird ein zusätzlicher Tisch mit sechs Stühlen herbeigeschafft, und bevor wir uns setzen können, beladen die freundlichen Menschen unsere Tischplatte mit allen denkbaren Köstlichkeiten: Fleisch, Wurst, Fisch, Meeresfrüchte, Käse, Kuchen, Obst, Wein, Kaffee! „Schmeckt es auch?" fragen sie besorgt. Und ob es schmeckt!
Diese überschwängliche Gastfreundschaft rührt mich, und während ich die delikaten Gaben genieße, wundere ich mich darüber, wie schnell die Enttäuschung sich in Glück verwandeln kann.
Im Verlauf der Festlichkeit kommt auch der Hausherr, Don José María, an unseren Tisch und fragt, woher wir kommen. Ich sage, ich komme zu Fuß aus Deutschland, und hoffe, dass er dies anerkennend zur Kenntnis nimmt, aber er antwortet nur: „Ja, ich war auch schon in Berlin." Paloma tröstet mich: „Sei nicht traurig! Er hat schon zu viele Pilger gesehen!"

Die Tische sind abgeräumt, eine Musikkapelle spielt zum Tanz auf. Die Wahl der Instrumente ist eigenartig: vier schräg spielende Saxophone und eine Trommel. Auch das Repertoire ist nicht alltäglich: Wiener Walzer und spanischer Paso doble. Den Gästen gefällt es, alle tanzen, aber mit merkwürdigem Ernst.
Zum Abschluss des Tages wird um Mitternacht vor der Kirche eine Strohpuppe verbrannt. Wie so oft, so auch hier ein ehemals heidnisches Ritual bei einem christlichen Fest.

**Dienstag, 24. Juni 1997**
**Von San Juan de Ortega nach Burgos**
Beim Frühstück ist Georges plötzlich wieder da. Er hat in einem Hotel in Burgos übernachtet und sich mit dem Taxi hierher zurückbringen lassen, damit er keinen Kilometer auslässt. Don José serviert uns in der Küche Milchkaffee. Das gestrige Fest ist gut gelungen, die Stimmung nach dem Sturm ist von stiller Fröhlichkeit. Wir werden mit Handschlag und Glückwünschen auf den Weg geschickt.
Am Anfang geht es durch den Wald. Hinter den letzen Bäumen kommen wir nach Agés, einem Dorf, von dem es nichts zu berichten gibt. Eine halbe Stunde weiter liegt Atapuerca, wo immerhin ein Bäcker zu finden ist. Wir setzen uns in das duftende grüne Gras und essen das eben gekaufte, noch warme Brot mit Käse und Tomaten. Bald bekommen wir Gesellschaft, zwei junge Bauern machen einige Meter von uns ihre Frühstückpause. Obwohl wir uns nicht abgesprochen haben, essen auch sie Brot, Käse und Tomaten. Dies sehen wir als Zeichen unserer Nähe zu Land und Leuten.
Unsere guten Gefühle werden vom günstigen Wanderwetter und der Schönheit der Landschaft noch verstärkt. Das helle Licht lässt Schatten pechschwarz, die Farben leuchtender, bunter werden. Die Wiesen sind mit einem weichen bunten Teppich aus grünem Gras, schneeweißen Margeriten, gelben Sonnenröschen und rotem Klatschmohn gesäumt.
Ich erzähle Suzanne, wie wir als Kinder in Ungarn die Knospen des Klatschmohns für ein Wettspiel benutzt haben. Wir mussten der Reihe nach erraten, welche Farbe die Blütenblätter der noch geschlossenen Mohnknospen hatten, weiß, rosa oder rot. „Schnaps, Bier oder Wein?"
Sie kennt dieses Spiel natürlich nicht. Auch weiß sie nicht, wie man aus Mohnblüten einen Bischof baut. Dazu benötigt man eine Knospe und eine

verblühte Blume des Klatschmohns. Aus der Kapsel der Blüte wird der Kopf, aus der geöffneten Knospe das rote Hemd mit dem grünen Umhang gefertigt. Ob die Kinder in Ungarn heute noch die Kunst des Bischofbauens beherrschen?
Wir erklimmen einen steilen, mit Buschwerk bewachsenen Hügel, der uns als letzte Barriere von der Ebene um Burgos trennt. Von oben sehen wir in der Ferne schon die Vororte der Stadt. Bis dahin haben wir allerdings noch einen halben Tag zu laufen.
Nach weiteren zwei Dörfern überqueren wir eine Autobahn. Die Großstadt empfängt uns mit Industriebetrieben, Kasernen und Müllplätzen.
Bevor wir uns in das Verkehrsgewühl der letzten Kilometer stürzen, machen wir auf dem stillen Dorfplatz von Villafría de Burgos eine Ruhepause. Das karge Mittagsmahl wird vom Klappern der Störche, die auf dem nahen Kirchturm nisten, begleitet. Es ist unbeschreiblich, wie gut ein Stück Käse oder ein Tintenfisch aus der Dose nach sechs Stunden Laufpensum schmecken kann! Keinen Champagner könnte ich jetzt mehr genießen als das kühle Wasser aus der rostigen Dorfpumpe!
Es folgen zwei Stunden Fußmarsch am Rand einer sechsspurigen Ausfallstraße, laut, schattenlos, hässlich. Dann verdichtet sich die Bebauung, die Wohnsilos werden von älteren Bauten abgelöst. Und endlich verkünden uns prächtige Kirchen und Paläste, dass wir in Burgos angekommen sind.
Nach Künig von Vach besaß Burgos am Ende des 15. Jahrhunderts zweiunddreißig Pilgerhospize. Heute gibt es nur noch ein einziges. Die einfache Herberge liegt etwa zwei Kilometer westlich hinter der Stadt. Da ich in Burgos eine Wanderpause machen möchte, verschiebe ich die fälligen Besorgungen und Besichtigungen auf morgen.
Die Herberge ist überfüllt: All die Pilger, die ihre Reise von Belorado bis Burgos mit dem Bus bewältigt haben, sind wieder beisammen. Dazu kommen noch die zahlreichen anderen Pilger, die Burgos als Ausgangspunkt gewählt haben. Ich darf mich aber über die Massen nicht beklagen. Wenn man manchen Historikern Glauben schenken darf, sind im 13. und 14. Jahrhundert jährlich bis zu einer halben Million Menschen nach Santiago de Compostela gepilgert. Damit verglichen ist der Pilgerpfad heutzutage idyllisch einsam.

**Mittwoch, 25. Juni 1997**
**In Burgos**
Burgos liegt, vom milden Klima des Meeres durch hohe Bergzüge getrennt, in neunhundert Meter Höhe. Ich bin vor Jahren schon mal hier gewesen und habe im April mit dickem Anorak und Wollmütze gefroren wie ein Schneider. Wenn es nicht kalt ist, dann soll es hier brütend heiß sein. Heute stimmt weder das eine noch das andere dieser Klischees: Die kristallklare Luft ist frühlingshaft warm.
Die Stadt ist wunderschön und besitzt zahlreiche herausragende Sehenswürdigketen. Ich will nur einen Tag in Burgos bleiben, es ist allerdings vergebliche Liebesmüh, in dieser kurzen Zeit mehr als nur einen flüchtigen Eindruck zu gewinnen.
Das in der Nähe der Herberge gelegene Hospital del Rey und das Kloster Las Huelgas Reales, das prächtige Stadttor Arco Santa María, die Kirche San Nicolas mit ihrem wunderbaren Retabel und als apotheotische Krönung: die Kathedrale, ein Wunder der abendländischen Kunst! Wenn es sonst keine sehenswerten Bauwerke in Spanien gäbe, würden allein die in Burgos eine Reise lohnend machen!
Dass wir bei der Betrachtung der Kathedrale nicht zu sehr in seelische Entzückung geraten und die Bodenhaftung verlieren, dafür sorgt ein bärtiger junger Mann, der die Führung macht. Er ist nicht nur ein stolzer Spanier, sondern auch ein kämpferischer Lokalpatriot. Seine in Englisch gehaltene Erklärung ist im Wesentlichen eine Aufzählung dessen, was in der Kathedrale von Burgos das Größte, Höchste, Längste, Schönste, Schwerste und Beste auf der Welt ist. Dabei schaut er immer wieder um sich, als ob er fragen wollte: „Na, wie habe ich das alles gemacht?"
In der Kathedrale ruhen, unter einer schlichten Steinplatte, die Gebeine des spanischen Nationalhelden El Cid. Der 1043 in der Nähe von Burgos geborene Edelmann und Heeresführer stand im Dienst des kastilischen Herrschers Sancho II. Als der König von seinem Bruder ermordet wurde, fiel El Cid in Ungnade. Danach verdingte er sich bei dem maurischen Gegner und vollzog seine weiteren Heldentaten gegen seine christlichen Glaubensbrüder. Er eroberte Valencia, wo er bis zu seinem Tod herrschte.
Eine seiner berühmtesten Heldentaten wird so erzählt: El Cid wollte wieder einmal neue Truppen aufstellen, aber das Geld dafür war nicht vorhanden. Deshalb hat er zwei große Geldkisten mit Steinen füllen lassen und mit der

Behauptung, es wäre Gold drin, sie zwei Juden gegen eine Bargeldanleihe als Pfand angeboten. Juden sind bekanntlich doof, und so fielen auch diese beiden auf den Trick herein. Eine dieser zwei hölzernen Schatztruhen ist noch heute in der Kathedrale ausgestellt, sie hängt an der Wand in der Kapelle Corpus Christi. Wodurch ist der Mensch bloß Nationalheld geworden? Ich verstehe es nicht!
Morgen fährt Suzanne nach Deutschland zurück. Sie wird mir sehr fehlen.

**Donnerstag, 26. Juni 1997**
**Von Burgos nach Castrojeriz**
Der Zug von Suzanne fährt um halb fünf. Nachts durch Parkanlagen und durch die Bahnhofsgegend allein zu laufen, ist nicht jederfraus Sache. So begleite ich sie zu ihrem Zug und winke ihr lange nach.
Es ist noch stockdunkel. Die Straßen sind wie ausgestorben, nicht mal ein früher Jogger ist unterwegs. Sogar für Hunde ist es noch zu früh, sich Gassi führen zu lassen.
Der aus Burgos hinausführende Weg ist wesentlich schöner, als der, der mich vorgestern in die Stadt hineinführte. Erst laufe ich am Fluss Arlanzón entlang, später durch schlafende Vororte. Hinter den letzten Häusern führt der Feldweg durch einen Pappelwald, wo ich manchmal Schwierigkeiten habe, im Dunkeln den weiteren Wegverlauf auszumachen. Erst bei dem Dorf Villalbilla dämmert der Morgen, doch richtig hell will es gar nicht werden. Der Himmel ist dicht bewölkt. Ob es heute regnet? In der letzten Zeit habe ich unwahrscheinliches Glück mit dem Wetter gehabt.
Bei Tardajos mache ich eine kurze Pause. Es ist erst sieben Uhr, und ich habe schon zehn Kilometer geschafft! Wenn das so weitergeht, habe ich ab Mittag nichts zu tun!
Im Weiteren ist das Gelände ziemlich flach, die Berge haben sich zum fernen Horizont zurückgezogen. Bald weicht auch das Himmelsgrau. Über mir wölbt sich die unendliche blaue Halbkugel des Himmels, in der federleichte Wolkenkissen schweben. Und wieder dieses unfassbar leuchtende Licht, dieses Singen der Farben, das Gold der Weizenfelder, das blendende Weiß, Rot und Gelb der Wildblüten, das grüne Gras und das Rostgelb des Feldweges! Ich könnte nach jedem Schritt ein neues Foto machen, jeder Blick durch den Sucher der Kamera ergibt ein Kalenderblatt! Gott, ist die Welt schön! Wie stand in der Schweiz an der Wand der Hütte? „Macht nur die Augen auf: überall ist es schön!" Wie wahr!

Rioja, wo der gute Wein wächst

Das Pilgermahl mit Don José María in San Juan de Ortega

Pilgerweg in der Sierra de Atapuerca

Villafría

Der Pilgerweg vor Hontanas

Louis, Katalin, Georges, Paloma und Marc in San Bol

Mein Pilgerfreund Jaap in El Burgo Raneros

Die Meseta

Ich merke, dass ich die Natur um mich schon lange nicht mehr so glückbringend wahrgenommen habe wie heute. Ob das damit zusammenhängt, dass ich wieder allein laufe?

Allein schon, aber keineswegs einsam! Nur auf dem Wegstück, das ich einsehen kann, laufen etwa zwanzig Pilger, eine Prozession lauter mir unbekannter Menschen, die ich gestern in der Herberge kaum wahrgenommen habe. Obwohl einige schon äußerlich recht merkwürdig sind, wie beispielsweise ein baumlanger blonder Jüngling. Außer seinem großen Rucksack trägt er eine prallgefüllte handgewebte Hirtentasche, die er vor seiner Brust baumeln lässt. Zusätzlich werden seine beiden Arme von schweren Tragetaschen in die Länge gezogen. Seine Gangart ist dementsprechend langsam und schwerfällig. Ich hole ihn ein, grüße ihn, versuche, ein kurzes Gespräch anzuzetteln, aber alles vergebens. Er scheint mich überhaupt nicht wahrzunehmen! Das verwirrt mich.

Hornillos del Camino ist ein typisches Straßendorf, bestehend aus einer einzigen langen Straße, die mit dem historischen Pilgerweg identisch ist. Solche als Pilgerstation entstandene Siedlungen sind wie Knoten auf einer Schnur aufgereiht. So wird der spanische Jakobsweg oft als *sirga* bezeichnet, wie der verknotete Strick der Mönchskutte.

Das gelbe Weizenmeer glättet seine Wogen. Das ebene Land dehnt sich, und es scheint keine Grenzen zu finden. Kein Baum und kein Menschenwerk halten meinen frei umherschweifenden Blick fest, und außer der Erde, die mich trägt, und dem Himmel, der alles überwölbt, ist nur Gott existent. Die in der Entfernung nach Westen strebenden Pilger erscheinen mir als kleine, fleißige Ameisen, und ich als einer von ihnen, winzig und unbedeutend, nur als Teil der Schöpfung wesentlich, ja großartig!

Aus meiner Großartigkeit werde ich von einem jungen bärtigen Mann herausgerissen, der von einem Seitenpfad geradelt kommt. Ich will ihm Platz machen, aber er bleibt bei mir stehen und fragt, ob ich bei ihm einen Kaffee trinken möchte. Wie bitte? Wo denn?

Wir laufen etwa dreihundert Meter abseits des Weges, wo sich in einer flachen Mulde die Ruine des ehemaligen Klosters San Baudilio, abgekürzt San Bol, versteckt. Die Mauerreste wurden ergänzt und mit einem Dach versehen. In dem Bau hat man eine einfache Herberge eingerichtet, wo ein Dutzend Betten und ein Gaskocher die ganze Einrichtung bilden. Wasser gibt es in der nahen Quelle, wo man sich auch waschen kann. Der junge Mann, der

sich als Louis vorstellt, lebt seit zwei Jahren hier als hospitalero, als Herbergsvater, allein. Damit die Pilger an ihm nicht vorbeilaufen, beobachtet er von Zeit zu Zeit den Pilgerweg mit einem Fernglas, und wenn er jemanden erblickt, schwingt er sich auf sein Fahrrad und schnappt sich einen Gast. Seit einigen Wochen ist er allerdings aus seiner Einsamkeit befreit: Eine junge Pilgerin ist hier hängen geblieben.
Ich bekomme einen Kaffee und den Stempel in meinen Pilgerpass. Die Frau erzählt mir in gebrochenem Englisch, dass sie Ungarin ist und erst vor einem Jahr nach Spanien gekommen ist, um zu studieren. Das hat sie noch immer vor, aber vielleicht will sie erst nach Indien. Ich denke dabei an meinen stringenten beruflichen Werdegang, und im Vergleich mit ihr fühle ich mich uralt. Als ich ihr dann sage, dass ich mich mit ihr lieber auf Ungarisch unterhalten möchte, weil mein Englisch nicht viel hergibt, verschlägt es ihr vor Überraschung die Sprache. Es ist auch nicht alltäglich, dass in dieser versteckten Ecke der Welt, wo die Pilger mit Kaffee hingelockt werden müssen, zwei von drei Menschen diese Sprache sprechen. Wir nehmen die Gelegenheit freudig wahr, nach Monaten in unserer Muttersprache sprechen zu können.
Louis hat eben neue potentielle Gäste erblickt und radelt zum Weg hin. Als er mit ihnen zurückkehrt, ist meine Freude groß. Es sind meine alten Pilgerfreunde Paloma, Marc und Georges, die ich, trotz meines Ruhetags in Burgos, eingeholt und irgendwo überholt haben muss. Wir wollen das Wiedersehen feiern, und da der mitgebrachte Weinschlauch von Georges sich dabei schnell leert, bringt Louis eine neue Flasche Wein dazu. Er fragt, ob er uns eine Suppe kochen soll. Das passt ja hervorragend!
Die Suppe muss lange kochen. Wir sitzen auf der sonnigen Terrasse und lassen uns von der Ruhe und der Schönheit der Landschaft verzaubern. Louis ist ein charmanter und sehr unterhaltsamer Gastgeber. Unsere Fragen nach Einsamkeit und Langeweile können ihn nur amüsieren. Für Unterhaltung sorgen doch die vielen Pilger, die ihn besuchen. Sie sind in der Regel sehr interessante, manchmal regelrecht verrückte, aber keinesfalls langweilige Menschen. Zur Illustration erzählt er uns einige nicht alltägliche Anekdoten von Pilgern, die in der letzten Zeit hier durchgelaufen sind.
So ist hier vor einigen Tagen, als es besonders heiß gewesen ist, eine Truppe Soldaten in voller Montur, inklusive Waffen und Stahlhelm, vorbeigekommen. Sie waren vorher in Bosnien im Einsatz, und sie wollten auf diese Weise dafür danken, dass sie heil heimgekehrt sind.

Eine Pilgerin war mit einer Urne unterwegs. Sie hat diesen Weg mit ihrem Mann lange Jahre geplant. Da der Mann verstarb, lief sie jetzt allein und verstreute unterwegs seine Asche.
Ein Mann schleppte einen etwa drei Kilo schweren Stein mit sich und war der festen Überzeugung, die für das Laufen nötige Energie aus diesem Stein zu beziehen.
Ein als Fußballspieler gekleideter Pilger trieb einen Ball vor sich her. So wollte er nach Santiago de Compostela.
Ein junger Mann hatte einen Vogelkäfig bei sich, in dem ein Kanarienvogel saß. Für diesen Vogel hatte er einen eigenen Pilgerpass ausstellen lassen, den er genauso wie seinen eigenen überall abstempeln ließ.
Schotten im Schottenrock und mit Dudelsack, Einradfahrer, Rückwärtsläufer… Es gibt kaum eine Verrücktheit, die hier nicht schon in die Tat umgesetzt worden wäre.
Die Suppe, eine Hammelsuppe mit Reis und Kichererbsen, heiß und fett, schmeckt wie das Land hier: einfach, bodenständig, kolossal. Da das Essen mich müde macht, überlege ich, ob ich hier übernachten soll. Genug gelaufen bin ich heute schon. Meine wiedergefundenen Pilgergeschwister wollen aber weiter, und ich würde gern bei ihnen bleiben. Wir lassen uns noch einen starken Kaffee kochen und brechen auf.
Der Feldweg ist trocken und staubig, mit Netzmustern von tiefen Rissen durchzogen. Hier hat es schon lange nicht mehr geregnet. In den Mulden, wo Windstille herrscht, versuchen kleine schwarze Fliegen aus meinen Augen und Ohren etwas Schmackhaftes herauszuholen, genauso, wie sie es nach meiner Beobachtung bei den Kühen zu tun pflegen. Wenn Wind aufkommt, sind sie verschwunden.
Es folgt ein grünes Tal, das von steilen wüstenkahlen Hängen begrenzt ist. Ich wechsle auf eine schmale Asphaltstraße und erreiche die weit sichtbaren stattlichen Ruinen des ehemaligen Antoniterklosters San Antón. Die Straße führt direkt unter einem Bogen der ehemaligen Kirche hindurch. Die Mönche des Antoniterordens wurden im Mittelalter hoch geschätzt wegen ihrer Fähigkeit, das Antoniusfeuer, einen fiebrigen, oft tödlichen Hautausschlag zu heilen.
Von der Klosterruine aus ist mein Tagesziel zu sehen, eine Bergkuppe, ähnlich wie eine Steinhalde. Von ihrer Spitze grüßt eine Burgruine, an der linken Flanke klebt das Städtchen Castrojeriz. Am Eingang des Ortes steht eine

große Kirche, die Nuestra Señora del Manzano. Die Straße zieht sich in die Länge, die Herberge liegt fast am jenseitigen Ende der Stadt. Und die Stadt ist lang, wie Künig von Vach schon damals bemerkte: *Auf deutsch ist es geheissen die lange Stadt.*
Die Herberge ist voll. Der Herbergsvater, ein Original, hat das Aussehen und die Figur eines Räuber Hotzenplotz. Er ist lustig, laut, präsent. Seine Witze müssen gut sein, weil die Gäste, die seine Sprache verstehen, vor Lachen fast vom Stuhl fallen.
Ich trinke mit Paloma und Marc in der Bar ein Glas Wein, oder ist es schon das zweite? Doch mit einem Mal merke ich, dass ich todmüde bin. Kein Wunder, heute bin ich die längste Etappe auf meiner Reise gelaufen. Mit dem Umweg zum Bahnhof in Burgos waren es zweiundvierzig Kilometer!

**Freitag, 27. Juni 1997**
**Von Castrojeriz nach Frómista**
Wir werden von Gregorianischen Gesängen aus dem Lautsprecher geweckt. Zuvor hat weder das Schnarchen der anderen Pilger noch die Kälte, die nachts ins Zimmer kroch, meinen tiefen Schlaf stören können.
Hinter der Stadt folgt eine kurze, aber sehr steile Strecke, die aus dem Tal hinausführt. Der Hang ist kahl, eine Steinwüste. Merkwürdig: Warum denken wir bei dem Wort Wüste an Leere und Tod? Diese karge Landschaft ist doch in höchstem Maße ästhetisch! Wahrscheinlich ist unsere Einstellung zu der Landschaft von uralten unbewussten Fragen bestimmt: Gibt es was zu essen? Wo kann ich mich verstecken, wenn Gefahr droht? Wald ist schön, Wüste ist hässlich.
Oben angekommen habe ich die Empfindung einer Ameise, die auf eine Tischplatte hochgekrabbelt ist. Eine vollkommen ebene trockene Wiese empfängt mich. Flache Erde und darüber das Himmelszelt, sonst nichts, nicht einmal ein Weg, der weiterführt. Dann sehe ich aber kleine Steinmännchen, die mir die Richtung zeigen, die ich einschlagen muss.
Nur fünfhundert Meter weiter ist das vermeintlich unendliche Plateau zu Ende und bricht wieder nach einer scharfen Kante in die tiefere Ebene hinunter. Von oben ist der weitere Wegverlauf kilometerweit zu verfolgen. Unter dem kahlen Steilhang bestimmen wieder die weiten Weizenfelder das Bild.
Vorbei an der modern gefassten Pilgerquelle Fuente del Piojo nähere ich mich dem großen Pisuerga, dem Grenzfluss zwischen den Provinzen Burgos

und Palencia. Links vor der Brücke steht die ehemalige Eremita de San Nicolas, ein ehemaliges Pilgerhospiz. Die im 13. Jahrhundert erbaute romanische Kirche wurde vor einigen Jahren von italienischen Jakobsbrüdern restauriert und wird seitdem als Pilgerherberge genutzt. Der derzeitige Hospitalero, ein sympathischer junger Mann, hat über seine Pilgerreise ein Buch geschrieben, das hier zum Blättern ausliegt und auch von mir mit viel Respekt betrachtet wird, auch wenn ich kein Wort von dem italienischen Text verstehe.
Um den großen Tisch unter den romanischen Kapitellen ist eine bunte Gesellschaft versammelt. Ein junger Mann aus Peru, der die Attribute seiner indianischen Abstammung, langer schwarzer Zopf, handgewebtes buntes Hemd, Silberschmuck, trägt. Er pilgert mit seiner deutschen Freundin und erzählt, dass er täglich zehn Minuten innehält, um von der Mutter Erde Energie zu beziehen. Dies findet eine junge Amerikanerin very lovely. Sie gehört zu einer kleinen Gruppe aus den Niederlanden, drei Damen und ein Herr, die immerhin aus Moissac den Weg hierher gefunden haben. Wir werden mit Kaffee und Kuchen bewirtet. Die Stimmung ist fröhlich und herzlich. Ich genieße die Gesellschaft dieser Menschen. Uns verbinden die gleichen Erfahrungen, die uns ermöglichen, das Unbeschreibliche nicht beschreiben zu müssen und trotzdem darüber sprechen zu können.
Ich schreite über die mittelalterliche Brücke. Am jenseitigen Ufer begrüßt mich ein mit Pilgermuschel und Wappen reich verzierter Grenzstein: „Provincia de Palencia". Bald habe ich es geschafft! Es sind nur noch vierhundertdreißig Kilometer bis Santiago!
Ich merke nichts davon, dass ich die Provinz gewechselt habe. Es ist dasselbe flache Getreideland wie vorher. Die Tierra de Campos, wie dieses Land heißt, hat schon den Römern als Kornkammer gedient. Die Dörfer sind armselig, schattenlos, vom gleißenden Sonnenlicht wie ausgelaugt. Kein Wunder, wenn die Menschen wegziehen und ihre Häuser dem Verfall überlassen. Viele der Bauten bestehen aus demselben roten Lehm wie der Boden, auf dem sie stehen. Wenn so ein Lehmbau nicht bewohnt oder ständig benutzt und gepflegt wird, dauert es nicht lange, bis die Wände wieder zu Staub zerfallen: Recycling durch Wind und Wetter.
Auf einem staubigen Feldweg erreiche ich den über zweihundert Jahre alten Canal de Castilla, der die Flüsse Pisuerga und Carrión miteinander verbindet. Der auf weite Strecken hoch über dem benachbarten Gelände fließende Kanal ist in dreifacher Hinsicht segensreich gewesen. Er diente der Bewässe-

rung des trockenen Landes, ermöglichte den Wassertransport von Handelsgut, und an einigen Stellen hat man mit dem Wasser sogar Getreidemühlen betrieben. Trotz seines hohen Alters wird der Kanal heute noch für die Bewässerung der Umgebung genutzt, wie dies die üppig grünen Rüben- und Maisfelder bezeugen.
Auf einem schmalen Steg über einer Schleuse überquere ich den Kanal, und damit bin ich in Frómista angekommen. Der Name wird vom römischen Wort für Getreide, frumentum, abgeleitet. Weizenfelder haben hier eine fast zweitausend Jahre alte Tradition. Schon im 12. Jahrhundert lobte unser alter Bekannter Aymeric in seinem Pilgerführer den Reichtum der Tierra de Campos und erwähnt das Fehlen von Wäldern. Als Domenico Laffi vor dreihundert Jahren hier gewesen ist, war das Land durch Heuschrecken verwüstet, und es herrschte große Hungersnot. Es war hier schon immer so, und wird noch lange so bleiben, dass die Frage, Not oder Reichtum, vom Ertrag der Weizenernte beantwortet wird.
Die Herberge ist wieder voll. Der Anteil spanischer Pilger wird von Tag zu Tag größer. Fußpilger werden bevorzugt, Radfahrer erhalten nur mit Vorbehalt ein Bett. Aber wer ein Fußpilger ist, lässt sich nicht mehr so eindeutig feststellen. Ich beobachte, wie eine Gruppe von Pilgern mit einem Bus ankommt und in der Herberge Quartier nimmt. Um das Gesicht zu wahren, wird das Fahrzeug zweihundert Meter weiter geparkt.
Obwohl Frómista größer ist als die Dörfer der Umgebung, viel lebhafter ist es deswegen noch lange nicht. In einer Bar auf dem Rathausplatz nehme ich einen Kaffee. Es ist kalt, höchstens zwölf Grad, ich muss mich dick anziehen, um draußen sitzen zu können. Auf dem Dach des Rathauses ist ein Lautsprecher montiert, der jede Viertelstunde ein Glockenspiel vom Band ertönen lässt, die ersten acht Takte des „Ave Maria" von Gounod, aber falsch, es tut mir jedes Mal weh. Eine angeberische, fragwürdige Attraktion.
Ich besuche die größte Sehenswürdigkeit der Stadt, die wunderbare romanische Kirche San Martín. Manche meinen, sie wäre viel zu schön, bei der Restaurierung vor hundert Jahren wurde des Gutes zuviel getan. Ich bin nicht dieser Meinung. Der aus dem 11. Jahrhundert stammende prächtige dreischiffige Bau ist überaus stilecht hergerichtet worden. Besonders großes Vergnügen bereitet mir die Betrachtung der figürlichen Ausschmückungen der Kapitelle sowie Hunderte von Gesimskonsolen, die tierische und mensch-

liche Wesen darstellen, auch wenn viele dieser Steine nur Kopien der verwitterten Originale sind.
Ich rufe Rita zu Hause an. Das Gespräch ist schmerzlich distanziert, so als wenn wir einander nichts zu sagen hätten. Ich bin traurig, gekränkt, weil die Gefühle und Sehnsüchte, die sich durch das Telefon sowieso nur schwer mitteilen lassen, ins Leere laufen. Ich versuche, sie darauf direkt anzusprechen, aber sie reagiert überrascht und verständnislos. Sind es nur Gespenster, die ich zu sehen glaube? Vielleicht ist nach so langer Trennung eine gewisse Störung in der Kommunikation nur natürlich?
Ich besuche die Abendmesse in der romanisch-gotischen Kirche San Pedro, habe aber Schwierigkeiten, mich auf die rituelle Handlung zu konzentrieren. Stattdessen überlege ich, warum das Hauptschiff und der Chor nicht miteinander in Flucht stehen. Der Altar steht schief zur Gemeinde. Ein ganz verwirrendes Raumgefühl! Aber das ist nicht das einzige, was mich von der Messe ablenkt. Ich hänge gedanklich noch immer an dem Gespräch mit Rita. Ich kenne sie doch schon ein halbes Leben. Auch sie weiß von dem Problem, das ich angesprochen habe. Warum blockt sie ab, wenn ich es anspreche?

## Samstag, 28. Juni 1997
### Von Frómista nach Carrión de los Condes
Heute früh ist es wieder bewölkt. Ein eiskalter Nordostwind fegt über die flache Ebene. Nach einer Viertelstunde muss ich meine Wanderstöcke im Rucksack verstauen, weil ich sie nicht mehr halten kann, so friert mich in den Händen! Dick angezogen, die Hände in der Jackentasche, und das in Spanien, im Hochsommer!
Im Westen, wo ich hin möchte, wird der Himmel immer bedrohlicher. Bald flackern in den bedrohlichen schwarzen Wolken die ersten Blitze eines Wetterleuchtens. Ich sehe, wie in der Ferne breite Wassergardinen aus dem Himmel stürzen. Es ist nur eine Frage der Zeit, bis mich das Unwetter erreicht.
Der Weg ist ein wenig eintönig. Vor Jahren mussten die Pilger hier auf weiten Strecken die schnurgerade Landstraße benutzen. Jetzt hat man unmittelbar neben der Straße eine Schotterpiste für Fuß- und Radpilger gebaut. Für heute sind zwanzig Kilometer auf diesem Weg vorgesehen. Auf dem Schotter ist besser zu laufen als auf dem Asphalt, und von Radlern überfahren zu

werden, ist nicht so gefährlich, wie von Autos, aber schöner ist diese Strecke deswegen auch nicht.

Einen Lichtblick in der kalten Eintönigkeit bietet der kleine Ort Villacásar de Sirga mit seiner berühmten Kirche Santa María la Blanca. Die von den Templern erbaute dreischiffige romanisch-gotische Kirche mit dem doppelten Querhaus begrüßt die ankommenden Pilger mit einer langen Vortreppe, die zu einer hohen Vorhalle führt. Darin befindet sich das überaus reich geschmückte Südportal.

Im Innern der Kirche steht die romanische Steinstatue Virgen Blanca, eine Maria mit dem Kind, die der Kirche den Namen gegeben hat. Es wird über zwölf Wunder berichtet, die sich hier ereigneten, darunter mehrere, in denen die Mutter Gottes kranke Pilger heilte, die sich auf dem Heimweg aus Santiago befanden. Sie waren von dem Apostel enttäuscht, weil er ihnen nicht geholfen hat. Ein merkwürdiges Beispiel übersteigerter Marienverehrung in Spanien!

Als ich die Kirche verlasse, gießt es draußen. Ich gehe in das Café gegenüber und hoffe, dass der heftige Regen bald aufhört und ich weiterkomme, ohne nass zu werden. Eine naive Vorstellung! Wenn es hier regnet, dann aber richtig! So bleibt mir nichts anderes übrig, als den Regenmantel anzuziehen und die letzten anderthalb Stunden im strömenden Regen hinter mich zu bringen.

In dem Städtchen Carrión de los Condes stehen den Pilgern mehrere Herbergen zu Verfügung. Ich wähle die erste auf dem Weg, das ehemalige Kloster Santa Clara. Nach der Überlieferung hat der heilige Franziskus von Assisi auf seiner Pilgerreise hier übernachtet. In demselben Bau, vielleicht im selben Raum zu schlafen, wie dieser überaus menschliche Heilige, möchte ich mir nicht entgehen lassen. Hier gibt es Zweibettzimmer mit richtiger Bettwäsche und Handtuch. Ein lange nicht mehr genossener Luxus!

Mein Zimmergenosse ist ein junger Holländer, der mit dem Rad pilgert. Er klagt, dass sich alle möglichen Radfahrer auf dem Weg tummeln, die gar keine richtigen Pilger sind, da sie nicht dem gelben Pfeil der Wegmarkierung folgen, sondern aus Bequemlichkeit oft die Landstraße zum Radeln benutzen. Er ist stolz darauf, überall den Pfeilen zu folgen, auch wenn sie für Fußpilger gedacht sind. Auf den schwierigeren Passagen möchte er lieber sein Rad schieben oder gar auf dem Rücken tragen, aber ein richtiger Pilger verlässt nie den richtigen Weg!

Ich möchte ihn nicht enttäuschen, sonst müsste ich ihm sagen, dass der „richtige", also der historische Weg meistens mit der Landstraße identisch ist und nicht mit dem, den man später für Wanderer angelegt hat. Es ist immer eine Freude, etwas Richtiges zu tun, und ich möchte ihm diese Freude nicht nehmen.

Am Nachmittag mache ich einen kleinen Rundgang in der Stadt, wobei ich die Kirche Santa María del Camino und die Kirche Santiago besuche. Beide Gotteshäuser sind mit romanischen Plastiken reich geschmückt. Leider werde ich von mehreren heftigen Regenschauern durchnässt, und so wird der Kunstgenuss gemindert.

Schließlich lande ich in einer Bar, wo ich die Pilger aus Holland antreffe, die ich gestern mittag bei Kaffee und Kuchen kennen gelernt habe. Eine Gruppe interessanter Menschen. Jaap ist Anfang fünfzig, genau wie zwei der Damen: Anna, eine Amerikanerin, und Sandy, eine Engländerin, die beide in Holland leben. Die Frau von Jaap ist kürzlich nach langer Krankheit verstorben. Die Pilgerreise von Moissac nach Santiago mit den besten Freundinnen der Verstorbenen ist ein würdiger Abschied von dem geliebten Menschen.

Wir stehen an der Theke, trinken unseren Rotwein, und ich genieße, wie schon gestern, die Gesellschaft von Gleichgesinnten. Wir brauchen keine zehn Minuten, und schon diskutieren wir über Leben und Tod, Trauer und Freude, Stärke und Schwäche, Raum und Zeit. Anna mit ihren lustigen blauen Augen und mit ihren ins Grau neigenden blonden Haaren, die sie in einem langen dicken Zopf trägt, ist eine wahre Augenweide. Sie ist Künstlerin, und wenn sie nicht überschwänglich darüber spricht, wie herrlich es ist, auf diesem Weg voranzuschreiten, dann zeichnet sie in ihr Skizzenbuch. Später gesellt sich auch mein Zimmerkollege zu uns. Wir setzen uns in einen Nebenraum zum Abendbrot, und da es draußen lange regnet, bleiben wir lange drin.

Auf dem Rückweg in die Herberge widerhallen meine Schritte auf den regennassen stillen Straßen. Ich ziehe Bilanz über den schönen Abend, frage mich, welche Welt, welches Leben das wahre ist: das Leben des Regens und der Sonne oder die Welt der Tagesschau und Einkommensteuererklärung. Eine eindeutige Antwort ist schwer zu finden. Ich wünschte, dass in meinem Leben diese sich scheinbar widersprechenden Komponenten eine einigermaßen harmonische Einheit bilden mögen.

**Sonntag, 29. Juni 1997**
**Von Carrión de los Condes nach Calzadilla de la Cueza**
Der heutige Weg verläuft, wie mit einem Lineal gezogen, auf der Trasse einer ehemaligen Römerstraße, von der noch einige Teile des Originalbelages vorhanden sein sollen. Davon merke ich wenig. Ob alt oder neu, die Oberfläche der Piste besteht aus denselben runden faustgroßen Kieselsteinen, die auch den Acker der Umgebung bedecken. Obwohl festgestampft, ergeben die Steine einen unebenen Weg, unbequem zu laufen.
Die Landschaft ist weiterhin eben, konturlos, grenzenlos. Kein ferner Baum, der beim Laufen näher kommt, kein Hügel, den man besteigt, gibt mir das Gefühl, dass ich vorankomme. Ich laufe wie auf einem Laufband, das auf eine bestimmte Zeit eingestellt ist. Wenn ich flotte Schritte mache, dauert es noch vier Stunden, dann habe ich es geschafft. Nur der Blick auf die Uhr, sonst nichts, zeigt mir an, wo ich mich befinde.
Wenn ich bedenke, dass hier im Sommer normalerweise tropische Hitze herrscht, über die Horrorgeschichten erzählt werden, kann ich mich nicht genug über mein Glück mit dem Wetter freuen. Es ist eher zu kühl als zu warm, das Laufen erscheint mir als eine relativ leichte Routinearbeit. Links, rechts, links, rechts! Ein selbstgedichtetes, monotones Arbeitslied mit Hunderten von Wiederholungen treibt mich voran, und bald erblicke ich den alleinstehenden Turm vor Calzadilla de la Cueza. Das Dorf selbst liegt, wie so oft auf der Tierra del Campos, versteckt in einer Senke.
Calzadilla de la Cueza ist trotz seines schön klingenden Namens ein erbärmliches Nest mit einer einzigen kurzen Straße. Zwei halb zerfallene Kirchen, eine Bar und eine sehr einfache Herberge ergänzen das Bild. Die kleinen Schlafräume haben keine Einrichtung. Ein paar unbezogene Matratzen aus Schaumgummi liegen wie hingeworfen auf den zersplitterten staubigen Bodendielen. Unter der Treppe hat sich ein zahnloser alter Mann, ein Penner, mit seinem großen stinkenden Hund zwischen zahlreichen Plastiktüten häuslich eingerichtet.
Eigentlich müsste ich weiterlaufen, aber bis zu der nächsten, besseren Herberge sind es noch weitere zwanzig Kilometer. Also bleibe ich. Auch meine Pilgerfreunde aus Holland bleiben.
Ich mache meine Eintragung in das Gästebuch. Meine Bemerkungen hineinzuschreiben, darin zu blättern und zu lesen, ist mir zur täglichen vergnüglichen Routine geworden. Kaum zu glauben, aber ich finde immer noch an

mich gerichtete Grüße von Palma, Horst und Dominik, wenn auch immer seltener. Andere Pilger beschreiben die Hitze und den Wassermangel, den sie auf dem Weg hierher erleiden mussten. Da, schau, hier steht etwas auf Ungarisch geschrieben! Es ist eine extreme Seltenheit, dass ich meiner Muttersprache begegne. Ich lese:
*Wir sind die ersten, die in dieses Buch Ungarisch schreiben!*
Gut, denke ich, keine große Leistung, aber Ungarn ist ein kleines Land, und auch das Eichhörnchen ernährt sich mühsam. Weiter:
*Wir kamen aus Carrión de los Condes, ohne Wasser, so dass wir fast verdurstet sind.*
Moment mal! Man kann in jeder Beschreibung nachlesen, dass auf dieser Strecke kein Wasser zu finden ist! Sogar in der Herberge wurde uns heute früh geraten, genügend Wasser mitzunehmen!
*Da hier kein Brot zu kaufen ist, haben wir im Garten hinter dem Haus Feuer gemacht und uns geklauten Mais geröstet.*
Und dann der Schlusssatz:
*Wir werden auch in das Gästebuch in Santiago schreiben!*
Kurz darunter sind, allerdings nicht mehr Ungarisch, die Zeilen zu lesen:
*Wir haben kein Wasser, weil die zwei Ungarn den Wasserhahn kaputtgedreht haben!*
Ich habe mit dem speziellen ungarischen Nationalstolz schon immer meine Schwierigkeiten gehabt, und wie die Jahre vergehen, werden diese Schwierigkeiten auch nicht geringer.

## Montag, 30. Juni 1997
### Von Calzadilla de la Cueza nach Sahagún

Heute ist mein Geburtstag, ich bin neunundfünfzig geworden. Schon in der Frühe wird mir von Anna und Jaap gratuliert. Mein Handy fängt an zu klingeln. Rita sowie Freunde und Verwandte übermitteln mir ihre guten Wünsche und erkundigen sich, wie es mir geht.
Mir geht es gut. Ich fühle mich gestärkt. Meine Extremitäten verlangen von mir keine besondere Aufmerksamkeit oder Pflege mehr, sie tun ihre Pflicht, ohne aufzumucken. Die Frage, ob ich Santiago de Compostela erreiche, stellt sich nicht mehr. Ich verspüre, nicht nur in dieser Frage, eine große Zuversicht und Gelassenheit. „Es wird schon gut gehen!" ist mir zu einer gewissen Grundeinstellung geworden. Dies empfinde ich als mein größtes Geburtstagsgeschenk.
Dabei möchte ich nicht verschweigen, dass mir die negativen Zeichen, die

meine Ehe betreffen, und die mir von mehreren Seiten indirekt nachgesandt werden, viel Sorgen bereiten. Meine Schwiegermutter rät mir dringend, mich zu beeilen und nach Hause zu kommen. Als ich sie nach dem Grund frage, bekomme ich eine allgemeine Antwort: „Du fehlst uns halt!" Was soll ich bloß machen? Wenn Rita mir gegenüber einfach abstreitet, dass eine Entfremdung zwischen uns überhaupt existiert, dann muss dies zwar nicht der Wahrheit entsprechen, aber mir ist die Handlungsfreiheit genommen. Ich kann nicht nach Hause fahren und ihr sagen, dass ich das wichtigste Unternehmen meines Lebens kurz vor dem Ziel abgebrochen habe, weil ich unsere Ehe retten möchte, die ihrer Aussage nach gar nicht gefährdet ist! Dabei sind die Störungen für mich und für alle, die uns kennen, mit Händen zu greifen! Eine verdammt unangenehme Geschichte!
Ich merke, vielleicht als Folge meiner Sorgen, dass mein Interesse für den Weg, wenn auch nicht schwindet, so doch allmählich geringer wird. Die Strecken der letzten Tage, die Dörfer und die Ereignisse verwischen sich. Ich fange an die Tage zu zählen, die ich bis zu meiner Ankunft in Santiago noch brauche. Es liegen noch etwa zwanzig Tagesmärsche vor mir.
Auf den ersten Kilometern benutze ich heute die Landstraße, dann folge ich einem Feldweg. Nachts hat es geregnet. Die Spur, nicht mehr so steinig wie gestern, ist schlammig geworden. Der Himmel ist bedeckt, die Luft kühl, das Gelände nicht mehr so flach wie in den vergangenen Tagen. Sanfte Wellen markieren die Entfernungen und geben mir einen Maßstab, an dem ich mein Vorankommen messen kann.
Die Dörfer sind weiterhin klein und ärmlich. Bei Betrachtung der Lehmhäuser fällt es schwer, mir vorzustellen, dass hier vor fünfhundert Jahren zahlreiche berühmte Klöster und Hospize die Pilger erwartet haben. Jetzt werde ich nur von einigen schläfrigen Hunden lustlos angeknurrt.
Der rote Lehm ist allgegenwärtig, rot ist der Pilgerpfad, rot ist der Acker, rot sind die Lehmhäuser und die Begrenzungsmauern. In Moratinos ist sogar ein Teil der Kirche aus rotem Lehmziegel gemauert.
Wenig später, in San Nicolás del Real Camino, werde ich von Yvette und Jean-Claude eingeholt. Am Ende des Dorfes ist ein Rastplatz, wo wir uns hinsetzen. Wie schon früher, bewundere ich die überaus kunstvoll gestalteten Pilgerstäbe, die sie mit sich führen. Es sind wahre Meisterwerke, reich verziert, beschnitzt und beschlagen, sie sind nicht zu schwer und liegen gut in der Hand. Die beiden erzählen mir, dass sie Mitglieder des „Club européen

des compagnons du bâton" sind, eine Vereinigung, die sich der Erforschung und Pflege der Geschichte des Stockwesens widmet. „Was es nicht alles gibt!?" denke ich, aber sie geben mir einige Stichworte, die mich nachdenklich stimmen. Der Stock ist mit Sicherheit eines der ältesten Werkzeuge und Waffen, als Zepter oder Marschallstab ist er ein Machtsymbol, mit Silberknauf ist er ein Teil der Bekleidung, als Krücke ist er eine Stütze. Ich selbst habe sogar zwei Stöcke dabei!
Anna und Sandy kommen vorbei, sie bleiben kurz stehen und singen mir ein Geburtstagsständchen. Lieb sind sie!
Bald überquert der Feldweg die Provinzgrenze zwischen Palencia und Kastilien-Leon. Vorbei an der kleinen Ziegelsteinkapelle Virgen del Puente erreiche ich mein Ziel Sahagún.
Die kleine Stadt wird in den frühen Pilgerberichten als eine mit allen Gütern reich versehene wichtige Station des Weges beschrieben. Von der alten Herrlichkeit sind nur einige Ziegelbauten, wie die Kirchen San Tirso und San Lorenzo, übrig geblieben, die allerdings zu den wichtigsten Werken der spanische Mudéjarbaukunst gehören. Dieser wunderbare Baustil vereinigt die Elemente der romanischen und der arabischen Baukunst.
Auch die Pilgerherberge, eine der besten auf dem spanischen Pilgerweg, ist in den Mauern einer alten Kirche untergebracht. Die Iglesia de la Trinidad wurde ausgeweidet und als Gemeindeeinrichtung hergerichtet. In das ehemalige Kirchenschiff wurde eine Zwischendecke eingezogen. Unten ist ein großer Vortragssaal mit Bühne, darüber die Herberge mit Küche und sanitären Einrichtungen. Der große Raum ist mit Zwischenwänden aufgeteilt, was eine intimere Atmosphäre schafft.
Nachdem ich mich stadtfein gemacht habe, gehe ich, mein Fünfmarkstück zu holen. Dass dies ausgerechnet an meinem Geburtstag geschieht, nehme ich als ein besonderes Geschenk Gottes.
Als ich nach der Genesung von Rita gelobte, nach Santiago de Compostela zu pilgern, habe ich noch keine konkreten Vorstellungen davon gehabt, wie ich diese Pilgerreise mache. Ob mit dem Auto oder mit dem Fahrrad, allein oder in Gesellschaft von anderen? Den ganzen Weg zu Fuß zu bewältigen, ist mir damals noch nicht in den Sinn gekommen.
Ein Jahr später habe ich den Wunsch verspürt, die Reise mit Rita gemeinsam zu machen. Ihr Gesundheitszustand hat sich in der Zwischenzeit immer weiter verbessert, sie konnte schon reisen, aber Rad fahren oder größere

Strecken zu laufen, das kam noch immer nicht in Frage. So sind wir mit dem Auto losgefahren.
In meinem Reisegepäck befand sich eines dieser Bücher, die den Jakobsweg hauptsächlich, wenn nicht ausschließlich, als intellektuellen Lehrpfad für Kunst und Architektur beschreiben und die spirituelle Dimension des Weges zu wenig beachten. Es war ein heißer Sommer, und weil wir meinten, um Pilger zu werden, müssen wir jede Kirche und jede Kapelle besuchen, kamen wir nur langsam voran. Wir hofften, dass unsere Reise sich mit der Zeit von einer gewöhnlichen Studienreise unterscheiden würde, aber wie die Tage vergingen, mussten wir feststellen, dass außer einer die romanische Kunst betreffenden Sättigung keine anderen Wirkungen eingetreten waren.
Wir kamen damals immerhin bis Sahagún und saßen hier, erschöpft von dem mit Besichtigungen überladenen langen, heißen Tag, bei einer Flasche Rioja. Wo sind wir heute überall gewesen? Wie war das doch? Wir haben in Santo Domingo de la Calzada übernachtet, dann haben wir noch vor Burgos eine Stadt angeschaut...! Oder war es nach Burgos? Jedenfalls gab es dort eine Kirche mit Störchen auf dem Turm. Und natürlich die Kathedrale von Burgos, ja, die war schon überwältigend! Wir waren dort leider mittags angekommen, sie haben uns die Tür gerade vor der Nase zugemacht. Wir hätten bis 16 Uhr auf die Besichtigung warten müssen, also sind wir dann weitergefahren.
So saßen wir da und hatten große Schwierigkeiten, uns daran zu erinnern, was wir einige Stunden vorher gemacht hatten. Wir waren von dieser Erkenntnis etwas überrascht und fühlten uns irgendwie ertappt.
Ist das der richtige Weg, auf dem ich meine traumatischen Erinnerungen zu ordnen oder sogar zu bewältigen hoffte? Gibt es für mich die Möglichkeit, auf diesem Weg Gott zu finden, dem ich mit dieser Reise meine Bringschulden begleichen wollte? Wenn das nicht der Fall ist: Was wollen wir überhaupt in Santiago de Compostela?
Rita hatte die Lage am besten erfasst, als sie sagte: „Unsere Reise hat mit deinem Anliegen zu wenig zu tun. Ich bin zwar nicht religiös, aber was wir hier treiben, das halte ich für Gotteslästerung. Ich möchte so was weder mir noch dem heiligen Jakobus antun!"
Wir beschlossen, die Reise abzubrechen und nicht nach Santiago zu fahren.
Am nächsten Morgen haben wir uns vom Jakobsweg verabschiedet. Am Stadtrand von Sahagún steht auf einem staubigen Hügel die Kirche La Pe-

regrina, die trotz ihrer ruinösen Bausubstanz eines der schönsten Beispiele der mit arabischen Ornamenten geschmückten romanischen Kirchenbaukunst ist. Wir besuchten diese Kirche, es war wie ein Abschiedsritual. Außer uns waren nur zwei Besucher da, zwei junge Männer mit Rucksack, zu Fuß unterwegs nach Santiago de Compostela. Ich verspürte Lust, es ihnen gleichzutun, aber es war nur ein flüchtiger Gedanke, meine Realität, die begrenzte Urlaubszeit, ließ es nicht zu, so eine spontane Idee zu verwirklichen. Aber wer weiß? Vielleicht ein andermal?

Plötzlich hatte ich den unwiderstehlichen Wunsch wiederzukommen. Ich wollte, wie diese zwei, mich in die ursprüngliche, uns heute anachronistisch erscheinende Welt des Weges begeben. Wenn ich Gott finden will, dachte ich, muss ich ihn bei dem Ursprung der physischen und spirituellen Welt suchen und mir dafür viel mehr Zeit nehmen als diesmal.

Ich wünschte, mir ein Zeichen zu setzen, etwas hierzulassen, wie ein Versprechen, das hier auf mich wartet, bis ich wiederkomme. Ich habe meine Taschen durchsucht, und das erste, was mir in die Finger fiel, war ein Fünfmarkstück. Ein Geldstück ist nicht unbedingt geeignet, mich hierher zurückzuführen, aber ich dachte, es ist völlig unwichtig, welchen Gegenstand ich nehme. So versteckte ich das Metallstück an der Rückwand der Kirche in einem Mauerriss. Ob ich es je abholen würde?

Zwei Jahre ist das jetzt her; nun bin ich hier. Viereinhalb Monate und zweitausendsechshundert lange Kilometer bin ich über Berg und Tal, über Stock und Stein gelaufen, und ich werde jetzt mein Versprechen einlösen!

Natürlich mache ich mir Gedanken, ob ich die Stelle finde, wo das Geldstück versteckt ist. Steht das Mauerstück noch, oder wird die Kirche gerade renoviert und ich komme an die Stelle gar nicht mehr ran?

Ich lasse mir viel Zeit. Ohne Hast besteige ich den Hügel und umrunde voll Neugier die Kirche. Zögerlich gehe ich zu dem Versteck, und als ich davorstehe, geht alles ganz einfach. Ich brauche es nicht zu suchen, alles ist so, als ob ich erst gestern hier gewesen wäre! Ich brauche nur meine Hand auszustrecken, und schon habe ich das oxidierte, glanzlos gewordene Geldstück! Ich habe es tatsächlich geschafft! Ich kann es nicht fassen!

Jetzt muss ich jemanden haben, dem ich meine Freude mitteilen kann, und ich habe Glück. Auf dem Marktplatz sitzen fast alle meine Pilgerfreunde beisammen: Anna, Sandy, Paloma, Karen, Jaap und Marc. Ich zeige ihnen das Geldstück und erzähle die Geschichte dazu. Sie alle freuen sich mit mir, und wir begießen diesen schönen Geburtstag. Sogar ein Geschenk bekomme ich: Anna schenkt mir eine ihrer Zeichnungen.

**Dienstag, 1. Juli 1997**
**Von Sahagún nach El Burgo Raneros**
Hinter den letzten Häusern von Sahagún fließt der Fluss Cea, der von einer neunhundert Jahre alten Steinbrücke überspannt wird. Hinter der Brücke rechts fängt die legendäre Prado de las Lanzas, zu Deutsch „die Wiese der Lanzen" an.
Die wundersame Geschichte soll sich hier während des Feldzugs zur Befrei-ung von Santiago durch Karl den Großen ereignet haben. Am Vorabend der Schlacht gegen die Sarazenen haben die christlichen Kämpfer ihre hölzernen Lanzen vor ihrem Zelt in die Erde gesteckt. Am nächsten morgen haben viele dieser Stöcke grünes Laub getragen, als Zeichen dafür, dass die Besitzer dieser Waffen in der kommenden Schlacht den Märtyrertod sterben werden. Sie waren glücklich ob dieser Gnade und zogen fröhlich gegen die Heiden. Es sollen vierzigtausend gewesen sein, die auf diese Weise selig geworden sind. Der Wald, der aus den Lanzen gewachsen ist, ist heute noch zu sehen. Auch wenn es nur ein junger Pappelwald ist, die Geschichte dazu ist sehr alt.
Nach einem Stück Landstraße folgt ein von der Provinzregierung neu angelegter Fußpfad, der der Trasse des traditionellen Pilgerweges folgt. Um den Pilgern etwas Schatten zu bieten, hat man den Rand des Pfades in der ganzen Länge mit Platanen bepflanzt, was den Charakter der völlig baumlosen Gegend stark verändert hat. Obwohl es noch Jahre dauern wird, bis die Bäume Schatten spenden werden, scheiden sich jetzt schon die Geister an dieser Maßnahme. Die einen begrüßen sie als Belebung und Verschönerung des Weges, andere finden, dass gerade die schattenlose Kargheit die einmalige Schönheit dieser Landschaft ausmacht. Ich bin unschlüssig. Auch ich finde diese Bäume optisch unpassend, störend, aber ich würde meine Meinung rasch ändern, wenn ich vor die Wahl gestellt würde, bei vierzig Grad im Schatten oder unter der prallen Sonne laufen zu müssen.
Ich passiere die kleine Einsiedelei Virgen de Perales und komme nach Bercianos del Real Camino, auch dieses ein kleines Lehmdorf, einfache Häuser, einfache Kirche, viele Schafe, wenig Menschen. Immerhin gibt es eine Bar,

wo ich einen Kaffee trinke. Jaap ist auch da, und wir schauen zu, wie die Männer an der Theke schon vormittags um zehn Uhr Brandy trinken. Vielleicht würde ich es auch tun, wenn ich hier leben müsste.

Nach dem Barbesuch laufe ich mit Jaap, und wir versuchen zu analysieren, warum die an sich gute Theorie des sozialistischen Systems in der Praxis so kläglich scheitern musste. Wir sind in unser Gespräch so vertieft, dass wir ohne auf den Weg zu achten auf einmal in El Burgo Raneros, unserem Tagesziel, angekommen sind.

Der schöne Neubau der Herberge wurde vor einigen Jahren in der hiesigen traditionellen Bauweise aus Lehmziegeln erstellt und mit Lehmmörtel innen und außen verputzt. Da die Wände gekalkt sind, merkt man nicht, dass sie aus diesem vermeintlich rückständigen, aber ökologisch und wohnklimatisch wertvollen Baustoff bestehen.

In dem kleinen Dorf gibt es nichts Großartiges zu sehen, aber die Kirche mit ihrem Ziegelturm und den zahlreichen verschachtelten Anbauten ist recht malerisch; so mache ich von ihr eine Skizze in mein Tagebuch. Es kommt doch noch jemand vorbei, ein alter Bauer, der neben mir stehenbleibt und mein Werk begutachtet. Dann sagt er etwas, wovon ich nur die wichtigsten Wörter, nämlich bueno und artista verstehe. Ein charmanter Schmeichler! Trotzdem freue ich mich über das Lob.

Abends gehe ich mit Paloma und Marc essen. Paloma erzählt, dass sie heute nachmittag dabei gewesen ist, wie der peruanische Pilger, den wir vor einigen Tagen kennen gelernt haben, einem alten Bauern tausend Pesetas angeboten hat, wenn er ihm einen Frosch besorgt! Als Paloma ihn verwundert fragte, was er mit dem Frosch wolle, erzählte er, dass seine deutsche Freundin Knieschmerzen habe. Dagegen hilft nur eine Froschsuppe, die er nach altem indianischem Rezept zubereiten möchte. Frösche sind kalziumhaltig, gegen Gelenkschmerzen gibt es nichts Besseres! Paloma glaubt, dass der Bauer jetzt noch, Stunden nach diesem Angebot, dasteht und seinen Kopf schüttelt!

Im Aufenthaltsraum der Herberge steht ein offener Kamin. Wir besorgen einige alte Bretter, die wir anzünden. In weinseliger Laune halte ich einen Vortrag über das Thema, wie man am besten eine Fliege totschlägt. Ich habe vor Jahren einen Aufsatz gelesen, in dem diese Frage wissenschaftlich untersucht wurde. Dabei hat man festgestellt, dass die Fliegen beim Starten zunächst etwa fünf Zentimeter hochspringen und erst danach den Vorwärtsgang einlegen. Wenn man also die Hände etwa fünf Zentimeter über der

sitzenden Fliege zusammenklatscht, ist das arme Tier in der Regel dazwischen. Es folgt eine wilde Versuchsreihe, in der wir die Theorie mit Erfolg verifizieren. Danach schreibt Marc in das Gästebuch:
*Hier hat János, der berühmte Fliegenkiller, zahlreiche Fliegen getötet.*

**Mittwoch, 2. Juli 1997**
**Von El Burgo Raneros nach Mansilla de las Mulas**
Der Weg ist ebenso beschaffen wie gestern, schnurgerade, mit jungen Platanen gesäumt. Die Bäume gedeihen prächtig, vielleicht werden sie, wenn es heiß ist, gegossen. Im Stundenabstand sind Rastplätze mit Bäumen, Bänken und Steintischen angelegt.
Nach vier Stunden bin ich in Mansilla de las Mulas. Auch diese Stadt muss bessere Zeiten gehabt haben, wie die erhaltenen Reste der mächtigen mittelalterlichen Stadtbefestigung zeigen. Der ehemalige Reichtum des Ortes als Marktplatz hat sich aus seiner geographischen Lage ergeben: Die Bauern der Tierra de Campos und die Viehzüchter der westlich von hier gelegenen Berge haben hier ihre Waren getauscht. Mit Sicherheit hat auch der Pilgerweg zur wirtschaftlichen Blüte der Stadt beigetragen.
Vergangen und vorbei: Von der alten Herrlichkeit ist so gut wie nichts übrig geblieben. In der von der Stadtmauer abgezirkelten Innenstadt sind fußballplatzgroße Flächen leer und mit Unkraut bewachsen. Auch die Kirchen sind meist zerfallen oder zweckentfremdet.
Die hiesige Herberge ist mit allen notwendigen Dingen ausgestattet. Es gibt sogar eine Waschmaschine, eine Küche und einen gemütlichen Innenhof mit Tischen und Stühlen. Der Hospitalero, ein sympathischer junger Mann namens Pedro, kümmert sich um alles, und damit schafft er die Ordnung, die bei den Pilgermassen notwendig ist.
Der Peruaner ist mit seiner Freundin eben angekommen. Er ist dabei, vor den im Hof anwesenden Pilgern eine kurze Rede zu halten. Sie haben eine Botschaft, sagt er. Die Mutter Erde, die uns alle ernährt, wird jeden Tag neu geschändet. Die Wälder werden abgeholzt, die Gewässer verschmutzt. Da hilft nur, wenn alle Menschen jeden Tag in zehn Schweigeminuten über dieses Problem nachdenken und so zur Besinnung kommen.
Sie haben auch eine Stoffbahn und Malwerkzeuge dabei, womit sie ein Transparent anfertigen, auf dem zweisprachig zu lesen ist:

ANACONDA!
*10 Minuten schweigen für die Mutter Erde!*

Sie erzählen, dass sie beim nächsten Vollmond in Santiago de Compostela sein wollen, wo sie sich mit Gleichgesinnten treffen werden. Mit der so gebündelten Energie wird die Menschheit zur Vernunft gebracht.
Ich finde diesen missionarischen Eifer rührend, aber die Spielregeln sind leider anders: Einer schweigt zehn Minuten, die anderen machen weiter auf ex und hopp.
Marc und ich haben eine Flasche Wein aufgemacht. So eine Flasche hält nicht lange, aber danach fühlen wir uns ausgezeichnet. Mein Wohlbefinden wird noch gesteigert, als Marc mich anschaut und sagt:
„János, ich bewundere dich! Du weißt gar nicht, wie ich dich bewundere!"
Ich mag es, wenn man mich bewundert, aber vorsichtshalber frage ich ihn, warum er mich bewundert. Er antwortet:
„Du sprichst gar keine Sprache! Wie bist du bloß so weit gekommen?"

**Donnerstag, 3. Juli 1997**
**Von Mansilla de las Mulas nach León**
Der Weg ist heute nur siebzehn Kilometer lang, aber meistens auf oder neben der Autoroute, auf den letzten Kilometern muss ich sogar die Standspur einer Autobahn benutzen. Die ganze Strecke ist viel zu laut und mit Müll bedeckt.
León kündigt sich mit vorgelagertem Gewerbegebiet und viel Verkehr an. Hinter der Brücke über den Río Torío komme ich auf die große Plaza Santa Ana, wo ein Informationsstand für die ankommenden Pilger aufgestellt ist. Zwei junge Damen versuchen mit rührendem Eifer, uns Dinge über den Jakobsweg beizubringen, die wir alle schon wissen. Es gibt kein Entrinnen, es dauert schon seine Viertelstunde, bis wir von ihnen alles erfahren, was sie für wissenswert erachten. Eine der Informationen ist allerdings nützlich: Trotz anderslautenden Veröffentlichungen gibt es in León doch ein Refugio, ein Provisorium für die Sommermonate. Es ist ein Massenquartier, das man in der Turnhalle einer Schule eingerichtet hat. In dem großen leeren Raum mit einer leeren Bühne liegen einige Dutzend Gymnastikmatten an der Wand aufgeschichtet, die man zum Liegen nehmen kann. Ich bekomme gerade noch eine, viele andere nach mir müssen, wenn sie keine eigene Liegematte

mithaben, auf dem blanken Fußboden übernachten. Jeder sucht sich ohne ein erkennbares System einen Platz. Ich platziere meine Matte an den Rand der Bühne. So habe ich einen gewissen Überblick und mindestens an einer Seite keinen Nachbarn, der sich nachts in der Enge auf mich rollen könnte.
Mein langer Pilgerpass löst bei den anderen Pilgern anerkennendes Staunen aus. Viele von ihnen wollen die Reise erst von hier starten.
Ich laufe in der Altstadt ziellos kreuz und quer; eine gute Methode, von der Atmosphäre einer fremden Stadt etwas mitzubekommen. Dabei treffe ich Marc und Paloma, ihn wahrscheinlich zum letzten Mal. Sein Urlaub ist abgelaufen, in drei Tagen muss er in seinem Job in der Schweiz, als Bankmensch, wieder das Geld vermehren. Ein trauriges Schicksal!
Ich bleibe eine Weile mit den beiden. Wir trinken einen guten Wein, und ich esse ganze Berge von der fettigen, aber schmackhaften Blutwurst Morcilla. Anderswo ist das eine richtige schwarze Wurst, meistens mit Reis oder Hirse vermischt, hier dagegen eine Teller voll purer Füllung.
Abends ruft mich Rita an und sagt, dass Werner eine Woche früher als geplant Urlaub nehmen kann, und so will er doch noch einige Tage mit mir laufen. Ich sage ihr, dass auch das zu spät ist. Ich komme gut voran, und für die letzten ein, zwei Tage, die Werner noch mitlaufen könnte, würde sich die lange Reise kaum lohnen. Da sagt Rita: „Werner ist ein so guter Freund von uns, dass du auf ihn schon einige Tage warten könntest!"
Ich bin wie erschlagen! Seit fünf Monaten bin ich nicht mehr zu Hause gewesen, und bei aller Freude, die mir das Laufen bedeutet, fange ich doch langsam an, die restlichen Tage zu zählen. Jetzt habe ich das Gefühl, Rita möchte meine Rückkehr hinauszögern. Ich denke, ich muss auf der Stelle sterben!

**Freitag, 4. Juli 1997**
**In León**
„Auf der Stelle" bin ich nicht gestorben, erst in der Nacht war es fast so weit. Ob es von der fetten Morcilla oder als Folge des gestrigen Telefongesprächs kam, ich wurde jedenfalls von einer schlimmen Übelkeit wachgehalten. Ich musste wiederholt die Halle verlassen, um mich zu übergeben. Da der Fußboden flächendeckend mit schlafenden Pilgern belegt war, glich mein Gang, zumal im Dunkeln, einem Hindernislauf.
Am Morgen bin ich wie gerädert. Mir tun wieder die Nieren weh. Auch die

Blase am Fuß, die ich mir noch nach Burgos geholt habe, hat sich entzündet. Das Schlimmste aber ist meine tiefe Ratlosigkeit, eine lähmende Depression. Ich verlasse die Herberge und gehe in ein Café. Was soll ich bloß tun? Soll ich weiterlaufen oder sofort nach Hause fahren? Ich weiß es nicht! Auch nach anderthalb Stunden weiß ich es nicht!

Obwohl es erst Vormittag ist, nehme ich ein Hotelzimmer, bade ausgiebig und lege mich ins Bett. Es dauert nur Minuten, bis ich einschlafe.

Es ist schon spät am Nachmittag, als ich aufwache. Gut geht es mir noch immer nicht, aber ich weiß, dass ich morgen weiterlaufen und meine Reise beenden möchte.

Ich besuche die Kathedrale und werde wieder von meiner eigenen Ahnungslosigkeit überrascht. Sicher wusste ich, dass die Kathedrale von León eine der berühmtesten gotischen Kirchen in Spanien ist, aber ich glaubte, nach der in Burgos komme nichts mehr, was mich ähnlich begeistern könnte. Weit gefehlt! Schon die dreigeteilte Westfassade ist bewundernswert, aber der riesige dreischiffige, im Bereich des Querhauses fünfschiffig erweiterte Innenraum mit den bunten Glasfenstern und dem Renaissance-Lettner ist einfach atemberaubend! Ich lasse mir viel Zeit und genieße die erhabene Stimmung, die dieser sakralen Halle innewohnt. Jede Chorkapelle, jeder Nebenaltar und die zahlreichen Grabmale, die oft die Kreuzigungsszene zeigen, sind sehenswerte Kunstschätze. Schon dieses Erlebnis, diesen steingewordenen Triumph des menschlichen Geistes sehen zu dürfen, hätte meine Mühe, hierher zu pilgern, belohnt!

Ich bin von den Eindrücken, die ich aus der Kathedrale mitbringe, noch so voll, dass ich die noch ältere und nicht weniger bedeutende Kirche San Isidoro nur mehr aus Pflichtgefühl besuche. Nur der älteste und wohl schönste Teil des Baukomplexes, das Panteón, die Begräbnisstätte der Könige von Kastilien und León, begeistert mich restlos. Die neun Felder der niedrigen Kreuzgewölbe sind mit herrlichen romanischen Fresken aus dem 12. Jahrhundert dekoriert. Die biblischen Szenen aus dem Neuen Testament sind durch lebensfrohe Bilder aus dem bäuerlichen Leben ergänzt: Hirten mit ihren Tieren, Monatsbilder mit den fälligen Feldarbeiten und immer wieder wunderbare Pflanzenornamente. Ich liebe diese naiven zweidimensionalen Anfänge der europäischen Malerei.

Ich treffe Jaap. Auch er und seine Pilgerfreundinnen haben einen Ruhetag genommen. Das freut mich, so habe ich auch morgen noch vertraute Gesichter um mich.

**Samstag, 5. Juli 1997**
**Von León nach Villadangos del Páramo**
Die helle Sonne lacht mir vom tintenblauen Himmel ins Gesicht. Oder lacht sie mich bloß aus?
Vorbei an dem platoresken Hostal San Marcos, dem größten, schönsten und besterhaltenen Pilgerhospital von ehemals siebzehn solcher Einrichtungen in der Stadt, verlasse ich León. Die ersten Kilometer führen durch Vororte mit kleineren Betrieben und Bahnanlagen. Es ist kein ideales Wandergebiet. Auch im weiteren Verlauf begleitet der Weg die stark befahrene Landstraße.
Die Landschaft hat sich verändert. Das unendlich flache Weizenmeer der Meseta hat doch noch sein Ende gefunden. Sanfte Hügel und immer mehr Bäume bringen mir die Gewissheit, dass ich weitergekommen bin.
Hinter Virgen del Camino ist die Straße N120 wie eine Autobahn ausgebaut. Die Markierung auf der Leitplanke zeigt mir, dass ich auf dem richtigen Weg bin, wenn ich die Standspur nehme. Kurz danach erreiche ich eine Kreuzung zweier Autobahnen, ein richtiges Kleeblatt.
Ich bleibe stehen. „Nein", denke ich, „das kann nicht sein, dass der Pilgerpfad und das Autobahnkreuz identisch sind." Es besteht aber kein Zweifel! Die gelben Pfeile zeigen, dass ich hier richtig bin. Ein merkwürdiges Gefühl! Man stelle sich das mal in Deutschland vor, wenn dort ein Mensch mit Rucksack über ein Autobahnkreuz laufen würde!
Später begegne ich einer jungen Frau, einer Französin, die sich schon auf dem Rückweg befindet. Sie gehört zu der seltenen Spezies der Pilger, die den unendlich langen Weg nicht nur hin, sondern auch zurück zu Fuß bewältigen möchten. Seit Burgos habe ich schon etwa ein halbes Dutzend solcher Verrückter getroffen.
Sind denn diese Menschen wirklich verrückt? Plötzlich erscheint mir die Option zurückzulaufen als ein Ausweg, das drohende Zusammenstürzen meines Alltagslebens danach hinauszuzögern. Allerdings: Ewig in der Welt herumlaufen möchte ich auch nicht.
Das Sterben auf dem Weg wäre eine Lösung. Ein Kreuz mit Pilgermuschel und Datum? So könnten alle meine Wege in Frieden ein Ende finden.
Erst aber trinke ich lieber einen Kaffee und esse ein Bocadillo mit Tortilla, ein belegtes Brötchen mit Rührei. Mit leerem Bauch machen auch die schönsten Todessehnsüchte keine richtige Freude.
Die Truckerkneipe ist gut besucht, auch viele einheimische Männer verbrin-

gen hier die Zeit mit Dominospielen. Die wichtigste Regel dieses Spiels scheint zu sein, die Steine mit voller Wucht auf die Tischplatte zu knallen und dabei einen markerschütternden Todesschrei auszustoßen.
Das Refugio in Villadangos del Páramo ist die umgebaute ehemalige Dorfschule am Ortseingang. Es ist eine gute Herberge mit großem Aufenthaltsraum, Küche, abgetrennten Schlafkabinen und einem Rasenstreifen hinter dem Haus, wo man, vom Lärm der Durchgangsstraße abgeschirmt, sich von der Sonne wärmen lassen kann. Ich kann die Sonnenwärme gut ertragen, trotz des wolkenlosen Himmels ist es unangenehm kühl.
Bald ist auch Jaap mit den Damen da sowie eine holländische Pilgerin, Irene, die Mitte März in Eindhoven losgegangen ist. Eine stolze Leistung!
Das Dorf Villadangos besitzt eine schöne Pfarrkirche, die dem heiligen Jakob gewidmet ist. Etwa zehn Frauen und junge Mädchen sind dabei, den Kirchenraum in einer großen Reinemachaktion für das bald stattfindende Jakobsfest herzurichten. Sie alle sind sehr freundlich zu uns, und voller Stolz machen sie uns auf einzelne sehenswerte Details der Kirche aufmerksam. Und davon gibt es viele!
In der Mitte des barocken Retabels ist der Heilige mit gezogenem Schwert und wehender Fahne als Matamoros dargestellt, wobei er nicht, wie gewöhnlich, von der Seite gesehen abgebildet ist, sondern von vorn, er lässt sein weißes Schlachtross aus dem Altar in die Gemeinde springen! Er trägt die Kleidung eines spanischen Edelmannes; auch der Dreispitz fehlt nicht. Weiter oben ist der Heilige ein zweites Mal abgebildet, als frommer Pilger.
Die geschnitzten Blätter der hölzernen Eingangstür zeigen bunte bewegte Szenen aus dem Gemetzel von Clavijo. Auch hier reitet Jakobus auf einem weißen Pferd, das über einen kopflosen Gegner springt. Der körperlose, einen Turban tragende Kopf schaut mich fragend an.
In der Herberge, die sich inzwischen gefüllt hat, blättere ich das ausliegende Gästebuch durch. Neunzig Prozent der hier übernachtenden Gäste sind Spanier, die erst in León oder Burgos gestartet sind. Die anderen Pilger kommen meistens aus Roncesvalles oder St-Jean-Pied-de-Port, nur einzelne haben einen noch weiteren Weg hinter sich gebracht.

**Sonntag, 6. Juli 1997**
**Von Villadangos del Páramo nach Astorga**
Auf den ersten zehn Kilometern gibt es auch heute keine andere Möglichkeit, als der Nationalstraße zu folgen. An einer Stelle, wo links von der Fahrbahn ein Feldweg die Straße begleitet, nütze ich die Möglichkeit, den Asphalt zu verlassen. Die Radspur ist mit hohem Gras fast zugewachsen, meine Hosenbeine werden triefend nass vom Morgentau. Aber was ist das, das ist doch kein Tau!? Es ist eine stinkende ölige Substanz, womit der ganze Weg beschmiert ist! Ich könnte vor Wut schreien!
Nach drei Stunden erreiche ich den Ort Puente de Órbigo, wo sich eine lange Pilgerbrücke aus dem 13. Jahrhundert befindet. Hier soll sich 1434 eine Geschichte abgespielt haben, die für Cervantes' Don Quijote die Vorlage abgegeben haben könnte. Ein Ritter aus León, dessen Name mit Suero de Quiñones überliefert wird, hatte mit seinen neun Knappen den Zugang zu der Brücke versperrt und erklärt, dass er den Weg so lange nicht freigeben werde, bis er zu Ehren seiner Dame dreihundert Ritterkämpfe ausgefochten habe. Da der Mann sich als unbesiegbar erwies, dauerte es volle dreißig Tage, bis auch der letzte der dreihundert Kämpfe geschlagen war und alle miteinander nach Santiago de Compostela ziehen konnten, um sich bei dem Heiligen für den guten Ausgang des Streits zu bedanken.
Ein breites Tal hinter der Stadt, von Bewässerungsgräben durchzogen, ist rasch durchschritten. An der anderen Seite, wo der Weg die Talsohle verlässt, ist der Boden steinig. Rundes Kiesgeröll, mit gelbem Sand vermischt, bildet den Grund, auf dem nur Weinreben genügend Nährstoff zu finden scheinen. Hinter dem Dorf Santibánez de Valdeiglesias – je kleiner das Dorf, umso länger der Name – steigt der Weg auf eine Anhöhe, wo ich einen Eichenwald vorfinde. Mensch, wann habe ich das letzte Mal einen Wald gesehen?!
Hinter dem Wald öffnet sich ein weites flaches Grasland. Es dauert eine ganze Stunde, bis ich wieder auf die nach Astorga führende Landstraße stoße. An dieser Stelle erhebt sich ein weit sichtbares Steinkreuz. Der Stufensockel des Kreuzes lädt mich, den müden Wanderer, zu einer kleinen Ruhepause ein. Die Sicht nach Westen ist überwältigend. Unter mir im Tal liegt, auf einer Erhebung thronend, die Stadt Astorga, dahinter folgt ein welliges Land, die Maragatería, das am Horizont in die hohen Berge der Montes de León übergeht.
Ich steige von dem Hügel herunter, überquere das kleine Flüsschen Tuerto

mit Hilfe einer zweitausend Jahre alten römischen Brücke. Dann folgt ein kurzer, aber sehr steiler Aufstieg in die Altstadt von Astorga.
Nachdem ich mir meinen Platz in der Herberge gesichert habe, schaue ich die schöne Stadt an. Astorga, das Asturica Augusta der Römer, ist zu seiner Zeit eine der wichtigsten römischen Städte auf der Iberischen Halbinsel gewesen. Die bedeutende Rolle der römischen Siedlung wurde durch die geographische Lage begründet: Erstens kreuzten sich hier die Römerstraßen Via Traiana mit der Via de la Plata, was den Handel begünstigte, zweitens wurde in den nahen Bergen Gold gefördert. Aus dieser Zeit sind noch einige Teile der fast vollständig erhaltenen Stadtmauer sowie ausgegrabene Grundmauern vorhanden.
Die Kathedrale Santa María ist ein Spiegel des sich ständig ändernden Zeitgeschmacks. Der ursprünglich spätromanische Bau wurde gotisiert, mit Türmen und Fassade im Renaissancestil versehen und weitgehend barock ausgestattet. Nicht gerade das, was mich begeistert.
Neben der Kathedrale steht der burgartige Palast der Bischöfe von Astorga. Das hundert Jahre alte neugotische Gebäude wurde nach einem Entwurf des großen spanischen Jugendstilarchitekten Antonio Gaudí erbaut. Die für die späteren Werke Gaudís so charakteristischen fließenden Linien sind hier nur in Andeutung, beispielsweise am Eingangstor, zu sehen. Sonst erinnert mich das Schloss entfernt an Neuschwanstein.
Nachmittags wird es merklich wärmer. Die Straßencafés sind auf einen Schlag bevölkert. Auch ich setze mich hin und genieße den Blick auf die schöne Fassade des Rathauses. Nach dreißig Kilometern, die ich heute gelaufen bin, fühle ich mich angenehm müde.
Werner ruft mich an. Er hat Urlaub genommen, am 15. Juli will er kommen. Ich sage ihm, dass ich nach meiner Berechnung spätestens am 20. Juli in Santiago bin, und ich denke, für die wenigen Tage lohnt sich die Reise nicht. Er möchte aber trotzdem kommen. Ich schaffe es nicht, ihm zu sagen, dass ich seinen Besuch gerade an den letzten Tagen vor Santiago nicht gut finde und erkläre mich schließlich bereit, wie lange auch immer, mit ihm zu laufen. Vielleicht ist es nicht ungünstig, wenn mir bei meinem schweren Gang nach Hause ein Freund behilflich ist.

**Montag, 7. Juli 1997**
**Von Astorga nach Rabanal del Camino**
Da es heute richtig heiß werden soll, möchte ich möglichst früh losgehen. In solchen Fällen habe ich damals in Frankreich schon am Abend gepackt, so dass ich morgens, um die anderen nicht zu stören, mich nur anziehen und meinen Schlafsack einzupacken brauchte. Auch heute will ich es so machen. Das Problem ist nur, dass ich in der ganzen Herberge keinen Fußbreit Platz finde, wo ich meinen Rucksack hinstellen und mich anziehen könnte. Nicht nur die Betten sind es, auch der Fußboden zwischen den Betten ist mit Gästen belegt. Selbst der kleine Vorraum ist voll Schlafender, die auf den Tischen und auch darunter ihre Plätze gefunden haben. Andere, die nicht mal auf dem blanken Boden eine freie Stelle fanden, versuchen, auf den Stühlen sitzend zu schlafen. So verlasse ich die Herberge barfuss und halbnackt. Erst auf der dunklen Straße mache ich mich marschfertig, indem ich mich anziehe und meine Füße eincreme.
Die Veränderung der Landschaft, die sich schon gestern abzeichnete, verstärkt sich. Die Erhebungen werden höher, die Felder karger. Die erste Stunde führt mich auf einer schmalen Asphaltstraße nach Murias de Rechivaldo. Hinter dem Dorf nehme ich einen Feldweg, der sanft höher steigt, wie die gesamte heutige Strecke. Mein Tagesziel liegt auf 1150 Meter Meereshöhe. Künig von Vach empfiehlt, den ganzen Berg Rabanal rechts zu umrunden: *Hüte dich vor der Rabanek ist mein Rat!*
Santa Catalina de Somoza ist eine kleine ärmliche Siedlung an der sirga peregrinal. Die unbefestigte Dorfstraße heißt Calle Mayor, was ich nur damit erklären kann, dass dies nicht nur die größte, sondern auch die einzige Straße des Ortes ist. In der kleinen Bar trinke ich einen Kaffee. Ich fühle mich wie zerrissen. Einerseits möchte ich diese Reise möglichst schnell zu Ende bringen. Ich fühle mich körperlich fähig, die restlichen zweihundertfünfzig Kilometer in etwa zehn Tagen zu bewältigen. Andererseits habe ich Angst davor, was mich zu Hause erwartet. So gesehen kann diese Reise nicht lange genug dauern.
Weite trockene Wiesen und niedriges stacheliges Buschwerk, so weit ich blicken kann. Eine landschaftlich reizvolle, aber wirtschaftlich arme Gegend. Kein Wunder, wenn die Bevölkerung abwandert. Dies ist im nächsten Dorf, in El Ganso, besonders auffällig. Über die Hälfte der Häuser wird nicht mehr bewohnt und so dem Verfall preisgegeben.

Weiter oben wächst immer mehr Heidekraut, bis schließlich ganze Hänge im Zartlila der Blüten leuchten. Kurz vor meinem Ziel bietet mir ein Eichenwald Schatten für den nötigen Mittagsschlaf. Ich habe in den letzten Tagen zu wenig davon gehabt.

Rabanal del Camino wurde von Aymeric schon im 12. Jahrhundert als Pilgerstation erwähnt. Mehrere Hospize und Kirchen gaben den Pilgern das seelische und körperliche Rüstzeug, womit sie die kommenden unwegsamen Berge zu überqueren trachteten. Einige Zeugen dieser Vergangenheit sind bis heute erhalten, wobei der Betrachter ziemlich scharfe Augen braucht, um in den teilweise unscheinbaren Gemäuern Zeichen der ehemaligen Größe zu erblicken.

Das heutige Straßendorf mit der unbefestigten Hauptstraße macht eher einen verlassenen Eindruck. Es gibt weder einen Krämerladen noch einen Bäcker, bloß eine Bar, wo man die Pilger nicht verhungern und verdursten lässt. Trotzdem hat der Name Rabanal in Pilgerkreisen auch heute noch einen guten Klang. Dies verdankt der Ort der guten Herberge, die von englischen Jakobsfreunden restauriert wurde, die auch die Einrichtung weiterhin betreuen. Die derzeitigen zwei jungen Hospitaleros, die Amerikanerin Nancy und der Spanier José, sind herzlich und korrekt, sie achten sehr genau darauf, dass alles seine Ordnung hat. Dafür wird jeder Pilger von ihnen persönlich begrüßt und betreut, was bei dem Massenbetrieb einer fast übermenschlichen Leistung gleichkommt. Sie erweisen sich auch als Heiler von Fußblasen. Die Nachfrage ist groß, die Bedürftigen stehen Schlange vor ihnen.

Ich bekomme immer noch Grüße von Palma, Horst und Dominik. Es ist doch erstaunlich! Ich habe ja nichts Besonderes getan, was mir erklären könnte, warum diese lieben Menschen sich fast täglich an mich erinnern.

**Dienstag, 8. Juli 1997**
**Von Rabanal del Camino nach Molinaseca**
Die Hauptstraße, schon im Ort ein unbefestigter Weg, setzt sich hinter den letzten Häusern als Fußpfad fort. Der Himmel ist makellos klar, die Luft ist lau und weich. Der Weg steigt sanft an. In dieser Höhe fängt der Ginster am Wegrand erst jetzt zu blühen an.

Ich durchquere ein zerfallenes Straßendorf. Die breite ehemalige Hauptstraße ist mit Unkraut und Gestrüpp überwuchert. Ich bin überrascht, als ich entdecke, dass zwei, drei Häuser doch noch intakt sind, auch wenn ich keinen Menschen antreffe.

Die romanische Dorfkirche scheint von weitem noch intakt zu sein; erst beim Näherkommen sehe ich, dass die Tür zerbrochen auf dem Boden liegt. Vorsichtig betrete ich den Kirchenraum. Eine einsame Kuh schaut mir verwundert entgegen. Das uralte Gotteshaus wird als Kuhstall benutzt! Es ist ein trauriger Zerfall nicht nur der Steine, sondern auch der Sitten!

Dieses Dorf heißt Foncebadón. Es ist schwer, sich vorzustellen, dass der Ort schon im 10. Jahrhundert als wichtige Pilgerstation erwähnt wurde, wo damals Hunderten von Menschen Unterkunft und Pflege gewährt wurden. Sogar ein Kirchenkonzil soll hier veranstaltet worden sein. Über tausend Jahre hat das Dorf gut überstanden, die letzten zwanzig nicht mehr.

Hinter Foncebadón steigt der Pfad weiter, mündet in eine schmale Landstraße, die bald den Pass des Monte Irago erreicht. Die Passhöhe ist mit 1504 Metern der höchste Punkt meiner gesamten Pilgerreise!

Dieser an sich unspektakuläre sanfte Bergübergang wurde schon in den vorrömischen Zeiten rege benutzt und, vermutlich aus rituellen Gründen, mit einem Steinhaufen gekennzeichnet. Später haben die Römer weitere Steine dazugelegt und so dem Handels- und Reisegott Merkur die Ehre erwiesen. Wie so viele heidnische Bräuche, so wurde auch dieser von den Christen übernommen. Millionen von Jakobspilgern haben hier als Zeichen der Freude und Dankbarkeit, weil sie diesen „Gipfel" des Weges erreicht hatten, weitere Steine abgelegt und die Steinmasse auf die heutige Menge von etwa siebenhundert Kubikmeter vergrößert. Der stattliche Hügel ist mit einem schmiedeeisernen Kreuz versehen, das ihm den Namen gibt: Cruz de Ferro.

Auch ich möchte diese uralte Tradition weiterpflegen. Aus diesem Grund habe ich aus Kassel einen kleinen Basaltsplitter mitgebracht, den ich jetzt im hohen Bogen zu den Millionen anderer Steine werfe. Dann setze ich mich auf die Holzbank vor der kleinen Passkapelle daneben und habe das Gefühl der Ewigkeit: Ich lebe schon seit tausend Jahren und werde nie sterben müssen.

Die schmale Straße verbleibt vorerst in der Höhe. Autos verirren sich hierher selten, nur die vielen Radlerpilger bedürfen meiner Aufmerksamkeit. Die Fahrbahn ist mit Schneestangen abgesteckt. Vor zehn Tagen, als ich bei Frómista gefroren habe, soll es hier geschneit haben. Im Juni!

Das Dorf Manjarín ist schon vor dreißig Jahren von seinen letzten Bewohnern verlassen worden, aber vor einigen Jahren ist Leben in die Ruinen zurückgekehrt. Ein ehemaliger Pilger hat sich hierher, in die Einsamkeit der Berge, zurückgezogen und mit eigenen Händen eines der zerfallenen Häuser in eine einfache Herberge verwandelt. Es ist ein Zwischending zwischen Zeltlager und Bretterbude, daneben ein Tisch mit Bänken und eine Holztheke. Der fehlende Komfort wird durch die herzliche Atmosphäre mehr als ersetzt. Tomás, so heißt der Eremit, betrachtet sich als den letzten Templer, und das nicht ohne Grund: Mit seiner Hospizgründung steht er in der tausendjährigen guten Tradition des Mönchsordens.

Herr Tomás und die etwa zehn anwesenden Radler im bunten Dress begrüßen mich mit großem Hallo. Als ich meinen Pilgerpass, inzwischen ein meterlanges Leporello, zum Stempeln vorlege, wird das Dokument herumgereicht und bestaunt. „Wann bist du losgegangen? Im Februar? Alle Achtung!" Sie rücken zusammen, um mir auf der Holzbank Platz zu machen. Ich bekomme einen Becher Kaffee in die Hand gedrückt und muss höflichkeitshalber ein wenig Brot mit Käse essen.

Als ich wieder aufbreche, werde ich von allen mit Handschlag verabschiedet. Die über der Theke hängende Schiffsglocke wird angeschlagen und so lange geläutet, bis ich kurz danach aus dem Sichtfeld der Zurückbleibenden gerate. Die Szene entbehrt nicht einer gewissen Peinlichkeit, aber ich bin trotzdem gerührt. Rührung und Peinlichkeit liegen wohl sehr nah beieinander.

Nach einer Stunde verlasse ich die Landstraße und wechsle auf einen Feldweg. Jetzt geht es richtig steil abwärts: Auf den nächsten acht Kilometern komme ich fast tausend Meter tiefer.

Das erste Dorf, das ich auf dem jenseitigen Hang erreiche, ist El Acebo. Nach der Überlieferung waren die Bewohner jahrhundertelang von der Steuer befreit. Als Gegenleistung mussten sie den Bergpfad begehbar halten und mit achthundert Holzpfählen kennzeichnen.

Auch diese Siedlung besteht, wie die Dörfer davor, aus einer einzigen Straße, trotzdem ist der Unterschied zu den bisherigen Ortschaften sehr augenfällig. Die Häuser sind zwar ärmlich, aber gepflegt und bewohnt, die Hauptstraße ist sauber, alles Hinweise, die im Gegensatz zur anderen Bergseite einen gewissen relativen Wohlstand vermuten lassen. Auch die Vegetation ist üppiger, grüner. Das hängt damit zusammen, dass hier, an der Wetterseite, mehr Regen fällt. Sogar der Baustil der Häuser ist ein anderer: Viele der Behausungen zeigen einen hölzernen Erker, der in der ganze Breite des Hauses weit über der Straße ragt.

In einer kleinen Bar bestelle ich ein Bier und ein Bocadillo und setze mich auf die Holzbank neben dem Eingang. Eine halbe Stunde später hat der Wirt gut zu tun, ein Dutzend hungriger und durstiger Pilger plündert die vorbereiteten Tapas und Bocadillos. Auch meine Freunde aus Holland sind da. Anna, kaum angekommen, ist schon wieder beim Zeichnen. Mit Jaap trinke ich noch ein zweites Bier. Die Stimmung ist gelöst, die Sonne scheint, ich habe überhaupt keine Lust weiterzulaufen.

Eine spanische Pilgerin, sie ist vielleicht Anfang fünfzig, gesellt sich zu unserer Runde. Sie redet abwechselnd, je nach Bedarf, Englisch, Französisch oder Spanisch, und das ohne Punkt und Komma. Sie heißt Antonía und ist Lehrerin. Ja, dann ist alles klar! Auch mit mir unterhält sie sich intensiv und lange, was ohne Schwierigkeit gelingt, da ich nur zu nicken brauche, reden tut nur sie.

Die ersten brechen auf, auch ich gebe dem sozialen Druck nach. Nach einer Stunde, immer weiter abwärts, kommen wir nach Riego de Ambrós, wo sich der Baustil, den ich in El Acebo gesehen habe, fortsetzt. Viele Blumen und Obstbäume, Kirschen, Äpfel, Reineclauden, die ich lange nicht mehr gesehen habe. Ich merke erst jetzt, wie ich doch dieses Gartengrün vermisste.

Mensch, wie ist der Pfad doch steil! Wie lange soll es so weitergehen? Meine Knie, die ich schon fast vergessen hatte, machen mich wieder durch Stiche auf sich aufmerksam.

Endlich geschafft! Wir erreichen den in einem tiefen Tal fließenden Río Meruelo. Nur noch wenige Schritte über die römische Steinbrücke, und wir sind in Molinaseca angekommen. Der Fluss ist unter der Brücke gestaut und wird, wenn die Wassertemperatur es erlaubt, als Schwimmbad genutzt. Nach den vergangenen kalten Tagen ist jetzt das Wasser zu kalt.

Auch Molinaseca ist eine Pilgersiedlung. Die in der Verlängerung der Brücke liegende Calle Real ist die Achse, an der sich die Häuser des Ortes aufreihen. Hier standen früher nicht nur die Herbergen, sondern auch die Herrenhäuser reicher Kaufleute, wie die an den Fassaden angebrachten Steinwappen zeigen.

Das Refugio befindet sich am jenseitigen Ende der Stadt. Die gute Herberge ist so voll dass neben dem Gebäude, als Notlager, Zelte aufgestellt werden mussten. Als auch sie voll sind, werden die späteren Ankömmlinge nach Ponferrada weitergeschickt.

Antonía fragt mich, ob ich mit ihr einen richtigen spanischen Salat essen möchte. Offensichtlich bin ich mit meiner Sprachlosigkeit für sie der ideale Gesprächspartner.

Der Salat schmeckt hervorragend, der Wein kein bisschen weniger! Wir sitzen auf der überdachten Terrasse und genießen den schönen Abend. Später ziehen dunkle Wolken auf und schicken einen kurzen aber heftigen Regen herunter. Wir aber sitzen im Trockenen.

**Mittwoch, 9. Juli 1997**
**Von Molinaseca nach Villafranca del Bierzo**
Ich muss langsamer laufen, sonst bin ich eher in Santiago, als Werner in Spanien ankommt. Eine idiotische Geschichte! Ich hätte mich darauf nicht einlassen sollen! Aber wer weiß? Vielleicht brauche ich diese Verzögerung.
Auf die regnerische Nacht folgt ein sonniger Morgen. Zwischen bewässerten Feldern und Gärten geht es weiter in das breite fruchtbare Tal hinunter.
An der strategisch günstigen Stelle, wo die Flüsse Boeza und Sil zusammenfließen, entstand die Römersiedlung Pons ferratus, das heutige Ponferrada. Nach langen Kämpfen zwischen Christen und Moslems ließ sich der Templerorden im 12. Jahrhundert dort nieder und errichtete eine die Stadt heute noch beherrschende mächtige Ritterburg. Von hier aus haben die Templer alle anderen Ordenseinrichtungen entlang des Pilgerweges verwaltet.
In Ponferrada angekommen besuche ich die Basilika Nuestra Señora de la Encina, in der ein wundertätiges Gnadenbild der Schutzpatronin des Bierzo verehrt wird. Ich setze mich auf eine Bank. In dieser Morgenstunde bin ich der einzige Besucher. Der große leere Raum entspricht meiner inneren Leere. Ich überlege, ob ich vielleicht heute hier bleiben soll. Die Stadt ist recht groß, und wenn ich schon die Zeit auf Werner wartend vertrödeln muss, dann kann ich das hier besser tun als demnächst in irgendeinem kleinen Dorf. Ach Mensch, es ist doch alles so sinnlos geworden!
Ich verlasse das Gotteshaus. Vor der Kirche begegne ich Anna, Sandy und Antonía. Sie freuen sich, mich wiederzusehen, was mir im Moment besonders gut tut. Wir gehen in eine Bar um die Ecke, und als ich erwähne, dass ich heute in Ponferrada bleiben möchte, sind sie einstimmig der Meinung, dass ich wohl verrückt geworden sei. „Was willst du hier? Das kommt nicht in Frage! Du kommst mit uns! Keine Widerrede!" Erleichtert darüber, dass sie für mich die Entscheidung getroffen haben, füge ich mich dem Mehrheitsbeschluss.
Es geht also weiter. Wir überqueren den Fluss Sil und die dahinterliegenden wenig attraktiven neueren Stadtteile und Gewerbegebiete. In dem flachen

breiten Tal, in dem wir nach Westen streben, ist das uralte Bewässerungssystem noch vorhanden und in Gebrauch. Das in offenen Rinnen ankommende Wasser wird mit Hilfe von Handschiebern auf die verschiedenen Felder verteilt. Üppig wachsendes Obst und Gemüse begleitet unseren Weg. In dem kleinen Dorf Fuentes Nuevas gibt es sogar einen verwilderten Garten, in dem sich die Äste von Reineclaude- und Sauerkirschbäumen unter der Last des Obstes biegen. Obwohl meine Begleiterinnen mich vor den möglichen unangenehmen Folgen warnen, schlage ich mir den Bauch mit den reifen Früchten so voll, dass mir danach fast schlecht wird.

Es folgt ein Stück stark befahrener Autostraße, von der wir uns in Cacabelos durch eine Mittagspause erholen. Antonía verwöhnt mich mit einer spanischen Sandwichspezialität, für die man den Saft einer Tomate auf frisches Brot presst und mit Olivenöl beträufelt. Das Öl hat sie in einem kleinen Behälter, wie ein Fläschchen für Fahrradöl.

Der Fluss, der hinter Cacabelos fließt, heißt Cua. Wenn der Name ausgesprochen wird, hört es sich an wie das Quaken der Frösche. Auch hier ist das Wasser zu einem Schwimmbecken gestaut. Eine gute Einrichtung, auch wenn wir sie jetzt wegen der relativ kühlen Witterung nicht nutzen können.

Wir übersteigen als letztes Hindernis einen Hügel und erreichen unser Tagesziel Villafranca del Bierzo.

Bevor wir die Stadt betreten, kommen wir an der einfachen romanischen Iglesia de Santiago vorbei. Bemerkenswert ist die Kirche wegen ihres schönen Nordportals Puerta del Perdón, zu Deutsch „Tor der Vergebung". Der Name besagt, dass dank eines päpstlichen Dekrets die Pilger, die aus Gründen von Krankheit oder gar Tod die Reise nicht fortsetzen können, hier schon die Absolution erhalten, die Befreiung von allen ihren Sünden, die sie sonst erst in Santiago de Compostela erhalten hätten.

Villafranca besitzt zwei Pilgerherbergen: eine neue kommunale Einrichtung vor der Santiago-Kirche und eine private Herberge, dahinter. Dieses zweite Refugio wird von Don Jato und seiner Familie betrieben, und da es mir ein Mönch damals in Conques empfohlen hatte, steuere ich diese Unterkunft an. Der erste Eindruck ist verheerend. Hinter einer verlassenen Empfangsbude steht ein großes chaotisches Gebilde aus Holzgerüst und Plastikplane, das man nur mit viel gutem Willen als eine Art Behausung identifizieren könnte. So etwas kenne ich nur aus dem Fernsehen, wenn südamerikanische Slums

gezeigt werden. Anna weigert sich, näher als zwanzig Meter an das Ding ranzugehen. Wir Europäer sind nicht so pingelig, wir betreten das Zelt.
Vor einer langen Holztheke stehen Holztische und Bänke aus alten Eisenbahnschwellen. Zwei junge Frauen hinter der Theke begrüßen uns herzlich. Wir bestellen Apfelwein und schauen uns die „Räumlichkeiten", das heißt die weiteren Zelte mit den Betten und den sanitären Einrichtungen, an. Es ist ja alles Nötige vorhanden, wenn auch in einfachster Form. Ich bleibe. Antonía auch. Sandy schüttelt ihren Kopf und geht.
Nach der Tagesroutine laufe ich mit Antonía in die Stadt hinunter und bin überrascht von der Herrlichkeit der zahlreichen Bauwerke. Kaum zweihundert Meter von der Herberge entfernt passieren wir die stämmige Burg der Markgrafen von Villafranca, einen mit runden Ecktürmen bewehrten Bau aus dem 16. Jahrhundert.
Die Hauptstraße Calle del Agua, wird von vielen alten Stadtpalästen gesäumt, die von der früheren Bedeutung der Siedlung künden. Die schönen Fassaden, Eingangstore, weit ausladenden Erker und herrschaftlichen Steinwappen haben sicherlich schon Millionen Pilger vor mir beeindruckt. Auch die Kirche San Francisco dahinter befindet sich in dieser Straße und erinnert uns daran, dass der heilige Franciscus von Assisi uns hier vorangegangen ist und nach der Überlieferung in dem hiesigen Hospiz übernachtet hat.
Abends gibt es in der Herberge ein einfaches Pilgermahl: Linsensuppe mit Speck, gebratene Paprikawurst, Tomatensalat, Rührei mit Brot und jede Menge Rotwein. Als Dessert werden Äpfel aus dem Garten serviert. Die Stimmung ist auffallend gut, was auch mit der überschaubaren Anzahl der anwesenden Pilger zu erklären ist, die bereit sind, sich auf Ungewöhnliches einzulassen. Obwohl die Konversation in babylonischer Vielsprachigkeit geführt wird, habe ich nach zwei Gläsern Wein keinerlei Schwierigkeiten mehr, daran teilzunehmen.

**Donnerstag, 10. Juli 1997**
**Von Villafranca del Bierzo nach Vega del Valcarce**
Die Nacht habe ich unruhig verbracht, aber daran ist nicht diese etwas merkwürdige Herberge schuld, sondern meine gestrige Obstorgie. So habe ich auf dem Örtchen fast so viel Zeit verbracht wie in meinem Schlafsack. Jetzt bin ich ziemlich geschwächt, und anstelle des Frühstücks begnüge ich mich mit einem dünnen Tee.

Das reichhaltige Frühstück wird umsonst, besser gesagt gegen eine geringe Spende offeriert. Antonía wäre nicht sie selbst, wenn sie sich nicht genauestens erkundigt hätte, ob das mit der Spende auch funktioniert. Nun, damit steht es nicht zum Besten. Viele Menschen schlafen hier und lassen sich bewirten, ohne auch nur eine einzige Peseta in das Kästchen zu werfen. Ich kann das nicht verstehen, besonders deswegen nicht, weil neben diesem Zeltverschlag eine Baustelle zu sehen ist, wo die Familie Jato sich seit Jahren bemüht, aus der Ruine einer alten, aus dem 12. Jahrhundert stammenden Herberge eine neue entstehen zu lassen und in mehrsprachigen Anschlägen dafür um Spenden bittet.

Nicht nur ich, auch Antonía habe Beschwerden. Schon gestern hat sie sich über Rückenschmerzen beklagt. Als Herr Jato in der Frühe davon erfährt, bietet er ihr seine Hilfe an. Er ist nämlich ein Heiler.

Er setzt sich auf einen Stuhl, Antonía soll sich vor ihn hinstellen und die Augen schließen. Auch er schließt seine Augen und verharrt einen Augenblick in meditativer Gebetshaltung. Dann „tastet" er mit seinen Händen den gesamten Körper von Antonía ab, ohne sie dabei zu berühren. Er fängt bei ihren Haaren an und setzt diesen Vorgang bis zu den Knöcheln fort.

Ich finde die Situation etwas ungewöhnlich und versuche, meine Verlegenheit mit einem Grinsen zu überspielen, aber dann lasse ich es, weil ich merke, dass alle außer mir die Prozedur sehr ernstnehmen.

Die Heilbehandlung ist beendet. Antonía ist bass erstaunt. Die Schmerzen sind weg! Ich finde keinen Grund, es ihr nicht zu glauben.

Wir verlassen die Stadt und überqueren den Fluss Búrbia auf der mittelalterlichen Brücke. Die traditionelle Pilgerroute führt durch das Tal der Valcarce, wo heute die Nationalstraße entlangläuft, eine vielbefahrene Rennstrecke. Obwohl die vorbeirasenden Fahrzeuge den Laufgenuss stark beeinträchtigen, ist die Schönheit der Landschaft nicht zu übersehen. Die Hänge werden immer höher und steiler. Die Ufer des munteren Flüsschens sind üppig grün bewachsen, die weißen Blüten der zahlreichen Esskastanienbäume lassen das Grau des Asphalts nicht bestimmend werden.

Die wenigen Dörfer werden von der Schnellstraße umgegangen. Wir erholen uns vom Verkehrslärm, indem wir, wo es möglich ist, auf die alten stillen Dorfstraßen ausweichen. Dabei ergeben sich für Antonía manche Gelegenheiten, mit Einheimischen ein Schwätzchen zu halten. So erfahre ich, dass es in Pereje kein einziges Schulkind mehr gibt, dafür aber fünf unverheiratete

Männer im besten Alter, die alle keine Ehefrauen finden, weil keine Frau hier leben möchte. In Trabadelo gibt es noch zwölf Schulkinder und eine kleine Schule. Weil der hiesige Lehrer nicht Englisch unterrichten kann, wird wöchentlich zweimal ein Englischlehrer aus Villafranca mit dem Taxi abgeholt. Englisch zu sprechen gehört heute zu den Kulturtechniken wie Lesen, Schrei-ben oder Autofahren. Wie ich bereits erwähnte, Englisch habe ich auch nicht gelernt. Trotzdem: Antonía verstehe ich gut. Das hat zwei Gründe. Der erste: Sie spricht mit mir wie engelsgeduldige Lehrerinnen mit begriffsstutzigen Schülern zu sprechen pflegen. Zweitens: Die englische Sprache ist mir doch nicht völlig fremd. Dass es so ist, verdanke ich Willis Conover.
Nur die allerwenigsten werden wissen, wer Willis Conover gewesen ist. Für mich war er der Größte, ein guter Freund meiner Jugend, der Botschafter einer besseren Welt. Für den nüchternen Realisten: Er war in den fünfziger Jahren Musikredakteur beim Radiosender „Stimme Amerikas".
Damals lebte ich als Schüler in Budapest. Das war in einer Zeit, in der sich im kommunistischen Ungarn die Schlager wie Kinderlieder anhörten. Und erst die Texte! Hier eine kurze Kostprobe, frei übersetzt:

*Heuwagen, Heuwagen,*
*Wir fahren auf dem Heuwagen.*
*Die Blätter auf den Bäumen werden allmählich gelb.*
*Du kannst es sehen: Abends ist es kalt.*

Übrigens: Das ungarische Original hört sich genauso bescheuert an wie diese Übersetzung, und ich weiß heute noch nicht, was uns der Autor mit diesen Zeilen sagen wollte.
Selbstverständlich war alles verpönt, wenn nicht verboten, was nicht der von Moskau diktierten Norm entsprach. Englisch war die Sprache der Imperialisten, Popmusik oder gar Jazz Ausdruck deren entarteter Kultur.
In diesem düsteren Jammertal erklang allabendlich, nach den 20-Uhr-Nachrichten, die sonore Stimme:
„This is the voice of America from Tanger. My name is Willis Conover...", und dann kamen zwei Stunden Freude pur, eine Art seelischer Freigang aus dem kommunistischen Käfig. Eine Stunde „Popularmusic", also Ray Anthony, Glenn Miller und Mantovani, und danach eine Stunde „Progressiv-jazz",

jedenfalls das, was man damals so nannte: Stan Kenton, Dave Brubeck oder das Modern Jazz Quartet.

Diese Musiker waren für mich keine Menschen aus Fleisch und Blut wie du und ich, sie waren vielmehr übernatürliche Wesen aus einer anderen, fernen, besseren Welt. Wenn mir damals jemand gesagt hätte, dass manches meiner Idole dabei ist, sich mit Rauschgift in einen Zombie zu verwandeln, hätte ich ihn zum Verrückten erklärt.

Damals habe ich den ganzen Tag dieser Sendung entgegengefiebert, und wenn es so weit war, dann gab es für mich nichts anderes. Das Radio musste ich ganz leise stellen, die Nachbarn sollten es nicht wissen, dass ich mit dem Feind sympathisiere.

Ich wollte keine Sendung verpassen. Am nächsten Tag in der Penne wartete die Clique: „Hast du den gehört? Toll! Aber den vierten Takt habe ich vergessen! Wie geht der bloß?" Tonbandgerät haben wir ja noch keines gehabt, aber einer hat sich meistens an den „vierten Takt" erinnert und ihn uns vorgepfiffen. Dann waren wir glücklich, wieder einen Song mehr zu kennen.

Natürlich wollten wir auch wissen, was die Titel der einzelnen Stücke bedeuten. „I can't give you anything but love" oder „I'm crazy about my baby and my baby is crazy about me", und da hatten wir schon den Grundwortschatz zusammen. Dies war mein einziger Englischunterricht, aber er scheint mir jetzt gute Dienste zu leisten.

Und ich mache Fortschritte! Immerhin schaffe ich es, mich mit Antonía lange und intensiv über Goethe zu unterhalten. Sie kann zwar die eine oder andere Strophe des Dichterfürsten Spanisch vorsagen, aber von seinen naturwissenschaftlichen Studien hat sie noch nie etwas gehört. Ich erzähle ihr von der Goethe'schen Farblehre, von der Königskerze und vom Kasseler Elefanten. Und von dem großartigen, problembeladenen und verliebten Menschen, und von seiner Reise nach Italien. Und das alles auf Englisch! Allerdings mit starker Zuhilfenahme der Hände und Füße. Dabei vergeht die Zeit, und wir erreichen Vega de Valcarce.

Das langgestreckte Straßendorf hat außer drei Bars und einer Herberge wenig zu bieten. Wir gehen erst mal Kaffee trinken.

Die Probleme, die ich infolge der gestrigen Obstpflückerei bekommen habe, dauern an. Ich bin ziemlich entkräftet und so beschließe ich, für heute das Laufen genug sein zu lassen. Die nächste Herberge ist noch zwölf Kilometer weiter und siebenhundert Meter höher.

Antonía ist unentschlossen. Sie hat nicht so viel Zeit wie ich und will nach dieser Pilgerreise noch einige Tage in England verbringen, bevor die Schule wieder anfängt.

Wir schauen uns die Herberge an. Ein auffallend schmuddeliger Schlafraum, keine Küche, aus der Dusche läuft nur kaltes Wasser. Wir suchen uns schon mal Plätze, aber die Entscheidung, ob wir bleiben wollen, verschieben wir bis nach dem Mittagsschläfchen.

Wir schlafen etwa zwei Stunden. Danach ist Antonía frisch und ausgeruht, ich aber bin schwach und blass. Sie packt ihre Sachen. Noch ein überraschend heftiger, etwas ungeschickter Abschiedskuss, und sie ist weg.

Ich bleibe ziemlich bedröppelt zurück. Es ist ungewöhnlich still um mich geworden. Ich frage mich, wieso ich fortdauernd der Meinung war, dass sie mich mit ihrem pausenlosen Gerede nervt und nicht gewusst habe, dass sie mir fehlen wird.

Abends gehe ich in ein Lokal. An einem Tisch sitzen schon drei Pilger, drei Männer, und sie bitten mich, bei ihnen Platz zu nehmen.

Einer meiner Tischgenossen ist ein sportlicher sonnengebräunter Holländer, Mitte fünfzig, ein Urlaubspilger, der die Strecke in mehreren Etappen von Amsterdam bis hierher geschafft hat.

Der andere ist ein Spanier, sechsundsechzig Jahre alt, vom Beruf Maurer. Er macht den Weg zum dritten Mal, diesmal von León aus.

Der dritte ist ein Deutscher, Anfang sechzig. Er erzählt, dass er schon immer davon geträumt habe, diese Pilgerreise zu machen. Durch eine Zeitungsannonce hat er die Bekanntschaft eines anderen Pilger gemacht, der schon Erfahrungen mitbrachte. Im vorigen Jahr ist er mit anderen von St-Jean-Pied-de-Port bis León gelaufen, aber dort haben sich alle so in die Haare gekriegt, dass sie sich trennten und einzeln nach Hause gefahren sind. Warum er damals die Reise nicht allein fortgesetzt hat, kann er nicht sagen. Diesmal sind die beiden, nachdem sie sich durch die Anzeige gefunden haben, nach León gefahren, ohne sich vorher auch nur ein einziges Mal getroffen zu haben. Auch ein Gespräch über die gemeinsame Pilgerreise fand nicht statt. Erst als sie vor einer Woche in León losgelaufen sind, entpuppte sich sein Partner als ein leistungsbesessener Rennläufer. Er lief mit der Stoppuhr in der Hand, und wenn er auf einem Kilometer dreißig Sekunden langsamer war als davor, wurde er schon nervös und verschärfte das Tempo. Am Anfang versuchte mein Tischgenosse noch, hinter ihm herzuhecheln, aber schon nach dem ersten Tag sei es offensichtlich gewesen, dass er nicht mitkomme. So sei er dann immer ein Stück mit dem Bus hinter seinem Mitpilger hergefahren. Bis vor zwei Tagen ging das so. Dann aber haben sie sich verloren. Jetzt sitzt der Ärmste hier und weiß nicht, was er machen soll. Soll er noch weiter warten? Oder weiterlaufen? Die Reise allein fortzusetzen traut er sich nicht.

Der Holländer stellt mir die obligatorische Frage, warum ich nach Santiago laufe. Bis vor kurzem hätte ich keine Schwierigkeiten gehabt, diese Frage zu beantworten, aber seit Rita auf Distanz zu mir gegangen ist, bin ich in Erklärungsnot.

„Ich laufe aus religiösen Gründen", sage ich und hoffe, dass es genügt.

„Wieso? Sie glauben doch nicht, dass der Jakobus in Santiago begraben liegt?"

„Nein, das gerade nicht. Aber ich habe vor einiger Zeit meine Frau durch eine schwere Krankheit fast verloren und ..."

„Auch ich habe meine Frau verloren", unterbricht mich der Holländer. „Sie ist mit meinem besten Freund abgehauen."

„Erinnern Sie mich bloß nicht an so was!" denke ich, und eigentlich bin ich nicht böse darüber, dass ich meine Geschichte nicht weiter zu erzählen brauche.

„Das hat aber mit meiner Pilgerreise nichts zu tun", fährt er fort. „Ich bin auch nicht religiös. Ich wollte erst auf dieser Reise nach einer Religion suchen."

„Und? Haben Sie eine gefunden?"

„Ja, ich denke schon. Ich bin am ehesten Buddhist geworden."

Ich will fragen, was er damit meint, aber der Deutsche ist schneller:

„Ich finde die Freimaurer am besten!" sagt er. „Schon wegen der Toleranz. Nur die Geheimnistuerei gefällt mir nicht."

Wir wissen zu wenig über die Freimaurer und fragen ihn nach näheren Informationen, aber er hat keine. Er weiß immerhin, dass sie sehr tolerant waren und bei ihren Kulthandlungen geheime Zeichen wie Sterne und andere geometrische Formen benutzt haben. Dabei zeichnet er mit einem Bleistift einige Sterne auf die Papiertischdecke.

Damit hat er bei unserem spanischen Tischgenossen ins Schwarze getroffen. Der wird sehr lebhaft, nimmt den Stift und zeichnet ein großes Dreieck und daneben einen Kreis. Danach schaut er uns wissend und erwartungsvoll an.

Pilgerpfad durch die Meseta

Vor Astorga

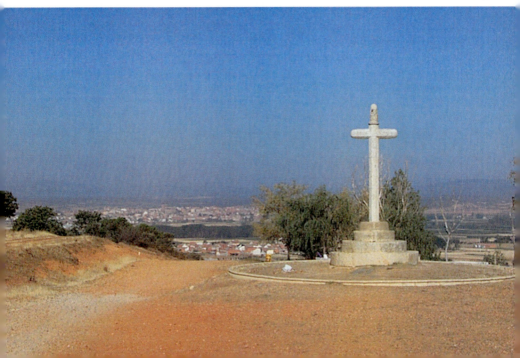

Pilger in Rabanal del Camino

Foncebadón

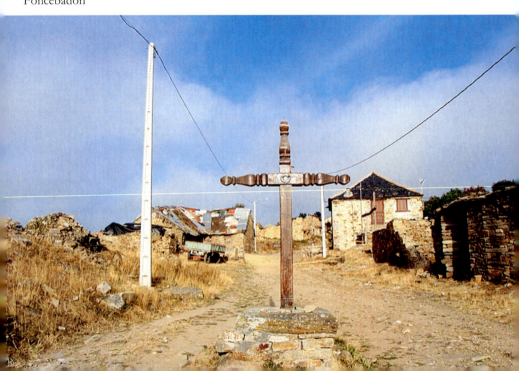

Cruz de Ferro

El Acebo

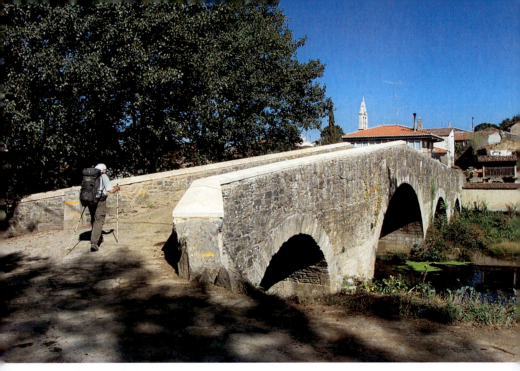

Die alte Brücke von Furelos

Santiago de Compostela

Wir müssen zugeben, unwissend zu sein. Was will er uns mit diesen Zeichen andeuten? Wir fragen danach.

In gebrochenem Französisch erklärt er uns, dass dieses Dreieck Amerika ist, der Kreis dagegen die Sonne. Wenn man die Fläche Amerikas in ein Dreieck umrechne, dann sei die Höhe dieses Dreiecks in Metern genauso viel, wie die Entfernung zwischen Erde und Sonne in Kilometern. Das ist die Grundformel des Universums, auf der alles Wissen und die Wahrheit der Welt beruhen. Der desolate Zustand der heutigen Welt ist einzig damit zu erklären, dass die Menschen diese Wahrheitsformel ignorieren, viele ja nicht mal kennen! Das ist aber kein Zufall, sondern das Ergebnis der Machtbesessenheit der katholischen Kirche. Die Formel wurde nämlich von den Templern entdeckt, die damit die Alleinherrschaft der Römischen Kirche gefährdeten. Das ist der Grund, warum sie verfolgt und eliminiert wurden. Jetzt ist er unterwegs nach Santiago de Compostela, um dort das von ihm wiederentdeckte Geheimnis der Templer zu verkünden.

Für heute habe ich genug Geheimnisse erfahren. Ich verabschiede mich und gehe schlafen.

**Freitag, 11. Juli 1997**
**Von Vega del Valcarce nach O Cebreiro**
Nachts wurde ich wieder von Flöhen zerbissen. Kein Wunder, dass es in der Herberge Flöhe gibt. Mehrere Katzen fühlen sich offenbar sehr heimisch in dem verdreckten Schlafraum. Schuld daran sind die weiblichen Gäste, die diese Tiere nicht genug füttern und streicheln können. Die sind ja so süß!

Mein Unwohlsein nimmt beängstigende Züge an. Ich fühle mich schwach, und nach jeder halben Stunde muss ich die Büsche aufsuchen.

Als ich ohne Frühstück, nur mit einer Tasse dünnem Tee im Magen, losgehe, liegt im engen Tal dichter Nebel. Die alte Landstraße ist angenehm ruhig, der Fernverkehr verläuft auf einer neuen Autoroute irgendwo weit oben am Berghang.

Das Dorf Herrerías ist eine Straßensiedlung, wo eigenartigerweise nur die Bergseite der Straße bebaut ist; rechts liegen die Wiesen. In der Ortsmitte ist ein Rastplatz für Pilger angelegt: Steinbänke und eine reich sprudelnde Quelle laden zum Verweilen ein. Zwei alte Männer halten in der Nähe einen Klönschnack. Beide tragen Schuhwerk, wie ich es noch nie gesehen habe. Es sind Holzschuhe, denen der Holländer ähnlich, aber jeder der Schuhe hat unten vier hohe Füßchen. Eigenartig.

Der Pilgerweg verlässt den Fluss. Eine schmale steile Steinstraße schlängelt sich in engen Windungen am Berghang in die Höhe. Es muss eine uralte Straße sein, da in den Steinen tiefe Radspuren eingegraben sind.

Ich bin wieder in 1000 Meter Höhe. Der Wald lichtet sich, Wiesen und einige wenige Roggenfelder künden zwei kleine Siedlungen an, La Faba und den letzten Ort der Provinz León, Laguna de Castilla. Die Ortschaften sind ärmlich, aber bewohnt. Die Bauern leben fast ausschließlich von der Rinderzucht. Weiter oben ist es auch damit zu Ende: Auf den sanften Hängen wächst nur noch Ginster, und am Wegrand die Glockenblume.

Ich suche mir unter einem der hier oben so seltenen Bäume einen windgeschützten Platz für eine Ruhepause.

Ich muss über so vieles nachdenken. Meine Reise geht bald zu Ende. Ich habe unterwegs auf viele Fragen Antworten gesucht und auch welche bekommen. Aber es sind viele neue Fragen aufgetaucht, auch die wollen beantwortet werden. Vielleicht ist es der natürliche Gang der Dinge. Ein Zustand, in dem alle Fragen beantwortet sind und keine neuen Fragen mehr aufkommen, ist nicht mehr von dieser Welt.

Zwei junge Pilger, ein Mädchen und ein Junge, bleiben für eine kurze Weile bei mir stehen. Sie sind Deutsche und kommen aus St-Jean-Pied-de-Port gelaufen. Als ich ihnen erzähle, dass ich aus Kassel komme, sind sie sofort im Bilde. Sie haben unterwegs viel von mir gehört und auch meine täglichen Eintragungen in den Gästebüchern gelesen. Ich bin überrascht, dass ich mir schon so einen Bekanntheitsgrad erworben habe.

Obwohl, so überraschend ist das nicht. Auch die anderen, die von weither kommen, sind unter den Pilgern bekannt. So höre ich schon seit Wochen von einer jungen Holländerin aus Amersfoort, die mal vor, mal hinter mir laufen soll. „Was, du hast die Christine noch nicht getroffen?" fragen sie mich. Ich bin schon richtig neugierig, sie endlich mal zu sehen.

Einige hundert Meter weiter steht ein großer Grenzstein, der die Grenze nach Galicien markiert. Santiago de Compostela liegt in Galicien!

O Cebreiro ist ein uriges Dörflein in 1300 Meter Höhe, eine Ansammlung von vielleicht fünfzehn Häusern, die sich unterhalb der schlichten Kirche Santa María la Real scharen. Viele der Bauten haben eine archaische runde Form und sind mit einem Kegeldach aus Gras gedeckt.

Hier, wo vor tausend Jahren die erste Pilgerherberge des gesamten Jakobsweges stand, soll sich im 13. Jahrhundert das berühmte „Wunder von Cebreiro" ereignet haben, bei dem sich Opferbrot und Wein während einer Messe in Fleisch und Blut Christi verwandelt haben. Der dabei benutzte romanische Kelch sowie zwei Goldfläschchen mit dem Blut und dem Körper des Erlösers werden von den Gläubigen heute noch verehrt. An jedem 8. Septem-ber wird der Gnadenort von etwa dreißigtausend Menschen besucht. Jetzt ist die kleine Kirche leer, und ich kann mich niederknien und ungestört beten: „Gott, ich danke dir, dass du mir erlaubt hast, diese letzte hohe Hürde vor meinem Ziel zu überwinden. Hilf mir, bitte, auch die weiteren Hindernisse auf meinem irdischen Pilgerweg zu bewältigen."
Zwei Häuser weiter ist das einfache, aber stimmungsvolle Lokal „Meson Anton". Ich bestelle einen Kaffee und lege meinen Pilgerpass zum Stempeln vor. Als der Wirt sieht, von wo ich komme und wie lange ich schon unterwegs bin, nimmt er wortlos eine Flasche Tresterschnaps vom Regal und stellt ihn neben meine Kaffeetasse.
Da ich bis zur Öffnung der Herberge noch genügend Zeit habe, lege ich mich ins Gras und schlafe sofort ein. Dabei habe ich einen schlechten Traum. Ich bin in Kassel und begegne auf der Straße meiner Frau. Ich grüße sie. Sie scheint mich aber nicht zu kennen und geht, ohne mich anzuschauen, weiter. Ich wache auf und bin verstört.
Im Laufe des Nachmittags treffen immer mehr Pilger ein. Die drei Lokale des Ortes sind voll besetzt. Ich mache meine Runde, treffe meine schon verloren geglaubten Freunde Anna und Jaap sowie den spanischen Besitzer der Geheimformel der Templer.
Ein mir unbekannter Schweizer, der auch von zu Hause gelaufen kommt, fragt mich, ob ich der János bin. Er sagt, dass er erfreut ist, mir zu begegnen. Er hat schon so viel von mir gehört und auch meine Kommentare in den Gästebüchern mit großem Vergnügen gelesen. Besonders beeindruckt hat ihn die Tatsache, dass ich in diesen Büchern von vielen anderen Pilgern so herzlich gegrüßt worden bin. Er dachte, das muss ein besonders netter Zeitgenosse sein, den die anderen so oft grüßen.
Ja, was soll ich dazu sagen?!
Der Abend ist in dieser Höhe recht kalt. Ein fast stürmischer Nordwind lässt meine warme Jacke, die ich seit Wochen nur noch als Kopfkissen benutze, wieder zum Einsatz kommen.

Auf Empfehlung von Anton, dem Wirt, trinke ich vor dem Schlafengehen noch drei Gläser Rotwein. Das soll gegen alle Arten von Unpässlichkeit, auch gegen Magenverstimmung, das beste Mittel sein.

**Samstag, 12. Juli 1997**
**Von O Cebreiro nach Triacastela**
Wieder eine Landstraße, wenn auch kaum befahren. Die Aussicht auf die friedlichen, bewaldeten Berge und Täler ist großartig. Der Rotwein hat geholfen, ich fühle mich wesentlich besser als in den letzten beiden Tagen.
Nach zwei Stunden erreiche ich den Pass Alto do Poio; danach geht es bis Abend stetig abwärts. Auf der Passhöhe finde ich eine Bar, wo ich neben dem schwarzen Tee sogar einige salzige Kartoffelchips zu mir zu nehmen wage.
Auf der linken Flanke eines breiten Tales senkt sich der Weg über sattgrüne Wiesen hinab. Wohlgenährte rotbraune Kühe schauen mir neugierig nach. Während unten im Flachland vorwiegend Schafe gezüchtet werden, sind es in den Bergen die Kühe, die das Gras in Kacke verwandeln. Die Wege sind, hier wie dort, dick bedeckt von den Exkrementen der Tiere.
Manchmal begegne ich spanischen Pilgern, jungen Leuten, die mich überholen. Ich höre sie schon aus großer Entfernung, wenn sie kommen. Sie schreien nämlich. Spanier schreien. Grundsätzlich. Vielleicht ist das eine Folge der relativ dünnen Besiedlung. Sie müssen schreien, wenn sie sich mit dem Nachbarn, der einen halben Kilometern weit weg wohnt, über den Zaun unterhalten wollen. Ich begegne immer wieder alten Menschen, die, wenn ich sie grüße, keine Reaktion zeigen. Sie sind sicher taub, Opfer ihres eigenen Geschreis in jüngeren Jahren.
In einer kleinen Siedlung, die nur aus einigen Häusern besteht, gibt es eine Bar, wo ich einkehre. Zum Sprudel stellt mir die Wirtin einen Teller mit Schinken und Käse hin, alles aus eigener Herstellung. Sie ruft auch noch ihren halbwüchsigen Sohn herbei, um ihn mir stolz zu präsentieren. Er hat dasselbe freundliche Gesicht wie seine Mutter. Ich fühle mich behandelt wie ein lange erwarteter Verwandter. Beim Abschied bittet sie mich wiederzukommen und gibt mir eine unpassend professionell gestaltete Geschäftskarte. Ich finde dies rührend, da ich das Haus, ja kaum das Dorf wiederfinden würde.
In tieferen Lagen ändert sich das Landschaftsbild. Die grünen Felder sind kleiner geschnitten und mit dichten Hecken umgrenzt. Der Weg, auf dem ich laufe, ist meistens ein tiefer, schattiger, feuchter Hohlweg. Oft stehen am

Wegrand alte bemooste Esskastanienbäume. Der Boden ist, wie die Hänge des Tales, steinig. Es ist ein Sandstein mit ausgeprägt schiefriger Lagerung. Aus diesen Steinen sind die zahlreichen kleinen Ortschaften erbaut, sowohl die Wände als auch die Dächer der Häuser. An vielen Stellen ist sogar die Umzäunung der Grundstücke aus hochkant gestellten Steinplatten erstellt.
Die schöne neue Herberge in Tricastela hat immerhin achtzig Betten, die aber lange nicht ausreichen. Auf den Gängen und in den Serviceräumen campen etwa weitere vierzig bis fünfzig Pilger, meistens Spanier in schulpflichtigem Alter. Eine französische Familie, Vater, Mutter und ein kleiner Sohn, ist mit einem Esel unterwegs. Das Tier wird von den vielen Teenies gehätschelt und getätschelt, aber es scheint nur seine Ruhe haben zu wollen.
Der gestrige Traum lässt mich nicht los. Abends rufe ich Rita an. Ich erzähle ihr, dass ich nach meiner Berechnung spätestens in zehn Tagen mein Ziel erreichen werde, ich könnte also in zwei Wochen zu Hause sein.
„Das ist aber ungünstig", sagt sie. Sie will in der besagten Zeit mit ihren neuen Freunden zu einem Popkonzert nach Hamburg fahren und es wäre für uns beide sicher unangenehm, wenn ich nach Hause käme und sie nicht da sei. Vielleicht könnte ich, meint sie, einige Tage mit Werner in Spanien verbringen und erst in drei Wochen nach Hause kommen.
Das war es dann wohl!

### Sonntag, 13. Juli 1997
### Von Triacastela nach Samos
Bis zum Kloster von Samos sind es nur zehn Kilometer. Heute ist der Tag des heiligen Benedikt, er ist der Schutzpatron der Abtei.
Eine einsame Landstraße führt dort hin. Vom Verkehr oder von der Landschaft kriege ich wenig mit. Ich bin mit meinen Problemen beschäftigt. Was heißt beschäftigt?! Ich fühle mich erschlagen und vernichtet! Immer wieder muss ich anhalten, um meine Tränen zu trocknen.
Was ist bloß geschehen? Ich kann es noch gar nicht fassen! Bin ich wach, oder ist es ein schlechter Traum?
Wie ein aufgezogenes Blechspielzeug, ohne Sinn und Verstand, mache ich mechanisch meine Schritte, und bevor ich den Weg überhaupt wahrnehme, bin ich in Samos angekommen.
Es ist noch früh am Vormittag, die Straße ist leer, von Feststimmung anlässlich des Feiertages merke ich nichts.

Der kleine Ort wird von der riesigen barocken Klosteranlage beherrscht. Außer diesem weitläufigen Gebäudekomplex sind nur etwa fünfzig Häuser da, die sich alle um das Kloster gruppieren.
Ich habe Glück, die Herberge ist offen. Sie befindet sich im rückwärtigen Flügel der Abtei. Ein Mann steht in der Türöffnung. Ich begrüße ihn freundlich und sage meinen Vers auf, dass ich zu Fuß aus Deutschland komme und Einlass begehre. Gut, sagt er in fließendem Deutsch, ich könne um halb fünf wiederkommen, dann sei die Herberge geöffnet. Ob ich meinen Rucksack solange hier deponieren könnte, frage ich. Nein, das ist nicht möglich. Ich starte noch einen Versuch, um diesen Menschen für meine Belange zu erwärmen, und frage, wann die Messe heute anfängt. „Das steht auf der Kirchentür!" antwortet er und schließt die Tür.
Um 13 Uhr ist die Kirche mit festlich gekleideten Spaniern gefüllt. So weit ich es übersehen kann, bin ich der einzige Pilger. Ein uniformiertes Blasorchester nimmt im linken Querschiff Aufstellung. Es kann losgehen.
Der feierliche Einzug der Priester weckt bei mir Erinnerungen an die Zeit meiner Kindheit, in der man noch keine Hemmungen gehabt hat, die Messe übertrieben sinnlich zu gestalten. Zu den Jubelklängen der Orgel betreten die Geistlichen den Raum. Voran schreitet ein junger Mann, Weihrauchgefäß schwenkend, gefolgt von einem anderen, der ein Kreuz trägt. Hinter ihnen kommen die Mönche in ihren weißen und die Laienbrüder in ihren schwarzen Kutten.
Im Kloster Samos wird, wie in manchen anderen spanischen Klöstern auch, der Gregorianische Gesang gepflegt. So wird die Messe im Wechselgesang der Mönche zelebriert, die heilige Handlung wird allein von den Geweihten vollzogen. Diese Art Messe entspricht der von mir schon beschriebenen traditionellen Liturgie, die mich mehr anspricht als der heutige moderne, von den Gemeindemitgliedern mitgestaltete Gottesdienst. Die Priester gelten für mich als Bewahrer mystischer Geheimnisse, die ich nicht zu verstehen vermag. Ich habe mich noch nie fähig gefühlt, als Besucher einer Messe das Wunder mitzugestalten. Mir genügt es, Zeuge des Geschehens zu sein.
Am Ende der Messe bricht die Versammlung zu einer Prozession auf, die innerhalb des Klostergebäudes abgehalten wird. Vorne marschieren die Bläser, dahinter die Geistlichkeit, dann die Honoratioren und schließlich das Volk. Und als allerletzter marschiere ich mit meinem Rucksack.
Fast eine Stunde später, als er gesagt hatte, öffnet der Herbergsvater die Tür.

Als ich in der Warteschlange endlich dran bin, lege ich meinen langen Pilgerpass vor. Er blättert darin hin und her, um dann die Frage zu stellen:
„Wo kommen Sie her?"
„Aus Deutschland."
„Sicher, das sehe ich. Aber wo kommen Sie her, hier, in Spanien?"
„Ich habe gestern in Triacastela geschlafen. Von dort bin ich hierher gekommen."
„Sind Sie also erst heute in Triacastela gestartet?" fragt er und blättert weiter in meinem dicken Pilgerpass, aus dem anhand der Eintragungen jeder schriftkundige Mensch ersehen kann, wann und wo ich in den letzten fünf Monaten gewesen und gelaufen bin.
„Nein", sage ich, „ich bin nicht gestern gestartet, sondern am 16. Februar, in Deutschland."
Er ist sichtlich erschüttert von so viel Dummheit und wird ungeduldig:
„Noch einmal: Wo sind Sie hier, in Spanien, losgelaufen?"
Auch ich werde langsam nervös.
„Ich bin in Spanien überhaupt nicht losgelaufen!"
„Ja wieso sind Sie dann hier?"
Ich denke, einer von uns beiden muss völlig bescheuert sein.
„Ich weiß nicht, was Sie von mir wissen wollen", sage ich.
Jetzt schreit er fast: „Sie haben irgendwo spanischen Boden betreten. Ich will wissen, wo das geschehen ist!"
„Ach so! Am Cisapass."
„Das ist doch kein Ort!" belehrt er mich und schreibt: „Roncevallos".
Aber damit ist unser Disput noch nicht zu Ende. Er teilt nämlich jedem einzelnen Pilger persönlich ein Bett zu. Ein System in dieser Zuteilung ist für mich nicht erkennbar. Mir gibt er ein oberes Bett. Ich bitte ihn, mit Rücksicht auf mein Alter mir ein unteres Bett zu geben.
„Das geht nicht!" sagt er. „Das bekommt der nächste Pilger!"
„Ich bin aber behindert und unfähig, auf das obere Bett hochzuklettern", lüge ich und lege meinen Rucksack auf das verbotene untere Bett.
Er scheint nachzudenken. Ich höre sein Hirn summen. Schließlich dreht er sich um und wendet sich zum nächsten Gast, damit auch der ein wenig Freude im Leben hat.
Dieser Mensch ist seit Wochen der erste Einheimische, mit dem ich keinerlei sprachlichen Schwierigkeiten habe. Ausgerechnet mit ihm scheint eine Kom-

munikation fast unmöglich zu sein. Ich sagte schon immer, dass die Sprache das größte Verständigungshindernis zwischen den Menschen ist!
Am Nachmittag sitze ich mit Jaap in einem Café, als er ganz nebenbei erwähnt, dass er eben mit Christine gesprochen hat.
„Wo ist sie?" frage ich. Ich bin ganz aufgeregt, diese von den anderen Pilgern so oft beschriebene Frau zu treffen.
„Bei uns in der Herberge. Sie wollte sich kurz ausruhen."
Ich laufe in die Herberge zurück und rufe in den Schlafsaal:
„Wer von euch ist die Christine?"
Eine junge schlanke Frau um die dreißig meldet sich. Ich stelle mich vor, und dann lachen wir beide über diese Begegnung. Ich erzähle ihr, wie lange ich schon darauf gewartet habe, sie, die berühmte Christine, zu treffen. Sie sagt, auch ich sei ihr wie ein Phantom vorgekommen, über das man spricht, das man aber nie zu Gesicht bekommt. Auch sie hat sich oft über meine Bemerkungen und Beschreibungen amüsiert, die ich in die Gästebücher geschrieben habe.
Anruf von Werner: Morgen früh fährt er los und hofft, übermorgen in Palas de Rei zu sein.

**Montag, 14. Juli 1997**
**Von Samos nach Sarria**
Für die zwölf Kilometer von Samos nach Sarria benutze ich die Autoroute. Eine Wegstrecke, von der ich nichts zu berichten weiß. Wie ein geistesabwesender Schlafwandler schreite ich voran.
Die Herberge in Sarria ist mit Schülergruppen überfüllt. Sie wären in einem Ferienlager sicher besser aufgehoben. Die meisten sind mit dem Bus angekommen, um die Pilgerreise hier anzufangen. Warum ausgerechnet in Sarria? Die Erklärung ist einfach. Die Pilger erhalten in Santiago eine Urkunde, die so genannte Compostela, die bestätigt, dass sie die Pilgerreise mit Erfolg absolviert haben. Voraussetzung ist, dass Fußpilger mindestens hundert, Radfahrer und Reiter mindestens zweihundert Kilometer bis Santiago zurücklegen. Sarria ist der letzte größere Ort, der mehr als hundert Kilometer von Santiago entfernt ist. Wenn man von hier nach Santiago pilgert, bekommt man die begehrte Urkunde mit dem geringsten Aufwand. Kein Wunder, wenn ich in dieser anonymen Masse förmlich untergehe. In der Herberge gibt es weder einen Stempel noch ein Gästebuch. „Name? Ausweisnummer? Erster Stock, Schlafsaal 2! Der nächste!"

Am Nachmittag begegne ich Christine ein letztes Mal. Wir trinken zusammen einen Kaffee, bevor sie weiterläuft. Sie hat es eilig, und zwar genau aus dem oben beschriebenen Grund. Es tut weh, nach so langen und intensiv erlebten Zeiten der Individualität nur noch als Nummer zu existieren.

**Dienstag, 15. Juli 1997**
**Von Sarria nach Portomarín**
Mensch! Ich brauche ein bisschen mehr Gelassenheit! Dieser Massenbetrieb macht mir mächtig zu schaffen!
Ich verlasse die Stadt im Morgengrauen. Schon zu dieser frühen Stunde laufe ich mitten in einer Völkerwanderung. Als ich dann in eine lange lärmende Schülergruppe gerate, halte ich inne und überlege, ob ich überhaupt weiterlaufen soll.
Es gibt Flüsse, große mächtige Flüsse, die ihre vermeintliche Mündung nie erreichen. Sie versickern vorher irgendwo in der Wüste. Ich befürchte, dass hier etwas Ähnliches passiert. Der Fluss der Spiritualität meines Weges versickert in der Wüste des Massenandrangs und wird Santiago de Compostela nie erreichen. Dieser Gedanke bedrückt meine ohnehin nicht besonders gute Stimmung noch zusätzlich.
Mir fällt der berühmte französische Weltumsegler Bernard Moitessier ein. Er hat 1968/69 am ersten Rennen für Einhandsegler um die Erde teilgenommen. Nach sechs unbeschreiblich einsamen und in tosenden Stürmen verbrachten Monaten, die ihn rund um das Kap der Guten Hoffnung, Neuseeland und Kap Hoorn führten, lag er, schon wieder im Atlantik, uneinholbar in führender Position. Der „Goldene Globus" und das Preisgeld waren ihm sicher. Aber mit einem Mal hat er sich umgedreht und ist zu den Glück verheißenden Inseln des Stillen Ozeans zurückgesegelt.
Wo liegen meine paradiesischen Inseln, wohin ich zurücklaufen könnte? Ich glaube nicht, dass ich sie finden würde. Übrigens, Moitessier hat sie auch nicht gefunden.
Ich muss weiterlaufen! Das ist die letzte Hürde! Nur noch hundertzehn Kilometer! Also weiter!
Plötzlich entdecke ich, wie schön doch die Landschaft um mich ist! Der Weg führt an einem Bach entlang, dann steigt er in einem grünen Eichenwald hoch. „Macht die Augen auf…!"
Die Besiedlung des hügeligen Landes ist eigenartig. Die Dörfer sind klein,

liegen aber sehr eng beieinander. Nach ein, zwei Kilometern folgt immer wieder eine kleine Ortschaft. Sie sind durch uralte steinige Hohlwege miteinander verbunden; manchmal benutzt der Weg ein Bachbett. Große Quadersteine ermöglichen es, auf solchen Bachwegen zu laufen, ohne dabei nasse Füße zu bekommen. Man könnte auf diesen Wegen auch Wäsche waschen, Papierschiffchen fahren lassen, vielleicht sogar angeln, nur eines kann man hier mit Sicherheit nicht, nämlich Fahrrad fahren. Gerade das tut aber eine Reihe von bunt gekleideten Mountainbikern, die, mit dem Bus hierher gekarrt, ohne Gepäck mal hier, mal dort eine kurze Strecke Fahrrad fahren, oder wie hier, ihr Velo schieben oder tragen. Auch sie gehören zu den Pilgern, die die Herbergen füllen. Sogar die Pilgermuschel tragen sie alle. Ob sie laufen oder Rad fahren, ich nenne sie „Rosinenpilger", weil sie mal hier, mal dort die Rosinenstücke des Pilgerweges herauspicken; den Rest lassen sie links liegen.

Seit Cebreiro ist der Pilgerweg mit Kilometersteinen versehen, die jeweils nach fünfhundert Metern die Restentfernung bis Santiago anzeigen. In Sarria beispielsweise steht der Stein mit der Aufschrift „K.113". Es ist ein besonderes Erlebnis, nach Morgade den Stein „K.100" zu passieren. Nur noch hundert Kilometer! Es kommt mir vor, als ob ich bis Santiago nur noch eine halbe Stunde zu gehen hätte. Hundert Kilometer! Was sind schon hundert Kilometer?

Am Dorfausgang von Rozas steht ein Bus mit deutschem Kennzeichen. Offensichtlich wird eine kurze Erholungspause gemacht, die Reisenden haben sich unter schattigen Bäumen auf einer Begrenzungsmauer niedergelassen. Als ich an der langen Reihe vorbeimarschiere, ruft ein Mann, offensichtlich die Stimmungskanone der Gruppe, auf meine Wanderstöcke deutend:

„Der Skiläufer hat sich aber total verirrt! Hier kann er aber lange nach Schnee suchen!"

Der Witz wird für gut befunden: Die Teilnehmer der Reisegesellschaft fallen vor Lachen fast von der Mauer.

Ich bin heute nicht zum Scherzen aufgelegt:

„Es ist immer noch besser, in Spanien nach Schnee zu suchen, als faul herumzusitzen und über den Pilger dumme Bemerkungen zu machen!"

Da sind sie aber beleidigt und antworten im Chor:

„Wir sind aber auch Pilger! Und laufen tun wir auch!"

„Aber klar doch, ich sehe es!" rufe ich zurück und gehe weiter.

Später bereue ich, dass ich auf die Bemerkung überhaupt reagiert habe. Was soll's? Jeder soll nach seiner Art selig werden. Ich laufe, sie fahren mit dem Bus. Na und?

Als ich am frühen Nachmittag in Portomarín ankomme, ist die Herberge, die erst zwei Stunden später geöffnet wird, schon von Hunderten von Pilgern belagert. Ich stelle meinen Rucksack neben der Eingangstür ab und suche auf der Hauptstraße des Ortes eine Bar.

In dem Dorf geht es zu wie auf dem Münchener Oktoberfest. Dichte Massen von Touristen und Pilgern bevölkern den kleinen Ort, der diesem Ansturm kaum gewachsen ist. Vor der Kirche parkt etwa ein Dutzend Reisebusse. Die Passagiere: holländische und französische Radfahrer, spanische Schulkinder, deutsche Wandergruppen; insgesamt sind es meistens organisierte Pilgerreisende. Auch der deutsche Bus mit den Mauerhockern aus Rozas ist angekommen.

Portomarín ist eine eigenartige Siedlung. Von den Römern am Flussübergang des Miño erbaut, wurde es im Mittelalter eine wichtige Pilgerstation auf dem Weg nach Santiago de Compostela. Ein Pilgerhospiz der Johanniter ist seit 1126 schriftlich belegt. Am gegenüberliegenden Ufer haben die Templer und die Jakobsritter mehrere Herbergen und Hospitäler betrieben. Laffi beschreibt 1673 Portomarín als einen mit Weinbergen umgebenen schönen und reichen Ort.

1956 wurde der Fluss Miño zu einem See aufgestaut. Die alte Stadt verschwand in den Fluten. Vor der Flutung wurde auf dem angrenzenden Hügel ein neues Portomarín aufgebaut. Im Zentrum der neuen Gemeinde erhebt sich die unten am Fluss demontierte und hier oben Stein für Stein wieder zusammengesetzte alte romanische Wehrkirche San Nicolás. Der einschiffige, mit Zinnen und Eckbasteien bewehrte stilreine Bau hat eine runde Apsis, schöne Portale und eine große Rosette. Die beidseitig mit Laubengängen versehene Hauptstraße erweckt einen altehrwürdigen Eindruck. Kaum zu glauben, dass die zweistöckigen Häuser erst vor fünfunddreißig Jahren erbaut worden waren.

Den Nahkampf um ein Bett in der Herberge bestehe ich gekonnt und routiniert. Danach besuche ich eine Bar, wo ich mir die Direktübertragung der heutigen Etappe der Tour de France anschaue. Es ist eine schwere Bergetappe nach Andorra. Jan Ulrich holt sich den Tagessieg und übernimmt mit zweieinhalb Minuten Vorsprung das Gelbe Trikot.

**Mittwoch, 16. Juli 1997**
**Von Portomarín nach Eirexe**
Wenn ich gemeint hatte, mit den Bergen um O Cebreiro die letzten Hindernisse des Weges hinter mich gebracht zu haben, habe ich mich geirrt. Die hiesigen Berge sind zwar nicht mehr so hoch, aber es geht ständig rauf und runter. Die Landschaft ist auffallend grün, Wälder, Wiesen und viel Buschwerk bieten den angenehmen Rahmen zum Laufen. Ich brauche keinen Weg mehr zu suchen, ich muss mich nur in die Reihe einfädeln. Auf den hundert Metern, die ich übersehen kann, zähle ich etwa vierzig Pilger. Es ist wie bei einer Prozession. Werner ruft mich an. Er ist in Barcelona gelandet. In Barcelona??? Was macht er denn in Barcelona? Er sagt, er habe eine billige Fahrgelegenheit nach Barcelona gefunden. Leider ist die Zugverbindung von Barcelona bis hierher sehr schlecht. Vor morgen abend schafft er es nicht, in Palas de Rei zu sein. Das auch noch! Bis Palas habe ich gerade mal zwanzig Kilometer zu laufen. In zwei Tagen! Ohne die Katastrophe mit Rita hätte ich mich, kurz vor dem Ziel, nie so bremsen und aufhalten lassen! Jetzt ist es eh zu spät, darüber zu klagen!
Auf der kurzen Strecke bis Palas de Rei gibt es in den Dörfern eine Vielzahl von Herbergen. Vielleicht ist dort der Andrang der Pilger erträglicher als in den größeren Orten?
Eirexe, ein Dorf mit nur wenigen Häusern, scheint die richtige Wahl zu sein. Ein kleines aber feines Refugio anderthalb Stunden vor Palas de Rei ist genau das, was ich brauche. Ich verabschiede mich von Anna, Sandy, Karen und Jaap, die weiterlaufen. Wieder ein Abschied, jetzt allerdings nicht für immer. Wir wollen uns nächste Woche in Santiago treffen.
Vor dem noch verschlossenen Eingang der Herberge ist ein Dutzend Reisekoffer und Taschen aufgetürmt. Sie gehören zwei deutschen Lehrerinnen, die daneben auf der Bank Platz genommen haben. Sie fragen mich, ob ich auch Pilger sei, und bevor ich antworten kann, erfahre ich, dass ich es mit wahren Expertinnen des Pilgerwesens zu tun habe. Sie sind 1993, im Heiligen Jahr, als der Jakobstag auf einen Sonntag fiel, mit dem Fahrrad von Pamplona nach Santiago gefahren. In einem Heiligen Jahr ist alles viel besser, schöner, feierlicher als zu anderen Zeiten. Eigentlich ist nur der ein richtiger Pilger, der in einem Heiligen Jahr nach Santiago pilgert. Wie sie damals. Damals waren viel mehr Menschen unterwegs als heuer. Überall sind Zeltlager und Sanitär-Container aufgestellt gewesen.

„Aber ich muss sagen, es war alles recht sauber! Das ist nämlich in Spanien etwas Besonderes! Haben Sie schon mal in einer Bar auf den Boden geschaut? Die Spanier schmeißen ja alles, aber auch alles herunter! Mein Gott, was da alles herumliegt! Ein Wunder, dass hier nicht viel öfter eine Cholera-Epidemie ausbricht! Obwohl, man liest es fast in jedem Sommer!"
Jetzt sind sie mit Auto unterwegs. „Wir sind nicht mehr die Jüngsten!" Ich schätze sie auf fünfzig. „Damals war das Wetter viel besser als jetzt. Vielleicht ist das der Grund, warum uns damals alles viel schöner vorkam, als es in Wahrheit ist. Zum Beispiel León: Die Stadt ist doch hässlich! Ja, nun, die Kathedrale ist schon schön, aber erstens ist die in Burgos viel schöner, und zweitens, was hat die Kathedrale mit der Stadt zu tun?"
Sie warten hier auf ihre Männer, die mit dem Auto weggefahren sind. „Das ist eine verrückte Geschichte, das müssen Sie sich unbedingt anhören!" Ja, warum denn nicht, denke ich, ich habe ja Zeit.
Sie wurden heute früh hier von einem Deutsch sprechenden Spanier angesprochen. Der erzählte, dass er in Not geraten sei. Er ist nach Santiago gepilgert und hat dort „im Kloster der Kathedrale" übernachtet. Zum Abendessen gab es dort Fisch, der offensichtlich verdorben war! „Kein Wunder bei diesen unhygienischen Verhältnissen!" Er kam mit Fischvergiftung in ein Krankenhaus, aber in Spanien darf man höchstens eine Woche im Krankenhaus bleiben. So wurde er entlassen, obwohl er noch gar nicht laufen konnte. „So was wäre bei uns in Deutschland gar nicht erlaubt!"
Jedenfalls, er hat gerade noch soviel Geld gehabt, um mit dem Bus hierher zu fahren. (Gibt es hier überhaupt einen Bus?) Drei Tage lang soll er hier in der Herberge, krank und völlig mittellos, gelegen haben. Gestern hat die Betreuerin der Herberge mit der Kathedrale in Santiago telefoniert und um Erlaubnis gebeten, ihn länger als drei Tage pflegen zu dürfen, aber es wurde ihr nicht erlaubt. Er muss also die Herberge heute verlassen. „Ein Skandal ist das!"
Sie erzählen weiter: „Ein Glück im Unglück, er arbeitet im Vatikan! Wir haben ihm Geld gegeben, weil er nicht mal Geld zum Telefonieren hatte. Er hat dann von dieser Telefonzelle hier den Vatikan angerufen! Können Sie sich das vorstellen? So wie ich zu Hause anrufe, so ruft er den Vatikan an! Sie haben ihm gesagt, er solle nach Samos zum Kloster kommen, sie erledigten alles. Wenn er kommt, sei schon alles vorbereitet. Aber wie soll der arme Mensch ohne Geld nach Samos kommen? An solche Kleinigkeiten denken

sie dort nicht! So haben wir uns seiner angenommen, und die Männer haben ihn nach Samos gefahren. Sie müssen bald zurück sein."
Als die Männer ankommen, machen sie einen verlegenen Eindruck. Sie berichten, dass im Kloster von Samos kein Mensch von einem Anruf aus dem Vatikan wusste. Sie können sich des Verdachtes nicht erwehren, dass das mit dem Vatikan vielleicht gar nicht stimmt. „Meinst du? Aber er hat doch so einen ehrlichen Eindruck gemacht! Und krank war er tatsächlich! Oder vielleicht nicht mal das?"
Sie laden das Gepäck in den Wagen, sie wollen heute abend in Santiago sein. Zum Abschied fragen sie mich, ob ich mich mit der Wegmarkierung auskenne. „Das ist nämlich wichtig! Man muss höllisch aufpassen!"
In einem Privathaus neben der Herberge kann man ein Abendbrot bekommen. Das einfache aber schmackhafte Essen wird im Wohnzimmer aufgetischt. Während ich esse, läuft der Fernseher. So erfahre ich, dass in Palencia, also gar nicht so weit von hier, ein Unwetter Straßen überflutet und viele Fahrzeuge zerstört hat. Hier soll es in den nächsten Tagen so bleiben, wie es ist, bewölkt und kühl, aber trocken.

**Donnerstag, 17. Juli 1997**
**Von Eirexe nach Palas de Rei**
Der Morgenhimmel ist bedrohlich schwarz. Schwere Wolken rasen im Tiefflug über meinen Kopf von Ost nach West. Eigentlich ist das die verkehrte Richtung. Üblicherweise kommt auch hier das Wetter vom Westen.
Die Dörfer, die eng beieinanderliegen, sind sich zum Verwechseln ähnlich. Ein neues Element bilden die immer öfter anzutreffenden alten Maisspeicher, die hórreos. Die Fußscheiben, Dachplatten und Giebelwände der langgestreckten hüttenartigen Bauten sind aus Granit. Die Seitenwände bestehen in der Regel aus Holzlatten, zwischen denen die Luft in die Speicher hineinkann. Die Füße und die Giebelwände sind mit runden Barockformen verziert, die den Speichern ein feierliches, kapellenähnliches Aussehen geben. Sie passen gar nicht zu den übrigen bäuerlichen Bauten, die klein und ärmlich sind. Viele der Höfe und Häuser sind nicht mehr bewirtschaftet, einige sogar verlassen.
Ich passiere einen alten Friedhof mit einer einfachen Friedhofskapelle, die ich zeichnen möchte. Einfach ist das nicht, der Wind will mir das Heft aus der Hand reißen.

Kurz vor meinem Tagesziel sehe ich, an einer Mauer gelehnt, einen hölzernen Wegweiser. Der in spanischer und französischer Sprache verfasste Text spricht mir Mut zu:

NUR MUT! SIE SIND BALD DA!

Bis Santiago de Compostela sind es noch siebzig Kilometer.
Nach einer halben Stunde erreiche ich Palas de Rei. Die Stadt hält nicht, was der schöne Name verspricht. Es ist ein Ort mit viertausend Einwohnern, aber ohne irgendwelche Besonderheiten oder Sehenswürdigkeit. Vom „Königspalast" kein Spur.
Ich setze mich in eine verschlafene Bar und versuche etwas zu schreiben. Kaum angefangen kommen vier Gäste ins Lokal, stellen sich an die Theke und trinken ihren Rotwein. Dabei unterhalten sie sich in einer Lautstärke, als ob es um Leben und Tod gehen würde. Wahrscheinlich geht es aber nur um das Wetter oder den EG-Milchpreis. Jedenfalls, auf das Schreiben kann ich mich nicht konzentrieren, ich versuche lieber einige Skizzen von den Gästen anzufertigen.
Ich nehme mir ein Zimmer, lege mich kurz hin und schlafe sofort ein. Mein Schlaf ist abgrundtief und von langer Dauer. Erst ganz spät am Nachmittag werde ich wieder wach. Der Himmel hat sich inzwischen aufgeklart. Die ins Zimmer scheinende Sonne verbreitet ihre wohlige Wärme. Ich hätte nicht gedacht, dass ich die Sonnenwärme in Spanien, zumal im Juli, als wohltuend herbeisehnen würde. Ich kann mich über das Wetter insgesamt aber nicht beklagen. Ganz gleich, ob die restlichen Tage Sonne oder Regen bringen werden, ich kann schon jetzt behaupten, dass ich heuer in Spanien die beste Witterung angetroffen habe, die ich mir für diese Reise überhaupt vorstellen kann.
Werner ist angekommen. Nach der zweitägigen Reise ist er ziemlich erschöpft, aber das Wiedersehen macht uns beide munter.

**Freitag, 18. Juli 1997**
**Von Palas de Rei nach Melide**
Ich bin abends schnell eingeschlafen, aber irgendwann bin ich wieder aufgewacht und habe lange Zeit wachgelegen.
Gott, warum hast du mir diese Bürde auferlegt? Warum lässt du mich über

das nahe Ziel nicht genauso freuen, wie sich alle die anderen Pilger um mich freuen dürfen? Viele Pilger und Pilgerinnen werden in Santiago von ihren Frauen und Männern erwartet, um an der Freude des Ankommens teilzuhaben. Ich wünschte, auch ich würde dort erwartet!
Wir verschlafen den Morgen und den halben Vormittag. Dies bringt uns den Vorteil, dass alle anderen Pilger schon längst vor uns losgegangen sind und wir unterwegs ungewöhnlich wenigen Menschen begegnen. Dieser Umstand kommt mir heute sehr entgegen. Ich muss immer wieder stehen bleiben, weil ich weinen muss. Wie peinlich!
Ich habe mich noch nicht richtig daran gewöhnt, dass ich nicht mehr allein bin. Werner erzählt mir etwas, aber ich habe Schwierigkeiten, mich auf seine Geschichte zu konzentrieren.
Vor einem Bauernhaus im Dörflein Casanova steht eine alte schwarz gekleidete Frau mit einer Schüssel selbstgemachten Ölgebäcks, das sie zum Kauf anbietet. Wir sollen es erst probieren. Die fingergroßen gelben Kreppel schmecken hervorragend. Das Geschäft scheint trotzdem nicht zu florieren: Sie will es gar nicht glauben, dass wir eine ganze Tüte von den Dingern kaufen wollen. Sie fragt, ob wir auch Milch dazu trinken wollen. Ja sicher, warum denn nicht? Sie beeilt sich, uns im Laufschritt die Milch zu bringen. Ich finde es beschämend, dass das alte Mütterchen sich für uns so abmüht, obwohl sie für alles kaum mehr als zwei Mark haben möchte.
Vor dem Dorf Furelos überquert eine alte Pilgerbrücke den Fluss, der den gleichen Namen wie das Dorf trägt. In der Dorfmitte steht eine einfache Kirche, deren romanischer Ursprung nur vom aufmerksamen Beobachter entdeckt werden kann. Der Hauptaltar trägt die Stilmerkmale des volkstümlichen Barocks. Eine Statue von Santa Lucía erinnert mich an eine überdimensionale Barbiepuppe.
Besondere Aufmerksamkeit verdient aber ein schönes spätgotisches Kruzifix mit seiner eigenwilligen Darstellung des Gekreuzigten. Die rechte Hand Christi ist nicht an das Kreuz genagelt, der rechte Arm hängt und zieht seine Schulter stark in die Tiefe. Diese verzerrte Körperhaltung zeigt außergewöhnlich eindringlich, dass am Kreuz ein leidender bedauernswerter Menschensohn zu Tode gequält wurde.
Wir erreichen Melide. Für Werner ist es der erste Wandertag, die sechzehn Kilometer sind für ihn genug für heute. Die Stadt mit den achttausend Einwohnern erweckt einen recht großstädtischen Eindruck, aber dieser Ein

druck wird nur von dem wenige hundert Meter messenden Zentrum erzeugt. Der Rest ist dörflich und kurz dahinter ist man wieder auf der Wiese.
Den Nachmittag verbringe ich in einem Straßencafé mit Schreiben. Werner macht allein seine Runden, lässt sich rasieren und die Haare schneiden.
Abends gehen wir zusammen essen. Ich trinke mehr als normal, aber nicht mehr als nötig.

**Samstag, 19. Juli 1997**
**Von Melide nach Ribadiso**
Die Landschaft, die wir gemächlich durchschreiten, ist eine von Gott besonders begnadete. Da hier offensichtlich mehr Regen fällt als in anderen Gegenden Spaniens, sind die mit Wiesen und Wäldern bewachsenen Hügel auch jetzt, im Hochsommer, üppig grün. Überall, wo wir laufen, plätschert es aus zahllosen Quellen und Rinnsalen, die sich zu größeren Bächen vereinigen. Die Wälder bestehen meistens aus den umstrittenen Eukalyptusbäumen, die bekanntlich keine andere Pflanze in ihrer Nähe dulden und so die einheimische Vegetation allmählich verdrängen. Diese Bäume wurden teilweise noch im vorigen Jahrhundert gesetzt. Ich wusste nicht, dass sie so groß werden können. Manche der Stämme haben einen Durchmesser von über einem Meter und sind himmelhoch.
Nach drei Stunden erreichen wir Ribadiso, wo eine uralte steinerne Bogenbrücke über den Fluss Iso führt. Unmittelbar hinter der Brücke steht am Flussufer eine Pilgerherberge, die nach ihrer Lage, Tradition und Einrichtung zu den besten Herbergen des gesamten spanischen Pilgerweges gehört. Die alte Unterkunft wurde im 15. Jahrhundert von den Antoniermönchen gegründet und vor einigen Jahren mit großem Aufwand für heutige Ansprüche hergerichtet.
Als wir ankommen, sind nur einige wenige Pilger zu sehen, die auf der Uferwiese unter schattigen Bäumen ihre Mittagsruhe genießen. Eigentlich wollen wir weiter, aber das Bild ist so friedlich und verlockend, dass auch wir uns zu den Ruhenden gesellen. Es ist eine Freude, die schweren Schuhe auszuziehen und mit den Zehen einige Klavierübungen zu spielen.
Ohne es zu wollen, schlafen wir beide ein. Als wir aufwachen, ist die Sonne schon ziemlich weit auf ihrem Weg nach Westen vorangeschritten. Wir schauen uns mit schlaftrunkenen Augen an, und sofort sind wir uns einig, dass wir heute keinen Schritt mehr weiterlaufen wollen.

Ich wasche meine Wäsche und hänge sie zum Trocknen auf. Inzwischen sind viele andere Pilger eingetroffen, und als die Herberge endlich aufgemacht wird, ist der Andrang wieder enorm. Eine Frau trägt uns in eine Liste ein. Als ich an der Reihe bin, fragt sie mich, ob ich mit dem Auto unterwegs bin. Ich zeige meinen Pilgerbrief, aber auch der scheint sie nicht zu überzeugen. Ich darf mir trotzdem ein Bett suchen.

Hinter der Herberge steht ein belgischer Kleinbus, dem jugendliche Pilger entsteigen. Auch sie begehren Einlass, und mich kränkt, dass nur ich, sie aber nicht danach gefragt werden, ob sie mit dem Auto gekommen seien.

**Sonntag, 20. Juli 1997**
**Von Ribadiso nach Arca**

In Arzúa nehmen wir unser Frühstück. In der Bar hängt ein Plakat, das ein Rockkonzert ankündigt, das anlässlich der Jakobsfeier am 25. Juli, also am nächsten Freitag, in Santiago stattfindet. Das Bild zeigt eine mehr nackte als bekleidete Sängerin in einem knappen Fummel aus Leopardenfell. Das Konzert findet neben der Kathedrale unter dem Titel SANTI-ROCK statt. Es ist immer noch Zeit, umzudrehen und nach Deutschland zurückzulaufen!

Der Weg verändert sich seit Tagen nicht mehr wesentlich. Meistens folgt er durch die zahlreichen kleinen Dörfer der alten historischen Straße. Meistens ist es ein schattiger Waldweg, nur in der Nähe der Siedlungen lichtet sich der Eukalyptuswald, um einigen Wiesen und Äckern Platz zu lassen. Auf der parallel verlaufenden Autoroute, die wir oft kreuzen, macht sich der nahe Feiertag durch größeres Verkehrsaufkommen nach Santiago de Compostela bemerkbar. Der Jakobstag ist in Spanien Nationalfeiertag. Viele Spanier reisen schon Tage vorher an, um die mehrtägigen Feierlichkeiten dort mitzuerleben.

Wir sind nur noch zwanzig bis dreißig Kilometer von Santiago entfernt. Was ich mir kaum vorstellen konnte, die Anzahl der Pilger nimmt weiter zu! Einige der älteren Pilger haben sich offensichtlich überfordert, wie manche Gedenksteine am Wegrand anzeigen:

*Guillermo Watt, 69, 25. Aug. 1993*
*Mariano S.-C. Carro, 24.9.1993*

1993, das war doch das berühmte Heilige Jahr.
In Santa Irene machen wir vor der noch geschlossenen Herberge eine kurze

Pause. Werner ist erschöpft, dies ist sein dritter Wandertag, und der dritte Tag ist immer kritisch. Er würde am liebsten hier schlafen, aber ich dränge zum Weiterlaufen. Irgendwann möchte ich doch endlich in Santiago ankommen!
Nach einer Stunde machen wir dann doch Schluss. Wir sind in Arca, wo uns eine riesige Herberge erwartet. Schon vor der Öffnung wird sie von einem bunten Volk aus aller Herren Länder belagert. Zwei große Reisebusse und mehrere Kleinbusse bringen außer den Reisenden noch Tonnen von Rucksäcken und Taschen, die jetzt ausgeladen werden.
Eine Gruppe spanischer Jugendlicher singt und tanzt, ein Gitarrenspieler begleitet ihre kindlich-religiösen Songs. Sie sind alle sehr fröhlich und adrett und bilden einen inselartigen Haufen in der Masse der durchschwitzten und verstaubten Fußpilger.
Eine deutsche Punkerin, eine kahlköpfige junge Frau, die ihre verschiedensten Körperteile wie ein Fakir mit Nadeln und Ringen durchbohren hat lassen, versucht an einem Wasserhahn, ihren Schäferhund zu waschen. Das Tier, das am Hals eine Pilgermuschel trägt, findet diese Prozedur äußerst ungemütlich und wehrt sich mit aller Kraft dagegen.
Ich verlasse dieses Volksfest und besuche die in der Nähe liegende Bar. Dort möchte ich zwar etwas schreiben, aber ich bin so erschöpft, dass ich im Sitzen einschlafe. Dabei träume ich, dass mich Rita verlässt. Dann schrecke ich aus diesem Albtraum auf und bin im ersten Augenblick sehr erleichtert, es war ja nur ein Traum. Es dauert einige Sekunden, bis mir die Erkenntnis den Atem stocken lässt: Es ist die reine Wahrheit, die ich eben geträumt habe.
Ich erinnere mich, solche Realträume zuletzt damals in Davos gehabt zu haben, als Rita dort im Sterben lag. Wiederholt erschien damals die Realität in meinen Träumen und wenn ich danach schweißgebadet aufwachte, war ich erleichtert, nur geträumt zu haben. Der Schmerz, der dieser Erleichterung folgte, als mir bewusst wurde, dass mein vermeintlicher Traum wahr ist, kann nicht einmal andeutungsweise beschrieben werden. Der damalige Schrecken hat mich bis heute nicht losgelassen, und noch in letzter Zeit verursachte er mir manche schlaflosen Nächte.
Ich hatte gehofft, das Trauma, das ich seit damals mit mir schleppe, auf dieser Reise verarbeiten und loswerden zu können. Jetzt mache ich dieselben traumatischen Erlebnisse in einer abgewandelten Form schon wieder durch! Oder ist alles, was jetzt mit uns geschieht, ein Teil dieser schmerzvollen Ver-

arbeitung? Ist es denkbar, dass ich Rita verlieren muss, um dieses drückende Trauma über ihr Sterben loswerden zu können? Ist es denkbar, dass sie von ihrem Todestrauma, das sie trotz ihrer Rettung noch immer mit sich trägt, nur frei werden kann, wenn sie sich von allem, was sie an diese Zeit erinnert, verabschiedet?
Gott, hilf mir, eine Antwort, einen Ausweg zu finden!

**Montag, 21. Juli 1997**
**Von Arca nach Monte del Gozo**
Hinter Labacolla überqueren wir den gleichnamigen Bach, der in früheren Zeiten mehr Wasser geführt haben mag als heute. Aymeric Picaud berichtet, dass hier die französischen Jakobspilger *nicht nur ihre Geschlechtsteile, sondern den ganzen Körper nach Ablage ihrer Kleider von Schmutz aus Liebe zum Apostel* gereinigt haben.
Im Dorf San Marcos kehren wir in eine Bar ein. Es ist das letzte ländliche Lokal, das ich auf meinem Weg besuche, eine dieser verschlafenen Einrichtungen, die sich durch ausgeprägte Geschäftsuntüchtigkeit des Personals auszeichnen. Außer Getränken gibt es ein wenig Obst, einige Konserven, Lotterielose sowie etwas Wurst und Käse zu kaufen. Die junge Frau hinter der Theke liest ein Magazin, und als wir sie fragen, ob sie uns zwei belegte Brötchen machen könnte, steht sie auf und geht hinaus, ohne uns anzuschauen oder den Blick von den Bildern zu nehmen. Nach etwa zehn Minuten fragen wir uns, ob sie uns verstanden hat und ob wir noch auf sie warten sollen. Dann kommt sie doch zurück und bringt zwei Bocadillos, wobei sie noch immer die Zeitschrift in der anderen Hand hält und liest. Wie sie beim Lesen die Brote schmieren konnte, ist mir ein Rätsel.
Nur einige Meter weiter erhebt sich der „Berg der Freude", der Monte del Gozo. Der Name des mit Gras bewachsenen Hügels bezieht sich auf den alten Brauch der Pilger, kurz vor Santiago de Compostela diese Anhöhe zu besteigen, weil von hier die erste Möglichkeit bestand, die Türme der Kathedrale zu erblicken. Der erste der jeweiligen Pilgergruppe, der die Türme in der Ferne entdecken konnte, bekam von seinen Gefährten den Ehrentitel „König". Anschließend wurde das Ereignis durch Beten, Singen und Tanzen gefeiert.
Auch wir erklimmen die Erhebung. Mein ungeduldiger Blick fahndet sehnsüchtig nach der Kathedrale, nach dem Ziel meines langen, langen, vielleicht

viel zu langen Weges. Ich kann sie aber nicht entdecken. Die Stadt ist greifbar nah, aber eine ferne Baumgruppe zwischen meinem Aussichtspunkt und der Altstadt verdeckt die Sicht auf die Kirche. Vielleicht die zwei Spitzen, die gerade noch über die Baumwipfel herausragen, das könnten die Türme sein.
Wie auch immer: Ich bin so gut wie angekommen! Die vier, fünf Kilometer werde ich auch noch schaffen!
Und plötzlich merke ich, wie die Freude in mir hochsteigt! Wie ein Vulkan, in dem die Lava mit Elementargewalt in die Höhe geschleudert wird, so steigt aus der Tiefe meiner Seele eine mich überschwemmende Fröhlichkeit. Am liebsten würde ich laut loslachen, Tränen lachen, weinen. Da aber keiner um mich herum es tut, versuche ich, meine Gefühlsausbrüche zu zügeln, was mir nur mit Mühe gelingt.
Diese Hochstimmung wird allmählich von Staunen abgelöst. Ich habe es tatsächlich geschafft! Ich, ein seit Jahren von Knieschmerzen geplagter Schreibtischmensch, bin am Ziel meiner langen Pilgerreise angekommen! Ich kann es nicht fassen!
Erst etwas später bin ich fähig, meine Umgebung näher zu betrachten. Der Hügel ist von einem Denkmal gekrönt, ein geschmackloses Betonding, das man anlässlich des Papstbesuchs hier aufgestellt hatte. Etwa hundert Menschen, Pilger und Touristen, belagern die Wiese, Tausende von Fotos werden geschossen mit dem Titel: „Ich und der Monte del Gozo". Auch wir können der Versuchung nicht widerstehen, uns in dieser Weise zu verewigen.
Auch das gestrige religiöse Jungvolk aus der Herberge ist da. Sie sind noch immer lustig und fröhlich, sie singen und tanzen und beten, ohne Pause und ohne Unterlass. Klatsch, klatsch, patsch, patsch, Jesus ist mein Freund! Um diese Dauerlustigkeit sind sie zu beneiden.
Unterhalb der Hügel befindet sich eine weitläufige Anlage, die zur Aufnahme der Pilgerscharen, die 1993 Santiago besucht haben, erstellt wurde. Die etwa dreißig ebenerdigen Wohnpavillons können gleichzeitig etwa tausend Pilger, oder wen auch immer, aufnehmen. Die riesigen Parkplätze mit den zahlreichen Reisebussen deuten schon an, welche Klientel hier hauptsächlich angesprochen wird. Ergänzt ist der Komplex durch Cafés und Restaurants, Kioske und sonstige Geschäfte, in denen es hauptsächlich Pilgerkitsch zu kaufen gibt. Kein vom Pilgerwesen noch so entfernter Gegenstand bleibt vom abwegigen Geschmack der Souvenirhersteller und -käufer verschont: Sonnenbrille, Minipilgerstab, Mütze, T-Shirt, Anstecknadel, Badehose, Briefbe-

schwerer, Ölgemälde, Kaffeelöffel und Regenschirm, alles mit dem Heiligen und der Muschel versehen.
Ich will erst morgen früh, wenn die Touristen noch nicht unterwegs sind, in die noch leere Stadt einlaufen. So übernachten auch wir in diesem Pilgerdorf.

**Dienstag, 22. Juli 1997**
**Von Monte del Gozo nach Santiago de Compostela**
Kurz hinter dieser Übernachtungsstätte fangen die Außenbezirke von Santiago de Compostela an. Eine einfallslose Einfallsstraße bringt uns in Altstadtnähe.
Meine Berechnung ist richtig gewesen, in dieser frühen Morgenstunde ist von dem gewöhnlichen Touristenrummel noch nichts zu spüren. Die tiefstehende Sonne bestreicht mit ihren wärmenden Strahlen nur die oberen Stockwerke der alten Häuser, die kühlen Schluchten der engen Gassen erwachen nur allmählich aus ihrem Schlaf. Die kleinen Geschäfte werden geöffnet, der Obsthändler platziert seine Ware vor der Tür auf dem schmalen Bürgersteig. Hausfrauen eilen zum Bäcker, andere befinden sich mit den langen Weißbrotstangen schon auf dem Rückweg.
Je näher wir an die Kathedrale kommen, umso mehr steigt die Spannung in mir. Eine unfassbare Mischung von Gefühlen überschwemmt mich, wie die Wellen einen am Meeresufer liegenden Stein überspülen und wieder freigeben. Ich fühle mich leicht und glücklich, um in den nächsten Augenblicken ergriffen, bekümmert und traurig zu sein, ohne den konkreten Grund für diese Gefühlswallungen nennen zu können.
Dann öffnet sich der Raum, und ich stehe auf der Plaza del Obradoiro, dem großen Vorplatz der Kathedrale von Santiago de Compostela!
Obwohl ich noch nie hier gewesen bin, ist mir alles so unendlich vertraut, als ob ich heimgekommen wäre!
Nach alter Tradition verrichten die Pilger, wenn sie nach dem langen Weg die Kathedrale betreten, ein merkwürdiges Ritual. Hinter der Barockfassade versteckt sich das aus dem 12. Jahrhundert stammende romanische Portal, ein herrliches Meisterwerk von Weltbedeutung. Auf der Mittelsäule der Eingangsöffnung ist der thronende heilige Jakobus dargestellt. Unter ihm, am Schaft der Säule, ist der Baum des Josua, der Stammbaum Christi, zu sehen. Am Fuß der Säule ist eine kniende Männergestalt dargestellt, die nach der Überlieferung den Erschaffer dieses Werkes, Meister Mateo, darstellt.

Die Pilger begrüßen den Heiligen, indem sie fünf Finger der rechten Hand in bestimmte Vertiefungen der steinernen Ranken des Baumes stecken und mit der Stirn die kniende Figur berühren.

Der Platz ist noch menschenleer, die Kirche geschlossen; sogar der Zugang zu der monumentalen Vortreppe ist durch ein schmiedeeisernes Gitter gesperrt. Ich bedaure, das Begrüßungsritual nicht vollziehen zu können.

Wir umrunden den Gebäudekomplex, und ich bin erfreut, als ich das Tor des südlichen Seitenschiffes, das Platerías-Portal, offen finde.

Ich betrete den Innenraum. Obwohl ich weiß, dass ich mich in einer der herrlichsten Kirchen der Christenheit befinde, hat dies im Augenblick für mich keinerlei Bedeutung. Die letzten fünfzig Meter bis zum Altar lege ich fast im Laufschritt zurück und habe dasselbe Gefühl, das ich als Kind empfunden habe, wenn meine Mutter mich mit offenen Armen zu sich rief. Ich schaffe es kaum noch, mich meines Rucksacks zu entledigen, bevor ich auf die Knie sinke und durch einen Weinkrampf geschüttelt werde, wie ich es noch nie erlebt habe.

Nach einer halben Stunde verlasse ich die Kirche, ohne mich dort auch nur umgeschaut zu haben. Romanische Kunst, das berühmte schwenkbare Rauchgefäß Botafumo oder die Treppe hinter dem Altar, von der aus die Statue des Heiligen berührt und geküsst werden kann, das sind alles Dinge von dieser, von der realen Welt, mit der ich im Augenblick nichts zu tun haben will.

Draußen fängt es zu regnen an. Es ist kühl geworden. Ich friere. Ein Lieferwagen quält sich durch die enge Gasse, in der sich das Pilgerbüro befindet. Zu verfehlen ist es nicht. Eine lange Schlange von Pilgern wartet auf die amtliche Bestätigung der Pilgerreise, auf die in Latein geschriebene Compostela. Dem Massenbetrieb entsprechend, läuft alles nüchtern und sachlich ab. Nach einer Viertelstunde habe ich das Blatt Papier. Angesichts der Belohnung, die ich eben in der Kirche erhalten habe, bedeutet mir diese Urkunde nur wenig.

Ja. Jetzt sitzen wir in einem Café. Die Reise ist zu Ende. Wenn ich in Santiago de Compostela ein Gästebuch gefunden hätte, könnte ich jetzt ein abschließendes Gebet dort eintragen. Da ich es nicht fand, schreibe ich in mein Tagebuch:

WO DIESER WEG ZU ENDE IST, FÄNGT DER NEUE WEG AN. GOTT HELFE MIR, ALLE MEINE WEGE TROTZ DEN VIELEN SCHWIERIGKEITEN MIT SO VIEL FREUDE UND ERFOLG ZU BEGEHEN, WIE ICH DIESEN BEGEHEN DURFTE!

**Nachbemerkung**
Der alten Pilgertradition folgend bin ich mit meinem Freund Werner auch an die drei Tagesmärsche von Santiago de Compostela entfernte Atlantikküste gewandert. Hier befindet sich der westlichste Punkt der im Mittelalter bekannten Welt, das Cap Finisterre, zu Deutsch „Kap am Ende der Welt". Dies erwähne ich nur, um den für den Titel dieses Pilgerberichtes gewählten Ausdruck „Ende der Welt" zu erklären. Für mich war dieser Anhang der Reise nicht mehr als ein touristisches Anhängsel, das mit meiner Pilgerreise weder spirituell noch emotional etwas zu tun hatte. Mein Pilgerweg endete vor dem Altar in der Kathedrale von Santiago de Compostela.

**Rückblick**
Es ist nun schon zehn Jahre her, dass ich diese Pilgerreise gemacht habe. Am Tag meiner Rückkehr hat mich, wie es schon vorauszusehen war, meine Frau verlassen. Das hat mich in eine tiefe Krise gestürzt. Obwohl von der Erfahrung der Reise gestärkt, habe ich eine Menge Zeit gebraucht, um wieder auf die Beine zu kommen.
Nach einem Jahr, das ich weitgehend zurückgezogen verbracht habe, erinnerte ich mich an die wichtigste Erfahrung, die ich am Jakobsweg gemacht habe: Es geht immer weiter, Schritt für Schritt, Tag für Tag!
Langsam fing ich wieder an, Kontakt zu den Menschen zu suchen, auch zu denen, die ich auf dem Weg kennen gelernt habe wie Pia und Rudi, Michel, André, Jaap, Suzanne. Mit Jaap, André, Rudi und Pia bin ich heute noch befreundet, mit Suzanne bin ich verheiratet.

München, Sommer 2007